LUIS SELLANO

Portugiesisches Blut

EIN LISSABON-KRIMI

WILHELM HEYNE VERLAG
MÜNCHEN

Sollte diese Publikation Links auf Webseiten Dritter enthalten, so übernehmen wir für deren Inhalte keine Haftung, da wir uns diese nicht zu eigen machen, sondern lediglich auf deren Stand zum Zeitpunkt der Veröffentlichung verweisen.

Verlagsgruppe Random House FSC® N001967

Vollständige deutsche Erstausgabe 05/2019
Copyright © 2018 by Oliver Kern
Copyright © 2019 der deutschsprachigen Ausgabe
by Wilhelm Heyne Verlag, München,
in der Verlagsgruppe Random House GmbH,
Neumarkter Straße 28, 81673 München
Printed in the Czech Republic
Redaktion: Tamara Rapp
Umschlaggestaltung: Johannes Wiebel unter Verwendung von Motiven von Shutterstock.com (Karan Khurana, Tetiana Chernykova)
Satz: Satzwerk Huber, Germering
Druck und Bindung: CPI books GmbH, Leck
ISBN: 978-3-453-43922-1

www.heyne.de

*Para meus irmãos
Carmen e Sebastian*

1

Oben bei Coimbra brannten die Wälder.

Es gab keinen Regen, schon seit Monaten. *Seco e quente como nunca antes.* »So trocken und heiß wie noch nie«, murrten die Alten, im Schatten ihrer Hauseingänge sitzend. Niemand schien sich erinnern zu können, wann oder ob die Hitze jemals so extrem gewesen war. Weder vor 1932 noch während Salazars Herrschaft, in jener Zeit der inneren Feuer, als es besser war, den Blick abzuwenden, wenn die Legião Portuguesa an einem vorbeipatrouillierte. Auch erinnerte sich niemand, ob je so viele Wälder gleichzeitig gebrannt hatten.

Coimbra war weit weg. Gute zweihundert Kilometer. Trotzdem glaubte Henrik Falkner, wenn er vor die Tür trat, den Rauch zu riechen, zumindest in der heißen Luft eine schwache Note des beißenden Qualms erschnuppern zu können. Er bildete sich sogar ein, den Rauch auf der Zunge zu schmecken, als hätte er eben an einem torfigen Whisky genippt. Zwar nur schwach, aber ausreichend, um den Bedenken Nahrung zu geben. Längst hatte er sich anstecken lassen von der kollektiven Angst, die in den nachdenklichen, sorgenvollen Gesichtern der Leute zu lesen war. Noch weit entfernt von Hysterie, aber existent. Es war diese Urangst vor Feuer, die selbst nach zwanzig Millionen Jahren Evolution in dem Überbleibsel des Reptiliengehirns steckte, das ein jeder noch in seinem Schädel hatte. Die bange Frage, ob sich die Feuersbrunst irgendwann gierig hinunter bis in den Süden fraß, war unterschwellig allgegenwärtig.

Und das war ganz neu für Henrik. Eine neue Erfahrung. Die verheerenden Waldbrände erzeugten eine Nervosität bei den sonst unerschütterlichen Lisboetas, die beinahe so spürbar war wie die Sommerhitze selbst. Die in der Regel stoische Gelassenheit seiner Mitmenschen war ins Wanken geraten. Die Gespräche, die er aufschnappte, wenn er sich durch die stickigen Gassen bewegte, klangen gedämpft. Es wurde weniger gelächelt. Sogar weniger gesungen und wenn, dann hörte sich der Fado noch melancholischer an. Alle um ihn herum benahmen sich verhaltener. Zeigten deutlicher ihre Demut vor dem Herrn, indem sie das Kreuzzeichen nicht nur in den Kirchen, sondern auch auf offener Straße schlugen und Gebete laut vor sich hersagten, statt sie still vor sich hin zu murmeln. Zuerst hatte er diese Veränderung lediglich beobachtet, dann sich unmerklich davon anstecken lassen. Nun roch auch er die Feuer, entfernte sich imaginäre Aschepartikel von den schweißverklebten Unterarmen und folgte den bangen Blicken Richtung Norden. Ertappte sich dabei, wie er nach Rauchwolken Ausschau hielt. Nach bedrohlich dichten, im Feuerwind wogenden Türmen aus Ruß und Qualm, wie jene, die fortwährend in den Nachrichten gezeigt wurden. Monströse, angsteinflößende Gebilde, die selbst auf Satellitenbildern aus dem Weltraum zu sehen waren. Sich pausenlos windende, tanzende Riesen. Die zornige Vorhut der Vernichtung.

Auch die Männer auf dem Gerüst unterbrachen ab und an ihre Arbeit. Hielten inne in ihrem Klopfen, Spachteln und Verputzen und reckten ihre wettergegerbten Gesichter hinauf in den stahlblauen Himmel. Dabei raunten sie sich unheilverkündend Worte zu, die er nicht verstand, und wischten sich mit ihren gebräunten, kalkweiß gesprenkelten Handrücken den Schweiß von der Stirn, bevor sie ihre Tätigkeiten wiederaufnahmen. Nun, vielleicht gaben sie auch nur ihrem Wunsch Ausdruck, dass die Sonne nicht zu früh um die Ecke des Hauses gegenüber bog und ihnen den kostbaren Schatten raubte, der während des Vormittags über ihrem staubigen Arbeitsplatz hing wie eine weitere schützende Plane an der Fassade.

Das Baugerüst und die grünen Gewebebahnen aus robustem PVC verdeckten seit gut einem Monat die Front des vierstöckigen Gebäudes Nummer 38 in der Rua do Almada. Die Fenster und beide Eingänge waren verhängt, der in den Hausflur ebenso wie der in den Laden. Henrik hatte ein provisorisches Schild an den vorderen Stützstreben angebracht, das auf das Antiquariat hinwies. Man konnte es von der Abzweigung aus gut sehen, sogar besser als das Schild, das bislang über der Ladentür gehangen und das er abmontiert hatte, bevor der Bautrupp angerückt war. *Antiquário e Antiguidade* stand jetzt handgeschrieben auf der provisorischen Holztafel. Dennoch kam selten jemand in den Laden, und wenn, dann waren es Stammkunden, die wenigen, die man an einer Hand abzählen konnte und die ohnehin wussten, dass trotz der Renovierungsarbeiten für sie geöffnet war. Alle anderen schreckte die Baustelle ab. Oder die Hitze ... oder auch alles zusammen: Die Hitze, der Bauschuttcontainer, die lärmende Betonmischmaschine, der Sandhaufen, in den der Wind, der vom Fluss her blies, immer wieder neue kunstvoll geschwungene, scharfe Kanten formte. Die Paletten mit Ziegeln, die sich stapelnden Balken und Bretter, die entlang des Gebäudes die Straße säumten und nur noch den besonders Waghalsigen eine

Durchfahrt erlaubten. Er konnte sich nicht erklären, warum er den Laden überhaupt jeden Tag aufsperrte. Vielleicht weil es zu einer Gewohnheit geworden war. Zu einer Kontinuität in seinem neuen Leben.

Jetzt, da es wegen der Renovierung noch einsamer im Antiquariat geworden war, trat er häufig vor die Tür. Nicht unbedingt, um nach Kundschaft Ausschau zu halten. Eher, um die Bauarbeiten zu überwachen. Um nachzusehen, wie die Männer vorankamen. Jedenfalls redete er sich das ein. Vielleicht wollte er auch nur sichergehen, dass sich die Brände nicht doch schon bis zum Sund und zu der Tejomündung ausgebreitet hatten. Es bestand allerdings auch die Möglichkeit, dass er wegen einer ganz bestimmten Person die Augen offen hielt. Nach dieser einen Person, die sein Herz ähnlich heftig in Flammen gesetzt hatte wie die Feuersbrünste die trockenen Wälder Portugals. Doch ob nun aus Neugier, Sehnsucht oder aus dem Wunsch nach frischer Luft – es gab in den letzten Wochen reichlich Anlässe, der drückenden Stille im Laden für eine Weile zu entfliehen.

Während der Mittagszeit, wenn die Hitze am größten war, stiegen die Männer vom Gerüst, klopften den grauen Staub aus ihren Arbeitshosen und flüchteten aus der Sonne. Dann hockten sie auf der schmalen Treppe, die gegenüber zwischen der Bar und dem Nachbargebäude hinauf zu der Gasse führte, über die man zum Miradouro Santa Catarina gelangte. Dort tranken sie Bier, rauchten, erzählten sich Geschichten und brachten einander zum Lachen, indem sie sich gegenseitig aufzogen. Anfangs hatte er sich manchmal dazugesellt, doch dann waren die Gespräche stets ins Stocken geraten. Er war auf gewisse Weise ihr Auftraggeber, und offenbar fanden sie es trotz aller Derbheit nicht schicklich, im Beisein des Mannes, der sie bezahlte, Witze zu reißen oder auf anstößige Art mit ihren Frauengeschichten zu prahlen. Daher hielt Henrik mittlerweile Abstand und betrachtete stattdessen die Fassade. Inspizierte die Arbeit, die daran erfolgt war, und versuchte, die Veränderungen zu erkennen und abzuschätzen, wie es aussehen würde, wenn die Komposition aus Simsen, Kapitellen und Schnörkeln endlich fertig war. Wie alles zusammen im neuen Anstrich harmonierte. Das war zu einem Ritual geworden, dem er auch heute folgte. Kaum, dass er hörte, wie die Männer vom Gerüst stiegen, legte er die Bücher zur Seite, die er gerade in ein Regal sortierte, und bereitete sich darauf vor hinauszugehen. Im Antiquariat war es auch ohne Klimaanlage verhältnismäßig kühl geblieben. Das verhängte Schaufenster sperrte das Sonnenlicht aus. Zudem sorgten die dicken Steinwände während der heißen Monate für eine nahezu konstante Temperatur. Da die Ladentür selten geöffnet wurde, gab es keinen nennenswerten Luftaustausch. Die Hitze blieb vor der Tür und ließ die Atmosphäre im Inneren weitgehend unverändert. Natürlich war es drinnen auf ganz eigene Art stickig. Wie in einer Gruft. Oder in einem Atombunker. Was die Leute, die sich im Antiquariat einfanden, meist dazu bewog, es auch möglichst rasch wieder zu verlassen. Henrik war deswegen niemandem wirklich böse. Auch wenn er mittlerweile behaupten konnte, sich an den Mief gewöhnt zu haben, ging er selbst nur allzu gern an die frische Luft. Seit einem die extreme Hitze das Fleisch von den Knochen brannte, war dies allerdings Ermessenssache und kostete einiges an Überwindung. Wohin sollte dieses Wetter bloß führen? Der richtige Sommer war ja noch gar nicht angebrochen!

Er vermied es, in den grellen Sonnenstreifen zu treten, der sich in hartem Kontrast auf dem Kopfsteinpflaster abzeichnete. Baustaub rieselte auf ihn herab, als er die Planen vom Gerüst wegdrückte, um besser sehen zu können. Die neuen Fenster waren teilweise noch mit Schutzfolie beklebt. Derzeit waren die Männer damit beschäftigt, die geschwungenen Gipsumrandungen der Fensterreihe im zweiten Stock auszubessern. Streng nach Vorschrift der Denkmalschutzbehörde galt es, all die einstige Pracht wieder hervorzuzaubern, die im Lauf des letzten Jahrhunderts von Abgasen und Taubenkot zerfressen worden und abgebröckelt war. In die Betrachtung der Fassade versunken, konnte er nicht sagen, wie viel Zeit verstrich, bis er bemerkte, dass jemand hinter ihm stand. Als ihm die Anwesenheit der Person bewusst wurde, fuhr er herum, so abrupt wie jemand, der hinterrücks mit einem Angriff rechnet.

Die Frau zuckte zusammen und machte unvermittelt zwei Schritte nach hinten, wobei sie ein paar leise Worte murmelte, die er nicht verstand, die jedoch ohne Zweifel an einen Heiligen oder eine Heilige gerichtet waren. Eine Bitte um Segen, um Schutz und Beistand für sich.

Sie war klein, keine eins sechzig, wobei sie keineswegs fragil wirkte. Nicht Kunstturnen, eher Kampfsport. Der Rucksack, den sie trug, mochte mehr wiegen als sie selbst, dennoch brachte er sie nicht aus dem Gleichgewicht, während sie zurückwich. Dort, wo die breiten Träger auf ihren Schultern auflagen, war das T-Shirt schweißnass und beinahe durchsichtig. Trotz der Hitze steckte sie in langen Hosen und klobigen Wanderstiefeln. Vereinzelt ragten schwarze Haare zerzaust unter der Kappe hervor, die ihre Augen beschirmte. Henrik war sofort klar, dass sie schon eine Weile unterwegs war. Eine Pilgerin, kam ihm in den Sinn, obwohl offensichtliche Signale dafür fehlten. Da war jemand aufgebrochen, hatte sich auf einen beschwerlichen Weg gemacht, ohne eine religiöse oder anderweitige spirituelle Absicht ...

Nun, seine Überlegungen waren natürlich rein spekulativ. Augenscheinlich war nur, dass sie schon lange unterwegs war. Und er hatte den Eindruck, dass sie gefunden hatte, wofür sie losgezogen war. Zumindest schien sie ein Etappenziel erreicht zu haben, auch wenn dieses Ziel hinter Bauplanen verborgen lag.

»Wir haben trotz des Umbaus für Sie geöffnet«, erklärte Henrik, als würde er aus einem Werbeprospekt zitieren, und vollführte eine einladende Geste. Sie verzog keine Miene, und er befürchtete schon, dass sie kein Englisch sprach. Auf der einen Seite wirkte sie wie eine Abenteurerin, die durchaus in der Lage war, einen Kompass zu lesen oder eine Machete zu schwingen, um sich einen Pfad durchs Unterholz zu bahnen. Andererseits haftete ihr etwas Verlorenes an, das seinen Helferinstinkt weckte. »Wollen Sie nicht reinkommen? Drinnen ist es kühl. Und ich kann Ihnen Wasser anbieten.«

Nach wie vor musterte sie ihn eindringlich und ohne Regung, die Hände um die Träger des Rucksacks gelegt, bereit, sich umzudrehen und wegzurennen. Von der Treppe her, auf der die Bauarbeiter ihre Pause machten, ertönte Gelächter. Er hoffte, dass die Männer keine anstößigen Bemerkungen machten, die auf die junge Frau abzielten. Doch sie blieb auch in diese Richtung ungerührt. Eine Schweißperle bahnte sich ihren Weg über die hohen Wangenknochen. *Indiozüge*, kam es Henrik in den Sinn, sie ist *um brasileiro*.

Vielleicht nur ein Klischee, ein Produkt der Hitze, die die Gedanken zum Flirren brachte.

»Você quer me ver?«, fragte er in seinem unsicheren Portugiesisch: *Wollen Sie zu mir?* Er glaubte, bereits zu wissen, was oder zu wem sie wollte. In seinem Rücken lachten wieder die Arbeiter. Bierflaschen klirrten aneinander. Die Frau zog etwas aus der aufgenähten Tasche ihrer Drillichhose. Ein Brief, erkannte Henrik, noch bevor sie ihm das Kuvert entgegenstreckte. Der Umschlag war einmal gefaltet, zerknittert und an einer Stelle weit eingerissen. Wer immer ihn geöffnet hatte, hatte dies in großer Eile getan. Oder voll Zorn. Während er vorsichtig danach griff, identifizierte er die Handschrift, mit der die Adresse geschrieben worden war. Die ehemals blaue Tinte, mit der der Schreiber den Brief einst nach Brasilien adressiert hatte, war verblasst. Im Poststempel neben der Briefmarke, die sich an den Rändern wölbte und ablöste, war nur noch sehr schwach die Jahreszahl zu lesen.

1999

Ein Dokument aus dem letzten Jahrtausend, das laut Absender aus der Rua do Almada Numero 38 verschickt worden war. Von seinem Onkel Martin Falkner.

2

»Salva Cardenas«, las Henrik den Namen im Adressfeld.

»Mein Vater«, sagte die Frau, die also doch sprechen konnte. Ihre Stimme war rau, als wäre sie schon lange nicht mehr benutzt worden. »Er ist vor drei Monaten gestorben.«

Sie blickte zu Boden, als bereute sie es, das preisgegeben zu haben. Für einen Moment betrachtete sie ihren Schatten, den die hochstehende Sonne auf das Kopfsteinpflaster zeichnete, und der genau genommen überwiegend aus dem Schatten des Rucksacks bestand.

»Kennen Sie den Mann, der diesen Brief geschrieben hat?«

Kennen? Kenne ich Martin Falkner?

Eine gute Frage. Er war sich wirklich nicht sicher. Seit einem Jahr näherte er sich diesem Mann mehr und mehr an, ohne dass er je eine Chance bekommen würde, ihm gegenüberzutreten. Genau wie der Vater dieser Frau war auch Martin nicht mehr unter den Lebenden. »Er war mein Onkel«, erklärte er, und sein Mund war nicht allein der Hitze wegen trocken.

»War?« Sie kräuselte ihre Brauen. Versuchte, mit dieser Information zurechtzukommen und zu verdauen, dass sie ihre Reise allem Anschein nach umsonst angetreten hatte.

»Sie sind ein Jahr zu spät«, fügte Henrik an. »Aber wollen Sie nicht doch kurz mit reinkommen? Vielleicht finden wir eine Antwort darauf, warum mein Onkel Ihrem Vater diesen Brief geschrieben hat.«

Denn um den ging es ja wohl. Um den Inhalt des Schreibens in dem ausgefransten Kuvert, das er immer noch zwischen seinen Fingern hielt, und um die Fragen, die daraus resultierten. Sie presste die vollen Lippen aufeinander. Ihre Finger legten sich wieder um die Träger des Rucksacks. Reglos stand sie da.

Wir müssen in den Schatten, bevor wir hier verglühen, dachte Henrik.

»Darf ich?« Ohne auf ihre Zustimmung zu warten, zog er das Blatt Papier aus dem Umschlag und faltete es auf. Es war eine kurze Nachricht in Martins Handschrift. Ähnlich der, die sein Onkel ihm hinterlassen hatte. Das Dokument eines Verstorbenen, überreicht von einem Notar, damals, als Henrik am Anfang seines neuen Lebens gestanden hatte. Im Vergleich zu jenem Brief, diesem letzten und einzigen Gruß seines Onkels, war die Botschaft an Salva Cardenas auf Portugiesisch verfasst, und auch wenn Martins Schrift bestens zu lesen war, verstand Henrik nur einzelne Worte und Teilsätze. Begriffe wie *lamentação* und *eventos terríveis* allerdings waren ihm mittlerweile geläufig und stachen aus dem Geschriebenen hervor, als hätte sie sein Onkel vor zwei Jahrzehnten mit einem Textmarker unterstrichen. Was gab es zu *bedauern*? Und welche *schrecklichen Ereignisse* deutete Martin da an?

Mit einer schnellen Bewegung entriss ihm die junge Brasilianerin das Blatt, stopfte es zurück in den Umschlag und beides zusammen wieder in ihre Tasche. Henrik hätte schlichtweg den Mund halten können, und vermutlich wäre sie dann einfach verschwunden. Nur war es nicht so einfach, zu schweigen, wenn etwas auftauchte, das mit Martin Falkner zu tun hatte. »Ich kann Ihnen helfen«, versprach er daher, auch wenn ihm bewusst war, wie weit er sich mit dieser Aussage aus dem Fenster lehnte, vor allem weil er keine blasse Ahnung besaß, worum es überhaupt ging. Tatsächlich war es der Eigennutz, der ihn zu diesem leichtsinnigen Versprechen verleitete. Seit er in der Stadt am Tejo lebte und sich mit Martins Erbe befasste, war er immer wieder auf Geheimnisse gestoßen. Auf Rätsel und Fragen, die bisher größtenteils ohne Antwort geblieben waren. Deshalb stürzte er sich auf jeden erdenklichen Hinweis, prüfte jedes noch so dubiose Indiz und jede noch so unwesentlich scheinende Andeutung, die ihm unter die Finger kam. Und das meiste davon war weit weniger substanziell gewesen als dieser zwanzig Jahre alte handgeschriebene Brief an einen ihm unbekannten Brasilianer. Ein Brief, der eine junge Frau dazu bewogen hatte, nach einem ganz bestimmten Antiquariat in Lissabons Altstadt zu suchen.

»Ich bin Henrik«, stellte er sich verspätet vor und wies unter dem Baugerüst hindurch erneut einladend auf die Ladentür.

Sie ließ sich Zeit und musterte ihn kritisch unter ihrer Baseballkappe hervor, auf die das Logo der Chicago Cubs gestickt war. »Paula«, sagte sie schließlich, was einem trotzigen Einverständnis gleichkam, seiner Einladung zu folgen. Nachdem sie stillschweigend zu einer Einigung gekommen waren, ging er voraus nach drinnen. Die Schellen über der Tür bimmelten ihren gewohnten, etwas blechernen Willkommensgruß, den sie seit Beginn der Renovierung nur noch so selten von sich gaben.

Im Keller des über zweihundert Jahre alten Gemäuers waren vor einigen Wochen provisorische Stützen angebracht worden, die gewährleisteten, dass die Kellerdecke nicht weiter nachgab. Ein Wasserrohrbruch im Frühjahr hatte dem Erdgeschoss stark zugesetzt. Das tragende Gebälk hatte sich vollgesogen wie ein Schwamm. In Deutschland hätten die Behörden vermutlich umgehend eine Grundsanierung verlangt, die eine Räumung des Antiquariats unausweichlich gemacht hätte. Eine Vorstellung, die Henrik nicht nur unmöglich erschien, sondern tatsächlich ängstigte. Ihm war durchaus bekannt, dass auch die portugiesische Verwaltung auf eine vorläufige Schließung gedrängt hatte. Nur hatte jemand seine Beziehungen spielen lassen, und so blieb erst einmal alles, wie Martin es über vier Jahrzehnte hinweg arrangiert hatte.

Henrik versuchte, nicht daran zu denken, welch effektiven Nährboden das heiße Klima für Schimmel und Sporen jeglicher Art schuf. Der Verfall war überall zu riechen. Ein eindringlicher Geruch, kategorisch und endgültig. Allerdings war es nun vielleicht ausgerechnet der trockenen Hitze zu verdanken, dass die Verrottung der organischen Komponenten – Bücher, Holz, Leinwände, Stoff, Leder sowie sämtliche Papiere, Pappen und Pergamente – nicht noch schneller voranschritt.

Auch wenn er Paula im Rücken hatte, konnte er sich ziemlich genau vorstellen, wie das kuriose Sammelsurium auf sie wirken musste. Es war ein überwältigender Eindruck, dem ausnahmslos jeder erlag, der erstmals das Antiquariat betrat. Wobei es in der Regel keine positive Empfindung war. Es handelte sich vielmehr um jenen Nervenkitzel, wie man ihn erfuhr, wenn man den Folterkeller tief unten in einer mittelalterlichen Burg besichtigte oder in eine Tropfsteinhöhle mit pleistozänen Fingermalereien an den

Felswänden hinabstieg. Die Welt im Antiquariat war eine ganz andere als die vor der Ladentür, und es musste manchem Besucher so vorkommen, als wäre er, begleitet von Glöckchengebimmel, soeben durch ein Tor mitten in die Vergangenheit getreten.

Ohne sich nach Paula umzudrehen, schlüpfte Henrik durch den Vorhang hinter dem Verkaufstresen und holte aus der Rumpelkammer, die gleichzeitig das Büro war, die versprochene Erfrischung samt Gläsern. Die Eiswürfel im Wasser waren bereits geschmolzen, aber die Karaffe schwitzte noch. Die hineingeschnittenen Limettenscheiben wirbelten durcheinander, während er ihnen einschenkte.

Sie griff nach einem Glas und leerte es in einem Zug. Henrik begnügte sich mit einem Schluck.

»Der sieht schwer aus, wollen Sie ihn nicht absetzen?«, fragte er und deutete auf den Rucksack.

Paula sah sich um, als sondierte sie die Gefährlichkeit dieses Ortes und die Lage der Fluchtwege.

»Sie können auch gern Platz nehmen.«

Der Stuhl mit den verschnörkelten Beinen und dem fadenscheinigen Polsterbezug direkt beim Schaufenster war die einzige Sitzgelegenheit, die er anbieten konnte.

»Ich weiß gar nicht, was ich hier soll«, sagte sie, und zum ersten Mal klang sie nicht abweisend. Die Zweifel an ihrer Mission schienen die Oberhand zu gewinnen.

»Was hat mein Onkel Ihrem Vater geschrieben, worum geht es in dem Brief?«

Sie sah ihn fragend an.

»Mein Portugiesisch weist ein paar Lücken auf«, erläuterte er mit entschuldigender Miene.

»Um meine Mutter.«

»Ihre Mutter?«

Sie nickte.

»Martin kannte Ihre Mutter«, murmelte er, als er begriff.

»Sie war vor zwanzig Jahren hier in Lissabon«, erklärte Paula zögernd. »Danach hat sie niemand mehr gesehen oder je wieder etwas von ihr gehört.«

3

Ans Meer gelangte man am einfachsten und schnellsten mit dem Zug, der vom Cais do Sodré abfuhr. Der Bahnhof befand sich unten am Fluss, und die Schienen verliefen entlang des Ufers und später längs der Küstenlinie, eine schöne Strecke, die man in klimatisierten Waggons zurücklegte. Nichts schien in diesen Tagen besser geeignet, um der Hitze zu entkommen. Erst der Zug, und als Krönung die erfrischende, kraftvolle Dünung des Atlantiks. Und Henrik brauchte dringend eine Abkühlung. In den Sommermonaten waren die Strände voll, gerade in den Abendstunden, wenn sich neben den Touristen auch die Einheimischen nach getaner Arbeit die Brandung über die Zehen rollen ließen oder fröhlich jauchzend gegen die Wellen ansprangen. Von daher war es nicht leicht, Stellen zu finden, an denen die Leute sich nicht drängten und dabei lauter lärmten als die Brandung. Helena hatte ihm schon früh im Jahr zwei, drei hübsche – und vor allem einsame – Plätze gezeigt, die von der Endhaltestelle in Cascais aus zu Fuß zu erreichen waren. In fünfzehn, zwanzig Minuten, wenn man zügig ging und sich in dem ehemaligen Fischerdorf nicht von dem zirzensischen Schauspiel aufhalten ließ, das die Masse der Touristen täglich in diesem einst so beschaulichen Ort veranstaltete. Er hatte sich für den am schwersten zugänglichen Platz entschieden, an den man nur gelangte, wenn man über Felsen kletterte, die teilweise überspült und, von Algen und Muscheln bewachsen, ebenso tückisch wie glitschig waren. Doch der Mutige wurde belohnt, das galt auch heute. Die Ebbe hatte unter den schwarzen, von der unendlichen Energie des Ozeans geformten Felsen eine Minibucht freigelegt, wo sich Henrik auf dem weichen rötlichen Sand trocknen ließ, nachdem das tosende Salzwasser seinen Körper auf ein erträgliches Maß runtergekühlt hatte.

Die Sonne berührte bereits den Horizont. Er hatte noch eine halbe Stunde, bevor das Licht schwinden und den Rückweg über die kantigen Kalkformationen noch riskanter machen würde. Genug Zeit, um über Paula Cardenas nachzudenken, jetzt, da in seinem Gehirn die passende Betriebstemperatur herrschte. Über die Geschichte, die sie ihm heute Nachmittag mit spröder Stimme erzählt hatte. Mit einer Stimme, die nicht weicher geworden war, egal wie viel Wasser sie getrunken hatte. Mit Bedauern hatte sie berichtet, dass sie ihre Mutter Cinthya nie wirklich gekannt hatte. Als diese verschwand, war Paula drei Jahre alt gewesen. Und nun, zwanzig Jahre später, mit dem Abschluss eines Betriebswirtschaftsstudiums in der Tasche, hatte sie sich auf die Suche gemacht. Dabei folgte sie einer Spur, die sich überraschend aufgetan hatte, die jedoch nach so langer Zeit kaum mehr vorhanden war. Die sich im Lauf zweier Jahrzehnte verflüchtigt hatte wie Alkohol in der Luft. Henrik wusste, wovon sie sprach. Nicht nur weil er als ehemaliger Polizist ab und an auch solchen, im völligen Auflösungszustand befindlichen Hinweisen hatte nachgehen müssen, sondern weil es ihm mit Martin ebenso erging. Ihm war zwar klar, wo die Überreste seines Onkels ruhten – nämlich in einem Urnengrab draußen auf dem Prazeres-Friedhof –, aber was ihn so früh dort hingebracht hatte, war noch immer ein Rätsel. Und dann gab es da natürlich auch noch die Sache mit João de Castro, dessen Tod nun bereits dreißig Jahre zurücklag.

Ja, das waren die Geister, denen Henrik nachjagte. Und als hielten ihn diese nicht schon genug auf Trab, hatte ihm die junge Brasilianerin ein weiteres Gespenst mitgebracht.

Er hatte Paula gebeten, den Brief zu übersetzen, den Martin kurz vor der Jahrtausendwende an Paulas Vater geschickt hatte. Jetzt, da der Atlantik an seinen Zehen leckte, schloss er die Augen und besann sich erneut auf dessen Inhalt und das Gespräch, das sich daraus entspann.

»Er bedauert, was mit Cinthya passiert ist, ohne konkret zu werden«, sagte Paula, während ihre dunklen Augen Martins Zeilen folgten.

»Was schreibt er genau?«

»Dass es ihm leidtat. Schrecklich leidtat. Weil er nichts für sie hatte tun können, weil ihm die Hände gebunden waren. Und dann fordert er meinen Vater auf, sich mit den portugiesischen Behörden auseinanderzusetzen. Druck auszuüben, um zu erfahren, warum seine Frau nicht mehr heimgekehrt ist.«

»Nennt er Namen? Irgendwas Handfestes?«

»Não.«

Martin und seine Botschaften. Wieder war alles sehr kryptisch. Stets erwartete er von einem, zwischen den Zeilen zu lesen. Henrik unterdrückte ein frustriertes Stöhnen, er wusste, dass es nicht an der spontanen Übersetzung lag. Sein Onkel hatte es einfach verstanden, Rätsel zu hinterlassen. Das war sein Erbe. Das Antiquariat, das Chaos darin – alles ein großes, nie endendes Rätsel. Jede Antwort brachte nur wieder neue Fragen hervor.

»Schuld an allem ist Don Alfredo«, redete Paula in seine Gedanken hinein. »Darauf beharrte *Pai* bis zuletzt.« Ihren Widerwillen, sich Henrik zu offenbaren, hatte sie mit einem weiteren Schluck Wasser endgültig hinuntergespült. Sie streifte jetzt sogar ihren Rucksack von den Schultern und setzte sich. »*Don Alfredo hat uns ins Unglück getrieben, nicht nur deine Mutter, uns alle.* Seine Worte. Immer und immer wieder. Ich konnte es schon nicht mehr hören. Oft habe ich mir gewünscht, dass er endlich schweigt. Gebetet habe ich ... und jetzt schäme ich mich, dass Gott meine Bitten erhört und ihm den Krebs geschickt hat. Prostata. Er hat sich nie untersuchen lassen, wie alte Männer nun mal so sind, und dann war es eben zu spät.«

Henrik befiel kurz der Gedanke, dass auch er in Paulas dunklen Augen bereits zu den *alten Männern* zählte, selbst wenn die Vierzig noch drei Jahre entfernt war.

»Ich hab überhaupt nichts gemerkt«, fuhr sie fort. »Nachdem ich an die Uni gegangen bin, hatten wir nicht mehr viel Kontakt.« Für einen Moment schwieg sie, vielleicht weil sie dabei war, den Faden zu verlieren. »Letztlich war es nicht die Trauer darüber, dass *Mamãe* nicht mehr zurückgekehrt ist. Es war viel eher der Schmerz darüber, dass sie gegen seinen Willen Don Alfredo nach Europa gefolgt war. Das konnte er nicht verwinden. Darum ist dieses Geschwür in ihm gewachsen ...«

Obwohl er sich vorgenommen hatte, sie nicht zu unterbrechen, hob Henrik die Hand, bevor es noch verwirrender wurde. »Entschuldige, wer ist Don Alfredo?«

»Um curandeiro.«

Er war nicht sicher, was sie meinte. »Ein ... Heiler?«, fragte er vorsichtig.

»Mehr als das, um xamã, ein Schamane. Weniger für den Körper, eher für die Seele, verstehen Sie?«

»Und deine Mutter hatte ein ... ein Verhältnis mit diesem Don Alfredo?«

»Nein! Nein, ich denke nicht. Nicht im herkömmlichen Sinn. Sie war ihm verfallen, auf ... Wie soll ich das sagen? Auf spiritueller Ebene. Wissen Sie, sie war Dolmetscherin, sprach Englisch, Französisch, Spanisch, sogar ein wenig Deutsch. Das hat mir meine Tante Rosa erzählt, *Mamães* Schwester. Nachdem mein Vater aufgehört hatte, über meine Mutter zu schimpfen, hat er mir gegenüber auch sonst nicht mehr über sie geredet. Nicht über die schönen Dinge, nicht von der Zeit, in der sie glücklich waren. Nichts darüber, was sie ausgemacht, wie und warum er sich in sie verliebt und sie geheiratet hat. Er ignorierte meine Fragen zu diesem Thema. Falls er sich dazu herabließ, mit Verwandten und Bekannten über seine Frau zu sprechen, achtete er darauf, dass ich seine stets abfälligen Bemerkungen nicht mitbekam ...« Sie schüttelte den Kopf und blickte Henrik an. »Kann ich noch Wasser haben?«

Die Luft im Antiquariat war zwar kühler als draußen, aber dafür gesättigt mit mikroskopischen Teilchen. Ein mit Vergangenheit versetzter Fallout, neuerdings mit Baustaub angereichert; Gips, Mörtel, Ziegel, Holz und alles Mögliche sonst. Manchmal knirschte diese Luft zwischen den Zähnen oder brannte in der Lunge. Henrik schenkte Paula nach. Immer noch trank sie wie eine Verdurstende. Wassertropfen rannen ihr übers Kinn, und sie wischte sie mit dem Handrücken fort, nachdem auch dieses Glas leer war.

»Jedenfalls konnte Don Alfredo meine Mutter und ihre Sprachbegabung gut gebrauchen, als man ihn nach Europa einlud, erzählte Tante Rosa. Von ihr kenne ich die meisten Geschichten, die sich um meine Mutter drehten. Obwohl *Pai* ihr immer verboten hat, mit mir über Cinthya zu sprechen. Na ja, jedenfalls meinte Tante Rosa, zu dieser Zeit hätten viele Angst vor der Jahrtausendwende gehabt. Sie selbst vermutlich eingeschlossen. Aberglaube ist in unserer Familie weit verbreitet. Nun, in diesem Fall waren die Sorgen nachvollziehbar. Die Leute wollten wissen, wie es weitergeht, wenn die Neunundneunzig zurück auf die Null schnappt. Nicht nur die gewieften Nerds aus der IT-Branche konnten damals eine Menge Geld verdienen. Auch diejenigen, die zu dieser Zeit die Esoterikwelle ritten und subtil die Verunsicherung schürten, bevor sie ihre Hilfe gegen genau diese Ängste für teures Geld verkauften.«

»So wie Don Alfredo.«

»So wie Don Alfredo«, bestätigte sie.

Henrik rieb sich die Stirn. »Gut, darf ich für mich kurz zusammenfassen? 1999 hat deine Mutter diesen Schamanen nach Europa begleitet und dich und deinen Vater alleine zurückgelassen. Woraufhin dieser mit Recht sauer war und fortan nicht mehr über deine Mutter gesprochen hat.« Das erinnerte ihn sehr daran, wie seine Familie mit Martin umgegangen war, nachdem sich dieser in Lissabon niedergelassen hatte. Aus den Augen, aus dem Sinn. »Und nach dem Tod deines Vaters hast du in dessen Sachen den Brief gefunden, in dem ihn mein Onkel auffordert, die Behörden einzuschalten, wenn er erfahren will, was mit ...«

»Cinthya!«, half sie.

»... ja, mit Cinthya passiert ist. Aber dein Vater hat nie etwas dergleichen unternommen?«

Paula zuckte frustriert mit den Schultern. »Don Alfredo war ein Vierteljahr später ohne meine Mutter nach Brasilien zurückgekehrt. So viel habe ich immerhin rausgefunden. Vielleicht hat mein Vater mit ihm gesprochen, aber eher nicht. Was auch immer vor zwanzig Jahren geschehen ist, *Pai* war zu sehr in seiner Ehre gekränkt, um auf den Brief Ihres Onkels zu reagieren. Womöglich sah er in diesem Fremden aus Portugal bloß einen weiteren Liebhaber seiner Frau. Ich denke, er war in dieser Richtung etwas paranoid.«

»Oder einfach nur mit den Nerven runter«, merkte Henrik an. Für Martin konnte er, was sein sexuelles Verhältnis zu Frauen anging, die Hand ins Feuer legen.

»Er hat seinen Frust allerdings niemals an mir ausgelassen«, setzte Paula hinzu. Danach entstand eine lange Pause, in der Henrik versuchte, das Gehörte einzuordnen. Martin hatte diesen Brief nicht umsonst geschrieben. Er hatte etwas vermutet. Nein, überlegte Henrik, sein Onkel *wusste*, was mit Paulas Mutter passiert war. Und wahrscheinlich hatte das keineswegs etwas mit einem anderen Mann zu tun. Salva Cardenas hatte Martins Brief offenbar nie richtig gelesen oder jedenfalls nicht wirklich verstanden. Eifersucht oder Wut hatten ihn blind gemacht. Auch blind für den Umstand, dass seine Frau zu diesem Zeitpunkt womöglich schon gestorben war – und zwar nicht nur in seinem Herzen. Da sich Henriks Onkel für Cinthyas Verbleib interessierte, war es quasi naheliegend, dass dieser Frau etwas Tragisches zugestoßen sein musste. So weh die Wahrheit tat, Henrik nahm an, dass sie tot war. Diese Überlegung behielt er jedoch vorerst für sich. Er wollte Paula nicht unnötig erschrecken, jetzt da sie gerade dabei war, Vertrauen zu ihm aufzubauen.

»Hast du selbst mit dem Schamanen gesprochen?«

»Habe ich versucht. Erst hieß es, er will mich nicht empfangen ...«

»Weiß er, wer du bist?«

»Das habe ich ziemlich deutlich gemacht, aber sie weigerten sich, mich zu ihm zu lassen.«

»Sie?«

»Na, die, die für ihn arbeiten. Seine ... Anhänger.«

Henrik runzelte die Stirn. »Sprechen wir hier etwa von einer Sekte?«

Wieder ein Schulterzucken. »Jedenfalls haben mir diese Leute Angst gemacht. Zwar hat mich niemand bedroht oder ist ausfällig geworden. Es war eher die Art, wie sie mit mir geredet haben. Wie sie mich davon überzeugen wollten, ihrem Weg zu folgen, der der einzig richtige ist, wenn du dich selbst finden oder dich reinigen willst – was natürlich unbedingt nötig ist ... Egal, danach habe ich jedenfalls sehr schnell rausgekriegt, dass Don Alfredo gar nicht in seinem Refugium war.«

»Sondern?«

Sie senkte ihre Stimme, als teilte sie ihm ein Geheimnis mit. »Er ist wieder auf Europatournee, um betuchte Frauen mittleren Alters um ihren Verstand und vor allem um ihr Geld zu bringen.« Sie sah ihn an und wirkte auf einmal müde. »Ich muss jetzt erst mal schlafen, um wieder einen klaren Kopf zu bekommen.«

Der abrupte Themenwechsel irritierte ihn, doch ihre Erschöpfung war offensichtlich. »Hast du schon eine Unterkunft?«

»Ein Hostel«, antwortete sie, ohne mehr zu verraten. Sie stand auf, und er half ihr mit dem Rucksack. Dann wandte sie sich ihm nochmals zu. »Halten Sie mich bitte nicht für bescheuert, weil ich meine Mutter nach so vielen Jahren ausfindig machen will!«

»Keine Sorge, im Gegenteil, ich kann das sehr gut nachvollziehen.« Wieder verstrichen einige Sekunden, in denen nur die Männer auf dem Gerüst zu hören waren. Das Scharren und Klopfen, untermalt vom Herabrieseln des Bauschutts.

»Ich habe ein Bild von *Mamãe*«, fiel ihr plötzlich ein. Erneut kramte sie in der aufgenähten Tasche der Hose und zog ein kleines Notizbuch hervor. Darin lag ein Foto.

Die Frau auf der ausgeblichenen Aufnahme glich Paula, auch wenn das Gesicht von Cinthya schmaler war. Und ohne Freude. Es handelte sich nicht um einen Schnappschuss. Sie wusste, dass eine Kamera sie erfasste, und trotzdem war sie nicht darum bemüht, freundlich auszusehen. Eine Spur von Sehnsucht lag in den dunklen Augen, vielleicht auch Hoffnung. Innerlich nickte Henrik bereits, noch bevor Paula ihre Frage stellte.

»Wollen Sie mir wirklich helfen?«

4

Der Weg vom Bahnhof hinauf über die Rua das Chagas war heute steiler als sonst. Dabei war er konditionell eigentlich besser in Form, denn er schwamm mindestens zweimal die Woche im Meer, seit die Temperaturen es zuließen. Er hatte auch abgenommen, was jedoch nicht allein am Sport, sondern vor allem an den Seelenschmerzen lag, die ihn plagten und ihm den Appetit raubten. Liebeskummer war bei ihm von jeher eine empfehlenswerte Diät gewesen. So war es auch jetzt, und zwar schon seit jenem Vorfall im Frühjahr, der zum Bruch mit Helena geführt hatte. Inzwischen wirkte er zwar körperlich fitter, fühlte sich innerlich jedoch nach wie vor ausgezehrt. Zu diesen Kümmernissen kam die Last seiner Aufgaben, wenn man es so bezeichnen wollte. Ein ordentliches Pfund, nein, mehr ein Zentner, wenn nicht gar ein Doppelzentner schien auf seinen Schultern zu lasten. Wie einer der Zementsäcke, die sich vor seinem Haus stapelten. Mit Beginn seines neuen Lebens in Portugal hatten sich zu schnell zu viele Probleme angehäuft. Und nicht nur jene, die Staub und Lärm produzierten. Aus der Sicht des Kriminalkommissars betrachtet, der er einmal gewesen war, steckte er in zu vielen relevanten Ermittlungen fest. Auf dem nur in seiner Vorstellung existierenden Ermittlerschreibtisch stapelte sich ein ganzer Haufen nicht abgeschlossener Fälle. Fälle, die er beackerte. *Freiwillig!* Na ja, mehr oder weniger freiwillig, korrigierte er sich. Jedenfalls bezahlte ihn niemand dafür, dass er sich mit ungelösten Verbrechen beschäftigte. Wobei auch das nicht ganz richtig war. Die Recherche an einem bestimmten Mord sorgte nämlich durchaus dafür, dass das Gebäude in der Rua do Almada renoviert wurde und er sich in Lissabon über Wasser halten konnte. Finanziert von einem Fonds, den das Opfer einst selbst initiiert hatte. Doch ein anderer Teil der Ermittlungen war tatsächlich hausgemacht. Unter anderem die Sache mit seiner ehemaligen Angestellten. Catia war entführt worden, um ihn unter Druck zu setzen, und seitdem verschwunden. Noch eine abhandengekommene Frau, wenn man so wollte. Wobei er seit einer seltsamen Begegnung im Frühjahr eher davon ausging, dass ihre Entführer sie hatten laufen lassen. Irgendwann, nachdem dieser leidige Vorfall erledigt war. Seitdem versteckte sie sich vor ihm, ohne dass er eine Ahnung hatte, warum. Darüber hinaus war da die ungeklärte Angelegenheit mit Jaya, der Inderin, die mit ihrer Familie bei ihm im Haus wohnte. Gegen sie hegte er seit Neuestem einen Verdacht, der ihm besonders schwer im Magen lag. Und dann waren da noch die Azulejos. Wenn er auf seine Intuition hörte, dann war das die heißeste Spur und gleichzeitig das größte Rätsel, seit er sich Martins Erbe angenommen hatte. Hinter dem Geheimnis der Azulejos konnte die Auflösung zu allem stecken. Und falls das zu hoch gegriffen war, konnte seine Klärung zumindest den Grund an den Tag bringen, warum Martin und João hatten sterben müssen. Vielleicht war diese vermeintliche Fährte aber auch ein kompletter Irrweg, dem er folgte, weil er zu voreingenommen, zu befangen war.

Wie auch immer, die Frage war: Sollte er sich bei all den Vorfällen und mutmaßlichen Verbrechen, die ihn zurzeit so intensiv beschäftigten, tatsächlich noch eine weitere

Ermittlung ans Bein binden? Den Vermisstenfall Cinthya Cardenas?

Er musste das nicht tun. Das sagte er sich immer wieder. Eigentlich musste er sich um überhaupt nichts von all dem kümmern. Niemand würde es ihm ankreiden, wenn er die Dinge ließ, wie sie waren. Wenn er sich zuallererst einmal um sich und sein eigenes Seelenheil bemühte. Seine Sehnsüchte stillte. Um Vergebung bat und versuchte, sie umzustimmen. Helena ...

Im honigfarbenen Licht der Straßenlaternen lag die Rua do Almada friedlich da. Friedlich und still, jetzt, da der Baulärm verhallt war, der tagsüber die Gasse füllte. Trügerisch still, dachte er – weil er einfach nicht anders konnte. Er seufzte. Wahrscheinlich war er schlichtweg unfähig, sich zu entspannen und dem Frieden zu trauen. Oder auch nur zu vorsichtig, weil er wusste, dass so etwas wie Frieden nicht existierte. Das sagte ihm jedenfalls sein Realitätssinn. Er war lediglich ein Spielball, der wie alle anderen darum kämpfte, sein Schicksal selbst bestimmen zu können.

Renato hockte auf dem Stapel Zementsäcke vor dem Haus, einen Vinho Verde in der Hand. Wortlos ließ Henrik sich neben dem älteren Mann nieder, griff nach dem eisgekühlten Wein und kippte ihn sich in seinen ausgetrockneten Rachen.

Renato protestierte nicht, er grinste nur. Das schwarze Hemd hatte Henriks Mieter bis oben zugeknöpft. Die Temperaturen schienen ihm nichts auszumachen. Kein einziger Schweißtropfen stand auf seiner Stirn oder rann über die Krähenfüße, die seine dunklen Augen einrahmten. Die kurz rasierten Haare stachen auffällig weiß durch die gebräunte Kopfhaut, ebenso wie der Dreitagebart. Wer ihm auf der Straße begegnete, hielt ihn vermutlich für einen interessanten Charakter – und tatsächlich konnte er sich durchaus sehr charmant geben. Ein Grandseigneur der alten Schule. Doch Henrik kannte nur zu gut auch seine andere Seite. Die Verbitterung und den Zynismus, der ihm anhaftete. Er vermutete, Renatos Launenhaftigkeit ließ sich vor allem darauf zurückführen, dass er seine Homosexualität den Großteil seines Lebens hatte verbergen müssen, bis er es endlich wagen konnte, sie offen auszuleben. Dem verzweifelten Warten darauf, seine gleichgeschlechtliche Zuneigung so zeigen zu dürfen, wie es Körper und Geist für richtig hielten, verdankte er wahrscheinlich jene hartnäckige Hornhaut aus bitterer Ironie, hinter der er sich nur zu gerne verschanzte. Während Henrik ihn betrachtete, streifte ihn nicht zum ersten Mal der Gedanke, ob er für Martin nach Joãos Tod wohl mehr gewesen war als nur ein guter Freund und Mitstreiter gegen die Ungerechtigkeit.

Auch wenn ihm ein paar Kilo mehr auf den Rippen gutgetan hätten, konnte man ihn mit seinen 65 Jahren als stattliche Erscheinung bezeichnen. Daran änderten auch die Narben oberhalb des Auges und über dem Nasenbein nichts. Selbst nach über einem Jahr konnte Henrik nur schwer darüber hinwegsehen, zumal er an ihnen nicht ganz unschuldig war. Andererseits hatte die üble Erfahrung sie damals zu so etwas wie Freunden gemacht. Renato war ein Verbündeter, dem Henrik von allen Leuten, die bei ihm im Haus wohnten, das meiste Vertrauen entgegenbrachte, auch wenn der schlanke Sänger und Mime ihm mit seinen Allüren bisweilen auf die Nerven ging. Henrik wusste, wie sehr Martins Tod ihn getroffen hatte, und deshalb war es zwischen ihnen zu Beginn recht schwierig gewesen. Seit

Renato erkannt hatte, dass Henrik das Vermächtnis seines Onkels aufarbeitete, war sein Misstrauen geschwunden, und nun stand er ihm zur Seite, so gut es ihm mit seinem schwierigen Charakter möglich war.

»Wie geht's den Stimmbändern?«

Die Antworte war lediglich ein Brummen. Ein grollender Hinweis darauf, dass der Sänger sie nach wie vor schonen musste. Seit mehreren Monaten war Renato nicht mehr aufgetreten, und das zehrte an ihm – nicht nur finanziell. Henrik hatte es seither unterlassen, ihn nach der Miete zu fragen. Er beschäftigte ihn sogar ab und an im Laden, obschon ihn das mehr kostete, als es ihm einbrachte. Doch das Antiquariat lohnte sich ohnehin nicht, hatte sich vermutlich noch nie gelohnt. Auch hier griff dieser äußerst zweckmäßige Fonds, den Martins Lebensgefährte João eingerichtet hatte und der nun auch Henrik bei seinen Aktivitäten unterstützte. Ein Entgegenkommen von Joãos Familie, so lange, bis Henrik seinen Teil der Abmachung erfüllt hatte.

»Der Padre war hier«, sagte Renato.

Sofort war Henrik hellwach. »Hat er was gefunden?«

Renato sah ihn von der Seite her an. »Erzählt er *mir* doch nicht. Ich frage mich ohnehin, was ihr da ständig zu bequatschen habt.«

Pater Bruno vom Kloster São Vicente de Fora war in mancher Hinsicht noch paranoider als Henrik selbst. Vor allem, was ihr *Projekt* anging. Eine ziemlich heikle Sache, weshalb Henrik den Kreis der involvierten Personen so klein wie möglich hielt. Bruno und er versuchten nämlich, den Azulejo-Code zu knacken. Ein Vorhaben, das sich zu einem regelrechten Fieber ausgewachsen hatte und ihm auf der Seele brannte, ähnlich den heftigen Feuern, die sich durch die Wälder im Norden fraßen. Das Rätsel der Azulejos zu lösen, war wie eine Schatzsuche, jedoch ohne die Hoffnung, am Ende mit Gold und Edelsteinen belohnt zu werden.

Eine Windböe blähte die Planen über dem Baugerüst, begleitet von metallischem Klicken, wie man es sonst unten am Jachthafen hörte, wenn die Befestigungsleinen und Metallösen in den Leinwänden gegen die Masten schlugen. Der Priester wäre nicht gekommen, wenn er nicht etwas Wichtiges herausgefunden hätte. Henrik musste sich dringend mit ihm treffen.

»Dir ist doch klar, dass diese Geschichte mit den Azulejos über kurz oder lang nur wieder Ärger bedeutet.«

»Deine Warnung ist zur Kenntnis genommen«, erklärte Henrik.

Renato schenkte ihm einen mürrischen Blick. »Ich will nur nicht, dass du dich in irgendwas verrennst.«

Für Sekunden herrschte Schweigen. Einerseits musste er Renato recht geben. Selbst wenn es ihnen gelang, die Wandbilder zu finden, von denen die Fliesen stammten, würden die Bilder und deren Symbolik dahinter nicht unbedingt Antworten, sondern vermutlich erst einmal nur ein Übermaß an Interpretationsspielräumen liefern, vor allem wenn die konkreten Verbindungen und Bezüge fehlten. Genau wie immer, wenn er Hinweise im Antiquariat fand oder – wie in diesem Fall – eines der zahlreichen Wandbilder, die sich auf die ganze Stadt verteilten. Solange er keine Verknüpfung zu seinen Ermittlungen herstellen konnte, würde er auf der Stelle treten.

»Wer war eigentlich die Kleine mit dem Rucksack?«, wollte Renato plötzlich wissen und lenkte damit seine

Gedanken wieder auf die jüngste Angelegenheit, für die Henrik seine Unterstützung versprochen hatte.

»Ist noch was von dem Wein im Kühlschrank?«

»Na, das wird wohl eine längere Geschichte«, sagte Renato und deutete mit einem Kopfnicken an, dass er Henrik tatsächlich etwas übrig gelassen hatte. Renato war es gestattet, sich aus dem Kühlschrank zu bedienen, nachdem er geholfen hatte, das erst kürzlich besorgte Gerät ins Büro zu hieven. Auffällig war, dass sich ausschließlich die Weinbestände daraus relativ schnell verringerten. Mit einem Seufzer stemmte Henrik sich hoch, schlurfte ins Antiquariat und kam mit der angebrochenen Weinflasche und dem Foto zurück, das Paula ihm überlassen hatte. Er schenkte sich das Glas voll, während Renato die rotstichige Aufnahme betrachtete. Es dauerte einen Moment, aber dann leuchtete Erkenntnis aus den Augen des Künstlers.

»Du kennst sie also«, vermutete Henrik.

»Das ist lange her«, murmelte Renato gedankenverloren, nahm ihm das Weinglas aus der Hand und leerte es in einem Zug. »Sie hat hier gewohnt.«

»*Gewohnt* ...?« Henrik rutschte beinahe die gekühlte Flasche aus der Hand.

»Ein paar Wochen lang, vielleicht auch nur Tage. Ich erinnere mich nicht wirklich. Ich weiß nur noch von der Aufregung, als sie plötzlich unangekündigt verschwunden ist. Martin hat daraufhin einen ziemlichen Wirbel veranstaltet.«

»Du musst doch noch mehr wissen!« Henrik war so perplex, dass er den nächsten Schluck direkt aus der Flasche nahm. »Bei wem hat sie gewohnt?«

»Da, wo heute unser Jazztrio haust. Im zweiten Stock gab es schon früher eine WG. Damals hatten sich dort vier

Frauen eingemietet. Verrückte Esoterikhühner, die mit ihrem Gackern und überzogenen Gehabe die Hausgemeinschaft aufmischten. Selbst im Treppenhaus roch es fortwährend nach Cannabis und Räucherstäbchen. Auch Catia hat dort eine Weile gelebt, aber das kann auch später gewesen sein, also nachdem die Brasilianerin wieder weg war.«

Cinthya hatte hier in der Rua do Almada Nummer 38 gewohnt. Und selbst wenn es nur ein paar Tage gewesen waren, gewann ihr Verschwinden damit doch wesentlich an Gewicht. Rührte Martins Brief an Salva Cardenas etwa auch von seinem schlechten Gewissen her, weil er dessen Ehefrau nicht hatte beschützen können? Henrik setzte sich.

»Was weißt du von Cinthya? Und über Martins Bemühungen, nachdem sie verschwunden war?«

Renato hob abwehrend die Hände. »Ich war damals sehr mit mir selbst beschäftigt. Du kannst froh sein, dass ich sie überhaupt wiedererkannt habe. Mehr ist von dieser Zeit wirklich nicht hängen geblieben ...« Er hielt kurz inne. »Soweit ich mich entsinne, war ihr Aufbruch ziemlich überstürzt, sie hat sogar ihren Koffer vergessen ... oder zurückgelassen, wenn du so willst.«

»Kam dir das nicht seltsam vor?«

»Wie gesagt, ich war zu der Zeit mit meinem Kopf woanders. Aber Martin war natürlich sehr alarmiert. Wobei es dazu ohnehin nie viel brauchte. Er hatte damals auch ...«

»Was?«

Renato wedelte mit seinen schlanken Händen und bedeutete ihm, still zu sein. Dann stand er abrupt auf, schlüpfte durch die Bauplanen und stakste ins Antiquariat. Das Gedankenkarussell drehte sich, sodass Henrik kaum merkte, wie die Zeit verging. Cinthyas Koffer? Vielleicht lag der ja noch irgendwo im Keller ... Als er den nächsten Schluck nehmen wollte, stellte er fest, dass er den Vinho Verde geleert hatte. Er betrachtete die leere Flasche und verspürte den Drang, Renato hinterherzugehen, um die nächste aufzumachen. Und bei der Gelegenheit gleich zu schauen, was Renato so lange im Laden trieb, wonach er suchte. Doch kurz bevor er die Geduld verlor, gesellte sich sein Mieter wieder zu ihm. Er presste sich ein in Leder gebundenes Buch an die Brust, so groß und schwer, dass es ihn leicht ins Schwanken brachte, als er sich neben Henrik niederließ. Er klatschte den Wälzer auf Henriks Oberschenkel. Eine Staubwolke, einem pyroklastischen Sturm gleich, eruptierte aus der Kladde. Winzige Flöckchen aus zersetztem Papier, getrocknetem Leim und Pilzsporen hüllten ihn ein, und er wedelte sie hektisch weg, ehe sie einen Hustenreiz auslösen konnten. *Flora Americae Meridionalis* war in verschnörkelten Lettern in den brüchigen Einband geprägt.

»Südamerikanische Botanik?«

»Hat etwas gedauert, bis mir einfiel, wo ich suchen muss. Wenn man sich den Saustall in deinem Laden so anschaut, gilt offenbar nach wie vor Martins Hausordnung.«

»Alles hat seinen Platz«, verteidigte sich Henrik.

»Alles *bleibt* an seinem Platz«, korrigierte ihn Renato.

Ja, so lautete tatsächlich diese erste aller Regeln, die ihm Catia gleich zu Anfang eingebläut hatte, als sie ihn mit dem Inventar des Antiquariats vertraut machte. Von jeher galt Martins unwiderrufliche Anweisung, im Antiquariat möglichst nichts zu verändern. Noch hatte Henrik sich weitgehend daran halten können. Doch die drohende Grundsanierung des Hauses würde dem zweifellos ein Ende setzen. Er wusste, er würde den Laden räumen müssen, es war nur eine Frage der Zeit. Wie viel von der Hinterlassenschaft seines Onkels, wie viel von den Geheimnissen, den Codes und versteckten Botschaften konnte er danach wohl noch rekonstruieren? Das Ziehen im Magen, das Henrik plötzlich verspürte, kam nicht von der Säure des Weins. Er atmete einmal tief ein, dann wandte er sich dem antiquierten Lexikon zu und schlug es bedächtig auf. Der schwere Einband stöhnte leise, aber vernehmlich auf, als missfiele ihm, dass er nach so vielen Jahren des Tiefschlafs wieder aufgeklappt wurde. In der oberen Ecke der ersten, bereits recht vergilbten Buchseite, hatte Martin vor langer Zeit mit Bleistift eine Zahl notiert.

20.000,–

Vermutlich der ehemalige Preis in Escudos. Das Licht der Straßenlaterne war viel zu schwach für eine ordentliche forensische Untersuchung, trotzdem blätterte Henrik vorsichtig weiter. Sollte ihm etwas Ungewöhnliches auffallen, konnte er damit immer noch ins Büro gehen und es unter die grelle Tageslichtlampe legen, die er vor einiger Zeit angeschafft hatte. Der Druck war aufwendig, jede der Seiten mit viel Liebe gestaltet. Die Abbildungen der einzelnen Pflanzen bestanden aus kunstvollen Radierungen, waren fein mit Tusche illustriert und danach aufwendig koloriert worden. Das Lexikon war handwerklich und künstlerisch eine beeindruckende Arbeit. Aber das war natürlich nicht der Grund, warum Renato sich die Mühe gemacht hatte, es herauszusuchen und ins Freie zu schleppen. Es dauerte eine Weile, bis er auf eine Seite stieß, die von Martin dezent markiert worden war. Für den flüchtigen Blick war es kaum zu bemerken, doch Henrik hatte längst ein Gespür dafür entwickelt, diese Symbole zu entdecken.

Psychotria viridis lautete die Betitelung der Seite, auf der eine Pflanze abgebildet war, deren saftig grüne Blätter denen der in Europa heimischen Buche nicht unähnlich waren.

»Was steht da?«, fragte er Renato, der nun wieder ein volles Weinglas in der Hand hielt. Offenbar war er selbst zu konzentriert gewesen und hatte nicht mitbekommen, dass sein Freund schon wieder Nachschub geholt hatte. Längst war es Nacht geworden. Schwärme von Motten umtanzten die Straßenlaterne über ihnen. Drüben von der Barterrasse schallten die üblichen ausgelassenen Geräusche zu ihnen herüber.

Renato zog eine Lesebrille aus der Brusttasche seines Hemds, klemmte sie sich auf die krumme Nase und beugte sich zu ihm. »... bis zu vier Meter hoher Baum, glatte Borke, aus dem Tieflandregenwald Süd- und Mittelamerikas«, fasste er zusammen. »Oh ... Das muss dieses Kraut sein, ein Kaffeestrauchgewächs, aus dem sie das Teufelszeug gebraut hat«, murmelte er.

»Teufelszeug?«

»Ayahuasca ... oder Cipó, wie sie es nannte. Ein halluzinogener Zaubertrank, den sie aus den Blättern und der Rinde dieser Pflanze gekocht hat.«

»Wer?«

»Cinthya natürlich«, erklärte Renato und schnalzte mit der Zunge. Dann warf er Henrik einen bedeutsamen Blick zu. »Auch wenn ich zu dieser Zeit so einiges probiert habe, habe ich mich nicht dazu überwinden können, von dieser Brühe zu trinken. Nach allem, was ich so gehört habe, kann dich das Zeug in Trance versetzen. Die Einnahme wird regelrecht zelebriert und basiert auf religiösen Riten, wie sie von Eingeborenenstämmen am Amazonas vollzogen werden. Meines Wissens geht es dabei um die Reinigung des Geistes und wie bei allen Drogen dieser Art natürlich um die Bewusstseinserweiterung. In Brasilien soll es regelrechte Ayahuasca-Religionen geben. Aber wenn du mich fragst, kotzt du dir lediglich die Eingeweide aus dem Leib, was natürlich auch eine Art der Reinigung ist.«

»Hat Martin davon probiert?«

»Hätte zu ihm gepasst, aber ich bin mir sicher, er war ebenso skeptisch wie ich, was die Wirkung angeht.«

»Und Don Alfredo hat diese Droge aus dem Dschungel nach Portugal gebracht?«, fragte Henrik und griff nach dem Weinglas. Diesmal ließ Renato es nur widerwillig los.

»Cinthya hatte das Zeug bei sich, wie mir Martin erzählte, von daher nehme ich an, sie war der Kurier. Dein Onkel meinte auch, dass sie mit diesem ... wie nannte er sich ... diesem Heiler ...«

»Schamanen«, berichtigte ihn Henrik.

»Scharlatan, richtig! Also, sie ist mit diesem Scharlatan durch ganz Europa getingelt. Lissabon sollte ihre letzte Station sein, bevor es zurück nach Brasilien ging. Sie waren länger bei uns in der Stadt als anderswo, das weiß ich noch. Die New-Age-Welle war gerade aus den USA zu uns herübergeschwappt, und offenbar bestand in Lissabon besonders großes Interesse an fachkundiger Anleitung zur Selbstfindung. Leider kann ich dir nicht sagen, wie oder unter welchen Umständen sich Cinthya und Martin begegnet sind ... ich kann nur vermuten, durch Catias Zutun. Zu schade, dass wir sie nicht fragen können. Aber ja ...« Er bekam einen wehmütigen Blick. »Unsere Catia war anfällig für diesen Esoterikkram. Na, wem erzähle ich das. Sie fand sie jedenfalls gut, die widernatürlichen Künste dieses ...«

»Don Alfredo«, soufflierte Henrik.

»… ein lächerlicher Name für einen Hexenmeister, findest du nicht? Der Typ gab Seminare zur Selbstfindung, Reinigung und Heilung, soweit ich mich an das Plakat erinnere, das sie damals überall angeschlagen haben. Oder waren es Flugblätter?«

»Spielt keine Rolle; was fällt dir noch zu Don Alfredo ein?«

»Ich entsinne mich an einen bärtigen Kerl mit gedrungener Statur, stechendem Blick, langem grau meliertem Haar und schlechten Zähnen. Doch das war den Frauen egal, sie flogen auf ihn, und ich möchte wetten, jede zweite seiner Seminarteilnehmerinnen wurde feucht im Höschen, wenn er sie angelächelt hat.«

»Klingt ja fast nach Eifersucht«, stichelte Henrik, bereute die Bemerkung aber sogleich, als Renato beleidigt das Gesicht verzog.

»Ich erzähle dir nur, was ich damals bei den Esoterikschnepfen im Haus aufgeschnappt habe, companheiro. Wenn du dich nicht benimmst und mich nicht ausreden lässt, beschränke ich mich aufs Weintrinken.«

»Schon gut, ich entschuldige mich, sprich bitte weiter!«

Renato behielt noch für ein paar Sekunden seinen Flunsch, bevor er zu grinsen begann. »Don Alfonso, lächerlich!«

»Don Alfredo«, korrigierte Henrik.

»Scheißegal! Was ist das für eine Welt, in der einer ein bisschen Feenstaub in die Luft pustet und dafür ein irrwitziges Honorar verlangen kann?«

»Na, ganz so banal waren diese Selbstfindungskurse sicher nicht. Oder warst du dabei und bist selbst feucht im Höschen geworden?«, rutschte es Henrik heraus.

»Wie du willst, mi amigo!«

War er jetzt tatsächlich eingeschnappt? Jedenfalls wandte Renato sich demonstrativ ab und blickte die Rua do Almada hoch und dann hinauf zur Terrasse der Bar, auf der leicht bekleidete, junge Menschen bei eisgekühlten Drinks zusammenhockten. Ihre Unterhaltungen und ihr Gekicher schienen ihn nicht im Geringsten zu stören. Das machte deutlich, wie sehr ihn die skurrile Geschichte um den Wunderheiler in ihren Bann gezogen hatte.

Nun, Henrik ging es nicht anders. Paulas Mutter hatte im Auftrag des Schamanen einen fragwürdigen Pflanzensud zusammengebraut, der angeblich Geist und Seele reinigte. Lag darin womöglich die Ursache dafür, dass Cinthya nach dieser Europareise nicht mehr nach Brasilien heimkehrte? Was war passiert? Warum hatte sie irgendwann während ihres Aufenthalts in Lissabon in der Rua do Almada Zuflucht gesucht? Er musste sich dringend kundig machen, wie gesundheitsgefährdend die Einnahme dieses Ayahuasca-Trunks war.

»Er hatte bei Gott seine Anhänger, das muss ich ihm zugestehen«, knurrte Renato und unterbrach damit seine Überlegungen. »Oder besser gesagt«, korrigierte er sich, »seine Anhängerinnen. Es waren ja ausschließlich Frauen.«

»Hast du vielleicht noch Kontakt zu einer der ›Esoterikschnepfen‹, die damals hier gewohnt haben?«

Wieder brauchte Renato einen Moment – und einen kräftigen Schluck Wein –, bevor er antwortete. »Ich kann mich nicht mal mehr an die Vornamen erinnern. Aber Catia, ja, Catia weiß …« Dann brach er ab, als ihm ein weiteres Mal aufging, dass keine Catia mehr da war.

5

Er konnte sich nicht erinnern, unruhig geschlafen zu haben, dennoch fühlte er sich wie gerädert, als er um kurz nach sieben die Augen aufschlug. Das Laken war nass geschwitzt. Die Hitze staute sich unter der Stuckdecke. Es war zu laut in den Gassen, um bei offenem Fenster zu schlafen. Und neuerdings auch zu staubig. Außerdem war ohnehin nicht anzunehmen gewesen, dass die Nacht für merkliche Abkühlung sorgen würde. Was hätte es also genutzt, dem Lärm und den Stechmücken Einlass zu gewähren? Während er auf dem Rücken liegend darauf wartete, dass die Müdigkeit ihn zurück in den Schlaf beförderte, dachte er darüber nach, ob er sein desolates Befinden wirklich allein der Sommerhitze verdankte. Oder ob er nicht auch Cinthya Cardenas mit in seine zerrissenen Träume genommen hatte. Auch früher schon, als er noch Kriminalkommissar gewesen war, hatten besonders prekäre Fälle mehr als nur gelegentlich sein Unterbewusstsein beschäftigt. Er hatte diejenigen Kollegen stets ein wenig beneidet, die abschalten und sich von allem lösen konnten, kaum dass sie die Haustür hinter sich zugezogen hatten.

Häufig, wenn er an seinen ehemaligen Beruf dachte, rechnete er ungewollt nach, wie lange dieses Leben schon hinter ihm lag. Damit verbunden ereilten ihn immer auch die Gedanken an Nina. Der schreckliche Unfalltod seiner Ehefrau war letztlich die Ursache dafür, dass er seinen Dienst quittiert hatte. Was wiederum den Weg vorzeichnete, der ihn schlussendlich nach Lissabon geführt hatte. Eine Ereigniskette, die sein Schicksal bestimmte.

Das Schicksal. Es tat sein Werk, ohne dass er es herausforderte oder versuchte, es zu beeinflussen. Auch wenn er immer wieder ins Grübeln geriet. Darüber, welches Ereignis was auslöste. Doch wo setzte man da überhaupt an? Was sollte man als den Startpunkt dieses vorbestimmten Wegs betrachten? Wo hätte man dazwischengehen müssen, um bestimmte Ereignisse zu verhindern?

Henrik stöhnte frustriert Richtung der leicht durchhängenden Zimmerdecke. Vielleicht brauchte ja auch er eine bewusstseinserweiternde Erfahrung, um endlich Antworten zu finden. Und nicht allein Antworten. Auch Reinigung. Und Heilung.

Er betrachtete noch eine Weile still die weiß getünchte Decke, bis er das Gefühl hatte, sein Geist sei ebenso weiß und rein. Erst dann stand er auf.

Gerade als er das kurze Stück Flur zum Bad durchschritt, vernahm er ein beunruhigendes Knirschen. Es war nicht direkt unter seinen Füßen. Er konnte nicht einmal genau definieren, aus welcher Ecke es kam. Er wusste nur, es war das Haus. Das Haus beklagte sich, und für einen Moment lächelte er bei der kindlichen Vorstellung, einem Disput zwischen Gemäuer und Holzbalken beizuwohnen. Wenn sich die Baumaterialien, die man hier vor zweihundert Jahren zusammengefügt hatte, nach all der Zeit uneins wurden, dann waren wohl in der Tat höchste Bedenken angebracht. Plötzlich erinnerte er sich wieder an die durchhängende Schlafzimmerdecke, und das Lächeln verging ihm. Unwillkürlich hielt er sich am Türstock fest und erwartete das Erdbeben, das sich auf das Innere seiner vier

Wände beschränkte. So verharrte er, bis er sicher war, dass die Mauern ringsumher nicht einstürzen würden. *Wenn die Bude in sich zusammenfällt, ist alles vorbei.* Für eine Sekunde erkannte er darin auch einen Segen, doch dann besann er sich. *Ich denke nicht zuerst an mich, nicht an mein Wohl und meine Sicherheit. Nein, verdammt, meine vorrangige Sorge gilt Martins Vermächtnis.*

Diese Einsicht folgte ihm ins Bad und wurde erst durch sein Spiegelbild verscheucht. Seit Ninas Tod war der Blick in den Spiegel zu etwas geworden, das ihm einiges abverlangte. Heute jedoch schockierte ihn eher sein Äußeres. Was daran lag, dass er Anfang der Woche beim Frisör gewesen war. Der hatte an und für sich keine schlechte Arbeit geleistet. Die Haare, die er nun beinahe eineinhalb Jahre hatte wachsen lassen, waren ab. Ratzeputz. Was noch da war, war kürzer als zu seiner Zeit bei der Polizei. Schuld war die Hitze. Von einem Tag auf den anderen hatte er die langen Strähnen nicht mehr ertragen. Und jetzt, da die Kopfhaut durch die Sechs-Millimeter-Kurzhaarfrisur schimmerte, kam er sich fremd vor. Sein Gesicht wirkte unverhältnismäßig rund, ja, er sah aus wie ein Kugelfisch! Dabei hatte er doch abgenommen – vor allem wegen Helena. Aber auch des Baugutachters wegen, der mit dramatischem Gebaren deutlich gemacht hatte, dass nur ein sehr rasches Handeln das Haus noch retten konnte. Diese Hiobsbotschaft hatte seinen Appetit geschmälert, obwohl die portugiesische Küche nach wie vor eine Unzahl an Verführungen für ihn bereithielt, gerade was kalorienreiche Süßspeisen anging.

Die Dusche weckte ihn endgültig. Neuerdings tönte neben dem Rauschen des Wassers auch ein helles, blechernes

Pfeifen aus der Leitung. Die Posaunen von Jericho, wie er das Geräusch – nur halb im Scherz – zu nennen pflegte. Hatten die nicht auch Mauern zum Einsturz gebracht? In jedem Fall fand er es alarmierend. Anabela de Castro hatte all ihre Beziehungen spielen lassen, um die Maßnahmen zur Wahrung der Bausubstanz unverzüglich umzusetzen. Das unterstrich, dass auch die de Castros im Untergang des Antiquariats ein großes Problem, wenn nicht sogar eine Katastrophe sahen. In der Tat wäre dann auch für Anabela und ihre Familie die einzige Chance dahin gewesen, jemals die Wahrheit über Joãos Tod herauszufinden. Henrik und das Antiquariat – das war der Strohhalm, an den sie sich klammerten. Er konnte nicht leugnen, deshalb einen gewissen Erwartungsdruck zu verspüren. Immerhin setzten die de Castros auf seine Fähigkeiten, Martins Hinterlassenschaft richtig zu deuten und die entscheidenden Hinweise zu finden.

João war Martins Geliebter und Lebensgefährte gewesen. Und der Grund, warum sein Onkel Ende der 1970er-Jahre nach Lissabon ausgewandert war. Mit diesem Schritt hatte Martin auf eine Karriere als Staatsanwalt im deutschen Justizapparat verzichtet. Damals, mit Mitte zwanzig, wollte er sein Leben so leben, wie er es für richtig hielt und sich nicht den engstirnigen Konventionen jener Zeit unterwerfen. Im Gegensatz zu seiner Familie verstand Henrik die Entscheidung seines Onkels sehr gut. Er war ja selbst vor den Falkners geflohen, wenn auch aus anderen Gründen.

Martin jedenfalls hatte hier in Lissabon ein reueloses und glückliches Leben geführt, glaubte man den Erzählungen seiner Mitbewohner. Zehn Jahre Glück waren ihm vergönnt, dann schlug das Schicksal gnadenlos zu und entriss ihm gewaltsam das Liebste, was er hatte – noch eine Parallele zu Henriks Leben.

Und als wäre das nicht schrecklich genug gewesen, wirkten die ermittelnden Beamten keineswegs sehr motiviert, als es darum ging, den Mörder eines schwulen Künstlers zu finden. Die Untersuchungen verliefen einfach im Sande. Henrik konnte nur Vermutungen anstellen, aber er nahm an, dass die behördliche Untätigkeit in Martin einen unstillbaren Groll entfachte, der ihn aus der bleiernen Lethargie seiner Trauer riss und in ihm den Entschluss formte, seine einst erlernten Fähigkeiten zu reaktivieren und eigenständig Nachforschungen anzustellen.

Damit fing alles an. Martin machte sich daran, den Täter zu überführen, und musste dabei schnell erkennen, dass der Kunstmaler nicht das einzige Opfer war, dem eine nachlässige Behandlung seitens der Exekutive und der Justiz zugekommen war. Also begann er nicht nur Fakten und Indizien zum Fall João de Castro zu sammeln, sondern auch zu anderen Verbrechen, auf die er stieß und bei denen seines Erachtens schlampig ermittelt worden war. Damit hatte sein Onkel bestimmt zahlreiche schlafende Hunde geweckt. Leute, die sich wegen ihrer Machtpositionen und ihres Geldes in Sicherheit wähnten, bekamen Zweifel, ob sich der schwule Antiquar tatsächlich so einfach kontrollieren ließ. Man konnte nur vermuten, was daraufhin alles versucht und unternommen wurde. Gewiss wurde Martin Geld angeboten. Und als Henriks Onkel sich als unbestechlich erwies, griff man irgendwann zu anderen Mitteln. Drohungen, gewalttätige Einschüchterungsversuche, Einbrüche im Antiquariat, um herauszufinden, was sein Onkel wusste. Genug Aggressivität gegenüber Martin und seinen Freunden, dass er nicht mehr wagte, sein Ermittlungsmaterial öffentlich zu machen. Vielleicht hatte er ja auch vorgegeben, die Beweise zu einzelnen Fällen wieder vernichtet zu haben. In Wahrheit jedenfalls archivierte er die Abscheulichkeiten menschlicher Abgründe im Antiquariat. Geschickt verborgen vor den Augen derer, die sein Tun mit aller Macht unterbinden wollten.

Das Archiv der ungelösten Verbrechen war umfangreich, verfügte jedoch über kein nachvollziehbares Ablagesystem. All die sorgfältig versteckten Inhalte zu finden und zu durchschauen, würde nie gelingen, wenn erst einmal alles in Schutt und Asche lag. Dann lägen alle Geheimnisse unter Tonnen von Ziegeln, Mörtel und Holz begraben. Und alle Spuren, Hinweise und Indizien wären endgültig ausgelöscht.

Wenn wir die Fassade retten und den Originalzustand wiederherstellen können, dann wird auch der dringende Innenausbau bewilligt, hatte der Herr von der Baubehörde verlauten lassen. Ein absurdes Vorgehen, das in enger Absprache mit dem Denkmalschutz getroffen worden war. Henriks Einwand, dass der marode Rest des Hauses bei einem Einsturz auch die hübsch renovierte Fassade mit sich riss, fand kein Gehör. Hauptsache, nach vorne zur Straße sah alles wunderbar aus, das freute die Touristen. Henrik hatte sich vorgenommen, sich nicht mehr über den Irrsinn der Ämter aufzuregen. Und egal wie es weiterging, er würde nicht umhinkommen, als Nächstes den Keller leer zu räumen, wenn die Sanierung vorangehen sollte. Es widerstrebte ihm, jetzt über Aufwand und Ausmaß dieser Räumung nachzudenken. Besser, er beschäftigte sich jetzt mit dem Verschwinden von Cinthya Cardenas. Nein, halt. Auch die Suche nach Paulas Mutter würde er heute Vormittag zurückstellen. Ganz oben auf seiner Liste stand der Padre.

Bruno hatte sich gestern die Mühe gemacht, von einem Hügel herabzusteigen, um einen anderen zu erklimmen. Demzufolge musste sein Ansinnen wirklich wichtig sein. Ihn anzurufen, wäre sicher bequemer, aber der Geistliche benutzte kein Handy. Außerdem saß er mehr im Beichtstuhl als hinter dem Schreibtisch im Büro seiner Kirchengemeinde. Und ob er über seine prekären Nachforschungen überhaupt am Telefon reden würde, bezweifelte Henrik ohnehin. Dafür war Bruno zu vorsichtig. Ein gebranntes Kind, wie Henrik wusste, auch wenn ihm keine Details bekannt waren. Außerdem war er schon eine ganze Weile nicht mehr auf dem Schlossberg gewesen. Was ihn von dort fernhielt, war die Tatsache, dass Helena ganz in der Nähe von São Vicente de Fora wohnte.

Verdammt, wann fand er endlich den Mut, mit ihr zu reden? Mit der flachen Hand schlug er gegen die Badezimmerkacheln neben dem Waschbecken. Auch Schmerz hatte bisweilen etwas Reinigendes.

Plötzlich hatte er es eilig, aus der Wohnung zu kommen. Es war noch früh, aber die Hitze bereits spürbar. Man musste kein Meteorologe sein, um zu erkennen, dass ihn ein weiterer unerträglich heißer Tag erwartete. Die Luft vor der Tür fühlte sich zäh an, und er sehnte sich nach einer Bö vom Fluss her. Kanalisiert von der Häuserschlucht und dadurch kräftig und erfrischend, selbst wenn er die derben Gerüche vom Hafen mitbrachte.

Im Chiado Café in der Rua do Loreto trank er eilig einen Bica, einen portugiesischen Espresso, würzig und stark.

Seine Eile dabei widersprach selbstredend der hiesigen Gepflogenheit, doch darauf konnte er sich nicht immer einlassen. Schon kurz danach hastete er mit verbrannter Zunge weiter zum Praça Luís de Camões, in dessen Mitte die Statue ebenjenes großen Dichters ihren langen Schatten warf, der selbst jetzt am frühen Vormittag schon begehrt war. Dort, wo die achteckige Steinsäule die Sonne abhielt, hockten ein paar Jugendliche auf den Stufen, die den Sockel einfassten. Henrik hatte damit gerechnet, dass um diese Zeit bereits mehr Leute – und zwar vorrangig Touristen – unterwegs waren, um der zu erwartenden Mittagshitze zu entgehen und ihre Besichtigungen oder sonstigen Unternehmungen in der Stadt bei noch erträglichen Temperaturen zu erledigen. Dass dem nicht so war, konnte ihm nur recht sein, denn so war die Menschentraube, die am westlichen Ende des Platzes auf die Eléctrico wartete, angenehm überschaubar. Entgegen seiner ursprünglichen Absicht, zu Fuß zu gehen, reihte er sich daher an der Haltestelle ein. Hier an der Station der historischen Straßenbahn, die seit 1901 elektrisiert durch die Gassen Lissabons fuhr und nicht nur Schienennostalgiker anlockte, waren wie so häufig zahlreiche Nationen vertreten, sodass er sich von einem Kauderwelsch an Sprachen umgeben fand. Gut zwei Minuten musste er ausharren, dann vernahm er das metallische Schleifen. Mit altvertrautem Kreischen schlitterte der gelbe Triebwagen Sekunden darauf um die Ecke. Die Herde der Urlaubsgäste um ihn herum verfiel in Unruhe. Jeder wollte einen Sitzplatz am Fenster ergattern, auch wenn die Holzbänke gemessen am heutigen Standard von spartanischer Härte waren. Henrik gewährte den drängelnden Leuten aus aller Welt gern den Vortritt. Er kannte die Strecke zur Genüge und begnügte sich mit einem Stehplatz.

Begleitet vom Klacken der Kameras, zwängte sich die Bahn um scharfe Kurven und rauschte dann hinunter ins Baixa-Viertel. Dort wurde es sogar noch enger, und bald rollten sie an enttäuschten Gesichtern vorbei, an Touristen, die auf die nächste oder übernächste Eléctrico warten mussten, die vielleicht noch Fahrgäste aufnehmen konnte. Es war immer dasselbe Spiel. Wer zeitig hinauf auf den Schlossberg wollte, marschierte besser zu Fuß los, statt auf einen Platz in einem der begehrten Wagen der Linie E28 zu warten.

Am Portas do Sol ließ sich Henrik vom Strom der Mitreisenden aus der Straßenbahn schieben. An der belebten Ecke mit der Aussichtsterrasse herrschte bereits ordentlich Trubel. Leute drängten ans Geländer, machten Fotos und Selfies mit dem Sund im Hintergrund oder mit Blick auf das Kloster und das Pantheon. Kaum ein Tourist bereiste die Stadt am Tejo und landete dabei nicht irgendwann an dieser Brüstung. Hier war einer der Hauptknotenpunkte, von dem aus man sowohl hinauf zum Castelo de São Jorge, rüber zum Mercado de Santa Clara, auf dem samstags der Markt der Diebe stattfand, oder runter ins Alfama-Viertel gelangte. Erst als er hinter einem Tross Asiaten her trottete, fiel ihm auf, dass er die ganze Fahrt über keinen einzigen Gedanken an die verschiedenen Baustellen seines Lebens verschwendet hatte. Die Stadt hatte ihn abgelenkt. Ja, das konnte sie gut. Bisweilen ertappte er sich dabei, dass er sich von ihr einlullen ließ. Von ihrem Pulsschlag, ihrem Charme, der Unbefangenheit, dem Zusammenspiel der Geräusche und Gerüche, dem Lachen und der Ausgelassenheit ihrer Bewohner und ihrer Gäste. Von der Musik der Straße ebenso wie vom Wehklagen der Fadogesänge, die aus den offenen Türen der Lokale ertönten. Nicht zuletzt vom Rauschen der Brandung, das nur Einbildung sein konnte, weil der Atlantik, obwohl seine Nähe spürbar war, zu weit entfernt war, als dass man seinen ewigen, rauen Atem noch in der Innenstadt hätte hören können.

Ein wenig benommen und noch immer in Gedanken, fand er sich vor dem Kloster wieder, umrundete das Hauptportal der Igreja de São Vicente de Fora und nahm die Gasse, die hinüber zum Panteão Nacional führte. Samstags, wenn hier der berühmte Feira da Ladra stattfand, der größte Flohmarkt der Stadt, gab es kaum ein Durchkommen. In letzter Zeit hatte er auch dieses Spektakel gemieden, obschon die Wahrscheinlichkeit, Helena dort zu begegnen, im Tausendstelbereich liegen mochte. Ehe er sich doch wieder mit seiner Beziehung und dem Gefühlschaos beschäftigen konnte, das die Kriminalkommissarin vom Dezernat für Gewaltverbrechen in ihm auslöste, erreichte er die unscheinbare Pforte. Der Durchlass in der hohen Mauer, die die Klosteranlage einfriedete und der ihn auf den hinteren Hof führte, war kein offizieller Eingang, sondern lediglich Klosterzugehörigen und Lieferanten vorbehalten. Allerdings wusste er von früheren Besuchen her, dass da niemand war, der sich ihm in den Weg stellte.

Richtung Osten, jenseits und unterhalb der Klostermauer, erblickte er das Tonziegeldach jenes Stadtpalasts, in dem sich im Frühjahr eine Tragödie ereignet hatte. Er hatte schon eine Weile nicht mehr an José Marques, den vermögenden Privatbankier und Besitzer des prächtigen Anwesens gedacht. Oder daran, ob der Mann sich erholt hatte –

nicht nur von der Schusswunde in seiner Schulter, sondern vor allem von dem Verlust, der er erlitten hatte. Was damals vorgefallen war, war völlig absurd und gleichzeitig erschreckend gewesen. Leute waren wegen eines Fisches gestorben – nun gut, wegen eines wertvollen Kois, aber letztlich doch nur wegen eines Fisches. Und es kam wie so oft in dieser Stadt. José Marques war trotz seiner Verbrechen einer Strafverfolgung entgangen. Wer über genug Geld verfügte und die entsprechenden Leute in den richtigen Positionen kannte, hatte in Lissabon eben nichts zu befürchten. Ob Henrik nun Bruno besuchte oder unten im Baixa-Viertel am Bankhaus von Marques vorbeiging, stets beschlich ihn der unangenehme Gedanke, dass er dem versnobten und skrupellosen Portugiesen erneut begegnen könnte.

Er verscheuchte die leidige Geschichte aus seinem Kopf und eilte über den Hof. Wie erwartet war die Tür, durch die man in die Küche des Refektoriums gelangte, nur angelehnt. Der Weg war ihm bekannt, und so klopfte er dreißig Sekunden später an die schwere Holztür von Brunos Büro. Diese öffnete sich so unvermittelt, als hätte der Priester direkt dahintergestanden und nur auf Henrik gewartet. Jetzt umspielte kurz ein schmales Lächeln seine Lippen, bevor er wieder ernst wurde, Henrik am Unterarm packte und ihn energisch in sein stets abgedunkeltes Schreibzimmer zog.

»Wieso bin ich nicht gleich darauf gekommen?«

»Äh, auf was?«, fragte Henrik verdutzt.

»Sie wurde ersetzt, das hat es so schwierig gemacht«, erwiderte Bruno, kaum dass die Tür zugefallen war, als würde das alles erklären.

6

Der Duft von würzigem Chá Gorreana erfüllte die Luft. Grüner Tee von den Azoren, mit einer leichten Orangennote verfeinert. Darauf schwor Bruno. Er hatte den Tee aus der Klosterküche geholt, wie er das immer tat, und sich dabei nervenaufreibend viel Zeit gelassen. Nun saßen sie in den Ledersesseln unter dem Fenster mit der Bleiverglasung, das nur wenig Licht hereinließ. Ein vertrauter Platz, den Henrik seit seiner ersten Begegnung mit dem Padre kannte. Seit damals vor rund einem Jahr, als noch keiner von beiden voraussehen konnte, wie schnell aus diesem zufälligen Zusammentreffen eine Freundschaft werden würde. Bruno hatte ihn damals notdürftig verarztet, kurz nachdem jemand versucht hatte, Henrik vom Klosterdach zu stoßen. Und obwohl die Vorzeichen es vielleicht schon andeuteten, hätte Henrik doch keine Prognose gewagt, worauf sie sich später gemeinsam einlassen würden.

Jetzt, da ihm der Orangenduft in die Nase stieg, kam es ihm vor, als läge dieser Vorfall eine Ewigkeit zurück. So viel war inzwischen geschehen, und nur allzu oft hatte er dem Tod ins Auge geblickt. Gerade deshalb hatte er stets auch ein schlechtes Gewissen, weil er den Priester immer wieder in seine Missionen verwickelte und in prekäre Situationen brachte. Trotzdem hatte er Bruno wegen der Azulejos um Rat gefragt – er wusste einfach niemanden, der sich besser für dieses Projekt eignete. Und, ja, er war sich des Risikos bewusst und auch der Gefahr, die sie damit womöglich heraufbeschworen. Er kannte Bruno. Dieser Mann würde sich nicht damit zufriedengeben, nur ein paar Anrufe für ihn zu tätigen. Der Padre verfolgte die Azulejo-Spur so verbissen, als erwartete er auch für sich persönlich ein paar Antworten. Der Geistliche kämpfte ebenfalls mit Dämonen aus seiner Vergangenheit, die nicht allein mit festem Glauben und Gottes Segen zu besiegen waren.

Der Tee in den Tassen dampfte. In dieser Sommerhitze hätte Henrik lieber etwas mit Eiswürfeln darin zu sich genommen. Wobei es die Sonne – ähnlich wie im Antiquariat – bislang nicht durch die massiven Steinmauern des Klosters geschafft hatte. Daher herrschte im Refugium des Hirten der Pfarrgemeinde São Vicente de Fora eine angenehme Temperatur. Und Stille. Sie wurde nur vom dumpfen Ticken der alten Standuhr gegenüber dem ausladenden Schreibtisch gebrochen, der so antik war wie alle anderen Einrichtungsgegenstände, egal ob Möbel, Bücher oder die Gemälde an den Wänden. Das gesamte Interieur war von höchst musealer Anmutung, bis hin zum Wählscheibentelefon. Henrik verlagerte unruhig sein Gewicht; er wünschte sich, dass Bruno endlich sein meditatives Schweigen brach, in das er verfallen war, nachdem er ihm gegenüber Platz genommen und in seinem Tee zu rühren begonnen hatte. Brunos nachdenklicher Blick ruhte auf einem Punkt irgendwo hinter Henriks linker Schulter. Vielleicht auf dem bis fast zur Unkenntlichkeit nachgedunkelten Ölgemälde an der Wand, das von einem wuchtigen Holzrahmen gehalten wurde. Henrik hatte das Kunstwerk bisher immer nur mit einem oberflächlichen Blick gestreift, fühlte sich nun jedoch durch das Starren des Padre genötigt, sich danach umzudrehen. Mit angestrengtem Blick studierte er das Werk des unbekannten Künstlers; es zeigte eine Landschaft, die sich auf einen nahenden Gewittersturm vorzubereiten schien. Noch zupfte der Wind nur spielerisch an den Bäumen im Vordergrund, doch man erkannte überall im Wogen der Gräser auf den Feldern und in den sich biegenden Baumwipfeln des angrenzenden Waldes das bange Warten der Natur auf das heranrollende Inferno. Die grauschwarzen Wolken am Horizont ließen Henrik an die Feuersbrünste denken, die zurzeit in Zentralportugal wüteten. Unwillkürlich erfasste ihn Beklemmung.

Der Priester hüstelte.

Das Leder unter seinem Hintern knarzte, als er sich wieder umwandte. Die Aufregung, die Bruno im Moment von Henriks Eintreffen an den Tag gelegt hatte, schien sich in Luft aufgelöst zu haben.

»Der Herr sei allezeit mit dir«, murmelte der Padre, dann sah er Henrik an, als wäre er eben aus einem kurzen Schlaf erwacht.

Henrik ergriff die Initiative. »Du wolltest mir etwas zu den Fliesen sagen!«

Bruno nickte und stellte seine Teetasse auf den kleinen Beistelltisch, der die Sitzecke vervollständigte. Dann griff er nach dem flachen Gegenstand, der dort schon die ganze Zeit lag, säuberlich in ein Leinentuch eingeschlagen. Henrik kannte den Inhalt, und trotzdem hielt er den Atem an, als der Padre ihn aufnahm und ihn sich mit einer bedächtigen Bewegung auf die Oberschenkel legte. Vorsichtig klappte er die Stofflagen auseinander, als erwartete er eine schmerzhafte Überraschung.

Die Azulejo kam zum Vorschein. Es handelte sich um jene Keramik, die Henrik zuletzt im Antiquariat entdeckt hatte. Der Fund war keine zwei Wochen alt, und wie die

Kacheln zuvor war auch diese in einem Buch versteckt gewesen. Es war die dritte Entdeckung dieser Art seit dem Frühjahr. An den Rändern war die Glasur teilweise abgeplatzt, was womöglich passiert war, als jemand die Azulejo mit Gewalt von ihrem angestammten Platz entfernt hatte. Weit mehr als die Hälfte des Artefakts war schlicht cremefarben, die verbleibende Ecke marineblau schraffiert. Beide Farbsegmente waren getrennt durch eine geschwungene Linie. Weiter war da nichts, was Aufschluss darüber hätte geben können, was das Fliesengemälde in seiner Gänze darstellte. Sie besaßen lediglich ein Puzzleteil, ohne sagen zu können, wozu es passte. Es gab nicht den geringsten Anhaltspunkt, ob die Fliese einst Teil eines großen Wandbildes oder einer Fassadenverkleidung an einer Hauswand gewesen war. Auch die anderen Fliesen waren ähnlich nichtssagend bemalt – was absolut unbefriedigend und frustrierend war. Denn darum ging es doch letztlich: jenes Kachelbild irgendwo in der Stadt zu finden, wo genau diese Fliese abgefallen oder entfernt worden war.

Natürlich, viele dieser antiken Azulejos waren im Umlauf und wurden illegal gehandelt. Unter anderem auf dem Markt der Diebe, wo Touristen die begehrten Stücke kauften und dabei in der Regel keine Ahnung davon hatten, dass sie etwas Verbotenes taten. Doch derlei Bedenken musste Henrik außer Acht lassen. Im Moment ging es ausschließlich um die Botschaft, die sein Onkel ihm mit der Fliese hinterlassen hatte. Danach würde er weitersehen.

Leider verfügte er über kein echtes Indiz dafür, dass die Azulejos überhaupt zur Lösung eines Rätsels beitragen würden. Er vertraute hier lediglich seiner Intuition und seinem kriminalistischen Instinkt. Und was das Lüften der Herkunft der Fliesen anging, vertraute er auf den Padre. Auch wenn die schiere Masse an Kachelbildern in der Stadt diese Aufgabe eigentlich unmöglich machte. Die Azulejo-Kunst war überall in den Straßen Lissabons präsent. Es gab sie nicht nur in und an Sakralbauten. Man fand sie in Museen und Palästen, in Ämtern und Verwaltungen, an Monumenten, selbst in U-Bahnstationen. Und das waren nur die öffentlich zugänglichen Gebäude und Einrichtungen! Mit Vernunft betrachtet, war ihr Vorhaben ein hoffnungsloses Unterfangen.

Und doch ...

Bruno wirkte bei genauerem Hinsehen sehr zuversichtlich, wie er ihm da gegenübersaß. Und vorhin an der Tür diese Andeutung. Sein Verhalten wies darauf hin, dass er erfolgreich gewesen war und mit dem jüngsten Stück in ihrer Sammlung einen Treffer gelandet hatte. Oder aber ...

»Hast du deinen Experten gefunden?«

Mehrfach hatte ihm Bruno in den letzten Wochen enttäuscht mitgeteilt, wie schwierig es sich gestaltete, einen Fachmann aufzutreiben, der so allumfassende Kenntnisse über die portugiesische Fliesenkunst besaß, dass er ihnen mit den Fragmenten helfen konnte. Zumal es jemand sein musste, dem der Pfarrer ein gewisses Vertrauen entgegenbrachte.

»Nun, ich habe ein paar Meinungen eingeholt, das habe ich dir ja bereits erzählt. Und obwohl ich äußerst vorsichtig war, war ich stets sehr schnell heiklen Nachfragen ausgesetzt. Dabei waren es fast ausnahmslos Kirchenleute, an die ich mich gewandt habe. Immer wollten meine Glaubensbrüder mehr über die Hintergründe wissen, warum ich mich plötzlich so für die Azulejo-Kunst interessiere.«

Henrik verzog zerknirscht das Gesicht. »Tut mir leid, ich wusste, dass ich dich wieder in Schwierigkeiten bringe.«

»Nein, nein, Henrik, es war meine Entscheidung. Und ich bin nach wie vor froh, dass ich mich nicht habe entmutigen lassen.«

»Also, dann lass hören, wie bist du weiter vorgegangen?«

Ein scheues Lächeln huschte über das lange Gesicht des Geistlichen. »Gegangen, genau, das trifft es. Ich bin sehr viel rumgelaufen in den letzten Tagen.«

»Hast du etwa tatsächlich eine Entdeckung gemacht, einfach so durch Zufall?« In Henrik wuchs die Aufregung.

Bruno nickte mit leuchtenden Augen. »Ja, es war reiner Zufall, stell dir vor! Mein anfänglicher Fehler war, dass ich nach Mosaiken Ausschau gehalten habe, die nicht mehr vollständig waren. Ich habe also quasi nach Löchern gesucht. Bis mir klar wurde, dass die fehlenden Fliesen mit großer Wahrscheinlichkeit ersetzt worden waren. Mit Duplikaten, verstehst du?«

Auch Henrik hatte diese Möglichkeit nicht erwogen, dabei war sie naheliegend, wenn man genauer darüber nachdachte. »Und du meinst, wir haben hier das Original?«, fragte er und zeigte auf die Fliese, die Bruno nun auf der Handfläche balancierte wie zuvor seine Teetasse.

»Das will ich meinen.«

Nach dem Aufwand, den Martin betrieben hatte, um die Fliesen zu verstecken, wäre alles andere auch eine Enttäuschung gewesen. Trotzdem blieb Henrik zurückhaltend. »Was glaubst du, woher kommen diese Azulejos? Ich meine, wie sind diese wirklich wertvollen Stücke überhaupt auf dem Schwarzmarkt gelandet? Gibt es gezielte Einbrüche, zum Beispiel in Kirchen, bei denen die Fliesengemälde von der Wand geschlagen werden? Und wenn dem so ist, warum werden die Bilder dann nicht am Stück verkauft? Auf mich macht das Ganze eher den Eindruck, als hätten die Diebe sie absichtlich in alle Winde verstreut.«

Bruno griff mit der freien Hand nach seiner Teetasse und nippte daran. »Du hast da vermutlich eine falsche Vorstellung. Meiner Meinung nach sind die meisten der kunsthistorisch bedeutsamen Azulejos schon lange im Umlauf, sie gehen gewissermaßen von Hand zu Hand. Überleg doch mal, unser Land litt vierundvierzig Jahre unter dem Estado Novo. Das einfache Volk hatte nichts und war während der Dauer der Diktatur darauf angewiesen, buchstäblich alles zu verwerten, um sich irgendwie über Wasser zu halten. Für viele ging es schlichtweg ums nackte Überleben. Was hatten in so einer Situation historische Kunstschätze schon für eine Bedeutung? Auf der anderen Seite war auch das Regime nicht daran interessiert, Geld für den Erhalt von Kulturdenkmälern auszugeben. Natürlich gab es das Konkordat, das 1940 mit dem Heiligen Stuhl abgeschlossen worden war und das einem Konflikt zwischen der Geistlichkeit und der Staatsführung entgegenwirken sollte. Vor der Verfassungsänderung Anfang der 1930er-Jahre war das Ansehen der Kirche innerhalb der Bevölkerung sehr hoch gewesen, und so sollte es im Estado Novo möglichst auch bleiben. Doch unter Salazar löste die Nationale Union die Zentrumspartei als politisch legitimen Vertreter der Katholiken auf. Der Einfluss der Kirche schwand, und damit gerieten alle in Gefahr, die dem totalitären Staatsgedanken entgegentraten. Ganz abgesehen vom Politischen und Sozialgesellschaftlichen war von da an einfach kein Geld mehr vorhanden, um klerikale Reliquien und religiöse Darstellungen zu erhalten. Für Salazar und seine Gefolgsleute ging es vorrangig um den Personenkult, um die Verherrlichung der politischen Führung. Alles Theologische wurde tendenziell als Angriff auf die uneingeschränkte Herrschaft gewertet; es passte nicht in die Ideologie. Was geschah also, wenn in den vor sich hin bröckelnden Gotteshäusern mal eine Fliese von der Wand fiel?«

»Irgendjemand, der gerade vorbeikam, hat sie eingesteckt«, vollendete Henrik den Gedanken.

»Genau! Wer wusste schon, wofür man sie brauchen konnte. Oder besser, wer sie haben wollte. Diese schweren Zeiten nötigten die Leute dazu, alle möglichen Lösungen zu finden, um ihr tägliches Leid zu lindern. Eine antike Azulejo an den richtigen Mann gebracht, konnte unter Umständen die Familie bis zum Ende der Woche vor dem Hunger bewahren. Tatsächlich glaube ich, dass erst in jüngster Zeit, also lange nach dem Ende der Diktatur, mit dem steigenden Interesse an unserem Land und den ganzen Touristen, die Nachfrage nach vollständigen Wandgemälden gewachsen ist. Passionierte Sammler mit dem nötigen Kapital im Rücken werden sich heutzutage nicht mehr mit Fragmenten zufriedengeben.«

Eine Weile saßen sie sich schweigend gegenüber. Henrik gab dem Priester im Stillen recht, seine Theorie über die Herkunft der Azulejos klang einleuchtend. »Gut«, sagte er schließlich. »Zurück zu unserem guten Stück hier! Wo ist es von der Wand gefallen?«

Erneut hob Bruno die Fliese hoch und musterte sie mit schräg gelegtem Kopf. »Igreja de São Roque drüben am Largo Trindade Coelho«, murmelte er. »Ein Wandbild von Francisco Matos, aus dem 16. Jahrhundert, betitelt mit ›Das Wunder von São Roque‹. Ich fresse einen Besen, wenn das keine tiefere Bedeutung hat.«

7

Eine Geschichte von Krankheit und Heilung, hatte Bruno *das Wunder von São Roque* untertitelt. Und dabei war *Heilung* doch erst vor wenigen Stunden bei Henrik selbst Thema gewesen. Eine merkwürdige Übereinstimmung.

Die Kirche lag mehr oder weniger auf seinem Weg, oberhalb des Rossio-Bahnhofs. Der nahezu quadratische Platz war nur durch die Rua da Misericórdia vom Bairro Alto getrennt. Die nüchterne Fassade des Gotteshauses ließ nicht erahnen, was für ein Prunk den Besucher im Inneren erwartete. Henrik hatte davon gehört, war aber bislang noch nie in dem Gotteshaus gewesen, um die angeblich kostspieligste Kapelle der Welt zu besichtigen. Sie befand sich im linken Seitenschiff der Igreja de São Roque und war einfach zu finden. Er brauchte sich nur dorthin zu orientieren, wo die Mehrzahl der Kirchenbesucher sich drängte, um das prachtvolle Arrangement aus Elfenbein, Achat, Lapislazuli und Gold zu bewundern. Nicht in Stille und Andacht oder gar Ehrfurcht, sondern mit lautem Palaver. Ein in vielerlei Hinsicht verzerrtes Bild, aber leider die Wirklichkeit der heutigen Gesellschaft. Zugleich hätte man für den Größenwahn der katholischen Kirchen und deren fanatische Anhängerschaft kein anschaulicheres Beispiel an fehlgeleiteter Verschwendungssucht finden können.

Doch Henrik war nicht wegen der Kapelle von Johannes dem Täufer gekommen. Nicht ohne Verbitterung suchte er sich einen Weg durch die Menge, musste aber sogleich feststellen, dass das, was ihn herführte, kaum weniger Menschen anlockte. Das *Wunder von São Roque* war ohne Frage eine bemerkenswerte Fliesengruppe, die perfekt in die Architektur der Renaissancekirche integriert war. Die Qualität des Gemäldes auf gelbem Grund sei technisch vollkommen, hatte Bruno behauptet, und obwohl er seinen eigenen Kunstverstand als eher mittelmäßig einordnete, musste Henrik ihm recht geben. Das Mosaik konnte sich ohne Weiteres mit der Ölmalerei jener Epoche messen. Umso unglaublicher, dass er oder besser gesagt Martin im Besitz einer der originalen Kacheln aus dem Kunstwerk sein sollte. Das war ja kaum anders, als würde man ein Stück Leinwand aus einem Gemälde von van Gogh schneiden, mal abgesehen davon, dass eine fehlende Fliese leichter ersetzt werden konnte.

Ohne die Japaner zu beachten, die sich neben ihn um ihre mit einem roten Fähnchen bewaffnete Stadtführerin sammelten, studierte er die Darstellung. Bruno hatte ihm sehr genau beschrieben, worauf er achten sollte, daher fand er rasch die Fliese, die erneuert worden war. Sofern man wusste, worauf man den Blick richten musste, war eine leichte Farbabweichung der Kacheln drumherum durchaus erkennbar. Die Azulejo, die Bruno in seinem Büro aufbewahrte und bei der es sich nach Meinung des Priesters um das ursprüngliche Teil aus dem Kunstwerk handelte, gehörte zu einer aufwendigen pittoresken Umrahmung, die aus einem Pokal hervorwuchs. Das verschnörkelte Gewächs umrankte dabei ein Oval, das oben in einem Engelskopf endete. Der Blick des Engels sollte vermutlich Mitleid signalisieren, war jedoch nach Henriks Empfinden eher mit Skepsis auf das Gemälde gerichtet, das von filigranen Blumenornamenten eingefasst wurde. Es zeigte einen bettlägerigen, offenbar kranken Mann, der mit gefalteten Händen den Segen eines Geistlichen empfing. Nicht etwa den der Heiligen Irene, Schutzpatronin der Kranken, nein, den eines Mannes, der, wie man vermuten konnte, die letzte Ölung vorzunehmen gedachte. Nachdem allerdings der Titel der Darstellung auf ein Wunder verwies, ging es aller Voraussicht nach nicht um ein nahendes Ende, sondern um die Heilung des Kranken, die dieser Begegnung folgte. Wie war Martin bloß in den Besitz dieser Fliese gekommen? Es war schwer zu glauben, dass sein Onkel höchstpersönlich bei Nacht und Nebel in die Igreja de São Roque eingedrungen war und sie mutwillig entfernt hatte. *Und was fange ich jetzt damit an? Warum hat Martin mich ausgerechnet hierher, in eine Kirche geführt?*

Natürlich, nirgendwo sonst gab es mehr Symbolik und Mystizismen als in einem Gotteshaus. Und São Roque war ja nicht nur irgendeine Kirche. Sie beherbergte diese immensen Schätze, allen voran die kostbare Capela São João Baptista. Bestand der Zusammenhang womöglich in der Namensgleichheit zu Martins einstigem Lebensgefährten? Oder ging es allein um die Darstellung auf dem Gemälde von diesem Francisco Matos? *Eine Geschichte von Krankheit und Heilung.*

Während die japanisch sprechende Stadtführerin ihren Zuhörern mit vom Hall der Kirchenarchitektur verstärkter Stimme erklärte, was an der Wand vor ihnen zu sehen war, verschaffte sich Henrik etwas rüde Platz, um das Wandbild mit dem Handy zu fotografieren. Mit all dem Getümmel um sich herum würde er jetzt ohnehin keine Antworten finden. Außerdem verband er das Innere einer Kirche zwangsläufig auch immer mit Helena. Die Inspetora hatte sich zu Beginn ihrer konspirativen Zusammenarbeit gerne in Sakralbauten mit ihm verabredet. Und Gedanken an Helena waren nicht leicht zu ertragen, erst recht nicht, wenn er seinen Kopf für andere Dinge gebrauchen sollte.

Er trat hinaus in die Sonne, die dieser Tage so unbarmherzig herunterbrannte. Direkt rechts im Anschluss an den sakralen Gebäudekomplex hatte man das Museo de São Roque errichtet. Bis Ende der 1980er-Jahre war in diesem Gebäude eine Klinik untergebracht gewesen – das hatte Bruno ihm noch mitgegeben. Auch diesen Umstand galt es näher zu beleuchten, bedachte man die Darstellung auf dem Wandbild. Den Padre schien das Detektivspielen richtig zu faszinieren. *Auch er ist auf der Suche nach einem Weg, seine Dämonen zu vertreiben ...* Henrik schüttelte den Kopf. Bruno sprach nie über seine Vergangenheit. Er hatte 1974 die Revolution miterlebt. Und zuvor die Diktatur, auch wenn er da noch ein Kind gewesen war. Es war für Henrik mittlerweile mehr als nur eine Vermutung, dass man Bruno während dieser finsteren Zeiten etwas angetan hatte, das noch heute an dieser gütigen Seele nagte. Neben dem psychischen Schaden zeugte davon auch eine chronische Beeinträchtigung der Hüfte, die ihm diesen eiernden Gang verlieh, der besonders in den Wintermonaten auffiel. Henrik dachte gelegentlich daran, dass er Brunos Geschichte um ihrer Freundschaft willen endlich einmal hinterfragen sollte. Sofern der Priester das erlaubte, würden er ihm anbieten, die Rollen zu tauschen. Den Beichtvater zu geben, wenn man so wollte. Wobei es dabei vermutlich um die Sünden anderer ging und nicht um die Brunos. *Wenn das hier erledigt ist*, sagte er sich. *Sobald der Kopf wieder frei ist.*

Doch würde es je so weit kommen? Würde er je in der Lage sein, *alle* Geheimnisse zu enthüllen? Den Tod von Martin und João lückenlos aufzuklären? Den Sinn hinter der Azulejo-Spur zu verstehen oder die Verbindung zu dem ominösen *Mann ohne Nabel*, den er in seinen Überlegungen stets als den *Dämon* bezeichnete? Oder auch Catias Verschwinden?

Oder das Rätsel um Paulas Mutter.

Alles hängt irgendwie zusammen.

Dieser eine Gedanke beschäftigte ihn fortwährend. Dokumentierte das, was er im Antiquariat vorfand, eine Aneinanderreihung von Ereignissen, die auf einer *einzigen* Ursache basierten, einem Auslöser, der weit in der Vergangenheit lag? Konnte das tatsächlich sein? Und wenn ja, würde es ihm gelingen, die Vielzahl an losen Enden zusammenzufügen, um endlich klarzusehen? Würde er irgendwann rekonstruieren können, was diesem Wahnsinn Tür und Tor geöffnet hatte? Und, was gewiss noch entscheidender war, konnte er diese Entwicklung aufhalten?

Es reichte nicht, den oder die Verantwortlichen zu benennen, das lag auf der Hand. Um dem allen Einhalt zu gebieten, musste er ab einem gewissen Punkt die Behörden einschalten. Vertrauenswürdige Leute an den richtigen Positionen.

Helena.

Verdammt!

Das machte es nicht gerade leichter. Zudem litt er schon eine Weile unter der subtilen Angst, den Überblick verloren zu haben. Nun, eigentlich hatte er nie wirklich einen Überblick gehabt, wenn er ehrlich war. Egal, aus welcher Perspektive er die Vorfälle betrachtete, die sich seit seiner

Ankunft in Lissabon ereignet hatten, er brauchte mehr Informationen. Anhaltspunkte, die einen Sinn ergaben oder sich zumindest ineinanderfügten. Er stopfte die Hände in die Hosentaschen und trottete los. Seine Füße kannten den Weg, und er vergaß die Stadt um sich herum. Besser, sich erst mal mit dem zu befassen, was er wirklich greifen konnte. Wo brauchbare Indizien vorhanden waren.

Du musst das alles nicht machen, erinnerte ihn eine kleine Stimme in seinem Kopf, doch er ignorierte sie wie gewöhnlich.

Als er aufblickte, fand er sich auf dem Largo do Carmo wieder. Unbewusst hatte er einen Umweg gemacht, der ihn zu einem seiner Lieblingsplätze in der Stadt geführt hatte. Hier suchten die Leute Schatten unter den Palisanderbäumen. Mittlerweile setzte die Hitze der lilafarbenen Pracht ziemlich zu. Der Anblick der welken Blüten bekümmerte ihn, denn er kam gern hierher, wenn er seinen Kopf leeren wollte. Auch wenn es hier nicht gerade still war.

Er musste an Catia denken. Hier hatte er sie zuletzt gesehen. Im Frühjahr. Ein halbes Jahr nachdem sie verschwunden war. Oder er hatte sich geirrt und nur geglaubt, sie gesehen zu haben. Damals hatte er mit Bruno auf den Stufen des Brunnens in der Mitte des Platzes gesessen. Es war ihr erstes Treffen wegen der Azulejo gewesen, die er kurz davor im Antiquariat entdeckt hatte. Während ihres Gesprächs war sein Blick plötzlich hinüber auf das mächtige Tor des Convento do Carmo gefallen, dort, wo die gotischen Spitzbögen der *Kirche ohne Dach* in den Himmel ragten. Sofort war er aufgesprungen und hatte den Platz überquert. Doch unter den vielen Touristen, die sich im selben Moment vom Elevador de Santa Justa her auf den Largo do

Carmo ergossen, hatte er Catia nicht mehr ausmachen können. Seither kämpfte er mit seinen Bedenken. War sie es wirklich gewesen? Bruno hatte ihn nur schulterzuckend angesehen.

Catia. Seine ehemalige Mitarbeiterin, Martins enge Vertraute. Es war eigentlich unmöglich. Monate davor hatte sie ihm einen Brief geschrieben, in dem sie angab, sich auf die Azoren zurückgezogen zu haben und bei einer Freundin in Ponta Delgada zu leben. Das klang ängstlich, unentschlossen. Kein Verhalten, das zu ihr passte, so wie er sie während ihrer gemeinsamen Arbeit im Antiquariat kennengelernt hatte. Zu jener Zeit war sie ihm nie so vorgekommen, als würde sie die Flucht antreten, sobald es brenzlig wurde.

Dann allerdings wurde sie entführt. Und ihm war es nicht gelungen, sie aufzuspüren, geschweige denn, sie zu befreien, selbst als er den Drahtzieher hinter dieser Gräueltat erwischt hatte. Glücklicherweise war Catia danach für diese Leute nicht mehr von Nutzen gewesen. Sie hätten sie laufen lassen können, doch sie blieb verschwunden, kehrte nicht in ihre Wohnung zurück, die hier ganz in der Nähe lag, und tauchte auch nicht wieder im Antiquariat auf, um ihrer Arbeit nachzugehen, die sie doch so geliebt hatte. Erst Wochen später erreichte ihn dieses fragwürdige Lebenszeichen aus Porta Delgada. Verbunden mit der Bitte, sie in Ruhe zu lassen. Im Zwiespalt, was er tun sollte, vergingen weitere Monate – bis zu jener Begegnung hier auf dem Platz. Im Nachhinein kam es ihm vielmehr wie eine Sichtung vor, als hätte er von einem Hochsitz aus nach einem seltenen Fabelwesen Ausschau gehalten, an das niemand außer ihm glaubte. Ohne dass er wirklich damit rechnete, hatte dieses Wesen an jenem Tag die Lichtung betreten.

Und hatte sich, so scheu und unverhofft, wie es aufgetaucht war, ebenso schnell wieder ins schützende Unterholz geflüchtet.

Er schüttelte den Kopf über diese absurde Vorstellung. *Catia wohnt jetzt auf den Azoren, e basta!* Doch er konnte sich das noch so oft vorsagen, etwas in ihm hielt an der Überzeugung fest, dass sie nach wie vor durch Lissabon streifte. Bloß warum meldete sie sich dann nicht bei ihm? Aus Furcht? Weil jemand sie bedrohte? Wer?

Der Dämon? Er schüttelte den Kopf erneut, heftiger diesmal, als wollte er den Gedanken aus seinem Kopf befördern. *Der Mann ohne Nabel ist ein Mythos!*

Was Catia betraf, hatte Henrik von Anfang an das Gefühl gehabt, dass sie mehr über Martins Geheimnisse wusste, als sie bereit war zuzugeben. Und dass sie nicht mehr im Antiquariat arbeitete, spielte gewissen Leuten mit Sicherheit in die Karten ...

Er seufzte. Der Largo do Carmo hielt heute keine Antworten für ihn parat, und entgegen seiner sonstigen Empfindungen für diesen Ort verspürte er heute keine Lust, noch länger hier zu verweilen. Als er zehn Minuten später das Antiquariat aufschloss, fühlte er vor allem dankbare Erleichterung, der Hitze entkommen zu sein, die mittlerweile wie Gelee durch die Gassen strömte.

Er trank den Rest des Wassers aus der Karaffe. Es schmeckte bitter und abgestanden. Da er keine Kunden erwartete, nahm er das Pflanzenlexikon, das noch immer neben der Kasse hinter dem Tresen lag, und ging damit ins Büro. Dort hatte er im Frühjahr mit Renatos Hilfe Platz geschaffen, sodass er nicht ständig über Kartons, Bücher und irgendwelches Gerümpel steigen musste. Seither kam er, ohne sich zu verrenken, hinter den Schreibtisch, der ebenfalls aufgeräumt war, nachdem er letzte Woche die Buchhaltung und den Steuerkram erledigt hatte. Dachte er ans Finanzamt, schweiften seine Gedanken stets zu Adriana. Auch die attraktive Steuerberaterin hatte er von seinem Onkel geerbt. Sehr schnell, nachdem er in Lissabon angekommen war, hatte er Adriana an sich herangelassen. Zu nahe herangelassen. Sie hatte ihn verführt, anders ließ sich ihr Vorgehen rückblickend nicht erklären. Zu spät hatte er begonnen, ihre Absichten zu hinterfragen. Auch sie war ein unfertiges Kapitel in dem Wirrwarr, in dem er sich bewegte. Zum Glück konnte er sie in der Regel gut aus seinen Gedanken fernhalten. Außer eben er bekam Rechnungen oder ein Schreiben vom Fiskus. Oder er traf auf seinen Nachbarn Victor, den Besitzer der Bar auf der anderen Straßenseite. Adriana und Victor hatten eine Weile etwas am Laufen gehabt. Eine Geschichte, die abgeschlossen zu sein schien, zumindest hatte er sie schon sehr lange nicht mehr zusammen gesehen.

Er atmete tief ein, knipste die Schreibtischlampe an und schlug das schwere Buch vor sich auf. Der Einband knackte unheilverkündend, und er ahnte, dass er bald brechen würde. Nichts hielt ewig, auch kein buchbinderisch exzellent verarbeitetes Nachschlagewerk über die Flora Südamerikas. Dank der optimalen Ausleuchtung durch das grelle Licht entdeckte er nun recht schnell, was er bislang übersehen hatte.

Er zog eine Augenbraue hoch. Martin hatte schon effektivere Verstecke gewählt, und er fragte sich, ob die Qualität des Verstecks wohl Rückschlüsse auf die Brisanz der Recherche zuließ. Ein schlechtes Versteck für einen weniger wichtigen Fall, weil davon weniger Gefahr für ihn selbst ausging – war das Martins System? Zwanzig Jahre lang hatte kein Hahn nach Cinthya Cardenas gekräht. Wäre Paula gestern nicht im Antiquariat aufgetaucht, wäre das auch so geblieben. Henrik wusste momentan nicht, wie er diese Überlegung einordnen sollte.

Das Foto steckte ganz einfach unter der Papierbespannung im Umschlag der Rückseite. Es war nicht nötig, es mit dem Bild zu vergleichen, das Paula ihm überlassen hatte. Cinthya wirkte hier auf den ersten Blick eher unscheinbar, dennoch war sie niemand, den man leicht verwechseln konnte. Wie ihre Tochter war sie ein Kind des Dschungels, mit prähispanischen Zügen und auf ihre Art sehr schön. Tiefschwarzes, glattes Haar, hohe Wangen, Augen wie schwarz glänzende Perlen.

Und die anderen Frauen? Denn es waren insgesamt sieben, deren beseeltes Lächeln die Kamera damals auf Zelluloid gebannt hatte.

Henrik nahm sich viel Zeit, die einzelnen Gesichter aus der Frauengruppe zu studieren. Das Umfeld war eher unspektakulär. Die Aufnahme war in grüner Umgebung entstanden, vielleicht in einem Garten oder Park. Man sah ein wenig Himmel, und ging man nach den kaum vorhandenen Schatten, musste es um die Mittagszeit gewesen sein. Eine der Frauen schirmte ihre Augen mit der Hand ab. Eine andere trug eine Sonnenbrille. Allesamt waren sie in dünne Stoffe gehüllt, auf eine gewisse Art freizügig, in wallenden Kleidern, wie sie auch Catia gerne getragen hatte. *Immer noch trägt*, korrigierte er sich und tadelte sich selbst dafür, in der Vergangenheitsform an sie zu denken. Jedenfalls konnte er davon ausgehen, dass das Foto irgendwann im

Sommer 1999 aufgenommen worden war, sofern Paula ihm das richtige Datum genannt hatte. Cinthya stand ganz links, und auch wenn ihre Mundwinkel nach oben zeigten, blickten die dunklen Augen ernst. Oder der Abzug war schlichtweg zu körnig, um das mit Sicherheit beurteilen zu können. Wer hatte dieses Foto geschossen? Don Alfredo? Verströmten deshalb all diese Frauen, abgesehen von Cinthya, ein Gefühl von entrückter Verzückung? Obwohl sie im Durchschnitt vermutlich allesamt jenseits der dreißig oder gar vierzig waren, hätten sie auch Teenager sein können, die ihr Jugendidol anhimmelten. Henrik hielt es nicht für unwahrscheinlich, dass die eine oder andere der Frauen unter Drogeneinfluss stand. Nicht nach dem, was ihm über den fragwürdigen Guru aus Brasilien erzählt worden war. Die Aufnahme hatte eine Bedeutung, sonst hätte Martin sie nicht archiviert. Wer konnte ihm wohl helfen, die Frauen auf dem Bild zu identifizieren?

Henrik wählte die Handynummer, die Paula ihm dagelassen hatte. Es dauerte ein Weilchen, bis sie das Gespräch entgegennahm.

»Habe ich dich geweckt?«, fragte Henrik verlegen, nachdem er sich zu erkennen gegeben hatte. Er sah auf die Uhr. Wenn er die Zeitverschiebung mit einrechnete, konnte sie noch am Jetlag leiden.

»Schon okay. Was wollen Sie?«

»Hast du schon was gegessen?«

Sie sagte nichts, er hörte nur ihren Atem und befürchtete, dass sie ihn falsch verstand. »Ich möchte dir was zeigen, und bei mir im Laden ist es doch eher ungemütlich, wenn man sich unterhalten will.«

»Sie haben also was rausgefunden.«

»Sagen wir mal, ich habe was entdeckt. Ich weiß nur noch nicht, ob es uns weiterhilft.«

»Was erwarten Sie eigentlich von mir ... dafür, dass Sie meine Mutter aufspüren, meine ich.«

Dass du mich nicht weiter siezt vielleicht. »Was ich hier mache, ist gewissermaßen ein Ehrenamt«, sagte er stattdessen. Er hütete sich, etwas von seiner Idee eines Gesamtbilds zu erwähnen. Oder davon, dass auch das Verschwinden von Cinthya Cardenas nur ein Mosaiksteinchen war, das letztlich, wenn alles richtig zusammengesetzt und eingefügt wurde, jene Erkenntnisse komplettierte, die die Antworten auf alle Fragen enthielten, die sich seit seinem Eintreffen in Lissabon vor einem Jahr angesammelt hatten.

»Dann kann ich wohl schlecht ablehnen«, hörte er sie sagen, und für einen Moment wusste er nicht, was sie damit meinte. Ach so, das Essen. »Es handelte sich lediglich um einen Vorschlag ...«

»... den ich annehme«, unterbrach sie ihn. »Wobei mir fürs Erste ein starker Kaffee am liebsten wäre.«

Er überlegte kurz, dann vereinbarten sie eine Uhrzeit, und er nannte ihr eine Adresse. Nachdem er sicher war, dass sie alles richtig verstanden hatte, trennte er die Verbindung.

Da er den schweren Wälzer nicht mit sich herumschleppen wollte, steckte er nur die Aufnahme ein. Es war ohnehin fraglich, ob Paula außer ihrer Mutter noch jemand anders auf dem Foto erkannte. Darum ging es ihm auch nicht in erster Linie. Er wollte ihr vor allem vermitteln, dass es Leute gab, die – anders als Salva Cardenas – ihre Mutter nicht abgeschrieben hatten.

Die Türglocke schellte.

Hatte sich tatsächlich ein Kunde hinter den mit Mörtel behafteten PVC-Vorhang gewagt? Wenn er jetzt in den Verkaufsraum ging, würde es schwer sein, den Gedanken zu behalten, der ihm in diesem Moment durch den Kopf schwirrte. Trotzdem stand er auf. Schon allein weil die Neugier darüber, wer sich ins Antiquariat verirrt hatte, einem vernünftigen und strukturierten Überlegen ohnehin nicht förderlich war. Schwungvoll wischte er den Vorhang zur Seite, der den Laden vom Büro trennte. Er schaffte noch zwei Schritte, bevor er erstarrte.

Sie stand vor ihm wie ein Geist.

8

»Ich möchte wieder anfangen!«

Das waren ihre ersten Worte, während er selbst noch um Fassung rang. Und um Atem. Dass er die Luft angehalten hatte, bemerkte er erst, als seine Lunge zu brennen begann. Keine Begrüßung, keine sonst wie geartete Floskel übers Wetter, die Waldbrände, kein irgendwas. Auch kein Bedauern. Nur das: *Ich möchte wieder anfangen!*

»Einfach so?« Er war hin und her gerissen zwischen einem Wutanfall und dem Bedürfnis, sie in den Arm zu nehmen. »Wir haben uns verdammt noch mal Sorgen um dich gemacht!«, presste er hervor.

Catia sah zu Boden. Sie war dünn geworden. Die Wangenknochen stachen hervor, die Fältchen um die Augen waren ausgeprägter, als er sie in Erinnerung hatte. Und sie kamen nicht vom vielen Lachen, da war er sicher. Ihr Mund war ein schmaler Strich zwischen zwei vertikalen Falten, die sich von der Nase bis zum Kinn zogen. Ihre Lockenmähne, die sie früher immer mit bunten Tüchern geschmückt hatte, war streng nach hinten zu einem Zopf gebunden und enthielt deutlich mehr graue Strähnen. Der Ausschnitt des schmal geschnittenen Kleids, das bis über die Knöchel reichte, ließ einen Blick auf hervorstehende Schlüsselbeine zu, die mit durchscheinender Haut überzogen waren. Sie wirkte fast wie eine Luftspiegelung, erschienen aus dem Nichts, hervorgerufen durch die Hitze, die es auf unerklärliche Art nun doch durch das Gemäuer ins Antiquariat geschafft hatte … Erst jetzt, da er dieses nahezu durchscheinende Wesen vor sich sah, wurde ihm in vollem Umfang deutlich, wie berechtigt seine Sorge um Catia die ganze Zeit über gewesen war. Von der unerschütterlichen, resoluten Hippiefrau war nur noch ein Schatten übrig.

Und dass sie genau in diesem Moment auftauchte, da er vorhin über den Largo do Carmo gegangen war ... »Wo hast du bloß die ganze Zeit über gesteckt?« Auch in dieser Frage schwang ein Vorwurf mit. Es gelang ihm einfach nicht, das zu verhindern.

»Spielt das eine Rolle? Ich bin wieder da. Und ich brauche einen Job, Henrik. Ich weiß nicht, wohin ich sonst soll.«

Er wollte, aber er konnte nicht nein sagen, auch wenn das die naheliegendste und auch spontanste aller Reaktionen gewesen wäre. Gleichzeitig war er viel zu aufgebracht für irgendeine Entscheidung. Er fühlte sich nicht einmal in der Lage, weiter mit ihr zu reden, obwohl es einiges an Gesprächsbedarf gab. Doch seine Zunge war trocken wie Schmirgelpapier. »Wie kann ich dich erreichen?«, presste er mit Mühe hervor. Von unzähligen Versuchen her wusste er, dass ihre alte Telefonnummer nicht mehr funktionierte. Sie griff in den schlichten Jutebeutel, dessen ausgefranste Henkel über ihre knochige Schulter hingen, und zog einen Zettel hervor, dem sie ihn hinstreckte. Früher hatte sie Ringe an allen Fingern getragen, geflochtene Stoff- und Lederbänder um die Handgelenke, Armreife aus Silber und Holz, allen möglichen Tand von esoterischer Bedeutung. Auch davon war nichts mehr vorhanden. Er nahm das Stück Papier an sich und schob es in die hintere Hosentasche, ohne ihm einen Blick zu gönnen.

»Ich melde mich«, kommentierte er knapp.

»Bald?«

»Bald«, versprach er, wenn auch mit Verzögerung. Danach blickten sie sich erneut für ein paar stille Sekunden in die Augen, ehe sie sich umdrehte und den Laden verließ.

Er stellte fest, dass er weiche Knie hatte. Dazu kam ein flaues Gefühl im Magen, das sich bis hinauf in die Speiseröhre drängte. Ihr geisterhafter Auftritt hatte beinahe die Wirkung eines körperlichen Angriffs. Die Situation überforderte ihn. Ein Teil von ihm wollte unverzüglich die Treppen hinaufstürmen, um an Renatos Tür zu hämmern. Der Alte hatte ihm nie wirklich geglaubt, wenn er behauptete, Catia auf dem Largo do Carmo gesehen zu haben. Und auch jetzt, da die Stadt sie wieder in sich aufgenommen hatte, fehlte ihm jeglicher Beweis dafür, dass sie existierte. Wie um sich selbst zu bestärken, tastete er vorsichtig nach dem Zettel in seiner Hosentasche. Er war noch da. Genau wie etwas anderes, das er eingesteckt hatte, bevor die Schellen über der Tür gebimmelt hatten. Einem Geistesblitz folgend, stürzte er zur Tür, drehte das Schild von *aberto* auf *fechado* und sperrte mit zitternden Händen von außen ab. Die heiße Luft zwischen den Häuserzeilen raubte ihm den Atem. Über seinem Kopf werkelten die Männer an der Fassade, doch er würdigte sie keines Blickes. Catia war nirgendwo mehr zu sehen. Er nahm nicht an, dass sie runter zum Fluss gegangen war. Demnach musste sie den Berg hochgegangen, ja hochgestürmt sein. Er lief los.

Bis zur Einmündung in die geschäftige Calçada do Combro waren es nur rund sechzig Schritte. Sein Hemd war bereits durchgeschwitzt, als er dort rechts um die Ecke bog. Der Gehsteig war voll mit Menschen, überwiegend Touristen, die sich unerschrocken gegenüber der Hitze gaben, bei genauerem Hinsehen aber fast durchweg erschöpft wirkten. Diese Leute hatten dafür bezahlt, sich Lissabon ansehen zu können, und wollten die Tage hier nicht im klimatisierten Hotelzimmer verbringen. Also kühlten sie ihre aufgeheizten Gesichter mit Getränkedosen oder wedelten sich mit aufgefächerten Stadtplänen die von Abgasen geschwängerte Luft zu. Unbeeindruckt drängte Henrik sich durch schweißnasse Leiber und wich Selfiesticks, Strohhutkrempen und Sonnenschirmen aus. Erst eine Schülergruppe – aus Irland, wenn er die hellhäutigen Sommersprossengesichter und die Stimmen richtig interpretierte – bremste ihn aus. Sie warteten im Rudel auf die Ankunft der Elevador da Bica, eine der drei sehenswerten Standseilbahnen der Stadt. Er nutzte eine Lücke im Verkehr, um auf die andere Straßenseite zu gelangen. Der Wechsel der Perspektive würde ihm hoffentlich einen besseren Überblick verschaffen.

Und tatsächlich, da war sie.

Catia schlüpfte gerade in eine der Gassen, die ins Bairro Alto führten, um dem Trubel auf der Hauptstraße zu entgehen. Er hätte bei dem Gedränge in Richtung Innenstadt ebenfalls diesen Umweg gewählt. Offenbar hatte sie tatsächlich wieder ihre alte Wohnung bezogen und war nun dorthin unterwegs. Oder? Besser, er ging auf Nummer sicher. Er setzte sich wieder in Bewegung.

Im Bairro waren um diese Zeit weitaus weniger Menschen unterwegs. Sie brauchte sich nur einmal umzusehen und würde bemerken, dass er ihr folgte. Würde sie dann stehen bleiben, um auf ihn zu warten, oder ihren Schritt beschleunigen? Bloß, warum sollte sie vor ihm weglaufen? *Nur so ein Gefühl,* sagte er sich, *nur so ein Gefühl,* weshalb er ihr auch nicht einfach hinterherrief. Noch nicht. Er war neugierig, was sie vorhatte, und verspürte plötzlich keine Dringlichkeit mehr, sie einzuholen.

Nur so ein Gefühl.

Catia schritt mit hochgezogenen Schultern voran, ihre Leinenschuhe machten keine Geräusche. *Wohin gehst du?* Doch nicht zu ihrer alten Wohnung, davon war er recht schnell überzeugt. Er war zwar noch nie dort gewesen, wusste aber, wo sie lag und dass Catia sich längst hätte rechts halten müssen. Stattdessen bewegte sie sich tiefer hinein ins Lissabonner Ausgeh- und Partyviertel, das um diese Zeit gerade dabei war, träge zu erwachen. Die Gassen waren eng, sodass die Sonne nicht direkt hineinleuchtete. Es gab hier weiterhin etliche baufällige Häuser, vor allem im unteren Bereich des Bairro Alto. Neuerdings sah man auch immer mehr Bestrebungen, die alte Bausubstanz zu bewahren. Davon zeugten Gerüste, ähnlich dem vor seinem Haus, welche die Kopfsteinpflastergassen noch enger machten. Der Kampf zum Erhalten der Gebäude, die über Jahrzehnte dem Verfall ausgesetzt waren, hatte endlich begonnen. Überall in der Stadt. Lissabon war im Begriff, sich zu erneuern. Vor allem die stetig steigenden Zahlen der Übernachtungsgäste lockten neue Investoren an, die ihre Gewinne und Renditen in der Tourismusbranche witterten. Damit wurde zwar die Altstadt nach und nach saniert – aber dieses Engagement ging wiederum zulasten derer, die hier schon immer gelebt hatten und durch den neuen Bauboom plötzlich ihre Mieten nicht mehr bezahlen konnten. Er hätte sich die Renovierung des Hauses in der Rua do Almada ebenfalls nicht selbst leisten können. Doch auch dafür hatte sich ein Investor gefunden. Lediglich die Rendite, die von Henrik erwartet wurde, war eine andere.

Weiter oben im Bairro, dort, wo sich Restaurants, Cafés, Bars und trendige Läden aneinanderreihten, sah es aufgeräumter aus. Vor den Speise- und Fadolokalen war das Kopfsteinpflaster sauber gespritzt. Müde wirkende Kellner schoben Tische und Stühle zurecht. Es würde noch sehr lange dauern, bis die ersten Gäste dort Platz nahmen, um Bacalhau oder Spanferkel zu essen. Catia stieg mit gesenktem Kopf weiter den Hügel hinauf, und er ließ sich noch ein Stück zurückfallen. Sollte sie unverhofft über die Schulter blicken, konnte er sich gegebenenfalls schnell in einen Hauseingang drücken oder mit einem Sprung in eine einmündende Gasse verschwinden. Einerseits schämte er sich wegen dieser Heimlichtuerei. Andererseits vertraute er seiner Intuition, die einst ihren Teil dazu beigetragen hatte, dass er ein guter Polizist gewesen war. Diese Zeit lag nun schon annähernd zwei Jahre zurück, stellte er mit echtem Bedauern fest. Er hatte seinen Beruf gemocht, weil er auch immer Berufung für ihn gewesen war. Und wäre das Unglück nicht passiert ... Nein, der Zeitpunkt war unpassend, um jetzt über Nina nachzudenken. Nina, die auf so unnötige und brutale Art aus ihrem Leben gerissen worden war. »Und aus meinem«, murmelte er und schüttelte dann den Kopf. Im selben Moment registrierte er, worauf Catia zusteuerte. Am Ausgang der Travessa de São Pedro leuchtete ihm der blaue Himmel entgegen. Nun wusste Henrik, wo sie das Viertel verlassen würde.

Was will sie hier?

Oben an der Ecke bog Catia nach links ab. Er sah eine Straßenbahn vorüberfahren. Gleich voraus war eine Haltestelle. Plötzlich befürchtete er, dass sie in die Eléctrico stieg und ihn damit abhängte. Hatte sie doch bemerkt, dass er ihr folgte?

Schweißüberströmt erreichte er die Rua Dom Pedro, in deren Mitte die Straßenbahngleise verliefen. Gleich gegenüber lag der Miradouro de São Pedro de Alcântara, ein in zwei Terrassen angelegter Park mit einer beeindruckenden Aussicht auf Lissabon und hinüber zum Castelo de São Jorge. Ideal zum Flanieren oder um einen Kaffee auf der Esplanade zu sich zu nehmen. Selbst von hier aus konnte er sehen, dass alle Bänke im Schatten der hohen Bäume besetzt waren. Viele waren hier heraufgekommen und ließen, an die Brüstungen gelehnt, die Stadt auf sich wirken. Zahllose Fotos wurden gemacht, wobei die Stadt zumeist nur als Kulisse für Selfies diente.

Catia war nicht in die Bahn gestiegen, aber sie war weit voraus und überquerte eben die Straße, kurz bevor diese einen Linksknick machte. Dort, am Ende des Parks und bevor die Bebauung wieder anfing, führte eine Treppe den Hügel hinunter, die sie offensichtlich benutzen wollte. Henrik musste eine Lücke im Verkehr abwarten – und prompt war seine ehemalige und eventuell auch zukünftige Angestellte nicht mehr auszumachen. Auf der anderen Straßenseite angelangt, fing er an zu rennen. Das Herz schlug ihm bis zum Hals, als er die Steinstufen erreichte. Er sah gerade noch rechtzeitig, wie sie drei Treppenabsätze tiefer zwischen zwei Gebäuden verschwand. Keuchend entschied er, dass es an der Zeit war, diese Observation zu beenden, und rief ihr hinterher, während er die Stufen hinuntereilte.

Sie blickte nicht zu ihm hoch, blieb aber stehen und erwartete ihn in dem schmalen Zugang zu dem frisch renovierten fünfstöckigen Haus, den Schlüsselbund bereits in der Hand.

»Du bist umgezogen?«

»Warum schleichst du mir nach?«

Er taxierte das in den Hang hineingebaute neoklassizistische Gebäude, das zur Flussseite hin mit moderner Glasarchitektur kombiniert worden war. Von den oberen Stockwerken aus musste man einen bombastischen Blick auf die Stadt und über den Sund haben. Hier zu wohnen, war sicher nicht ganz billig.

»Darf ich dir kurz was zeigen?« Anstatt auf ihre vorwurfsvolle Frage einzugehen, streckte er ihr das Foto entgegen, das wegen des unsachgemäßen Transports in seiner Hosentasche nun leicht verformt war. »Erkennst du jemanden darauf?«

Er sah ihr an, dass sie sich dazu überwinden musste, ihn nicht einfach stehen zu lassen. Es verstrichen zwei, drei Sekunden, bis sie widerwillig den Blick senkte und die Frauengruppe betrachtete. Seines Erachtens schaute sie nicht lange genug hin, bevor sie den Kopf schüttelte. *Sie versucht ganz bewusst, nichts zu sehen*, schoss es ihm durch den Kopf, und allein das reichte als Verdacht. Catia war darum bemüht, die Ahnungslose zu geben, doch er wollte sie nicht sofort damit konfrontieren. »Dieses Foto wurde vor rund zwanzig Jahren aufgenommen, vermutlich im Sommer vor der Jahrtausendwende.«

Sofern Renato keinen Unsinn erzählt hatte, musste Catia wenigstens Cinthya erkennen, die eine Weile in der Rua do Almada Nummer 38 gewohnt hatte. Ein paar Wochen oder nur ein paar Tage? Eine Frage, die wichtig war, auch wenn die Sache an sich wenig Sinn ergab. Warum hatte Cinthya überhaupt bei seinem Onkel Unterschlupf gesucht, während Don Alfredo zurück nach Brasilien reiste? Es war nicht allein der zeitliche Ablauf, der nicht passte. Er musste zudem herausfinden, wie viel Abstand zwischen diesem obskuren Seminar und dem Brief an Salva Cardenas lag.

Er hoffte sehr, dass Catia ihm weiterhelfen und die Lücken in Renatos rudimentärem Bericht stopfen würde. Immerhin hatte sie zu dieser Zeit schon für Martin gearbeitet. Und es bestand sogar die Chance, dass sie just zu dieser Zeit auch im zweiten Stock gewohnt hatte. Henrik suchte ihren Blick. Ihre dunklen Augen wirkten glanzlos. *Was ist nur mit dir passiert?* Sofern sie etwas wusste, wollte sie es offenbar nicht mit ihm teilen. *Vielleicht bin ich zu fordernd. Und ihr Nervenkostüm ist noch zu fragil. Ob sie nach ihrer Entführung wohl je einen Psychologen aufgesucht hat?*

Henrik atmete tief durch und beschloss zurückzurudern. »Tut mir leid, dass ich dich so überfallen habe.« Er steckte das Foto wieder ein. Sie nickte mit verkniffener Miene und wollte sich gerade dem Hauseingang zuwenden, als er in versöhnlicher Absicht ihre Schulter berührte. Sie zuckte zurück und machte gleichzeitig eine abwehrende Geste. Dann fauchte sie ihm ein paar Worte auf Portugiesisch entgegen, deren Bedeutung ziemlich eindeutig waren. Sie rang sichtlich um ihre Fassung, während sie zwei Schritte rückwärts machte.

Henrik wich selbst zurück. »Bevor du wieder bei mir anfängst, sollten wir dringend darüber reden, was sie dir angetan haben«, stellte er fest, machte kehrt und nahm wieder die Treppe hinauf zum Miradouro. Sein Schritt war nun wesentlich schwerer.

9

Wollte er verstehen, was mit Catia los war, würde er sie beobachten müssen. So etwas nahm allerdings viel Zeit in Anspruch, und er hatte keine Ahnung, wie er das bewerkstelligen sollte, ohne alles andere zu vernachlässigen. Die einfachste Lösung war also in der Tat, Catia wieder einzustellen. Dann wäre sie jeden Tag im Antiquariat und unter seiner Aufsicht. Dummerweise würde sie garantiert nichts Verdächtiges tun, solange er sie im Auge behielt. Vielleicht sollte er die Alternative einer Beschattung also doch nicht sofort verwerfen. Unverhofft fiel ihm ein, dass es jemanden gab, der diesen Job übernehmen konnte. Sofern er sie diesem Wagnis aussetzen wollte.

Nur so ein Gefühl...

Einen Versuch war es wert. Und was sollte schon passieren? In seinem Handy suchte er die Nummer und wählte. Sobald die Verbindung stand, kam er gleich zur Sache, so wie sie es von ihm gewohnt war. Das Gespräch dauerte keine drei Minuten und endete damit, dass er ein Foto von Catia und deren neue Adresse hinterherschickte. Kurz fragte er sich, ob die Idee wirklich so gut war, aber nun war das Kind in den Brunnen gefallen. *Mal sehen, was dabei herauskommt!*

Er schaute auf die Uhr, und der immer noch in ihm vorhandene korrekte Beamte stellte fest, dass er zu seinem Treffen mit Paula zu spät kommen würde, auch wenn es nicht allzu weit bis zum Treffpunkt war. Wenigstens konnte er sich damit beruhigen, dass eine junge Brasilianerin vermutlich ohnehin nicht pünktlich zu einer Verabredung auftauchte. Also beschloss er, auch wenn es schwerfiel, sich nicht unnötig abzuhetzen. Nach einer Viertelstunde erreichte er das Ovos moles, unscheinbar in einer Straße gelegen, die von der viel besuchten Rua Garrett abzweigte. In der Regel schreckte der steile Anstieg hierher die Touristen ab. Vor allem, wenn es so verflucht heiß war. Jenseits der dreißig Grad bot die noble Einkaufsstraße, die vom Baixa-Viertel hinauf zum Largo do Chiado und dem bekannten Café a Brasileira mit der Fernando-Pessoa-Statue davor reichte, schon Herausforderung genug. Diese Attraktion fehlte zudem in keinem Reiseführer und gehörte zum obligatorischen Touristenrepertoire. Die Calçada Sacramento blieb in den gängigen Publikationen unerwähnt, und dementsprechend war in dem kleinen Laden, der mehr Confiserie als Café war, auch heute sein Lieblingstisch am Fenster frei. Genau genommen, war er sogar der einzige Gast, und darauf hatte er insgeheim auch spekuliert. Die Klimaanlage war eine Wohltat. Nicht zu kalt, sodass er befürchten musste, sich gleich eine Erkältung zu holen, sondern genau richtig, um die Körpertemperatur wieder auf ein erträgliches Maß zu regulieren.

Wie schon vermutet, war Paula noch nicht da. Dafür kam Catarina um die Theke und begrüßte ihn mit Küsschen auf die Wangen. Seit er ihren kleinen Laden entdeckt hatte, war er oft genug hierhergekommen, um inzwischen als Stammgast betrachtet zu werden. Das Café war liebevoll restauriert, und Catarinas süße Kreationen, die sie in einer Vitrine präsentierte, waren nicht nur ein Augenschmaus, sondern wurden geradezu unwiderstehlich, sobald man sie probiert hatte. Die Besitzerin war eine unscheinbare Mittvierzigerin, nur knapp über eins fünfzig und erstaunlich schlank dafür, dass sie täglich Unmengen göttlicher Süßspeisen herstellte. Neben ihrem unvergleichlichen Talent fürs Backen und Verzieren traumhafter Eierspeisen verfügte sie über eine charmant zurückhaltende Art und ein gewinnendes Lächeln. Das brünette Haar trug sie stets straff nach hinten gebunden. Sie erkannte sofort, dass Henrik heute nicht zum Reden aufgelegt war, weshalb sie sich nach der kurzen Begrüßung und der Entgegennahme der Bestellung wieder an ihre Kaffeebar zurückzog und ihn seinen Platz einnehmen ließ. Auch wenn ihn das zuckrige Backwarenangebot, das sie auf kleinen Tellerchen drapiert hatte, verführerisch anlachte, hatte er heute nur einen Bica und ein Wasser verlangt. Während er wartete, versuchte er sich an der *Diário de Notícias*, einer der Tageszeitungen, die hier auslag. Was er mittlerweile an Portugiesisch konnte, reichte für knappe Unterhaltungen, zum Einkaufen, im Restaurant oder wenn er eine Auskunft wollte. Doch nach wie vor scheute er sich vor richtigen Gesprächen in der Landessprache. Es war ihm peinlich, wenn ihm Worte nicht einfielen; noch schlimmer war sein Mangel in Sachen Grammatik. Längst verstand er mehr, als er selbst sprechen konnte oder zu sprechen wagte. Die Zeitung war daher stets eine gute Übung, und sofern sich die Gelegenheit bot, mühte er sich damit ab, zumindest die Schlagzeilen und Überschriften zu verstehen und auch den einen oder anderen Artikel zu lesen, sofern dieser nicht zu lang war. Die Waldbrände dominierten wie stets zurzeit die Titelseite. Seine Aufmerksamkeit weckte auch ein Bericht im Lokalteil, der von einem Leichenfund in einem Hotel an der Avenida da Liberdade berichtete. Der Tote steckte im

Betonfundament des Swimmingpools, das vor einem Vierteljahrhundert gegossen worden war und nun ausgebessert werden sollte. Ehe er den Artikel ein weiteres Mal lesen konnte, fiepte sein Handy.

Habe Posten bezogen, lautete die WhatsApp-Nachricht. Er hatte keine Zeit mehr, erneut über die Konsequenzen nachzudenken, die seinem Einfall, Catia zu observieren, folgen mochten, denn in diesem Moment betrat Paula das Café. Sie sah ausgeschlafen aus und war den Staub der Straße losgeworden, den sie auf ihrer Reise angesammelt hatte. Statt in Wanderstiefeln steckten ihre Füße in Sandalen, statt T-Shirt und Drillichhose trug sie ein Kleid in den Farben der Sonne. Auch die Mütze war weg. Das tiefschwarze Haar fiel seidig weich über ihre Schultern. Die Pilgerin war verschwunden – und womöglich hätte er sie auf der Straße gar nicht wiedererkannt. Offenbar war auch ihre Scheu dahin. Ohne zu zögern setzte sie sich zu ihm an den Tisch und musterte ihn erwartungsvoll.

»Kaffee?«

»Nur Wasser«, erklärte sie und wandte sich Catarina zu, die bereits auf dem Weg war, um die Bestellung entgegenzunehmen. Sie sagte etwas zu Paula, was Henrik nicht verstand. Doch als die beiden Frauen lachten, stimmte er mit ein. Catarina wirkte zufrieden, und ließ sie wieder allein.

»Hübscher Laden«, stellte Paula fest. »Deutlich einladender als deiner.«

»Ich serviere ja auch weder Kaffee noch Eierspeisen«, verteidigte er sich. »Außerdem *erwarten* Kunden in einem Antiquariat eine gewisse Unordnung.«

»Man kann sich alles schönreden.«

Irgendwie mochte er ihren Sarkasmus. »Sind alle Brasilianer so?«

»Wie: so?«

»Bissig!«

Sie zuckte mit ihren nackten Schultern, auf denen die Träger des Rucksacks rote Striemen hinterlassen hatten. »Ich denke, ich bin eher untypisch, was das angeht. Es gibt Leute, die behaupten von mir, ich nähme das Leben zu ernst für mein Alter. Was daran liegen muss, wie ich aufgewachsen bin. Tante Rosa ist der Überzeugung, dass ich charakterlich zu hundert Prozent nach meinem Vater komme ... nach meiner Mutter zu kommen, ging ja auch schlecht«, fügte sie trocken hinzu und meinte dann, eine Spur trauriger: »Ich habe keine echte Erinnerung an sie.«

»Trotzdem bist du nach Europa gereist und setzt jetzt alles daran, zu erfahren, was aus ihr geworden ist.«

»Vielleicht will ich einfach nur kapieren, wie sie so werden konnte. Warum sie Zeit und Kraft darauf verwendet hat, sich einem Scharlatan anzuschließen, statt ihre Tochter großzuziehen.«

Catarina kam mit einem Stück Torta de Azeitão und einer heißen Schokolade an den Tisch. »Aus der Heimat«, sagte sie zu Paula und lächelte.

»Nur Wasser also«, spöttelte er, und Paula streckte ihm die Zunge heraus.

Henrik ließ der Brasilianerin Zeit, die Leckerei zu probieren.

»Soweit ich es verstanden habe, ging es bei Don Alfredos Seminaren um mehr als esoterische Tänze und Spürübungen.«

»Egal wozu er seine Anhänger treibt und was er ihnen aufschwatzt, er bereichert sich an der Leichtgläubigkeit desillusionierter Leute, und das halte ich für niederträchtig. Dass meine Mutter darauf hereingefallen ist, macht mich betroffen und wütend zugleich.« Nachdem Paula auch von der Schokolade gekostet hatte, setzte sie die Tasse wieder ab.

»Das sind harte Worte. Hast du womöglich Angst davor, doch auch was von deiner Mutter geerbt zu haben?«

»Klar, alles Negative, das ich an mir habe.«

»Ich dachte da vor allem an ihr Aussehen«, sagte Henrik, in der Hoffnung, dass sie die Bemerkung nicht als zu aufdringlich empfand.

Paula steckte noch eine Gabel voll Kuchen in den Mund, dann schüttele sie den Kopf. »Wie gesagt, die Leute, die mich kennen, allen voran die wenigen, die sich auch noch an Cinthya erinnern, sagen mir nach, ich sei ganz der Papa ... und der war durch und durch Pragmatiker. Von daher habe ich es mir auch nie einfach gemacht. Ich meine, es ist leicht, an ein Einhorn zu glauben, das dich beschützt. Aber die Realität fordert dich jeden Tag heraus. Deshalb habe ich diese Esoterikkacke auch immer belächelt, und das nicht nur, um meinem *Pai* zu gefallen.«

»Das klingt allerdings ziemlich nüchtern«, sagte er, während sie den Rest ihrer Leckerei verputzte. Mittlerweile hatte er trotz seiner guten Vorsätze ebenfalls Appetit auf eines von Catarinas Naschwerken bekommen.

»Bei einem Menschen wie meinen Vater aufzuwachsen, war nicht leicht. Da habe ich wohl recht schnell beschlossen, kein Kind mehr zu sein. Ich musste früh lernen, mich selbst zu organisieren, verstehst du?«

Henrik dachte an seine eigenen Eltern und dass er sich, gemessen an Paulas Erfahrung, eigentlich schämen sollte, all die Jahre darüber lamentiert zu haben, unter welch schweren Umständen er groß geworden war. Im Vergleich zu der jungen Frau ihm gegenüber hatte er wirklich die besten Voraussetzungen genossen. Jedenfalls aus einer gewissen Perspektive. Sein streng konservatives Elternhaus war für einen Heranwachsenden geradezu dafür prädestiniert, um dagegen zu rebellieren.

»Vermutlich sollte ich froh sein, dass meine Mutter keinen weiteren Einfluss auf mich hatte. Ich kann mir vorstellen, dass dies mit ein Grund war, warum mein Vater nicht nach ihr hat suchen lassen. Er wollte mich vor den Manipulationen dieses vermeintlichen Heilers schützen.«

Henrik musste an die Manipulationsversuche seiner eigenen Mutter denken, die ihn hin zur einzig wahren Ideologie führen sollten, und kam plötzlich zurück zum Wunder von São Roque. *Krankheit und Heilung.* Konnte es möglich sein? Existierte hier ein Zusammenhang? Hatte ihn Martin wegen Cinthya Cardenas in die Igreja do São Roque geschickt? Die zeitliche Nähe der beiden Ereignisse war es, die ihn so aufwühlte. Paula tauchte genau in dem Moment auf, um nach ihrer verschollenen Mutter zu fahnden, als der Padre die Herkunft der Azulejo hatte bestimmen können. Einerseits erschien diese Überlegung völlig irrational. Aber durfte er einen Zusammenhang ausschließen? Nicht wenn beide Hinweise im Antiquariat in der Rua do Almada verborgen waren, das wusste er doch mittlerweile.

Leider blieben beide Botschaften auch unter Berücksichtigung einer Verbindung unverständlich. Er musste noch einmal ganz ausführlich in Ruhe darüber nachdenken, und das ging nicht, solange ihm diese junge Frau gegenübersaß, die ihre eigenen Erwartungen an ihn hatte. Erneut meldete sich sein Handy. Er zog es aus der Tasche und schielte aufs Display.

Langweilig!, verkündete die WhatsApp-Botschaft.

Oje, das war wahrlich keine glorreiche Idee gewesen, aber im Moment konnte er nichts daran ändern. Zuerst musste er das Gespräch mit Paula hinter sich bringen und sich auf ihre Antworten konzentrieren. »Woher aus Brasilien kommst du eigentlich?«, fragte er.

»Aus Sorriso.«

Henrik zuckte fragend mit den Achseln.

»Das liegt im Norden, in Mato Grosso. Öde und tropisch, hinter unserem Haus beginnt quasi der Dschungel, wenn du so willst. Nix mit Copacabana, falls du an so was gedacht hast. Meer und Strände sind dort, wo ich groß geworden bin, so weit weg wie von keinem anderen Fleck in Brasilien aus. Und ja, bevor du fragst, selbstverständlich würde ich lieber am Meer wohnen. Wer möchte das nicht ... Aber genug geplaudert, was wolltest du mir zeigen?«

Sie hatte recht. *Erledige diesen Job, danach hast du den Kopf für andere Dinge frei. Finde erst Cinthya und dann ... dann den Dämon.*

Rasch legte er das Foto aus dem Pflanzenlexikon neben die mittlerweile leere Kakaotasse. Paula beugte sich vor. In ihrem Mundwinkel klebten Schokoladenreste, gerade so als wollte sie mit dieser kleinen Unzulänglichkeit ihre Aussage widerlegen, schon früh erwachsen geworden zu sein.

»Erkennst du jemanden darauf ... abgesehen von deiner Mutter?«, fragte er vorsichtig.

Sie ließ sich Zeit. Betrachtete die Aufnahme mit eindringlichem Blick, ohne sie vom Tisch zu nehmen. Stattdessen strich sie mit dem Zeigefinger am Rand des Fotos entlang, als wollte sie das Bild nicht nur visuell erfassen, sondern auch erfühlen.

»Es gibt nicht viele Bilder von meiner Mutter. Ehrlich gesagt, bislang kannte ich nur das Hochzeitsbild und das, das ich dir gestern gezeigt hatte. Beide Fotografien habe ich in einer von Vaters Kisten im Keller gefunden. Auf beiden sieht meine Mutter nicht glücklich aus. Und hier?« Sie rümpfte die Nase. »Auf den ersten Blick lächelt sie zwar mit allen anderen, aber wenn man genau hinschaut, sind es nur die Mundwinkel, die nach oben gehen, oder?«

Das war auch sein Eindruck gewesen, obwohl eigentlich zu viel Schatten über Cinthyas Augen lag, um ihren Gefühlszustand richtig deuten zu können. »Vielleicht hatte sie bei dieser Aufnahme einfach den Moment verpasst, und der Fotograf war zu schnell mit dem Auslöser ... Ich weiß es nicht.«

Paula wirkte nicht überzeugt. »Ich dachte immer, diese Aufgabe, der sie sich damals verschrieben hat und wegen der sie nach Europa kam, hätte ihr das Glück gebracht, das sie in Sorriso und an der Seite meines Vaters nicht gefunden hat.«

Das Glück, das sie nicht mal an deiner *Seite gefunden hatte,* dachte Henrik. »Dieses Foto spiegelt nur den Augenblick einer Zehntelsekunde wider. Ich bin nicht sicher, wie viel sich da hineininterpretieren lässt.« Innerlich gab er Paula jedoch recht. Auch er hatte nicht den Eindruck, eine besonders glückliche Frau auf dem Bild zu sehen.

»Nein«, sagte sie, nachdem eine kurze Pause entstanden war. »Ich kennen keine von denen. Wer sind diese Frauen?«

Er hatte sich ohnehin wenig Hoffnung gemacht, dass Paula ihm damit weiterhelfen konnte, weshalb er auch nicht enttäuscht war. Da war Catia sicher die bessere Adresse. »Das versuche ich gerade rauszufinden«, antwortete er. Wenigstens eine der Frauen zu identifizieren, um sie zu befragen, würde ihm vorerst schon reichen. Und das musste möglich sein, sonst hätte Martin die Aufnahme nicht für ihn versteckt. »Weißt du was von den Ritualen, die Don Alfredo mithilfe dieser Ayahuasca-Pflanze vollzieht?«

»Ich habe davon auf seiner Website gelesen. Das scheint seine Spezialität zu sein, wenn du mich fragst. ›Eine wirksame innere Reinigung ist nur durch diesen Pflanzensud zu erzielen‹«, zitierte sie und schnaubte verächtlich. »Du kotzt dir die Seele aus dem Leib, was soll daran erbaulich sein?«

Renato hatte auch so was erwähnt, fiel ihm ein. »Sprichst du etwa aus Erfahrung?«

»Nein, wirklich nicht. Ich habe mich nur mit jemandem unterhalten, der es versucht hat. Er hat auch gesagt, es macht einen verrückt.«

Verrückt kann dich vieles machen.

Eine Weile saßen sie sich schweigend gegenüber. Paula kratzte mit dem Löffel in der leeren Tasse herum. »Ich glaube, sie hat mich mal angerufen.«

»Deine Mutter?«

»Vielleicht bilde ich mir diese Erinnerung auch nur ein. Ich meine, ich war drei. Was denkst du, kann man sich so weit zurückerinnern? Oder ist es nur Wunschdenken, dass ich glaube, ihre Stimme gehört zu haben?«

Er zuckte mit den Schultern. »Ich will nichts ausschließen, das Unterbewusstsein speichert viel mehr ab, als wir gemeinhin glauben. Möglicherweise hat sie irgendwas Wichtiges zu dir gesagt, und du hast dieses Telefongespräch deshalb nie vergessen.«

Diesmal war es Paula, die hilflos die Schultern hob.

»Vielleicht wird diese Erinnerung noch klarer, jetzt, da du dich so intensiv mit deiner Mutter beschäftigst«, versuchte er, sie aufzumuntern. »Wie lange hast du vor, in der Stadt zu bleiben?«

»Wie lange wird es dauern, bis du rausgefunden hast, was mit Cinthya passiert ist?«, fragte sie zurück.

10

Nach dem Gespräch mit Paula verspürte er keine Lust, ins Antiquariat zurückzukehren. Er war zu aufgewühlt, ohne konkret sagen zu können, woher diese Unruhe kam. Es fiel ihm sogar schwer, über Cinthya Cardenas nachzudenken. Ständig funkte ihm der Gedanke an Catia und ihr irrationales Verhalten dazwischen, bis er nachgab und Gisela anrief, um zu erfahren, wie die Observation lief. Sie ging nicht ans Telefon. Hatte die obligatorische Langeweile, die so ein Job mit sich brachte, bereits gesiegt, und hatte sie deshalb die Segel gestrichen? Er hätte es ihr jedenfalls nicht verdenken können. So wie er sie kennengelernt hatte, war sie nicht der Typ Mensch, der mit Geduld gesegnet war.

Gisela war eine spontane Bekanntschaft; er hatte sie während seiner Ermittlungen um die *Japanische Angelegenheit* kennengelernt, wie er diesen sehr speziellen Fall im Nachhinein zu nennen pflegte. Kurzfristig war ihm die junge Portugiesin dabei eine wichtige Hilfe gewesen. Danach hatten sie sich locker angefreundet, auch weil sie eine sehr erfrischende Wirkung auf ihn hatte, beinahe wie ein Bad im Atlantik, nur eben für die Seele. Bis vor Kurzem hatte Gisela in einem Baumarkt in der Peripherie Lissabons gearbeitet. Die Stelle war ihr gekündigt worden, ohne dass sie verraten hatte, warum. Gerade unter jungen Leuten war die Arbeitslosigkeit in Portugal nach wie vor sehr hoch. Gut möglich, dass Gisela deshalb schon vor dem Jobverlust darüber gesprochen hatte, sich vorstellen zu können, für ihn zu arbeiten. Was er zu diesem Zeitpunkt mehr als Scherz aufgefasst hatte. Gisela dachte dabei natürlich nicht an das Antiquariat, vielmehr reizte sie das Abenteuer oder was auch immer sie sich von der Arbeit als Privatdetektivin versprach. Möglicherweise hatte Henrik ihr diese Flausen nun bereits mit ihrem ersten Auftrag ausgetrieben. Vermutlich war es von Anfang an eine Schnapsidee gewesen, Gisela mit der Observation von Catia zu beauftragen. Aber wen hätte er alternativ dazu abstellen können? Renato? Einen der Jazzmusiker? Die waren definitiv noch unzuverlässiger als Gisela, außerdem kannte Catia ihre Gesichter, und er traute keinem der Männer zu, sich im Falle einer direkten Begegnung mit Catia glaubhaft herausreden zu können.

Unzufrieden mit der Entwicklung seines Experiments, nahm er sich vor, es später noch mal bei Gisela zu probieren. Ganz wollte er die Hoffnung noch nicht begraben, dass sie irgendetwas Brauchbares in Erfahrung gebracht hatte, während sie vor Catias neuem Domizil herumlungerte. Natürlich konnte er auch selbst noch einmal bei Catia vorbeigehen und das Gespräch suchen. Doch wie er sie kannte, würde sie sich ihm nicht plötzlich anvertrauen, nur weil er erneut bei ihr antanzte. Hier war Geduld gefragt, von der er, wie er sich eingestand, unter nervlicher Anspannung oft nicht viel mehr besaß als seine neue Assistentin.

Die Straße, in die er gedankenversunken eingebogen war, wurde von einem Einsatzwagen der Polizei versperrt. Er stand schon fast davor und mitten unter Schaulustigen, als er sich dessen bewusst wurde. Einige der Leute um ihn herum hielten ihre Handys hoch und filmten das, was doch niemanden etwas anging. Eine ganz übliche Szene im Zeitalter der digitalen Erfassung, in dem jedem die Möglichkeit offenstand, seine Umwelt abzubilden und unmittelbar mit der Community zu teilen. Er hasste diese Tatsache, und gleichzeitig ärgerte er sich, weil er sich fortwährend darüber aufregte. Über die Abgestumpftheit und die Gier der Menschen nach Sensationen, vor allem wenn es um das Leid anderer ging. Das Gefühl der Resignation war in solchen Momenten immer sehr stark und erinnerte ihn an seine heftige depressive Phase nach Ninas Tod. Er blinzelte gegen die Sonne. Auch heute gab es nichts, was er daran ändern konnte, außer sich schnell eine alternative Route zu überlegen, um den ganzen Zirkus und die Straßensperre zu umgehen. Über die Köpfe der Schaulustigen hinweg suchte er nach einem Ausweg und erhaschte dabei zufällig auch einen kurzen Blick auf das Geschehen. In der Straße standen weitere Polizeiautos. Dazu ein Lieferwagen, der nach Spurensicherung aussah. Das Aufgebot war nicht gerade klein. Die Polizeikräfte waren hier also nicht bloß wegen eines Diebstahls angerückt. Oder um ein paar Randalierer dingfest zu machen. Hier war massive Gewalt verübt worden, und wenn ihn Gespür und Erfahrung nicht trogen, hatte dabei jemand sein Leben gelassen. Jetzt, wo er darüber nachdachte, war ihm, als hätte er Sirenen gehört, kurz nachdem er das Café verlassen hatte. Allerdings war Sirenengeheul nichts Ungewöhnliches in einer so großen Stadt. Es war ein sich täglich vielfach wiederholendes Geräusch, weshalb es nicht mehr bewusst wahrgenommen wurde, außer man stand unmittelbar daneben. Er wollte sich gerade abwenden, als er die auffällig große Gestalt ausmachte, die in diesem Augenblick aus dem Haus trat, in dem das Verbrechen verübt worden war. Dunkle Locken, Sonnenbrille, ein buntes Hemd und knittrige Leinenhosen. Er war es. Unverkennbar. Der lange Lui von der Divisão de Investigação Criminal.

Ihr Kollege.

Prompt kam auch sie aus dem fünfstöckigen Gebäude, das eine ähnlich heruntergekommene Fassade aufwies wie sein eigenes Haus, bevor die Bauarbeiter angerückt waren. Henriks erster Impuls war, sich wegzuducken, worüber er sich einen Atemzug später ärgerte. Trotzig straffte er die Schultern und richtete sich zu seinen vollen eins fünfundachtzig auf. Er *wollte*, dass sie ihn bemerkte, schließlich war sie es, die ihm aus dem Weg ging, und nicht umgekehrt.

Wie jede erfahrene Kriminalkommissarin tat sie, womit er rechnete. Sie warf einen Blick auf die Leute, die sich in rund dreißig Metern Entfernung hinter der Absperrung drängten. Nicht selten kehrte der Täter an den Schauplatz seines Verbrechens zurück, um das Treiben der Ermittlungsbeamten zu beobachten. Das war in den meisten Fällen dem Ego geschuldet und wurzelte in einer abartigen Sucht nach Anerkennung und Ruhm. Selbst Henrik folgte dem Reflex und sah sich kurz um, bis ihm bewusst wurde, dass es ihn gar nichts anging, ob der Täter direkt neben ihm stand. Alles, was er wollte, war Helenas Aufmerksamkeit, und tatsächlich brauchte er darauf nicht lange zu warten. Ihre Reaktion war eindeutig. Sie war bereits in die Richtung der neugierigen Schar unterwegs, als sie ihn erspähte. Kurz stockte sie in ihrem Schritt, und offenbar entfuhr ihr ein Fluch oder etwas Ähnliches, worüber sie sich in derselben Sekunde ärgerte. Vor allem, weil Lui darauf reagierte. Der Kommissar sah sie an, folgte dann ihrem Blick und verzog den Mund zu einem spöttischen Grinsen. Die beiden Ermittler tauschten ein paar Worte, Lui machte eine wegwerfende Geste, und dann ging Helena alleine weiter, während ihr Kollege seine klobigen Hände in die ausgebeulten Taschen seiner Hose steckte und abfällig auf das Kopfsteinpflaster spuckte.

Inspetora Helena Gomes, über eins siebzig groß, sportlich, schlank, mit Sperwerferinnenschultern und den ebenmäßigen Zügen einer klassischen Schönheit, schlüpfte unter dem Absperrband hindurch. Die Schaulustigen bildeten brav eine Gasse, was weniger an der Polizei-Warnweste lag, die sie trug, sondern eher an ihrem grimmigen Blick. Einen Meter vor Henrik blieb sie stehen und verschränkte die Arme vor der Brust. Ihr langes dunkelbraunes Haar trug sie im Dienst stets hochgesteckt. Aus ihren Mokkaaugen leuchteten Entschlossenheit und Härte, gewürzt mit einer Prise unterschwelliger Melancholie. Saudade, wie der Portugiese dieses Gefühl des allgegenwärtigen Seelenschmerzes nannte. Wie gerne hätte Henrik sie jetzt berührt.

»Lui schlägt vor, dich sofort zu verhaften.«

Helenas Kollege hatte von Beginn an ein Problem mit Henrik gehabt, ohne dass Letzterem je klargeworden war, was diese Aversion auslöste. Eine Weile hatte er gedacht, es könnte Eifersucht sein. Aber dazu gab es ja mittlerweile keinen Anlass mehr. »Klar, er hält mich ja grundsätzlich für verdächtig.«

Sie ging nicht weiter darauf ein. »Was willst du hier?«

»Ich bin hier zufällig reingeraten, oder glaubst du ich höre neuerdings den Polizeifunk ab und renne euch hinterher?« Ihr abweisendes Auftreten brannte in ihm, als wäre sein Herz in Säure eingelegt.

Ein paar der Leute um sie herum waren wieder näher herangerückt. Vielleicht erhofften sie sich eine Verhaftung? Oder irgendetwas anderes Spektakuläres, das sich lohnte, ins Netz gestellt zu werden. Ohnehin schon geladen, funkelte er die Umstehenden an, ehe er sich wieder Helena zuwandte. »Findest du nicht, es ist endlich an der Zeit, mal in Ruhe zu reden?«

»Ich habe viel zu tun ... Außerdem ist es vermutlich besser so, wie es ist.«

»Ach ja? Du meinst, es ist besser, auf seinen Kopf zu hören statt auf sein Herz?«, fragte er gereizt und brachte damit aufs Tapet, was er eben nicht vor allen Leuten auf der Straße hatte diskutieren wollen.

»Ich muss wieder zurück.«

Er unterdrückte einen Seufzer. Es waren nur wenige hundert Meter von hier bis in die Rua do Almada. »Wenn du hier fertig bist ...«, begann er deshalb und deutete unbeholfen die Richtung an, in der das Antiquariat lag.

Kurz schien etwas in ihren Augen aufzublitzen, dann drehte sie sich um und ging zurück zu ihrem Tatort, ohne sich noch mal umzusehen. Lui lehnte rauchend an einem Einsatzwagen und tat so, als würde er sich nicht weiter für ihn interessieren. Doch Henrik nahm an, dass er vor Neugier brannte.

Sein Pulsschlag war immer noch erhöht, als er kurz darauf durch die nächste Seitengasse marschierte. Die Hitze fühlte sich unerträglich an. Die Luft klebte förmlich an einem, und sie roch unangenehm. Es war die Stadt selbst, die diesen aufdringlichen Geruch ausdünstete. Die Steine, das Pflaster, das Eisen der Straßenbahnschienen und Laternenmasten. Dazu kam der beißende Gestank von Gummi, als schmölzen die Reifen der Autos auf dem kochenden Asphalt. Nichts hier roch jetzt noch verführerisch. Henrik überlegte, gleich hinunter zum Bahnhof zu gehen, um mit dem nächstbesten Zug raus ans Meer zu fahren. Er brauchte dringend eine Abkühlung, nicht nur für den Körper. Doch obwohl ihm diese Idee sehr gut gefiel, machte er den Umweg über die Rua do Almada. Offenbar waren die Bauarbeiter heute schon früh in den Feierabend entschwunden. Dafür parkte vor dem Haus ein Taxi. Koffer wurden eingeladen. Die Kinder der indischen Familie, die bei Henrik im Haus wohnte, sprangen aufgeregt um den Kombi herum. Ajit Bikkhu nahm sich jeden der drei Jungs einzeln vor, drückte ihn innig und verfrachtete ihn dann mit einen Klaps auf den Hintern in den Fond des Taxis. Danach war das jüngste Kind, die kleine Akuti, dran und zuletzt seine Frau Jaya. Diese Umarmung fiel kürzer aus, da die zierliche Inderin Henrik über die Schulter ihres Mannes hinweg die Gasse runterkommen sah. Der Kuss, den sie ihrem Mann auf die Wange drückte, war flüchtig. Sie hatte es eilig, auf dem Beifahrersitz Platz zu nehmen, und schlug die Tür zu. Der Taxifahrer war mit dem Beladen des Gepäcks fertig, wackelte jetzt um den Wagen herum und stieg ebenfalls ein. Ajit winkte. Ehe Henrik das Haus erreichte, brauste das Taxi los.

»Wo geht's hin?«, fragte er, und erst da bemerkte ihn Ajit. Die traurige Miene des Inders schlug für eine Sekunde in Entsetzen um. Henrik befürchtete unwillkürlich, der Mann könne einen Herzstillstand erleiden.

»Tut mir leid«, sagte er und hob beschwichtigend die Hände.

Ajit atmete tief ein und zwang sich zu einem Lächeln. »Kein Problem, ich habe mich nur erschreckt.«

»Also, wohin?«

Verständnislos blickte ihn sein Mieter aus großen Augen an.

»Deine Frau, die Kinder?«

»Ah, sim, sim. Jaya fliegt zu ihrer Familie in die Heimat, nach Patna. Ich wette, dort ist es jetzt weniger heiß als hier.«

»Und du darfst nicht mit?«

»Kein Urlaub«, verkündete Ajit, ließ die schmalen Schultern hängen und bot ganz das Bild des geknickten Strohwitwers, selbst wenn er das erst seit wenigen Sekunden war. Seit Henrik ihn kannte, arbeitete der Inder als Fensterputzer. Vielleicht war er im Frühjahr befördert worden, denn neuerdings zahlte er pünktlich seine Miete.

Henrik war allerdings nicht zu hundert Prozent davon überzeugt, dass eine bessere Position in der Gebäudereinigungsfirma der Grund für die positive Finanzentwicklung der Bikkhus war. Es gab da einen Vorfall, der ihm noch gut in Erinnerung war und der einen Verdacht entfacht hatte, den Henrik nun nicht mehr aus dem Kopf bekam. Und auch wenn es schmerzte, weil er die Bikkhus eigentlich mochte, war er ihnen gegenüber seitdem voreingenommen. Vor allem gegenüber Jaya. Sie war es, die Martin nach dem Herzinfarkt in seiner Wohnung gefunden hatte. Da war dieser bereits tot gewesen, wenn man der allgemeinen Aussage der Leute glaubte, mit denen Henrik darüber gesprochen hatte. Jaya selbst hatte sich dazu bisher noch nicht geäußert. Sie ging ihm ganz offensichtlich aus dem Weg, und nun flüchtete sie sogar nach Indien.

Nun, vielleicht hatte das auch gar nichts mit ihm zu tun. Aber er musste sich doch fragen, woher das Geld für diese Reise kam. Ein Flug in die Heimat für sie und die vier Kinder war gewiss kostspielig.

Er betrachtete Ajit, der mit gesenktem Kopf neben ihm stand und immer noch in die Richtung starrte, wo das Taxi verschwunden war. Auch von ihm war nie eine Erklärung gekommen. Er gab immer nur vor, seine Frau schützen zu wollen, die den Schock über Martins Tod oder über das Auffinden seiner Leiche nach wie vor nicht überwunden hatte. Falls das nur Ausflüchte waren, sollte Henrik vielleicht die Gelegenheit nutzen und ihn einfach darauf ansprechen. Jetzt sofort, solange Ajit noch gefangen war in der Trauer des Abschieds und in diesem anfälligen Seelenzustand genug Angriffsfläche bot, dass Henrik ihn mit Nachfragen zu seinem plötzlichen Geldsegen konfrontieren konnte. Womöglich wurde Jaya Bikkhu dafür bezahlt, dass sie schwieg, dass sie eben nicht mit Henrik darüber sprach, was mit Martin wirklich passiert war. Kannte sie die Wahrheit über den Tod seines Onkels?

Eigentlich waren es ja seine Mitbewohner selbst, all jene, die über Jahre mit Martin unter einem Dach gewohnt hatten, die den Herzinfarkt anzweifelten. Renato. Die drei Jazzmusiker Paco, Hugo und Luis. Catia. Und keiner von ihnen hatte je auch nur im Ansatz angedeutet, dass Jaya vielleicht nicht einfach nur die arme Frau war, die Martin tot aufgefunden hatte. Nun, was auch immer passiert war, es würde keine forensischen Beweise mehr geben. Da Martin eingeäschert worden war, war eine Untersuchung zur Klärung der Todesumstände nicht mehr möglich. Wer hätte eine Exhumierung auch anordnen sollen? Welcher Staatsanwalt hätte ihm nur auf seine Mutmaßungen hin Gehör geschenkt?

Sein Onkel hatte sich durch sein Herumschnüffeln Feinde gemacht. Auch das lag auf der Hand. Feinde, die Henrik letztlich mitgeerbt hatte. Nur – wie real war diese Verschwörung wirklich? Martin war bis zu einem gewissen

Maß paranoid gewesen, das war eine unleugbare Tatsache – allein die Art, wie er sein brisantes Vermächtnis verborgen hatte, ließ kaum eine andere Deutung zu. Nun, anfangs, als Henriks Onkel nach dem Tod von João mit seinen Recherchen begann, hatte er vermutlich noch nicht in solchen Kategorien gedacht. Aber je tiefer er in den Sumpf der Verbrechen vorstieß, die in Lissabon unter dem Deckmantel von Korruption sowie mit den Mitteln von Macht, politischem und finanziellem Einfluss verübt und vertuscht worden waren, desto mehr überkam ihn Angst. Nicht allein davor, entdeckt zu werden, sondern vor allem vor den Maßnahmen, die man anwenden würde, um ihn davon abzuhalten, seine Nase in diese heiklen Angelegenheiten zu stecken.

Die Frage, die bei dieser Überlegung immer wieder auftauchte, war, warum Martin nie eines dieser Verbrechen zur Anzeige beziehungsweise Anklage gebracht hatte. Oder zumindest an die Öffentlichkeit. Weil er niemandem vertrauen konnte? Oder weil er einen anderen Plan verfolgte?

Alles hängt irgendwie zusammen ...

Natürlich bestand auch noch eine andere Möglichkeit. Martin mochte nach dem Tod seines Lebensgefährten einen Teil seiner Vernunft verloren und sich in einen realitätsfremden Wahn verrannt haben. In dem Fall hätte Henrik sich davon anstecken lassen und jagte nun seinerseits Hirngespinste.

Gegen diese Interpretation sprachen allerdings die Grausamkeiten, auf die er hier selbst in nur einem Jahr gestoßen war. Jede von Martins versteckten Spuren, über die er mehr oder weniger zufällig gestolpert war, hatte ihn tatsächlich zu einem unaufgeklärten Verbrechen geführt. Das Erbe seines Onkels war greifbar, und womöglich gründete sein gelegentlicher Zweifel an Martins Hinterlassenschaft bloß in dem Wunsch, diese Bürde nicht weiter stemmen zu müssen.

»Wie lange bleiben sie weg?«, fragte er Ajit schließlich, als dieser Anstalten machte, zurück ins Haus zu gehen.

»Vier Wochen«, seufzte er.

»Das ist lang.« Und Jaya konnte sich einen weiteren Monat einem Verhör entziehen. Denn es würde längst kein Gespräch mehr sein, sondern eine Vernehmung. Jaya hatte immerhin uneingeschränkten Zutritt zu Martins Wohnung gehabt, weil sie für ihn sauber machte. Sie wäre also durchaus in der Lage gewesen, ihm etwas zu verabreichen – ihm etwas in den Tee zu mischen oder in den Wein. Ein Gift zum Beispiel, das zu einem Herzstillstand führte. Natürlich blieb die Frage, worin ihr Motiv lag? Sein Onkel hatte die sechsköpfige Familie aufgenommen und in der meisten Zeit mietfrei bei sich wohnen lassen. Was für einen Grund hätte Jaya demnach haben können, Martin das anzutun? Egal, wie oft Henrik darüber nachdachte, ihm fiel nur Erpressung ein. Wurde ihr und ihrer Familie mit der Abschiebung aus Portugal gedroht? Wenn dem so war, wer besaß diesen Einfluss? Wer machte diesen Leuten solche Angst?

Er hielt Ajit Bikkhu nicht zurück, wollte ihn erst einmal verdauen lassen, dass seine Familie soeben nach Indien aufgebrochen war. Er nahm sich allerdings vor, Jayas Abwesenheit zu nutzen, um dem Inder intensiv auf den Zahn zu fühlen.

Doch zuerst war Paulas Mutter an der Reihe.

Zurück hinter dem Schreibtisch fasste er auf einem Blatt Papier zusammen, was er bislang erfahren hatte. Meistens half es ihm, Fakten und Mutmaßungen schriftlich auseinanderzudividieren. Während seiner Zeit als Polizist waren da auch noch Kollegen, die sich diese Protokolle angesehen hatten. Dann diskutierte man darüber, tauschte Meinungen aus und stellte Strategien auf, wie man weitermachen wollte. Was Cinthya Cardenas anging, wusste er nicht einmal, ob überhaupt ein Verbrechen vorlag. Alles, was er besaß, waren Verdachtsmomente. Und sein Bauchgefühl, das ihm vermittelte, dass der Brasilianerin vor rund zwanzig Jahren etwas Schlimmes zugestoßen war. Helena war die Einzige, mit der er über das Schicksal von Paulas Mutter hätte reden können, auf eine ähnlich professionelle Weise wie damals mit seinen Kollegen.

An sie zu denken machte es nicht einfacher, bei der Sache zu bleiben. Warum hatte er ihr ausgerechnet vorhin begegnen müssen? Würde sie tatsächlich nach ihrem Einsatz vorbeikommen? Er schalt sich dafür, dass er sich überhaupt Hoffnungen darauf machte. Jetzt, da sich Helena wieder so in seine Gedanken gedrängt hatte, war es ihm unmöglich, weiter im Büro sitzen zu bleiben. Im Antiquariat schritt er die Regalreihen entlang, bis sein Kopf wieder klarer wurde. Dann drehte er sich um sich selbst und blinzelte in die staubige Luft. Wonach sollte er Ausschau halten? Er strich mit dem Zeigefinger über die Buchrücken in dem Regal, neben dem er stand, machte zwei Schritte, zog eine Schublade aus der Kommode in der Ecke und starrte hinein. Wie oft hatte er schon darin herumgekramt? Er richtete sich auf und betrachtete die Gemälde, Stiche und Landkarten, die an der Wand hinter der Verkaufstheke hingen.

Auf die Art tastete er sich mit Augen und Fingern durch das wirre Sammelsurium seines Onkels. Versuchte sich zu öffnen, empfänglich zu sein für eine Botschaft. Jetzt, da ihn weder das dumpfe Hämmern, das Kratzen und Schaben oder die bissigen Unterhaltungen der Bauarbeiter ablenkten, ging das leichter. Es war kein Kunde zu erwarten oder gar Renato, der herumschlich. Die beste Ausgangslage also, um auf eine neue Erkenntnis zu stoßen. Einen Hinweis zu finden, der ihm bislang entgangen war. Den er trotz des geschulten Polizisteninstinkts übersehen hatte, weil er nicht wusste, worauf es zu achten galt. Gelegentlich schloss er sogar die Augen und sog schnuppernd die Luft ein, als könnte ihm so die richtige Inspiration zufliegen. Das Antiquariat war ein wahres Duftkissen der Epochen.

Was hast du für mich?, fragte er Martins Geist. *Cinthya Cardenas hat in deinem Haus gewohnt. Warum? Hattest du das Bedürfnis, auf sie aufzupassen? Wenn dem so war, wusstest du, von wem ihr Gefahr drohte. Ja, ich bin sicher, du wusstest es. Aber dann muss da doch noch mehr sein als dieses Foto und das Pflanzenlexikon.*

Martin antwortete nicht.

Alles hängt irgendwie zusammen.

Er hockte sich auf den Stuhl neben dem Schaufenster, den er für seine betagten Stammkunden freihielt und starrte in das von Staubpartikeln durchsetzte Zwielicht. Trotz der Verdunkelung und der dicken Mauern sickerte die Sommerhitze allmählich herein. Hielten die extremen Temperaturen noch ein, zwei Tage an, würde es auch hier drinnen nicht mehr erträglich sein. Das war es jetzt schon kaum mehr, stellte er fest.

Die Feuer aus dem Norden kamen näher.

11

Insgeheim hatte er gehofft, dass Renato sich zusammen mit einer Flasche Wein zu ihm gesellte. Doch offenbar war der Mime nicht zu Hause, und allein wollte er nicht trinken. Der Wind, der jetzt durch die Gasse fegte, tat gut. Sicher, er besaß nicht die Qualität einer Meeresbrise, dennoch empfand Henrik ihn als reinigende Kraft, die den Kopf freimachte. Drüben im Esquina herrschte Hochbetrieb, auf der Barterrasse drängten sich die Leute. Viele Stimmen, die durcheinandersprachen, Gläserklirren, Gelächter. Es war beinahe wie immer. Er hoffte, er saß weit genug im Schatten des Baugerüsts, um von der Bar aus nicht bemerkt zu werden. Nun, die Lisboetas machten sich wohl nicht wirklich Gedanken über ihn, auch wenn der eigenwillige *alemão* mittlerweile im Viertel bekannt war wie ein bunter Hund. Vermutlich war er ihnen einfach egal, genau wie sein Kampf gegen die Ungerechtigkeit, den er in ihrer Stadt führte.

Er seufzte leise. Vielleicht hätte er doch einen Wein mit nach draußen nehmen sollen. Oder einen von Martins Whiskys, die oben im Wohnzimmer auf dem Regal standen. Mitten zwischen der feinen Auswahl an antiquarischen Büchern, die sein Onkel offenbar als unverkäuflich eingeschätzt hatte. So wie die Ausgabe von Max und Moritz aus den 1930er-Jahren. Seit seiner Kindheit liebte Henrik die Lausbubengeschichten und kannte die Streiche nahezu auswendig. Auch jetzt gingen ihm einige Verse im Kopf herum.

»Ach!« – *spricht er* – »*Die größte Freud'*

Ist doch die Zufriedenheit!«
Und wir alle wissen, was Lehrer Lämpel unmittelbar danach widerfahren ist. Die Pfeife ist explodiert. Er schüttelte den Kopf. Nichts würde bei ihm in die Luft fliegen, allenfalls in sich zusammenfallen. Wäre er doch noch raus ans Meer gefahren, um sich abzukühlen und seinen Kopf mit Salzwasser durchzuspülen. Auch Gisela hatte er nicht mehr erreichen können und fühlte ein wenig Sorge aufkommen. War ihr vielleicht doch etwas zugestoßen? Andererseits hatte sie lediglich Catia bespitzelt, nicht irgendeinen Verbrecher. Von daher war es wahrscheinlich, dass sie seinen Auftrag nicht besonders ernst genommen hatte und stattdessen irgendwann in eine Bar wie dem Esquina gewechselt war, dort Freunde traf, feierte ... Vermutlich reagierte sie bloß deshalb nicht auf seine Anrufe, weil sie ein schlechtes Gewissen hatte, den Job so schnell hingeschmissen zu haben.

Eine Bewegung unweit von ihm schreckte ihn auf. Das Licht der Straßenlaterne blendete ihn, als er hochsah. Er hatte nicht mitbekommen, dass sich ihm jemand genähert hatte.

»Pardon!«, sagte sie.

Die Müdigkeit war wie weggeblasen. Ebenso jeder vernünftige Gedanke. Er musste sich erst einmal sammeln, bevor er in der Lage war, etwas zu sagen. »Setz dich doch!«, bot er an, weil ihm nichts Besseres einfiel.

Sie blieb stehen.

»Oder willst du lieber reingehen?« Er dachte daran, wie drückend heiß es in der Wohnung war und dass er die Fenster hätte aufmachen sollen, nachdem die Sonne untergegangen war. Wenigstens all jene, die sich trotz des Baugerüsts öffnen ließen.

Wie spät war es überhaupt?

»Deine Haare ...«, waren ihre ersten Worte.

Verlegen fuhr er sich mit der Hand über den Kopf, wie um sich selbst davon zu überzeugen, dass er sie hatte kurz schneiden lassen. Verlegen zuckte er mit den Schultern. Immerhin war es ihr aufgefallen, das war doch ein Lichtblick. »Warst du bis jetzt am Tatort? Willst du ein Glas Wein?«

»Ich weiß nicht, was ich will. Ich weiß nicht mal, warum ich hier bin.«

»Dein neuer Fall, seid ihr weitergekommen?«

Sie sah ihn an, als wüsste sie nicht, was er meinte.

»Oben im Bairro, dort, wo wir uns getroffen haben ... heute Nachmittag.« Er verstummte verlegen; natürlich war ihr völlig klar, wovon er sprach.

Zwischen ihren Brauen formte sich jene vertikale Falte, die ihre Gemütszustände für das jeweilige Gegenüber sichtbar machte: Skepsis, Ablehnung, Ärger, aber auch jenen intimen Moment ekstatischer Hingabe, den er mit ihr schon hatte erleben dürfen. Jetzt war sie offenbar kurz davor, ihn darauf hinzuweisen, dass ihn ihr aktueller Fall nicht zu interessieren hatte. Doch dann biss sie sich auf die Unterlippe und schwieg.

Henrik stand auf. Etwas fiel zu Boden. Es war das Gruppenfoto mit Cinthya Cardenas. Er musste es irgendwann geistesabwesend in seinen Schoß gelegt haben. Sie bückte sich danach, bevor er reagieren konnte. Im Licht der Straßenlaternen betrachtete sie die Aufnahme. Die Falte zwischen den Brauen vertiefte sich. »Woher hast du das?« Ihre Stimme klang beinahe schrill.

»Kennst du jemanden auf dem Bild?«

Schnell hatte sie sich wieder gefasst, den kurzen Moment der Überraschung souverän abgeschüttelt. Nun starrte sie ihn an, auf diese unnachgiebige Art, die er so gut an ihr kannte, wenn sie ganz und gar die Kommissarin war. »Woher hast du das Foto?«, fragte sie mit sachlicher Schärfe.

Er schwieg. Versuchte zu verstehen, was ihre auffällige Reaktion bedeutete. Mit Vernunft betrachtet, war es eigentlich unmöglich, dass Inspetora Helena Gomes dieses Foto jemals zuvor gesehen hatte.

»Hast du es von deinem Onkel?«

Eine überflüssige Frage – wo sollte es sonst herkommen –, die trotzdem nach Bestätigung verlangte. Helena hielt ihm die Aufnahme vors Gesicht, als würde sie einen Verdächtigen mit einem brisanten Dokument konfrontieren. »Dieses Bild stammt aus einer zwanzig Jahre alten Ermittlungsakte.«

»Vor zwanzig Jahren hast du noch die Schulbank gedrückt.«

Sie reagierte nicht. Offensichtlich war nun auch sie damit beschäftigt, ihre Gedanken zu sortieren. »Wieso besaß dein Onkel einen Abzug dieser Aufnahme?«

Er hatte immer angenommen, Martin habe dieses Bild aus den Sachen, die Cinthya Cardenas bei ihm zurückgelassen hatte. Aus dem Koffer, von dem Renato gesprochen hatte. Verdammt, er hätte im Keller nach dem Reisegepäck der Brasilianerin suchen sollen! Helena war nach wie vor bemüht, ihre Irritation vor ihm zu verbergen. Ihm selbst ging es nicht viel besser.

»Wieso bist *du* mit dieser alten Akte beschäftigt? Wie kann das sein?«

Sie dachte lange darüber nach, ob sie darauf antworten sollte und vor allem, was eine Antwort zur Folge haben konnte. »Bin ich nicht. Jemand hat in der Dienststelle die Herausgabe der Ermittlungsunterlagen beantragt. Ich wurde angewiesen, sie aus dem Archiv zu suchen«, erklärte sie schließlich.

Das war ebenso verrückt wie verwirrend. Für ihn genau so wie für Helena, wenn er ihre Reaktion richtig deutete. »Wer ist dieser *Jemand*, der sich über den Fall Cinthya Cardenas informieren will?«

»Cinthya wer? Nein, ich rede hier von der Akte Alexandra Morgado.«

Nun verstand er gar nichts mehr.

»Wer ist Cinthya Cardenas?«, erkundigte sich Helena.

»Wer ist Alexandra Morgado?«, fragte er im selben Moment.

Für einen Augenblick standen sie sich gegenüber wie Duellanten, deren Waffen unabhängig voneinander eine Ladehemmung hatten. Henrik wusste, es war an ihm, den ersten Schritt zu tun. Er musste diese Chance nutzen, wenn er jemals wieder in Helenas Gunst steigen wollte. Vorsichtig nahm er ihr das Foto aus den Fingern und zeigte auf die Brasilianerin. »Das ist Cinthya Cardenas.«

Sie standen nun Schulter an Schulter, so nahe beieinander, wie seit vier Monaten nicht. Er spürte, wie sehr diese Nähe ihn aufwühlte, und hoffte, dass ihm sein inneres Beben nicht anzumerken war. Helena zeigte ihrerseits auf eine der Frauen aus der Gruppe. Jetzt, da sie ihn so offensichtlich darauf hinwies, wurde ihm bewusst, dass er über diese recht auffällige Frau schon nachgedacht hatte. Sie war zweifelsfrei die attraktivste Person auf dem Foto, aber es war nicht nur ihr Aussehen, das ihn beschäftigt hatte. Alexandra Morgado war genau genommen der Mittelpunkt der Aufnahme, auch wenn sie leicht nach rechts versetzt stand. Und nun war er sich sicher, dass der Fotograf dieses Bild allein ihretwegen gemacht hatte. Sie überragte alle anderen Frauen, sowohl nach Zentimetern als auch durch ihre physische Präsenz im Allgemeinen. Ihr Haar war heller und lockiger, ihr Gesicht symmetrischer, ihre Statur eleganter. Und das alles, ohne aufdringlich zu wirken. »Sie sieht gut aus«, bemerkte Henrik.

»Sie sah gut aus«, korrigierte ihn Helena.

Natürlich. Niedergeschlagenheit überkam ihn, obwohl ihm, seit das Gespräch auf diese Frau gekommen war, unterbewusst längst klar gewesen war, dass sie nicht mehr lebte. Sonst hätte es über sie schließlich keine Ermittlungsakte im Dezernat für Gewaltverbrechen gegeben. »Wurde der Mörder gefasst?«, fragte er mit kraftloser Stimme.

Helena musterte ihn durchdringend. »Nein«, antwortete sie, um dann, bevor er wieder das Wort ergreifen konnte, weiter auszuführen: »Sie war die Mörderin.«

12

Sie saß mit ihm am Küchentisch. Und sie tranken Wein zusammen. Der Tisch, der sie trennte, stand symbolisch für die Spannung, die nach wie vor zwischen ihnen herrschte. Dass sie sich dazu bereit erklärt hatte, mit ihn hoch in seine Wohnung zu gehen, war nur ein winziger Schritt auf einem noch sehr langen Weg, der ihn zurück in ihr Herz führen mochte. Ein Schritt nach dem anderen, mehr durfte er nicht erwarten. Gern hätte er sich nach Helenas Tochter Sara erkundigt. Wie alt war sie jetzt? Schon fünf? Und nach ihren Eltern, die draußen in Cascais wohnten. Aber er wusste, dass sie ein Gespräch über ihr Privatleben nicht akzeptieren würde. Sie würde aufstehen und gehen. Sie hatte sich unter der Voraussetzung zu ihm in die Küche gesetzt, dass sie über diesen Fall sprachen. Über Alexandra Morgado und was genau dazu geführt hatte, dass Martin Falkner ein Foto mit dieser Frau darauf in seinem Archiv verwahrte. Ein Foto mit einer Frau, die eine Mörderin war.

»Alexandra Morgado war die Gattin des ehemaligen Lissaboner Oberstaatsanwalts Orlando Morgado«, begann Helena ihre Geschichte. »Vor rund zwanzig Jahren tötete sie ihre beiden Kinder und danach sich selbst. Der Junge war sieben, das Mädchen vier.«

Henrik musste unwillkürlich schlucken. »Wie hat sie die Kinder umgebracht?«

»Sie hat sie in der Nacht mit einem Kissen erstickt. Danach ist sie runter in die Küche und hat sich mit einem Fleischmesser die Pulsadern aufgeschnitten.«

»Und wo war ihr Mann?«

»Auf einem Kongress, soweit ich mich erinnere. Das Kindermädchen hat die Leichen am nächsten Morgen gefunden. Alles in allem war das ein schreckliches Familiendrama, auf das sich die Presse wegen Morgados Position stürzte wie die Geier. Daran kann selbst ich mich noch erinnern. Aber was genau in jener verhängnisvollen Nacht geschehen war, kam nie wirklich ans Tageslicht. Da half auch der ganze Medienrummel nichts. Man könnte direkt behaupten, dass bei dieser Tragödie Polizei und Staatsanwaltschaft einmal an einem Strang zogen und alles dafür taten, die Ermittlungsergebnisse unter Verschluss zu halten. Morgado gilt seit jenem Schicksalsschlag als verbitterter Misanthrop. Er hat nie wieder geheiratet. Es gibt Gerüchte, dass er seither zölibatär lebt. Keine Ahnung. Ich hatte ohnehin immer den Eindruck, dass ihm sein Beruf das Wichtigste ist. Dass es die Aufgaben im Dienste der Justiz waren, die ihn diesen Schicksalsschlag ertragen ließen. Davor habe ich ihn natürlich gar nicht gekannt, aber nachdem er in den Gerichtssaal zurückgekehrt war, musste jeder zittern, der von ihm zur Anklage gebracht wurde. Auf Nachsicht konnte keiner mehr hoffen, egal wie schwer das Verbrechen war, das er begangen hatte. Seine Herrschaft im Gerichtssaal war unerbittlich, seine geforderten Strafmaße waren stets an der Obergrenze, seine Anklageplädoyers vernichtend.«

»Und jetzt ist er im Ruhestand?«

»Ja, die Ära des harten Hundes ging erst vor Kurzem zu Ende, er musste altersbedingt seinen Posten räumen.«

»War es Morgado, der die Herausgabe der Akte verlangte?«

Sie wiegte unschlüssig den Kopf. »Vermutlich. Die Anweisung von meinem Vorgesetzten war inoffiziell. Morgado konnte damals natürlich nicht selbst mit der Ermittlung betraut werden, und falls man ihm nun tatsächlich entgegenkommt, finde ich das unverantwortlich. Er mag ja in seiner langen Amtszeit dem Staat gute Dienste geleistet haben, aber ihm diese Akte zu überlassen ... Ich meine, was will er damit?«

»Sich die Zeit im Ruhestand vertreiben«, kommentierte Henrik zynisch. Der Klüngel innerhalb des portugiesischen Behördenapparats war in mancher Hinsicht ein echtes Phänomen. »Hat du sie gelesen, diese Berichte?«

»Das geht mich nichts an.«

»Immerhin kennst du das Foto, also hast du zumindest darin geblättert.«

Das konnte sie schlecht leugnen.

»Was stand im Autopsiebericht der Mutter? Gab es im Vorfeld Anzeichen einer psychischen Erkrankung? Oder hat sie irgendwas eingenommen?«

»Bitte, Henrik, ich kann dir dazu nichts sagen. Schon gar nicht, wenn ich nicht weiß, worauf du hinauswillst.« Sie zeigte auf das Foto, das zwischen den Weingläsern auf dem Tisch lag. »Was hat es mit diesen Frauen auf sich?«

»Sie haben allesamt denselben Kurs belegt, aber letztlich geht es mir um die.« Henrik tippte auf Paulas Mutter.

Helena betrachtete ihn stirnrunzelnd. Ihm war klar, er musste sich kompromissbereit zeigen, um sie nicht erneut zu vergraulen. Also erfüllte er seinen Teil der stillschweigenden Übereinkunft und erzählte von Paula und der Suche nach ihrer Mutter. Und davon, dass er herausfinden wollte, wie Martin darin verwickelt war. Er hatte Helena nur in Ansätzen von Martins Mission – oder besser Obsession – erzählt. Dennoch musste sie mittlerweile eine recht klare Vorstellung davon haben, woher er seine Impulse bekam, sich immer wieder mit Verbrechen zu befassen, die teilweise vor langer Zeit begangen worden waren.

Ihre erste Reaktion nach seinem Bericht über den fragwürdigen Verbleib von Cinthya Cardenas bestand wie üblich darin, ihn zu ermahnen, die Finger davon zu lassen. Aber der Einwand war halbherzig. Sie kannte ihn gut genug, um zu wissen, dass er sich nicht an ihre Anweisung halten würde. Wäre dies der Fall gewesen, wüsste sie heute noch nicht, was mit ihrem Bruder Tomás geschehen war, der vor mehr als dreißig Jahren verschwunden war. Henrik hatte eine traurige, aber auch notwendige Erkenntnis ans Licht gebracht und Helena damit aus der ewigen Ungewissheit befreit, die sie und ihre Familie seit Jahrzehnten gefangen hielt. Sie wusste also durchaus, was sie ihm verdankte. Durch ihre inoffizielle Zusammenarbeit bei diesem erschreckenden Fall, bei dem ein größenwahnsinniger Wissenschaftler in den 1980er-Jahren Kinder raubte, um mit ihnen zu experimentieren, war zwischen ihnen eine Verbindung gewachsen. Eine Beziehung, die immer inniger wurde und bald darauf den professionellen Ansatz verwässerte. Gegen jede Vernunft fühlten sie sich zu stark zueinander hingezogen, um auf lange Sicht widerstehen zu können. Es kam, wie es kommen musste. Henrik verliebte sich in Helena – und umgekehrt. Vielleicht hätten sie zu diesem Zeitpunkt damit aufhören müssen, sich weiter mit Recherchen zu unaufgeklärten Verbrechen zu beschäftigen. Das Risiko dabei war für Helena wesentlich größer als für ihn. Eine Kriminalkommissarin, die aus der Reihe tanzte und auf eigene Faust ermittelte, verlor, sobald sie aufflog, ihren Job. Dieses Damoklesschwert schwebte stets über ihr, selbst wenn sie meistens nur Informantin für Henrik war. Ihr Wunsch und der Wille, für echte Gerechtigkeit zu sorgen, waren zwar stark, doch sie musste auch an ihre Familie denken. An Sara, ihre Tochter, die sie allein großzog. Es war von Anfang an eine fragile Konstruktion gewesen, auf der ihre Zusammenarbeit stand, und sie war dazu bestimmt, irgendwann einzustürzen. Leider kam es früher dazu, als Henrik gehofft hatte. Aus falscher Rücksichtnahme hatte er zu viele seiner Unternehmungen hinter Helenas Rücken erledigt und das so lange betrieben, dass sie sich hintergangen und ausgenutzt fühlte. Im Frühjahr beendete sie nicht nur ihr gemeinsames Vorhaben, vernachlässigte Kriminalfälle aufzuklären. Sie beendete auch ihre Liebesbeziehung, was für Henrik noch wesentlich schlimmer war. Neben vielen erfolglosen Versuchen, sie am Telefon zu erwischen, hatte es für ihn seitdem nur zwei Gelegenheiten gegeben, mit ihr persönlich zu reden. Beim ersten Mal war er vor ihrer Haustür in der Travessa do Paraiso erschienen, weil er ihr Schweigen nicht mehr ausgehalten hatte. Dabei war sie recht deutlich geworden und hatte ihn in der Gasse stehen lassen. Das zweite Mal war heute Nachmittag gewesen, als er zufällig bei ihrem Einsatz aufgetaucht war.

Sie jetzt hier an seinem Küchentisch zu haben, war für ihn fast wie ein Wunder. Doch es wäre falsch gewesen, in Euphorie zu verfallen. Es galt schlichtweg, aus dieser Chance das Beste zu machen und die Sache auf keinen Fall in den Sand zu setzen. Nun, da die Flasche Wein zur Hälfte geleert war, machte sich in ihm fast so etwas wie Zuversicht breit, doch dieses Gefühl konnte auch trügerisch sein.

»Alexandra Morgado absolvierte also bei diesem Heiler einen Lehrgang in ... was auch immer, und deine Brasilianerin arbeitete dabei mit dem Mann zusammen«, rekapitulierte Helena.

»Ja. Und danach bringt die Frau des Staatsanwalts sich und ihre Kinder um, und Cinthya Cardenas verschwindet spurlos. Das sind so weit die Fakten.«

»Der zeitliche Abstand der beiden Ereignisse scheint mir ziemlich relevant zu sein. Kannst du dazu genauere Angaben machen?« Noch war Helena ganz die Polizistin. Eher unbewusst schenkte er ihr Wein nach.

»Nein, dazu kann ich noch nichts Konkretes sagen, aber ich möchte wetten, es lag nur wenig Zeit dazwischen.«

»Sagt dir das dein Bauchgefühl?« Das klang beinahe schon wieder herablassend.

»Na ja, vermutlich weiß ich mehr, wenn ich mit Morgado gesprochen habe.«

»Vergiss es«, zischte Helena. »Du wirst diesen Mann nicht behelligen.«

»Ich halte dich da völlig raus, ich muss nur wissen, wo er wohnt.«

»Es geht nicht, schlag dir das aus dem Kopf.« Ihre Miene war grimmig.

Es fiel ihm verdammt schwer, für den Moment nicht weiter nachzubohren. Aber er wollte sie nicht sofort wieder verärgern oder gar vertreiben. Also hob er beschwichtigend die Hände. »Gut, ich lasse die Finger von deinem Staatsanwalt und versuche woanders mehr über das Verschwinden von Cinthya Cardenas herauszubekommen. Zufrieden?«

Er sah ihr an der Nasenspitze an, dass er sie nicht überzeugen konnte. Doch sie behielt sich weitere Kommentare vor, vielleicht weil auch sie ihre Zusammenkunft nicht durch erneuten Streit beenden wollte. War damit der Zeitpunkt gekommen, das Geschäftliche ruhen zu lassen und stattdessen ihr heikles Verhältnis anzusprechen? Er fühlte seinen Mund trocken werden, trank rasch einen Schluck Wein und sah ihr dann tief in die Augen.

Bevor er auch nur ein Wort sagen konnte, klingelte es an der Tür.

Er musste sich zusammenreißen, um nicht mit der Faust auf den Tisch zu schlagen. Stattdessen vollführte er irgendeine wirre Geste. »Entschuldige«, sagte er und mühte sich auf die Beine. Wehe, wenn das nur irgendeiner seiner Mieter war, der aus Schusseligkeit seinen Schlüssel vergessen hatte! Gereizt betätigte er den Knopf der Gegensprechanlage. »Ja!«, fauchte er.

»Ich bin's, Gisela. Mach auf!«

Erneut ballte er die Faust, bremste sich aber, bevor er sich am Türstock blutige Knöchel holen konnte. Mühsam beherrscht drückte er den Öffner.

»Wir sind ja so weit durch«, sagte Helena, die plötzlich hinter ihm stand.

Henrik drehte sich etwas zu abrupt nach ihr um. »Du musst ja jetzt nicht sofort gehen, das hier ist gleich erledigt.«

Von draußen waren eilige Schritte auf der Holztreppe zu hören.

»Klingt aber nach einer dringenden Sache«, kommentierte Helena. Dann war Gisela auch schon an der Wohnungstür und klopfte.

Henrik öffnete resigniert, und die junge Frau mit den wilden Locken betrat den Flur.

»Oh, störe ich?«, fragte sie unbekümmert, als sie Helena entdeckte.

»Nein«, sagte die Kommissarin, »wir waren fertig. Er gehört ganz Ihnen.«

»Hey!«, rief Henrik, doch Helena schlüpfte an ihm vorbei ins Treppenhaus.

»Helena!«

Sie blickte nicht zurück, nahm die Stiege mit schnellen Schritten, und schon knallte die Haustür ins Schloss.

»Das ist jetzt aber nicht meine Schuld«, betonte Gisela. Mit ihren kaum fünfundzwanzig Jahren verfügte sie noch über ein hohes Maß jener jugendlichen Ungezwungenheit, die es schwer machte, ihr wirklich böse zu sein. Neuerdings trug sie einen Sidecut und hatte ein paar Haarsträhnen zu schmalen Zöpfen geflochten, aus Henriks Sicht kein Gewinn. Jetzt, da sie mehr Zeit im Freien verbrachte, statt unter dem künstlichen Licht in einem Baumarkt, hatte die Sonne noch mehr Sommersprossen auf ihrem runden Gesicht erblühen lassen. Neben dem Piercing durch ihre rechte Braue schmückte sie sich nun auch noch mit einem Silberring durch die Unterlippe. Ihre sandfarbenen Augen waren auf ihn gerichtet.

»Warum gehst du nicht ans Handy?«, blaffte er sie an.

»Hey, Mann, keep cool, mein Akku ist leer!«

Er starrte sie an, ehe sein Unmut mit einem Schlag verrauchte. »Tut mir leid!« Er stieß die Luft aus. »War ein harter Tag. Und dass du dich nicht gemeldet hast, hat auch nicht gerade geholfen.«

»Du hast dir Sorgen um mich gemacht?«

»Ja, verdammt!« Er behielt für sich, dass er zuletzt zu dem Schluss gekommen war, sie habe die Observation aus Mangel an Ereignissen geschmissen.

»Willst du Wein?«

»Don't drink and drive. Aber wenn du Kaffee für mich hast ...«

»Geht auch Tee?«

Tee wurde als Notlösung akzeptiert, und so landete er schließlich auch mit Gisela in der Küche.

»Wo ist Catia jetzt?«

»Vor dem Fernseher, im Bett, was weiß ich, ich konnte ihr ja schlecht bis in ihre Wohnung nachlaufen. Die ist übrigens im dritten Stock. Zumindest ging dort das Licht an, kurz nachdem sie im Haus verschwunden war.«

»Und davor, wo war sie da, was hat sie gemacht?«, verlangte er zu wissen, als die Teetasse vor ihr dampfte.

»Ich sag dir, ich war knapp davor, das Handtuch zu schmeißen. Es war irre heiß dort oben an der Treppe, ohne jeden Schatten. Kein Scheiß, du hättest mir sagen sollen, dass ich mir was zu trinken einpacken soll. Und was zum Lesen. Den ganzen verdammten Nachmittag hab ich dort gehockt wie bestellt und nicht abgeholt. Ich hab so lang auf meinem Handy rumgespielt, bis der Akku am Ende war. Und ich war es beinahe auch. Als die Gute dann endlich aus dem Haus kam, stand ich kurz vorm Sonnenstich.«

»Und?«

Sie zog die gepiercte Braue hoch. »Sie ist zum Yoga.«

»Yoga! Das war's?«

Gisela grinste frech. »Dort gab es wenigstens Schatten und eine gemütliche Parkbank, von der aus ich den Eingang direkt im Blick hatte. Außerdem war gleich um die Ecke ein Kiosk. Okay, ich hätte lieber Wasser statt Bier kaufen sollen, aber es war ja auch mein erster Einsatz als Privatschnüfflerin.«

»Don't drink and drive«, erinnerte Henrik sie.

»Mann, ich brauchte was Anständiges ... Vermutlich bin ich danach kurz eingenickt, aber sicher nicht länger als zwei, drei Minuten. Und das Geschnatter der Yogatanten hat mich dann ja auch sofort wieder wach gemacht, als die im Rudel aus dem Haus kamen. Nur die Zielperson war halt nicht dabei ...«

»Zielperson«, murmelte Henrik und schenkte sich Wein nach. »Du hast sie demnach verloren, die Zielperson.«

Sie blies sich eine Locke aus der Sommersprossenstirn und trank von ihrem Tee. »Dachte ich jedenfalls zuerst, und das hat mir echt ein schlechtes Gewissen gemacht. Also bin ich nachsehen gegangen.«

Henrik runzelte die Stirn, als ihm ihre dramaturgische Pause zu lang wurde.

Gisela breitete die Hände aus. »Und da hockte sie, zusammen mit der Yogalehrerin, auf dem Treppenabsatz. Also, ich nehme an, es war die Yogalehrerin. Nein, ich bin sicher, dafür habe ich einen Blick. Okay, sie war jetzt keine von der dürren Sorte, nicht so eine makrobiotisch ernährte Bikram-Tussi, eher so die alternative Sorte von früher. Du weißt schon, betont naturbelassen und ein bisschen rundlich. Graues Haar, grobes Leinen, ein Muttermal auf der Wange; halt eine, die noch an die esoterische Wirkung von Yoga glaubt und tiefenentspannte Meditations- und Tantrakurse anbietet.«

»Gisela!«, mahnte er sie, zur Sache zu kommen.

»Ja, ja, chill mal! Jedenfalls hatte ich total Glück, dass sie mich nicht gesehen haben, als ich durch die Tür bin, was auch daran lag, dass sie so in ihr Gespräch vertieft waren. Ich konnte mich gerade noch in eine Nische drücken.

Von dort habe ich dann alles gehört, worüber sie gequatscht haben.«

»Über herabschauende Hunde?«

»Dieses Thema war schon durch, nein, nein. Es ging nicht um Sonnengrüße und anderweitige Verränkungen. So, wie sie miteinander geredet haben, sind sie auf jeden Fall näher bekannt. Alte Freundinnen, möchte ich fast behaupten, die sich intensiv über eine andere Frau unterhielten ...«

Er wollte gerade am Wein nippen und erstarrte mitten in der Bewegung. »Fiel auch ein Name?«

»Ähm, ja, sie redeten von ... Alexandra Irgendwas.«

»Morgado?«

»Exactamente!«

Er war bislang davon ausgegangen, dass sich Catia mit der vermeintlichen Yogalehrerin über Cinthya Cardenas unterhalten hatte. Aber Alexandra Morgado war keine schlechte Alternative.

»Was deine Freundin anging, klang sie meiner Ansicht nach fast bedrohlich, wie sie da so auf die Vorturnerin einredete.«

»Worüber genau haben sie gesprochen?«

»Den exakten Wortlaut?«

»Wenn möglich!«

13

Gisela forderte ihr vereinbartes Honorar ein, und dann war sie auch weg. Was blieb, war die Hitze. Unter diesen Umständen würde er kein Auge zutun können. Er öffnete ein paar Fenster in der Wohnung, hoffte auf Durchzug und flehte gleichzeitig darum, dass die Fliegengitter auch einen Teil der Moskitos abhielten. Bisher war er trotz der feinmaschigen Barriere mit zwei bis drei Stichen pro Woche bestraft worden, und ihm lag sehr daran, dass sich die Zahl der höllisch juckenden, zum Teil hässlichen Pusteln nicht erhöhte. Zu seinem Leidwesen kam der Wind von der falschen Seite, was in den Räumen nur für mäßigen Luftaustausch sorgte. Von den Böen in Bewegung versetzt, schlugen die Gerüstplanen an der Stirnseite unrhythmisch gegen die Verstrebungen. Mit dem Rest des Weins ging er nach unten und vors Haus. In der Gasse war es besser, die Brise hier eine Wohltat. Sie kühlte die Haut, allerdings nicht das Brennen in seinem Herzen, wenn er an Helena dachte. Er durfte jetzt nicht aufgeben, jetzt, da sie wieder einen Schritt auf ihn zugegangen war. Auch wenn das Auftauchen von Gisela zu einem ungünstigen Zeitpunkt gekommen war. Oder auch nicht. Vielleicht wäre es ja ohnehin zu früh gewesen, sie gleich nach ihrem Gespräch über Alexandra Morgado und Cinthya Cardenas auf ihre Gefühle für ihn anzusprechen. Egal wie, er musste sein emotionales Chaos unter Kontrolle kriegen, sonst konnte er nicht klar denken. Und das sollte er, wollte er in der Sache mit Paulas Mutter Fortschritte machen. Er lehnte sich an eine der Metallstangen des Baugerüsts, sog die Nachtluft ein und dachte darüber nach, was ihm Gisela berichtet hatte. Vor allem über Catias Worte, die sich auf ihn bezogen. Es gab keinen Zweifel daran, dass Gisela sie diesbezüglich richtig verstanden hatte. Die Anweisung seiner ehemaligen Mitarbeiterin an ihre Yogafreundin war unmissverständlich: Sollte Henrik bei ihr auftauchen, hatte sie die Unwissende zu spielen.

Schritte lenkten ihn ab. Eine schlaksige Gestalt tauchte im Lichtkegel der Straßenlaterne auf und schlenderte übers Kopfsteinpflaster auf ihn zu. Renato. Mit tiefen Schatten unter den Augen. Auch er schien in letzter Zeit nicht besonders gut zu schlafen. Ob das allein an der Hitze lag?

»So spät noch unterwegs?«

»Noch ist das hier kein betreutes Wohnen, mi amigo, ich kann ja wohl kommen und gehen, wann ich will. Gibt es noch Wein?«

Henrik betrachtete das Glas in seiner Hand. Er konnte sich nicht entsinnen, wann er es leer getrunken hatte.

»Alexandra Morgado, sagt dir die was?«

Renato brauchte nicht lang zu überlegen. »Die Irre, die ihre Kinder erstickt hat? Klar erinnere ich mich. Aber wie kommst du jetzt auf diese Geschichte? Hängt das mit deiner jüngsten Mission zusammen?«

»Kann ich noch nicht mit Gewissheit sagen.«

»Wundern würde es mich nicht.«

»Warum, was weißt du?«

»Nur Geschichten«, ruderte Renato zurück, »nur Geschichten.«

»Dafür bin ich immer zu haben.«

»Nein, wirklich, ich kenne nur Gerüchte. Zum Beispiel, dass diese Morgado ebenfalls in der Esoterikszene unterwegs war.«

Das war tatsächlich nichts Neues für Henrik, aber Renato kaute auf seiner Unterlippe herum, als gäbe es noch etwas anderes, das er loswerden wollte.

»Jetzt lass dich doch nicht so bitten!«, verlangte Henrik und konnte seine Ungeduld nicht verbergen.

»Na ja, ich wollte nur sagen ... Es würde mich eher wundern, wenn Martin sich *nicht* für Alexandra Morgado interessiert hätte.«

Ein Moped knatterte vorbei, und der Lärm, der aus dem löchrigen Auspuff schallte, verschluckte fast Henriks Frage nach dem Warum. Nach verbranntem Öl riechende Abgase hüllten sie ein, und Renato begann zu husten. Seine Bronchien beruhigten sich erst, als der Radau schon fast wieder verklungen war. Mit gesenkter Stimme sprach er weiter. »Oberstaatsanwalt Orlando Morgado dürfte alles andere als ein Freund deines Onkels gewesen sein. Wobei dieser intrigante Mistkerl damals natürlich noch nicht der Chefankläger war.«

»Damals, wann? Verflucht, Renato, spar dir die Theatralik!«

Die Augen des älteren Mannes funkelten. Er kostete die Sekunden aus, wie bei einem Bühnenauftritt, der dem Publikum im nächsten Moment ein furioses Finale bescheren würde. »Es gibt da ein brisantes Detail, Henrik, das du kennen solltest, bevor du irgendwas wegen oder gegen Morgado unternimmst. Er war der ermittelnde Staatsanwalt im Mordfall João de Costa.«

14

Diese Botschaft saß, und Renato wusste das. Sein Grinsen bei Henriks überraschtem Gesichtsausdruck gerann im Licht der Laterne zu einer diabolischen Fratze. Feixend klopfte er ihm auf die Schulter, wünschte ihm eine gute Nacht und verschwand im Haus.

Henrik fand diese Information alles andere als witzig. Er verfluchte Renato – eine gute Nacht würde er jetzt sicher nicht haben. Im Gegenteil, diese Offenbarung würde seinen Denkapparat erst so richtig auf Touren bringen. Warum zum Teufel erfuhr er so wichtige Details von den Leuten, die Martin wirklich nahegestanden hatten, immer nur scheibchenweise?

Und wie ließ sich in diesem Licht die Entdeckung der Aufnahme bewerten? Hatte der Fokus seines Onkels womöglich gar nicht auf Cinthya Cardenas, sondern auf der anderen Frau gelegen, die mit ihr auf dem Gruppenfoto abgelichtet worden war? Wollte Martin ihn auf Alexandra Morgado hinweisen?

Wieder einmal sackte er überwältigt auf den Stapel Zementsäcke vor dem Haus. Zu wem hatten ihn all die Hinweise seines Onkels geführt, seit er nach Lissabon gekommen war? Er schloss die Augen und ließ die Personen im Geist Revue passieren. Zu Anfang war da Dr. Manuel Vieira gewesen, der Leiter des Vieira-Instituts und vermeintlicher Wissenschaftler, der abscheuliche Experimente mit Kindern betrieben hatte. Dann war Nelson Pereira aufgetaucht, der ehemalige Polizeichef Lissabons, der während der Diktatur einen hohen Posten in der PIDA, der Geheimpolizei Salazars, bekleidet hatte und immer noch auf die Machtstrukturen innerhalb der Behörden zurückgreifen konnte, um Gefallen einzufordern. Und natürlich der Bankier José Marques, bei dem man sich ernsthaft fragen musste, wessen Vermögen es waren, die in der Privatbank dieses Mannes verwaltet wurden. Das waren so betrachtet die dicksten Fische, aber längst nicht alle, auf die ihn das geheime Archiv aufmerksam gemacht hatte. Ihm fielen auch Leute ein wie der zwielichtige Fischhändler Pedro Lourenço oder Professor Udagawa, ein Diplomat aus der japanischen Botschaft ... ja, und auch Adriana Teixeira, die unwiderstehliche Steuerberaterin. Für alle diese Personen fanden sich Hinweise im Antiquariat, manche davon offensichtlicher als andere. Und nun kam noch der erst vor Kurzem aus dem Dienst geschiedene Oberstaatsanwalt Orlando Morgado dazu, dessen Frau ihre Kinder und danach sich selbst getötet hatte.

Alles hängt irgendwie zusammen!

War das tatsächlich so? Existierte zwischen diesen Leuten eine Verbindung? Er holte sein Handy heraus und suchte nach einem Bild von Orlando Morgado. Was das Netz ihm anbot, waren die üblichen Aufnahmen. Einige Pressefotos von Leuten, die sich bei gesellschaftlichen Anlässen, der Kamera zugewandt, die Hände schüttelten. Dazu zwei, drei Porträts des Oberstaatsanwalts, der auf keinem der Bilder auch nur im Ansatz eine Miene verzog, geschweige denn lächelte. Der Mann hatte einen eckigen Kopf, von einem strengen Scheitel geteiltes graues Haar und eine distanzierende Kälte in den anklagenden Augen. Seine Statur war asketisch, auf manchen der Aufnahmen wirkte er nahezu dürr. Es existierten keine Bilder von früher, die ihn im Kreise seiner Familie zeigten. Als Frau und Kinder noch lebten, war die digitale Welt noch nicht so weit gewesen.

Henrik fand keine Adresse. Aber das wäre auch zu einfach gewesen. Leute wie Morgado, die über genug Einfluss verfügten, waren in der Regel nicht leicht auffindbar, wenn sie das nicht wollten. Henrik schaltete sein Mobiltelefon aus und sah hinauf zu dem schmalen Streifen Sternenhimmel, den die Dächer zu beiden Straßenseiten ihm gewährten. Ja, seine Widersacher, jene Namenlosen, wie er sie zu nennen pflegte, bekamen nach und nach Gesichter und Identitäten.

Er stemmte sich hoch, denn hier auf der Straße würde er keine Antworten finden. Mit dem Kopf voller Gedanken stieg er die Treppe in seine Wohnung hinauf. Fest stand, er musste sich mit den Morgados beschäftigen. Befasste er sich mit dem ehemaligen Oberstaatsanwalt, würde er auch mit Paulas Mutter weiterkommen, das hatte er im Gefühl. Es wäre nahezu fahrlässig gewesen, hier *keine* Verbindung zu wittern. Vor allem auch, weil der in den Ruhestand getretene Jurist die Herausgabe der Ermittlungsakten zum Tod seiner Frau und seiner Kinder, verlangt hatte. Glaubte er nach zwanzig Jahren wirklich, neue Hinweise darin zu finden, welche die Tat seiner Frau in ein neues Licht rückten?

Er stand schon im Schlafzimmer, als ihm aufging, wie gering die Chance sein musste, ohne Helenas Hilfe überhaupt an den Staatsanwalt heranzukommen. Dieser Mann hatte keinerlei Grund, ihn zu empfangen. Genau genommen sah Henrik nur eine einzige Möglichkeit, doch diese auszuspielen barg auch das höchste Risiko, erneut ins Fadenkreuz jener zu geraten, denen er ohnehin ein Dorn im Auge war.

Trotz aller Bedenken musste er schnell eingeschlafen sein, denn als er die Augen wieder aufschlug, stellte er fest, dass es draußen bereits hell war. Er fühlte sich erstaunlich ausgeruht und sprang tatendurstig aus dem Bett. Die Fakten, die er gestern zusammengetragen hatte, bestärkten ihn darin, jetzt nicht nachzulassen. Trotzdem machte er sich ohne Eile fertig – für portugiesische Verhältnisse war er schlichtweg zu früh dran. Um kurz nach acht trat er aus dem Haus. Noch lag ein angenehmes Prickeln in der Luft, man schmeckte eine morgendliche Frische, die sich leichter atmen ließ. Die Bauarbeiter waren noch nicht da. Dabei hätten sie die Gunst der erträglichen Morgentemperatur nutzen können. Nun, das war nicht sein Problem. Unter der Dusche hatte er grob seine Strategie für heute festgelegt. Er musste nur noch entscheiden, ob er zuerst mit Catia oder mit dieser Yogalehrerin sprach. Nach einem starken Kaffee und einem Milchbrötchen in der Pastelaria Batalha wusste er endlich, wie er vorgehen wollte.

Das Haus im Stadtteil São Cristóvão e São Lourenço am Largo Rosa war ein Gebäude im neoklassizistischen Baustil, dessen Pracht schon lange dahin war. Die schwere doppelflügelige Eingangstür wurde von einem wuchtigen Portal mit feinster Bildhauerarbeit umrahmt, das erfolglos gegen die Erosion ankämpfte. Die Strahlkraft des einstigen Anstrichs in zartem Rosa, der vermutlich der Farbe der Mandelblüten nachempfunden war, war längst verblasst, er bröckelte an vielen Stellen und war großflächig von schmutzbraunen bis schwarzen Flecken durchsetzt, die wie Krebsgeschwüre über die Fassade wucherten. Der Mandelbaum rechts neben dem Eingang schrie förmlich nach Wasser. Henrik schlenderte näher heran. Yoga fand im Untergeschoss statt, soweit er die Beschilderung verstand. Ein Aushang wies darauf hin, dass der erste Kurs um zehn Uhr begann. Noch war die Tür verschlossen. Er würde also warten müssen. Genervt blickte er sich um und entdeckte die Bank, von der Gisela gesprochen hatte. Leider lag sie um diese Uhrzeit nicht im Schatten. Direkt daneben führte eine Treppe zur nächsten Gasse hinunter. Die durchwegs marode Bebauung war eng und verschachtelt. Wäsche hing über der Gasse. Ein grüner Belag wuchs auf den Steinen, die die Fundamente stützten. Es sah aus, als würde die Sonne nur selten dort hineinleuchten, als wäre die Hitze der vergangenen Wochen nie bis in diese enge Häuserschlucht gedrungen. Irgendwo plätscherte ein Brunnen. Alles zusammengenommen, versprachen die Gegebenheiten dort unten ein deutlich angenehmeres Klima.

Nach ein wenig Herumirren zwischen den kühlen Gemäuern landete er schließlich in der Rua de São Pedro Mártir. Er kannte nicht viele Städte, in denen man sich so unbedarft treiben lassen konnte wie in Lissabon. Auch jetzt folgte er einfach dem Kopfsteinpflaster, bis sein Auge unerwartet auf ein Café fiel, das eigentlich völlig unscheinbar anmutete. Jedenfalls war es keines der von Touristen frequentierten Etablissements. Es ließ sich eher mit dem Antiquariat vergleichen – und das machte es ihm sofort sympathisch. Eine sanfte Vertrautheit überkam ihn. Es saßen keine Gäste auf den billigen Plastikstühlen, die um Tische mit ausgeblichenen Wachstischdecken gruppiert waren. Über der Theke befand sich ein interessanter Spitzbogen, der auf alte Bausubstanz hindeutete. Die Beleuchtung war bläulich und zu grell, was den Stammgästen vermutlich wenig ausmachte, Urlauber hingegen abschreckte. Niemand stand hinterm Tresen, aber aus der Küche drangen Geräusche, die sich anhörten, als hantierte dort jemand mit einer schweren Pfanne.

Und dann entdeckte er es: das Fliesendekor an der linken Wand der Gaststube, das er durch die geöffnete Eingangstür sehen konnte. Wie ferngesteuert betrat er das Café, den Blick auf das Gemälde aus Kacheln fixiert.

Das war schlichtweg unmöglich. Erst vor ein paar Wochen hatte er eine der Azulejos aus genau diesem Heiligenbild im Antiquariat gefunden! Die Farbgebung des Stücks, das sich inzwischen in der sicheren Obhut von Bruder Bruno befand, passte und auch die Art der Umsetzung. Er holte sein Handy heraus und suchte nach der Aufnahme, die er von dem Fragment gemacht hatte. Nun wurde ersichtlich, was das seltsame blasse Oval darauf darstellte, das unter herabhängendem Blattwerk hervorlugte. Jetzt, mit dem gesamten Bild vor Augen, stellte es sich als Teil eines Heiligenscheins heraus.

Somit gehörte auch diese Fliese zu einem Wandbild mit religiösem Inhalt. Mit einer verstörenden Aussage, wie Henrik auf den zweiten Blick feststellte. Der Heilige in der Mönchskutte trug Stigmata an Händen, Füßen und Brustkorb, eindeutig den Wunden Jesu am Kreuz nachempfunden. Das Bizarre daran waren die Fäden, die aus den Wunden empor in den mit Wolken und Engelsköpfen verhangenen Himmel stiegen und spiegelbildlich in Wunden des über allem schwebenden gekreuzigten Heilands endeten. Die Symbolik dahinter war verständlich, doch die Umsetzung unglücklich gewählt. Der Heilige, der auf einem Felsen an einem Gewässer stand, wirkte durch diese Verbindung zu seinem Herrn im Himmel wie dessen Marionette. Wie von einer höheren Macht gelenkt, dachte Henrik. Nun, vielleicht hatte der Künstler die Metapher doch in voller Absicht so interpretiert.

»Isso é São Francisco de Assis«, erklärte eine Stimme. »Möchten Sie was bestellen?«

Ob er etwas bestellen wollte? Hinter dem Tresen stand eine ältere, rundliche Dame, die eine Küchenschürze umgebunden hatte. Er spähte auf die Uhr. Noch war Zeit, also nickte er und orderte einen Galao. Er setzte sich an den Tisch unter dem Wandbild.

»Franz von Assisi also«, sagte er und deutete auf die Heiligendarstellung.

»Es ist nicht das Original«, erklärte die kleine Frau mit dem ergrauten, straff gewickelten Dutt und sah dabei etwas verlegen drein, so als bedauerte sie, ihn enttäuschen zu müssen. »Das finden Sie im Kirchhof des Convento de São Pedro de Alcàntara.« Sie nickte, kehrte ihm dann den Rücken zu und nestelte an der Kaffeemaschine herum.

Convento de *São Pedro*. Dort war er doch erst gestern vorbeigelaufen, als er Catia verfolgt hatte. Eigenartig, wie nah alles beieinanderlag. Selbst São Roque war nur wenige hundert Meter von dort entfernt.

Die Cafébetreiberin wartete, bis das Zischen des Milchaufschäumers verhallte, dann sprach sie unaufgefordert weiter. »Mein Bruder hat eine Weile dort im Franziskanerorden gelebt. Das Bild hat ihm immer am besten gefallen, und er besaß durchaus künstlerisches Talent, é que?«

»Durchaus«, bestätigte Henrik. Er saß hier also vor einer Kopie, die dieser Franziskanermönch angefertigt hatte. Das erklärte einiges.

Die Frau kam mit dem Milchkaffee.

»Glauben Sie, ich könnte mich mit Ihrem Bruder unterhalten?«

Sie lächelte melancholisch. »Sprechen Sie, er wird Sie hören«, sagte sie.

»Es tut mir leid«, erwiderte Henrik, nachdem er verstanden hatte.

Die kleine Frau blickte wehmütig auf das Bild. »Er hat es mir vermacht. Ich hatte ein bisschen Skrupel, es im Café anbringen zu lassen, aber mein Mann meinte, es gäbe gar keinen besseren Platz, um das Talent meines Bruders zu ehren. Er war im Konvent nicht nur Mönch, sondern auch Lehrer in der dazugehörigen Schule. Kunst und Philosophie hat er unterrichtet, der gute Humberto, Gott hab ihn selig.«

»Kunst und Philosophie«, wiederholte Henrik ganz in Gedanken.

»Trinken Sie Ihren Galao, bevor er kalt wird«, empfahl ihm die Frau freundlich. »Ich lasse Sie jetzt in Ruhe.«

Er lächelte zurück und sah ihr nach. Im Durchgang zur Küche drehte sie sich noch einmal um. »Rufen Sie, wenn Sie noch was brauchen. Ich bin heute allein und muss dringend den Blätterteig zubereiten.«

Henrik rührte still in seinem Kaffee und spähte immer wieder hinauf zum heiligen Franz. Jetzt, da er wusste, dass es sich bei dem Fliesenbild um eine Replika handelte, war der Zauber, auch wenn die Kopie gut gelungen war, doch etwas geschwunden. Was nicht weiter schlimm war. Im Gegenteil, denn nun wusste er, welche sakrale Stätte er als Nächstes aufsuchen würde ... gleich nach seiner Yogastunde.

15

Giselas Beschreibung war ziemlich treffend gewesen. Als die Yogalehrerin ihn bemerkte und ihre Miene versteinerte, waren die letzten Zweifel ausgeräumt. Catia musste ihn wirklich gut beschrieben haben, so erschrocken wie die Frau auf ihn reagierte. Er schätzte sie auf Mitte fünfzig. Ihr drahtiges Haar stand zerrupft vom Kopf ab. Unter den buschigen Augenbrauen blickten ihm helle Augen entgegen. Sie war gerade dabei, Yogamatten auszurollen, als er den Übungsraum betrat. Ihr war anzusehen, dass sie sich über ihre nur allzu deutliche Reaktion ärgerte.

Eine Viertelstunde vor der Zeit, war er an diesem Vormittag der Erste. Dass noch keine Yogaschüler anwesend waren, hatte allerdings nichts zu bedeuten. Portugiesen pflegten ein anderes Verständnis von Zeit und Pünktlichkeit.

»Sind Sie angemeldet?«, fragte die Frau, sichtlich darum bemüht, sich unbedarft zu geben und die Situation für sich zu retten. Sie trug etwas, das entfernt an einen indischen Sari erinnerte, und darunter einen Gymnastikanzug. Obwohl sie völlig ergraut war und deutlich an Gewicht zugelegt hatte, erkannte er sie wieder. Sofort verspürte er die Zuversicht, einen entscheidenden Schritt weitergekommen zu sein, was seine Untersuchungen im Fall Cinthya Cardenas anging.

»Noch nicht«, konterte er gelassen und blickte sich um. Die Luft im Raum war stickig. Es bot sich höchstens Platz für zehn Personen. Die Wände sahen frisch getüncht aus, obwohl in einer Ecke und der Decke darüber bereits wieder Wasserflecken durch den Anstrich schimmerten. Das feucht-schwüle Klima innerhalb des Gemäuers förderte die Ausbreitung der Stockflecken. Auf den Fensterbänken standen Topfpflanzen und dazwischen Gläser mit Teelichtern. An den Wänden hingen Poster von weiten Landschaften mit hohem Himmel und buddhistischen Tempeln unter Bambushainen. Den Holzboden hatte man abgeschliffen und neu versiegelt. Der aufdringliche Geruch von Wandfarbe und Holzöl wurde nur unzureichend vom Duft der Räucherstäbchen überlagert, die auf einem kleinen Schrein vor einer Buddha-Statue aus Lavastein vor sich hin glommen. Gleich neben der Tür stand eine Bank, ansonsten war der Raum nicht möbliert.

»Hören Sie, ich will keine Schwierigkeiten«, platzte es mit einem Mal aus ihr heraus, und eine Mischung aus Verlegenheit und Trotz spiegelte sich in ihren Augen. »Es ist besser, Sie gehen, bevor die ersten Kursteilnehmerinnen kommen.«

»Was hat Ihnen Catia über mich erzählt?«

»Ich ...«, setzte sie an, doch statt alles rundweg zu leugnen, schüttelte sie nur den Kopf und machte einen Schritt zur Seite und auf die Tür zu. Henrik stellte sich ihr in den Weg und hielt ihr das Gruppenfoto vor die Nase.

»Eine Frau auf diesem Bild ist tot, eine ist verschwunden und eine dritte rennt lieber davon, statt mit mir zu sprechen. Denn das sind doch Sie, die Zweite von links!«

»Das liegt lange zurück«, sagte sie und wich zu ihren Matten zurück. Doch schon nach wenigen Sekunden schien sie es sich anders zu überlegen. »Dreitausend Euro, und ich sage Ihnen, was ich weiß«, erklärte sie, ohne ihn anzusehen.

Kurz war er verblüfft über die Forderung. Während seiner gesamten Dienstzeit, in der er zahllose Vernehmungen geführt hatte, hatte man ihm keinen vergleichbar dreisten Deal angeboten. Zumindest nicht so direkt und geradeheraus.

»Das ist also der Preis, für den Sie Ihre Freundin verraten.«

Ihr entschlüpfte ein schmerzliches Lachen. »Wenn es hart auf hart kommt, ist sich jeder selbst der Nächste, und mit dem Geld schaffe ich es vermutlich übers Jahr.« Sie warf die letzte Gymnastikmatte zu Boden und wandte sich ihm wieder zu. »Sehen Sie sich doch um! Der Vermieter hat mir fest zugesagt, er lässt neue Stromkabel verlegen, eine Klimaanlage und eine Heizung einbauen ... von den sanitären Einrichtungen ganz zu schweigen, die Toilette ist wirklich eine Zumutung. Aber bisher hat er absolut nichts beauftragt! Und das Dach ...« Sie deutete in die feuchte Ecke über ihnen. »Wir befinden uns im Erdgeschoss, was denken Sie also, wie es in den Etagen darüber aussieht?« Resigniert schüttelte sie den Kopf. »Aus meinen alten Seminarräumen musste ich raus, weil die Bude über mir einzustürzen drohte, und hier wird es mir genauso ergehen. Ich habe hier alles investiert, was ich noch hatte, weil man mir hoch und heilig eine Grundsanierung versprochen hat, sobald sich ein erster Mieter gefunden hat. Tja, diese Dumme war ich. Seit vier Monaten warte ich, und nichts ist passiert. Im Gegenteil. Ich habe gehört, dass der Besitzer jetzt mit einem ausländischen Investor verhandelt. Chinesen, oder wer auch immer gerade alles zusammenkauft in Lissabon. Dann setzen sie mich fröhlich auf die Straße und machen aus dem Haus ein Hotel. So sieht der Abgrund aus, in den ich starre. Und die Kurse sind in der letzten Zeit auch nicht gerade gut besucht.« Sie holte tief Luft. »Aber warum erzähle ich Ihnen das?« Sie hatte feuchte Augen bekommen, aus denen neben der Niedergeschlagenheit auch ihre Wut auf die Ungerechtigkeit dieser Welt funkelte. Doch dann hielt eine unerwartete Milde Einzug in ihren Blick. »Ich kannte Martin«, wechselte sie überraschend das Thema.

Henrik schnappte unwillkürlich nach Luft.

»Drei Freundinnen von mir haben bei ihm gewohnt. Ich war oft in der Rua do Almada. Wir waren jung und hatten Flausen im Kopf, alles schien möglich zu sein. Die Diktatur war zu Ende, und wir fühlten uns so unglaublich frei ... Lang ist das her. Viel zu lang – und was ist währenddessen aus unseren Plänen und Träumen geworden? Martin jedenfalls war ein herzensguter Mensch, immer verständnisvoll. Es war schwer, eigentlich unmöglich, ihn nicht zu mögen. Stimmt es, was Catia erzählt hat? Dass Sie ihn nicht gekannt haben?«

Die Frage war wie ein Vorwurf formuliert, und für einen Moment empfand er Verlegenheit. Trotzdem hielt er ihrem Blick stand. Das Gespräch lief in eine gute Bahn, das musste er ausnutzen. »Aber auch er hätte Ihnen keine dreitausend Euro gegeben ...«

Die Worte schienen sie hart zu treffen, denn sie sank auf eine der Gymnastikmatten nieder. »Sie haben ja recht«, gestand sie ein. »Catia meinte einfach, Sie würden in alten Angelegenheiten wühlen, und ich wäre es den anderen schuldig, nicht darüber zu sprechen.«

»Warum?« Plötzlich erschien es ihm unangebracht, so von oben herab mit ihr zu reden, also setzte er sich zu ihr auf den Boden. Dabei versuchte er es ihr gleichzutun und ebenfalls den Lotussitz einzunehmen, doch seine Gelenke waren zu steif dafür. Augenblicklich schwitzte er noch mehr in der feuchten Gewächshausatmosphäre. Sein Bemühen brachte sie für eine Sekunde zum Schmunzeln. Was wiederum ihn erheiterte. Erst da bemerkte er, dass er völlig seine guten Manieren vergessen hatte, seit er diesen Raum betreten hatte.

»Es tut mir leid, ich habe Sie gar nicht nach Ihrem Namen gefragt. Ich bin Henrik.«

»Emilia.«

Sie verzichteten darauf, sich die Hände zu schütteln.

»Also, warum wollte Catia nicht, dass Sie mit mir über diese Frauen sprechen?«, hakte er sofort wieder ein.

Emilia hob die Achseln. »Catia ist noch nie einfach zu durchschauen gewesen. Schon damals nicht, als sie noch mit den anderen Hühnern zusammenwohnte. Wenn Sie meine Meinung hören wollen, hat sie sich zu keiner Zeit richtig wohlgefühlt in dieser Wohngemeinschaft. Sie war von jeher gerne für sich.«

Er wartete auf eine Fortsetzung, aber Emilia presste ihre Lippen aufeinander. Sein Polizisteninstinkt sagte ihm, dass sie etwas verbarg. Allerdings wusste er selbst, wie kompliziert Catia gestrickt war. Auch er hatte sie nie wirklich durchschaut, dennoch war jetzt nicht der passende Zeitpunkt, um sich damit auseinanderzusetzen.

»Und die anderen Frauen? Haben Sie da noch Kontakt?«

Emilia schüttelte den Kopf. »Die haben sich in alle Winde zerstreut – oder vielleicht sollte ich sagen: an spirituellere Orte als Lissabon verzogen. Ich weiß nur, dass keine bislang gefunden hat, wonach sie sucht. Möglicherweise ist es ja auch genau das, was den Glauben am Leben erhält ... dass es kein wirkliches Ziel gibt, keinen inneren Frieden. Die Esoterik gaukelt uns das lediglich vor. Mach alles, wie es in den Büchern steht, wie die Gurus es dir vorbeten; meditiere, bis dir der Magen knurrt – dann erwartet dich die Vollkommenheit des Seins. Oder nimm von mir aus Drogen, wenn es dir nicht schnell genug geht und du die Abkürzung suchst ...«

Das klang ziemlich ketzerisch, aber Henrik verkniff sich jeglichen Kommentar. Eine Polizistenregel lautete, nicht zu unterbrechen, wenn jemand am Reden war.

»Na ja. Selbst Catia habe ich lange Zeit nicht getroffen. Ich war wirklich überrascht, als sie gestern hier aufkreuzte und von der alten Geschichte anfing.«

Plötzlich überkam ihn ein Gedanke, den er noch gar nicht in Erwägung gezogen hatte. Was, wenn nicht Don Alfredo das Foto gemacht hatte, sondern ... »War Catia auch bei diesem Seminar dabei?«

Sie schüttelte heftig den Kopf.

»Und die anderen, ihre Freundinnen, mit denen sie zusammengewohnt hatte?«, fragte er vorsichtig.

»Não, não, das Seminar bei Don Alfredo war ihnen allen zu teuer. Ich weiß auch nicht, was mich geritten hat, so viel Geld auszugeben.

Enttäuschung befiel ihn, aber da war auch noch etwas anderes, das er nicht benennen konnte. »Erzählen Sie mir von dem Seminar.«

Sie sah auf die Uhr, die über der Tür hing. Der Kurs begann um zehn. Jetzt, zwei Minuten vor der Zeit, war immer noch niemand da. Eine Viertelstunde zu spät war in Portugal aber quasi nichts. Jeder war daran gewöhnt, das zu tolerieren.

»Drei sind angemeldet«, sagte sie und bemühte sich, Zuversicht in ihre Stimme zu legen. Sie hatte seine Gedanken erraten.

»Sie sind mich los, wenn Sie mir sagen, was damals passiert ist«, versicherte ihr Henrik.

Seine erneute Aufforderung, über die Ereignisse von damals zu sprechen, machte sie fahrig. Es war ihr offenbar peinlich. *Dem brasilianischen Schamanen sind die Frauenherzen zugeflogen.* An Renatos abfällig gemeinter Bemerkung über Don Alfredos Anhängerinnen schien durchaus etwas dran zu sein. Henrik konnte sich gut vorstellen, wie schnell sich unter diesen Umständen Konflikte zwischen den Seminarteilnehmerinnen eingeschlichen hatten.

Sie schloss für ein paar Sekunden die Lider, suchte nach Erinnerungen. »Don Alfredo war überaus charmant. Und gleichzeitig wild und ungezähmt. Ich kann ihn nicht besser beschreiben. Er kam aus dem Dschungel, besaß diese unausweichliche Aura, eine Präsenz wie einer dieser gigantischen Urwaldbäume, verstehen Sie? Dieses ewige Grün, diese immense Kraft der Natur strahlte aus seinen Augen. Er sah dich an, und du warst gebannt, hast die Gesänge des Amazonas gehört, hattest plötzlich eine Vision davon, wie es roch und wie sich die feuchte Hitze auf der Haut anfühlte, ohne jemals dort gewesen zu sein. Es ging allen so. Manche sprachen es offen aus, andere gaben sich unempfänglich – doch die machten sich selbst und vor allem den anderen etwas vor.

»Alexandra Morgado?«, soufflierte Henrik.

»Sie war die Schlimmste. In jeder Hinsicht. Anfangs war sie am meisten darum bemüht, sich unbeeindruckt gegenüber Don Alfredo zu geben. Doch man musste schon Tomaten auf den Augen haben, um ihre Hingabe zu übersehen. Mit fortlaufender Dauer des Seminars wurde ihr Verhalten immer auffälliger, und zuletzt war es lächerlich.«

»Wie lang ging dieses Seminar?«

»Fünf Tage. Jemand hatte Don Alfredo einen Bauernhof zur Verfügung gestellt. Ich habe diese Verbindung nie verstanden, auch nicht hinterfragt, wie es dazu kam. Das Anwesen lag draußen im Sintra-Gebirge. Zur damaligen Zeit also praktisch im Nirgendwo. Das bedeutete fünf Tage Abgeschiedenheit. Außerdem war alles sehr spartanisch, die Kammern, die wir zugewiesen bekamen, waren weniger komfortabel als Mönchszellen, und wir mussten sie uns zu zweit teilen. Das war natürlich so gewollt. Man sollte während der Selbstfindung nicht abgelenkt werden. Wir mussten uns auch selbst versorgen. Wurden eingeteilt, um Kartoffeln auszugraben, Beeren zu pflücken und den Küchendienst zu erledigen. Das schmeckte nicht jeder, schon gar nicht Alexandra. Die war es von zu Hause gewohnt, Personal um sich zu haben.«

Das alles roch sehr nach Lagerkoller und Zickenkrieg. »Gab es noch andere Männer, außer Don Alfredo?«

»Keine Seminarteilnehmer, wenn Sie das meinen. Ich kann mich nur an einen mürrisch dreinblickenden Kerl erinnern, den ich ab und zu rumlaufen sah. Vermutlich der Bauer oder Verwalter. Ein Hinterwäldler, würde man heute sagen. Ich habe nie mit ihm gesprochen. Seine Art hat mich ... sagen wir, ich fühlte mich unwohl, wenn er auftauchte. Er starrte uns an. Das habe nicht nur ich so empfunden, auch die anderen Frauen. Nachts habe ich deswegen auch meine Kammer verschlossen.«

»Wissen Sie noch, wie der Mann hieß?«

Sie schüttelte den Kopf. So wie er sich die Abläufe dieser fünf Tage vorstellte, hatten sich die Frauen vermutlich in einem Zustand dauerhafter Trance befunden, waren benommen vom Einfluss ihres Gurus und vor allem von den bewusstseinserweiternden Drogen, die sie zu sich nahmen.

»Mit wem hat Alexandra Morgado eine Kammer bewohnt?«, wechselte er zum nächsten Punkt.

Emilia rümpfte die Nase. »Sie war die Einzige, die ein Zimmer für sich allein hatte. Wofür sie vermutlich noch mehr bezahlt hat als wir anderen. Das gehörte eben alles zu ihrem Plan. Ihre Absichten waren leicht zu durchschauen. Sie war buchstäblich besessen von Don Alfredo. Schon vor diesem Seminar hatte sie Vorträge von ihm besucht. Ich erinnere mich, dass eine der anderen Frauen erzählte, sie sei sogar nach Madrid und Turin gereist, wo Don Alfredo zuvor Station gemacht hatte. Vielleicht auch Mailand. Egal, Sie wissen, was ich meine. Sie kannte ihn schon vorher, war so gesehen ein echtes Groupie. Damals draußen in Sintra, das war definitiv nicht ihr erstes Seminar unter seiner Anleitung.«

Ein Groupie? Nun, Don Alfredo war nicht gerade Mick Jagger, insofern wirkte das einigermaßen seltsam. »Was meinen Sie, Emilia, war Alexandra Morgado auf ihn als Person fixiert oder auf seine ... wie soll ich es nennen ... auf die schamanischen Fähigkeiten dieses Mannes?«

»Beides zusammen, denke ich. Heute würde man sie vermutlich sogar als Stalkerin bezeichnen. Jedenfalls führte ihre Besessenheit dazu, dass Don Alfredo sie vorzeitig aus dem Seminar ausschloss. So zumindest erklärten wir uns das. Keine von uns hat sich darüber gewundert.«

»Wissen Sie, was genau da vorgefallen ist?«

Emilia erhob sich erstaunlich leicht für ihre rundliche Figur. »Das kann ich Ihnen nicht sagen. Es gab viele Gerüchte, bis dahin, dass sie sich in sein Bett geschlichen hatte. Na ja, was man sich halt so erzählt.«

Bei den anderen Frauen war bestimmt auch Eifersucht im Spiel gewesen, mutmaßte Henrik im Stillen und stand ebenfalls auf, jedoch deutlich weniger elegant. »Und seine Assistentin, was können Sie mir über Cinthya Cardenas sagen?«

Die Yogalehrerin ging zur Tür, öffnete sie und spähte in den Flur hinaus. Dann wandte sie sich ihm wieder zu. »Sie war Don Alfredos rechte Hand. Freundlich, aber unauffällig, weshalb ich mich kaum an sie erinnere.«

»Was für ein Verhältnis hatte Cinthya zu ihrem Arbeitgeber?«

»Verhältnis? Nun ja, ich würde sagen, sie blickte zu ihm auf. Aber das taten wir alle in diesen Tagen. Ich weiß natürlich, worauf Sie hinauswollen, kann mich aber an keine kompromittierende Situation erinnern. Für mich war sie lediglich seine Angestellte.«

»Gab es mal einen Vorfall zwischen ihr und Alexandra Morgado, eine Diskussion, einen Streit? Irgendeine Begebenheit?«

»Wie gesagt, wenn Sie mir das Foto nicht gezeigt hätten, dann hätte ich gar nicht mehr gewusst, von wem Sie sprechen.«

»Haben Sie Cinthya nach dem Seminar noch mal getroffen?«

Ihn traf ein vielsagender Blick.

»Nein«, sagte Emilia, und er konnte nicht deuten, ob das der Wahrheit entsprach.

16

Das Gefühl hatte nachgelassen. Gerade in seiner Anfangszeit hatte er verstärkt darauf geachtet. Wenn er jetzt durch die Straßen Lissabons ging, machte er sich eigentlich kaum mehr Gedanken darüber, ob ihm jemand folgte. Die Empfindung, beobachtet zu werden, befiel ihn zwar nach wie vor gelegentlich, aber er reagierte weniger beunruhigt darauf. Für diejenigen, denen seine privaten Ermittlungen unangenehm werden konnten, hatte es in all den Monaten ausreichend Gelegenheiten gegeben, dagegen vorzugehen. Doch bislang war es bei Warnungen und Drohungen geblieben. Ab und an hatte jemand die Muskeln spielen lassen – offensichtlich oder subtil. Ihm wurde vermittelt, dass er nicht ungehindert tun und lassen konnte, was er wollte. Und dass man durchaus fähig war, Maßnahmen zu ergreifen, wenn es für nötig gehalten wurde. Doch alles in allem vertraute er mittlerweile darauf, dass die Drahtzieher und Schattenmänner einfach nur wissen wollten, womit er sich gerade die Zeit vertrieb. So war es seinerzeit wohl auch seinem Onkel gegangen. Sie hatten ihn machen lassen, solange er ihnen nicht zu nahekam und kontrollierbar blieb. Bis schließlich jemand zu der Einsicht gelangte, man habe die Kontrolle über Martin Falkner verloren. Also bezahlte man jemanden für den Mord an seinen Onkel.

Daran gab es für ihn praktisch keinen Zweifel mehr.

Jedenfalls war heute das Gefühl, dass ihm jemand hinterherschlich, stärker als üblich. Doch auch mehrmaliges, abruptes Anhalten vor Schaufenstern, um darin eventuell eine verdächtige Person zu erspähen, führte zu keinem Ergebnis. Trotzdem wurde er den Eindruck nicht los. Zuallererst dachte er natürlich an den Söldner, einen der markigsten und effektivsten Handlanger im Dienste der Namenlosen. Ein absoluter Profi, der die Drecksarbeit besonders präzise und kaltherzig erledigte. Einer, der unbehelligt hinter dem Rücken von Polizei und Justiz operieren konnte. Und sehr wahrscheinlich einer der wenigen Menschen, vor denen Henrik wirklich Angst hatte. Genau deswegen verwarf er auch seine ursprüngliche Idee, unverzüglich mit Catia zu sprechen, auch wenn er bereits auf dem Weg zu ihr war. Doch mit einem Mal fühlte er sich innerlich zu aufgewühlt dafür – und sein Widerwille hing nicht allein mit dem Verdacht zusammen, verfolgt zu werden. Catia hatte ihm so einiges vorenthalten, und es war auch seine Reaktion, diese Mischung aus Zorn und Ungeduld, die ihn von seinem Plan abbrachte. Er wusste, wie er in einer solchen Situation reagierte. Wenn er nur allein daran dachte, dass sie ihm vielleicht nicht die Tür aufmachte, verspannte sich bereits seine Nackenmuskulatur. Momentan war er einfach zu gereizt, stattdessen sollte er besser überlegt und mit kühlem Kopf vorgehen. Er schrieb Catia eine SMS, die er so unverfänglich formulierte, wie es sein erhitztes Gemüt zuließ. *Erwarte dich im Antiquariat wegen des Jobs*, tippte er und hoffte, dass sie den Köder schluckte. Er drückte auf Senden und fühlte sich augenblicklich besser, obwohl ihm nach wie vor die Sonne auf den Schädel brannte.

Vor ihm lag nun der Anstieg hinauf ins Bairro Alto. Fünfzig Schritte die Avenida da Liberdade hinein, fuhr gerade die Ascensor über die dort einmündende Calçada da Glória in die Haltestelle ein. Die Ankunft des Vehikels wirkte wie eine Einladung. Im Schatten der Markisen diverser Läden und Cafés ging er auf die Standseilbahn zu. Er verscheuchte einen der Haschischdealer, die hier oftmals auf Kundenfang waren, stieg in den historischen Wagen und kaufte bei der Kondukteurin ein überteuertes Ticket für eine Einzelfahrt. In der Konstruktion aus Eisen, Blech und Holz war es nicht weniger heiß, aber immerhin musste er nicht selbst die steile Gasse hinaufsteigen. Allerdings war er nicht allein mit diesem Einfall. Ein Pulk von Leuten drückte innerhalb der nächsten Minute herein. Er überließ seinen Sitzplatz einer betagten Dame, die – ganz typisch für Portugiesinnen ihrer Generation – trotz der sengenden Hitze nicht auf Eleganz in ihrer Kleiderwahl verzichtete. Die nachrückenden Fahrgäste schoben ihn auf eine Gruppe Skandinavier zu, sodass er mitten zwischen hochgeschossenen Körpern, Rucksäcken und einem fetten Kameraobjektiv eingeklemmt wurde, das ihm gegen die Rippen drückte. Nach einer schier endlosen Wartezeit, in der er seinen Entschluss, mit der Ascensor zu fahren, mehrfach bereute, startete die Bahn endlich ihre ratternde und ruckelnde Fahrt bergwärts. Glücklicherweise war es nach anderthalb Minuten auch schon wieder vorbei – obschon es sich dank der beschaulichen Langsamkeit wie eine Ewigkeit anfühlte.

Wäre die Kabine nicht so überfüllt gewesen, hätte sich ihm hier eigentlich die ideale Gelegenheit geboten, um herauszufinden, ob jemand nur wegen ihm mit hinauf zum Miradouro de São Pedro de Alcântara zuckelte. Doch auch beim Aussteigen war da nichts zu machen, weil sich die Passagiere geradezu fluchtartig in alle Richtungen zerstreuten, froh darüber, das Spektakel mitgemacht und es vor allem überstanden zu haben.

Sein Eindruck, beschattet zu werden, blieb, während er wie gestern an den Aussichtsterrassen entlangschlenderte, die dem auf der anderen Straßenseite gelegenen Convent ihren Namen verdankten. Sofort war auch das Verlangen zurück, sich unten an der Esplanade in einen der Liegestühle zu fläzen, ein eiskaltes Bier zu trinken und über die Stadt zu schauen. Das ständige Gefühl des Verfolgtwerdens zerrte nicht nur an seinen Nerven, sondern laugte ihn auch physisch aus. Vermutlich auch darum, weil er keine klare Vorstellung davon hatte, was passierte, falls er jemals sein Ziel erreichte. Wo würde er dann stehen? Würde er endlich aufatmen können? Oder wäre das nur der Beginn einer weiteren, noch aufreibenderen Herausforderung?

Er presste die Lippen zusammen. Wann hatte er endlich Zeit, sich seinem eigenen Leben zu stellen? Nun, er hatte keine Ahnung, ob er das überhaupt schaffen würde. Bisher hatten ihn die Geschehnisse in Lissabon schlichtweg zu sehr vereinnahmt, als dass er seine eigene Vergangenheit hätte aufarbeiten können. Manchmal beschlich ihn der Verdacht, dass er in einem Käfig saß, den er sich selbst immer wieder aufs Neue schmiedete.

Das Convento de São Pedro verfügte über eine barocke Fassade, bemalt in dem blassen Pfirsichton, der bei Gebäuden dieser Art in Portugal gerne Verwendung fand. Fahnen an der Front verkündeten, dass das Santa Casa da Misericórdia – das Heilige Haus der Barmherzigkeit – erstmals seit dem 17. Jahrhundert der Öffentlichkeit zugänglich war. Der Eingang lag um die Ecke in der Rua Luísa Todi. Das Lanzentor unter dem Rundbogen stand offen. Er schien momentan der einzige Besucher zu sein. Es war deutlich kühler zwischen den dicken Steinwänden, schon allein deshalb hatte es sich gelohnt herzukommen. Im Foyer wiesen Tafeln auf die Besonderheiten dieses sakralen Ortes hin und versprachen ein sehenswertes Kulturerbe. Er verstand nicht alles, aber er war auch nicht wegen der vergoldeten Altäre mit der franziskanischen Ikonografie hier, die allesamt nach dem Erdbeben von 1755 entstanden waren. Dem Hinweis auf zahlreiche Azulejo-Darstellungen aus der Rokokozeit schenkte er schon mehr Aufmerksamkeit. Die Frau aus dem Café im Viertel São Cristóvão e São Lourenço hatte davon gesprochen, dass die eigenwillige Darstellung des Franz von Assisi im Kirchhof zu finden war, also ließ er die Hauptkapelle aus und suchte den direkten Weg in den Hof. Neben drei, vier verstreuten Touristen kamen ihm auch Geistliche entgegen, doch niemand interessierte sich dafür, warum er in einem Bereich der Anlage herumirrte, der gar nicht für Besucher gedacht war.

Wie angekündigt, entdeckte er das Rokoko-Bildnis von São Francisco de Assis im hinteren Hof. Im Vergleich zu der Kopie, die Bruder Humberto angefertigt hatte, war das Original ohne Frage beeindruckender, wenn auch deutlich mitgenommener. Henrik strich über die Fliese, die man ersatzweise eingefügt und dessen Original Martin im Antiquariat versteckt aufbewahrt hatte. Kühl fühlte sie sich an. Im Übrigen war sie nicht die einzige Kachel, die ersetzt worden war. Ohne ein ausgesprochener Spezialist zu sein, hatte er sich mittlerweile doch intensiv genug damit auseinandergesetzt, um einen Blick dafür zu bekommen. Nichtsdestotrotz hatte der Restaurator gute Arbeit geleistet.

Henrik sah sich um. Im Hof gab es noch eine weitere Wand mit Gemälden dieser Art. Warum hatte Martin gewollt, dass er hierherkam? Warum hatte er gerade dieses

Bild gewählt? Mit dieser speziellen Symbolik? Der Heilige Franz von Assisi als Marionette des Herrn im Himmel. Jesus Christus lenkte seinen Anhänger. War das die Botschaft?

Er rief sich das Kunstwerk in der Igreja de São Roque ins Gedächtnis. Darauf waren Krankheit und Heilung das Thema. Wo war da bloß der Bezug? Ging es vielleicht nicht nur um die Aussagen der Bilder, sondern auch um die Orte, an denen sich diese befanden? Er musste mit Bruno darüber reden, vielleicht hatte der Padre eine Idee dazu. Gedankenversunken trat er ein wenig zurück und machte ein paar Fotos von dem Fliesengemälde.

»Interessieren Sie sich für Azulejos?«, fragte eine kehlige Stimme von irgendwoher hinter ihm. Die Sonne brannte grell in den Innenhof und tauchte damit gleichzeitig den überdachten Gang rings um das gleißende Karree in Dunkelheit. Es war eher eine Vermutung, dass sich jemand von links auf ihn zubewegte, ohne den schützenden Schatten zu verlassen. Erst jetzt fiel ihm auf, dass ihm seit Betreten des Hofes keine Menschenseele mehr begegnet war. Henrik steckte sein Handy in die Hosentasche und nahm unbewusst eine Abwehrhaltung ein. Die schlurfenden Schritte näherten sich in gemächlichem Rhythmus. Und da war noch etwas. Ein Summen. Der Mann summte leise eine Melodie, und er hörte damit auch nicht auf, als er endlich ins Licht der Sommersonne trat. Henrik kam das Lied bekannt vor, doch er konnte die Fadomelodie nicht benennen.

Der Mann hatte grüne Augen, die in der Sonne intensiv leuchteten. Das graue Haar hing ihm weit in die Stirn und war so wild zerzaust, dass es an die Mähne eines Wolfes erinnerte. Eines fetten, voll gefressenen Wolfes allerdings. Die untersetzte Gestalt steckte in einem taubenblauen Anzug. Das weiße Hemd, das er unter dem Jackett trug, war weit aufgeknöpft. Um den feisten Hals hing eine massive Goldkette mit einem schweren Kreuz daran, das im krausen Brusthaar versank. An beiden Mittel- und Ringfingern glänzten auffällige, goldene Ringe. Die tiefe, beinahe schon ungesunde Röte in seinem vollen Gesicht schien nicht allein von der Hitze zu kommen, sondern hatte vermutlich ihre Ursache in überhöhtem Blutdruck. Obwohl ihm Bäche von Schweiß über die Wangen rannen, lächelte er, als hätte er gerade ein gewinnbringendes Geschäft hinter sich gebracht.

»Sind Sie mir gefolgt?«, fragte Henrik mit frostiger Stimme.

Der Mann mit den grünen Augen behielt sein vieldeutiges Grinsen bei. »Lobo!«, verkündete er und hielt ihm seine beringte Pranke entgegen. Allerdings nicht, um Henrik die Hand zu schütteln, sondern um ihm ein Kärtchen zu überreichen, das zwischen seinen kurzen Fingern hervorragte. Henrik vermochte nicht zu sagen, ob es sich bei *Lobo* um den Namen des Mannes selbst oder von dessen Firma handelte. Nach kurzem Zögern griff er nach der Visitenkarte.

Importar e exportar, stand auf der einen Seite unter einem stilisierten Logo, das einen Wolf darstellte, der den Mond anheulte. Auf der Rückseite gab es lediglich eine Telefonnummer.

»São Francisco hat es Ihnen also angetan?«, fragte der Dicke auf Englisch, wobei der typisch portugiesische Akzent besonders heftig durchschlug. Dann trat er noch einen Schritt näher, und Henrik roch eine Mischung aus

Schweiß und aufdringlichem Aftershave. »Wir kommen ins Geschäft, da bin ich sicher«, prophezeite er.

»Wieso, handeln Sie vielleicht mit Azulejos?«

Lobo – oder wie auch immer er hieß – legte den Zeigefinger auf seine fleischigen Lippen, tätschelte Henrik am Oberarm und verschwand dann wieder in dem schattigen Gang, aus dem er gekommen war.

Er hatte wieder vergessen, die Läden zu schließen. Das Verdunkeln der Räume wäre durchaus hilfreich gewesen, denn nun hatte die Sonne wieder von Fenster zu Fenster wandern und die Wohnung in einen Glutofen verwandeln können. Gegen die intensive Einstrahlung halfen auch die Bauplanen an der Vorderfront nicht viel. Das Gerüst war leer. Offenbar waren die Handwerker nicht gekommen. Hatte er etwas verpasst? Er konnte sich nicht erinnern, mit einem der Männer darüber gesprochen zu haben, ob sie heute auf einer anderen Baustelle gebraucht wurden. Sollte er die Sanierungsfirma anrufen? In Deutschland hätte man das getan. Portugiesen warteten in so einem Fall erst einmal auf den nächsten Tag oder den übernächsten, voller Zuversicht, dass sich die Sache zwischenzeitlich klärte oder von selbst erledigte. Henrik ging ins Bad und streifte seine schweißnassen Klamotten ab. Er stellte die Dusche an und wartete, bis das aufgeheizte Wasser aus den Rohren endlich kühl wurde. Dann duschte er lang und so kalt, wie es die städtische Wasserversorgung eben möglich machte. Die seltsame Begegnung mit dem grünäugigen Portugiesen ließ ihm jedoch auch währenddessen keine Ruhe.

Wir kommen ins Geschäft. Was zur Hölle ...?

Vieles deutete darauf hin, dass der beleibte Mann ihn dort im Klosterhof abgepasst hatte, nachdem er ihm durch die Stadt hinterhergegangen war. Henriks vage Ahnung hatte sich also bestätigt. Nachdem er die letzte Stunde erneut hatte Revue passieren lassen, war er fast sicher, dass Lobo mit ihm in der Standseilbahn gewesen war. Er hatte ihn zwar nicht gesehen, aber unter Umständen gerochen.

Nach ihrer befremdlichen Unterhaltung im Klosterhof war er zu perplex gewesen, um den seltsamen Kerl seinerseits im Auge zu behalten.

Wir kommen ins Geschäft.

Es musste um Azulejos gehen, daran gab es kaum noch Zweifel. Die Sache mit den antiken Kacheln gestaltete sich immer verwirrender. Er musste wirklich dringend mit Bruno reden. Möglicherweise hatte ihm der Padre nicht ganz die Wahrheit gesagt, was seine Recherchen hinsichtlich der Fliesen anging. Es lag schließlich auf der Hand, dass Bruno nicht nur Kleriker und Glaubensbrüder zu den Fliesen befragt hatte. Endlich ausreichend abgekühlt, verspürte er allerdings keinen Drang, erneut loszugehen und den Schlossberg hinaufzusteigen, um sich dafür die Bestätigung zu holen. Er griff zum Telefon, zwar mit wenig Zuversicht, doch ein Versuch konnte ja nicht schaden. Mit dem Handy am Ohr und einem großen Glas Wasser neben sich auf der Anrichte stellte er sich ans offene Küchenfester. Der Wind blähte die Bauplanen, die ihm seine Aussicht raubten. Die salzige Atlantikbrise existierte derzeit nur in seiner Einbildung. Geduldig ließ er es klingeln. Die Gänge im Kloster waren lang, und die schweren Eichentüren, welche die Räume verschlossen, nahezu schalldicht. Doch überraschenderweise wurde sein Warten belohnt.

»Estou!«

»Beichtstunde beendet?«

»Henrik! Gut, dass du anrufst.«

»Würde ich öfter tun, aber bis du mal ans Telefon gehst ...«

»Ja, Geduld ist eine Tugend, mein Freund. Aber nun hör mir zu, was ich herausgefunden habe!«

»Soll ich mich setzen?«, scherzte Henrik halbherzig. Der Padre klang einigermaßen aufgeregt.

»Es wird dich nicht umhauen, aber auch nicht unberührt lassen. Nein, ganz und gar nicht. Also, mir ist nach unserem letzten Gespräch noch was eingefallen, und ich habe ein bisschen in den Registern gestöbert, was die Gemeinde São Roque angeht. Wie ich schon angemerkt hatte, war der Gebäudeteil, in dem nun das Museum untergebracht ist, früher ein Hospital. Das Krankenhaus wurde in den 1980er-Jahren aufgegeben. Es wären kostspielige Investitionen nötig gewesen, um die Einrichtung auf den neusten Stand zu bringen, und das erschien der Stadt nicht rentabel. Aber das nur am Rand, denn das wirklich Interessante ist, dass bis kurz vor der Schließung ein alter Bekannter von dir dort tätig war.«

»Spann mich nicht auf die Folter!«

»O médico.«

»Ein Doktor? Bruno, vermutlich war dort nicht nur *ein* Arzt beschäftigt!«

»Ich rede nicht von irgendeinem Arzt, Henrik. Kleine Denkhilfe: Es gab in São Roque auch eine Abteilung für Psychiatriepatienten.«

»Vieira«, platzte es aus ihm heraus.

»Dr. Manuel Vieira«, bestätigte Bruno. »Wie meine Quellen berichten, hat er dort als Assistenzarzt gearbeitet.«

Eine Weile rauschte es in der Leitung. Vieira war nicht mehr am Leben. Und selbst wenn, was hätte ihm der Irre erzählen können über seine Zeit in São Roque? Über *Krankheit und Heilung?*

»Ich weiß nicht, wie mir das weiterhilft«, murmelte er ins Telefon, »noch nicht zumindest.«

»Es sagt uns jedenfalls, dass die Geister der Vergangenheit nicht ruhen«, hörte er Bruno sagen. »Wir begegnen ihnen, zwar auf verschlungenen Pfaden, aber wir begegnen ihnen.«

»Vieira kann nichts mehr anrichten, Bruno. Aber danke für diese Information.« Er zögerte kurz, musste erneut an den dubiosen Senhor Lobo denken und fragte sich, ob dieser Mann in einer Verbindung zu Bruno stand.

»Bist du noch da?«

Henrik atmete tief durch. »Ja. Kannst du mir eigentlich was über das Convento de São Pedro de Alcàntara erzählen?«, fragte er.

Trotz seines beiläufigen Tonfalls schien diese Frage im Klosterbüro des Padre einzuschlagen wie eine Bombe. »Henrik!«, schrie Bruno. »Willst du mir etwa erzählen, du hast eine weitere der Azulejos zuordnen können?«

Henrik sagte nichts, und das war *für Bruno* offenbar Antwort genug.

»Wochenlang gelingt uns nichts, und dann finden wir innerhalb weniger Stunden, wonach wir so lange gesucht haben. Wo ist deine Begeisterung, mein Freund?«

Tatsächlich war Henrik alles andere als begeistert. Dafür war er sich nur allzu sehr des Umstands bewusst, dass ihn am Ende ihrer Recherchen auch diesmal wieder irgendwelche Gräuel erwarten würden.

»Erzähl mir alles!«, forderte der Priester ungeduldig, worauf Henrik ohne jede Euphorie berichtete. Danach war sogar Bruno *für Sekunden sprachlos* und offenbar bemüht, das Gehörte zu bewerten.

»Ich weiß, dass die Klostermauern von São Pedro früher eine Privatschule beherbergten«, ließ er schließlich verlauten. »Und deine Assoziation zu São Francisco als Marionette ... das ist ...« Wieder entstand eine Pause, und Henrik wollte schon nachfragen, doch da fuhr der Geistliche fort: »Das ist das Lenken der Weltlichen durch die Fäden der Geistlichkeit. Ein interessanter Gedanke, Henrik, ein äußerst interessanter Gedanke ...«

»Es kam dort zu einem Vorfall«, unterbrach ihn Henrik. »Ein Senhor Lobo hat mich angesprochen.«

»Lobo!«

Er merkte schon allein an der Art, wie Bruno den Namen wiederholte, dass der Padre wusste, wen er meinte.

»Sollte ich da etwas wissen?«

Das Zögern am anderen Ende der Telefonverbindung war wie ein Geständnis. »Schuld war die Verbitterung darüber, dass ich nicht wirklich vorangekommen bin mit den Recherchen zu den Azulejos. So hat mich eine quälende Phase der Ungeduld in die Unachtsamkeit getrieben ...«

»Du hast dich an die falschen Leute gewandt«, kürzte Henrik Brunos Gestammel ab.

Ein gequältes Stöhnen. »Santa Maria Mãe do Deus, es tut mir leid! Ich konnte ja nicht ahnen, dass ich in so ein Wespennest steche ...«

»Herrgott, Bruno, du warst doch sonst immer vorsichtig! Womit muss ich rechnen, jetzt, da dieser Mann vermutlich weiß, was wir treiben?«

»Lass mich das regeln, Henrik. Ich verspreche, du bekommst keine Probleme mehr.«

»Dein Wort in Gottes Ohr!«, seufzte Henrik.

17

Er konnte nicht seine ganze Energie darauf verschwenden, sich über diesen zwielichtigen Lobo und seine obskuren Geschäfte mit Azulejos den Kopf zu zerbrechen. Wie schon häufiger in den letzten Monaten musste er Prioritäten setzen, um sich nicht zu verzetteln. Dennoch blieb ein Quäntchen Unsicherheit darüber, ob es nicht doch eine Verbindung zu der Konstellation Cardenas-Morgado gab. Wieder musste er an die Heilsversprechen von Don Alfredo denken und an das Fliesengemälde von Francisco Matos in der Igreja de São Roque. *Eine Geschichte von Krankheit und Heilung.*

Vorrangig galt es herauszufinden, wie tief Catia wirklich in die Sache um Cinthya Cardenas' Verschwinden verstrickt war. Verzagt fuhr er sich übers Haar. Nach wie vor irritierte ihn die verschwundene Mähne. Was die Temperatur anging, war es in seinem fensterlosen Kabuff nun auch trotz des Kurzhaarschnitts kaum mehr zu ertragen. Er sehnte sich nach Regen und nach der gelegentlich nassen Kälte eines deutschen Frühsommers.

Verspürte er da etwa einen Anfall von Heimweh? Nein, sicher nicht! So heiß konnte es gar nicht werden. Er schenkte sich Wasser aus der Karaffe ein, die er vorhin schnell noch oben in der Wohnung gefüllt hatte. Die Eiswürfel, mit denen er nicht gespart hatte, waren bereits zu linsengroßen Flocken zusammengeschmolzen. In einem Zug trank er das Glas leer. Danach fühlte er sich besser. Klarer im Kopf. Zum Denken bereit. Ermutigt griff er nach dem schmalen Ordner, den er vorhin aus der Schreibtischschublade gezogen hatte. Catias Personalakte, wenn man die zwei Seiten vergilbtes Schreibmaschinenpapier so nennen wollte. Catia Roche, geboren 1968. Abgebrochenes Studium der Kunstgeschichte an der Escola Superior de Belas Artes der Universität Porto. Warum sie es nicht zu Ende gebracht hatte, stand leider nicht dabei. Dass Martin diesbezüglich überhaupt etwas schriftlich festgehalten hatte, war verwunderlich genug. Aus dem Dokument ging lediglich noch hervor, dass Catia seit Beginn der 1990er-Jahre im Antiquariat gearbeitet hatte. Demnach hatte sie mit Anfang zwanzig bei seinem Onkel angefangen. In Deutschland hätte man vermutlich damit gehadert, nicht mehr aus seinem Leben gemacht zu haben, als drei Jahrzehnte lang alte Bücher in Regale zu sortieren. Er hatte noch nie darüber nachgedacht, was Catia all diese Zeit hier festgehalten hatte. Loyalität gegenüber Martin? Dabei musste sie doch ständig befürchten, dass er sie nicht mehr bezahlen konnte. Oder dass irgendeiner von Martins Feinden die Geduld verlor und einen Schlägertrupp schickte. Oder Schlimmeres.

Er legte die Unterlagen zurück in die Schublade und sah auf die Uhr. Sie war bereits eine Viertelstunde über der Zeit. Ahnte sie, dass es nicht wirklich um ihre Weiterbeschäftigung ging? Hatte Emilia sie darüber in Kenntnis gesetzt, dass sie mit ihm gesprochen hatte? Aber Catia konnte sich ausrechnen, dass er zu ihr kommen würde, wenn sie nicht bei ihm aufkreuzte. Die Zeit des Davonlaufens und Versteckens war definitiv vorbei. Warum das Unvermeidliche also hinauszögern? Hoffentlich trieb er sie nicht so weit, dass sie wieder untertauchte. Er ärgerte sich, Gisela nicht weiter auf sie angesetzt zu haben. Die Anspannung erreichte ein unerträgliches Maß, er konnte nicht länger in der stickigen Hitze vor sich hin schmoren. Er sprang auf, wischte den Vorhang zur Seite und betrat den Laden. Neben der Kasse lag die Enzyklopädie. Ein weiteres Mal blätterte er bis zu der Seite, die Martin gekennzeichnet hatte. *Der Ayahuasca-Sud schmeckt faulig und bitter*, entzifferte er. Er hätte längst mehr darüber in Erfahrung bringen sollen, was diese Pflanze für Auswirkungen auf den Organismus hat. Verärgert über seine Nachlässigkeit, zog er sein Handy heran und tippte den Begriff in die Google-Suchleiste. Der Empfang war wie immer schlecht innerhalb der Mauern, aber er wollte nicht nach draußen gehen. Schließlich erntete er Millionen von Treffern. Relevantes schnell von Unnützem zu filtern, war auch etwas, was man als Polizist beigebracht bekam. Also wählte er einen ihm seriös scheinenden Link, der ihn zu einem langen Artikel über die vermeintliche Wunderpflanze führte.

Die indigenen Völker benutzten das Zeug, um in einen Bewusstseinszustand zu gelangen, in dem sie ihre Geister und Ahnen trafen, aber auch, um in die Zukunft blicken zu können. Tja, wäre nicht unpraktisch gewesen, um Dr. Vieira doch noch mal zu befragen. Er überflog weiter den Text auf der Website. Einen Absatz weiter stieß er auf das nächste Reizwort: Heilung. Die Einnahme von Ayahuasca zeigte Wege zur Heilung auf und sollte gleichzeig selbst Heilmittel sein. Aus Sicht der Schamanen, die damit hantierten, heilten nicht allein die Wirkstoffe, die sich in dem Gewächs befanden, sondern vor allem die Seele der Pflanze. Diese Aussage schoss wieder einmal weit über die Grenzen von Henriks Vorstellungswelt hinaus. Spiritualität und Realität konnte er einfach nicht in Einklang bringen, obwohl ihm doch eigentlich schon genug widerfahren war, das näher am Paranormalen lag als an der Wirklichkeit. Sich dem Metaphysischen so rigoros zu verweigern, engte einen in gewisser Hinsicht ja sogar ein. Und trotzdem ... Es steckte in seiner Natur und vermutlich noch mehr in seiner Erziehung, dass er nicht anders konnte, als auf dem Boden der Tatsachen zu bleiben. Es war sinnlos, in diesem Punkt mit sich selbst zu hadern; lieber widmete er sich wieder dem Onlineartikel. Zum Ende des Berichts wurde es zunehmend interessanter, vor allem als er auf den Begriff Neoschamanismus stieß. Tatsächlich griff die Globalisierung, was die Ayahuasca-Pflanze anging, bereits in den 1990er-Jahren. Und Don Alfredo hatte offensichtlich seinen Beitrag dazu geleistet. Der Verfasser zählte einige Berühmtheiten auf, die sich im Zuge der New-Age-Bewegung der Erfahrung mit Ayahuasca hingaben, darunter Hollywood-Schauspielerinnen und Idole der Populärmusik. In den USA wurden daraufhin – dem Trend folgend, den Stars und Sternchen vorlebten – sogenannte Heilungszentren errichtet, die für ihre zahlungskräftige Klientel Schamanen aus dem Regenwald engagierten. Neben Spiritualität verlangte der fürs Ganzheitliche sensibilisierte Kunde vor allem nach Authentizität und Weisheit. Es war von ethnotherapeutischen Maßnahmen und alternativer Psychologie die Rede. Henrik konnte nur verwundert den Kopf schütteln. Er suchte weiter und fand einen Artikel mit einem Interview, das Don Alfredo erst vor Kurzem gegeben hat. Darin erklärte Don Alfredo durchaus provokativ, esoterisches Wissen sei Macht, und er nutze dieses Wissen, um die Massen zu kontrollieren wie einst die Herrscher der mesoamerikanischen Völker – die Maya oder Muisca. *Ich habe Zugang zur letzten Wahrheit*, behauptete er.

Damit hatte Henrik endgültig genug von dem Mann und widmete sich endlich den Risiken der Amazonasmedizin. Wie er schon befürchtet hatte, war das Meinungsspektrum hier ziemlich breit. Jeder Körper oder jede Psyche, wenn man so wollte, reagierte anders. Gegner wetterten, Befürworter konterten mit verbalem Kopfschütteln. Laut Definition der WHO galt die psychoaktive Pflanze Ayahuasca als Droge. Aber auch das mochte noch nichts heißen. Er schielte hinüber zum Kühlschrank, im dem der Vinho Verde deponiert war. Das war ebenfalls Teufelszeug, ging man nach der Weltgesundheitsorganisation. Interessant war insofern nur noch die Sache mit der Einfuhr. Die war nämlich heute wie schon vor zwanzig Jahren nicht erlaubt. Wie hatte Renato Cinthya so treffend bezeichnet? *Sie war der Kurier.* Was bedeutete das? Hatte sie die vermeintliche Droge im Gepäck und trug damit das Risiko, falls man sie damit erwischte? War das etwa der Dienst, den sie dem großen Schamanen erwies? Was, wenn dabei etwas schiefgegangen war?

Dann wäre sie womöglich noch am Leben, kam ihm in den Sinn. Er setzte sich gerade auf. Plötzlich fiel ihm ein, was er schon lang hatte nachsehen wollen, und er konsultierte erneut die Suchleiste. Die Website baute sich elend langsam auf, was an den großen Bildern lag, die verwendet wurden. Die Internetseite des Schamanen war mobil optimiert, professionell und mehrsprachig. Das war anzunehmen gewesen. Der Schamane und seine Heilungskurse waren mit Sicherheit mittlerweile wesentlich kommerzieller organisiert als vor zwanzig Jahren. Die Sehnsüchte und

Wünsche, die der Brasilianer weckte, waren zu einem lukrativen Geschäftsmodell gereift. Die Person Don Alfredo war von findigen Marketingexperten geschickt in den Mittelpunkt gerückt worden, die gesamte Seite kündete von seinem Kultstatus. Das Ganze roch schwer nach Heiligenverehrung.

Henrik starrte auf sein Handy. Lag vor ihm die nächste Verbindung zu den Azulejos? Zu Franz von Assisi, der Marionette des Heilands? Oder waren das an den Haaren herbeigezogene Hirngespinste, weil er keine rationalen Antworten mehr fand?

Fotos des Heilers füllten den Bildschirm. Sie zeigten ihn stets umgeben von viel Grün, immer mit stechendem Blick über der markanten Knollennase und den wulstigen Lippen. Sein langes Haar glänzte silbern. Die gedrungene Statur wurde im Spiel mit der Perspektive kaschiert. Auf allen Bildern trug er erdfarbene Kleidung und war mit Amuletten behängt, die auf seiner geschwellten Brust prangten. Nein, Don Alfredo war definitiv keine Schönheit, wie Renato schon zur Genüge betont hatte. Und doch war die charismatische Art des Brasilianers offenbar nicht ohne Wirkung geblieben.

Schnell überflog er die Vita. 1957 geboren, irgendwo im Nirgendwo am Amazonas – an einem magischen Ort der vollkommenen Balance mit der Natur, wie der blumige Text erörterte. Im Alter von sieben Jahren wurde an ihm ein Initiationsritus vollzogen, danach folgte die Einweihung in das uralte schamanische Wissen der großen Heiler und Alchemisten, das bis in die prähispanische Zeit zurückreichte. Seitdem praktizierte er nach den Verfahren der Ahnen vom ewigen Fluss, begleitete Menschen mit seiner Weisheit während ihres spirituellen Wachstums und hin zur Selbstbefreiung. Henrik musste an den Dalai-Lama denken, der ebenfalls schon als Kind zum Erleuchteten ernannt worden war. Auch bei Don Alfredo ging es vor allem um Religion, Metaphysik, um transzendentale und parapsychologische Verbindungen. Vor dreißig Jahren gründete er sein erstes Zentrum für Heilung und Selbstfindung. Seither entstanden in Brasilien acht und in den Vereinigten Staaten fünf Einrichtungen. Eine seiner Heilmissionen befand sich in der Nähe von Sorriso, der Stadt, aus der Paula stammte. Dort musste Cinthya vor zwei Jahrzehnten auf den Schamanen getroffen sein. Henrik konnte nicht sagen, warum, aber die nächsten Sätze stießen ihm besonders sauer auf. Don Alfredos Zeremonien waren, wie es hieß, erfüllt von Liebe und Hingabe für seine Schüler und Gläubigen. Seine Demut gegenüber den Menschen, die ihn beehrten und seine Hilfe erbaten, galt als Flamme der Inspiration, die er aufopferungsvoll an alle Anhänger weitergab. Aufopferungsvoll waren aus Henriks Sicht besonders die Preise, die für Kurse und Seminare verlangt wurden. Nachdem er die überflogen hatte, widerstrebte es ihm, noch mehr von diesem schwülstigen Unsinn zu lesen. Gleichzeitig fiel ihm seine Verabredung wieder ein, und er stellte fest, dass er über seinen Internetrecherchen komplett die Zeit vergessen hatte. Nach einem erneuten Blick auf die Uhr kam er zu dem Schluss, dass Catia nicht mehr kommen würde. Also setzte sie sogar ihren Job aufs Spiel. Sie musste tiefer in dieser Sache drinstecken, als er für möglich gehalten hatte. Was hatte sie nur getan? Oder ging es ihr gar nicht direkt um Cinthya Cardenas? Er konnte es jetzt wirklich nicht länger aufschieben, Catia mit dem zu konfrontieren, was er in Erfahrung gebracht hatte. Und er würde keine Ausflüchte mehr gelten lassen. Die Zeit für Nachsicht war vorbei, und das hatte sie sich selbst zuzuschreiben. Entschlossen stapfte er durchs Antiquariat und riss die Ladentür auf. Catia stand direkt davor und schreckte so heftig zurück, dass ihr die Jutetasche von der knochigen Schulter rutschte und zu Boden fiel. Irgendwas aus Glas ging dabei zu Bruch. Sofort tränkte klare Flüssigkeit den Stoffbeutel. Henrik roch Alkohol.

Und Catia fing an zu weinen. Laut und unbeherrscht.

Ihre überzogene Reaktion machte ihn für Sekunden handlungsunfähig. Sein Blick sprang zwischen der auf dem Pflaster liegenden Tasche und der zitternden Frau hin und her, die ihr Gesicht in die mageren Hände gelegt hatte und hemmungslos schluchzte. Erst als er bemerkte, dass bereits Leute von der Barterrasse des Esquina zu ihnen herabstarrten, bückte er sich nach der Tasche, packte Catia am Arm und zog sie mit sich ins Antiquariat. Drinnen bugsierte er sie zwischen den Bücherregalen hindurch direkt ins Büro und setzte sie auf den Drehstuhl. Es erschien ihm unangebracht, ihr etwas Hochprozentiges zur Beruhigung anzubieten, also schlug er vor, einen Tee aufzugießen. Sie weinte einfach weiter, also setzte er Wasser auf.

Erst als er den Tee vor ihr abstellte, wischte sie sich mit bebenden Händen das Gesicht ab und legte die Finger um die Tasse, als verspürte sie das Bedürfnis, sich zu wärmen. Eine Geste, die bei den vorherrschenden Temperaturen geradezu verstörend auf ihn wirkte. Nein, ihr ganzes Verhalten war verstörend. Sie war nicht mehr die Frau, die er vor gut einem Jahr kennengelernt hatte.

Er setzte sich auf die Schreibtischkante. »Du hast nie erwähnt, dass du eine Weile über dem Antiquariat gewohnt hast. Ende der 1990er-Jahre.«

Sie sah ihn ausdruckslos an. Verstand sie überhaupt, worauf er hinauswollte, oder war sie schon völlig durch den Wind? In ihrem Jutebeutel hatte eine Flasche Wodka gesteckt – hatte sie auch schon davon getrunken? Und, wenn ja, konnte er sie in diesem Zustand überhaupt aus der Reserve locken? Nun, vielleicht war genau das die richtige Voraussetzung, weil sie angetrunken weniger scharf denken konnte.

»Ich würde gerne mit deinen Freundinnen sprechen, mit denen du hier im Haus gewohnt hast. Kannst du mir sagen, wo ich zumindest eine von ihnen heute finde?«

»Weshalb?«

»Wegen Cinthya Cardenas. Sie hat sich eine Weile in der Rua do Almada aufgehalten. Martin hat sie beherbergt.«

»Das war vor meiner Zeit.«

»Du hast da schon für Martin gearbeitet, ihr müsst euch begegnet sein!«

Sie zuckte mit den Schultern. »Viele Leute gingen zu dieser Zeit hier ein und aus, da ist es schwer, sich alle Namen und Gesichter zu merken.«

Henrik gab sich unbeeindruckt, obwohl er wusste, dass sie ihm ins Gesicht log.

»Gut, dann reden wir über Don Alfredo und dessen Seminar vor zwanzig Jahren. Über die Selbstfindung durch Ayahuasca.«

»Ich war nicht dabei, und falls Emilia was anderes behauptet hat, hat sie nicht die Wahrheit gesagt.« Ihre Stimme gewann wieder an Kraft, und die Tränen auf ihren Wangen begannen zu trocknen. »Warum interessierst du dich für diese alte Geschichte? Hat Martin dir wieder eine Botschaft zukommen lassen?« Das klang schon fast so angriffslustig wie früher. »Martin war verrückt, ist dir das noch nie in den Sinn gekommen?«, fuhr sie fort, ehe er antworten konnte. »Diese Besessenheit, Verbrechen zu untersuchen, das war ein manischer Zwang, der mit fortschreitendem Alter immer schlimmer wurde. Er hat Joãos Tod nie überwunden. Von einer Therapie, um seinen Verlust zu bewältigen, wollte er nichts wissen. Er hat alles in sich hineingefressen, und das war die Ursache für seine Wesensveränderung. Statt nach vorne zu blicken, befasste er sich mehr und mehr mit all diesen Grausamkeiten, und ob sie wirklich passiert oder seiner Einbildung entsprungen waren, spielt keine Rolle. Zusammengenommen hat ihn das letztlich um den Verstand gebracht. Nicht nach außen hin. Für seine Bekannten und Kunden blieb er stets der Alte. Aber wer ihn wirklich kannte ...«

»So wie du?«

»Ja, so wie ich. Wobei ich eingestehen muss, dass mir sein krankhaftes Verhalten auch erst so richtig bewusst geworden war, nachdem ich in den letzten Monaten den nötigen Abstand und die Zeit gefunden habe, mir das alles noch mal durch den Kopf gehen zu lassen. All diese Dinge, die man zwar registriert, aber nicht wahrhaben will, wenn einem jemand so nahesteht. Hast du mal darüber nachgedacht, warum Martin nie eines dieser angeblichen Verbrechen zur Anzeige brachte? Und du musst nicht einmal so weit gehen! Es reicht, sich zu überlegen, warum Martin das, was er herausfand oder glaubte herausgefunden zu haben, nicht einfach ganz normal aufgeschrieben hat. So nachvollziehbar dokumentiert, wie man es von einem gelernten Juristen erwarten kann. Aber nein, stattdessen denkt er sich dieses Versteckspiel aus, diese irre Kryptografie. Er legt codierte Hinweise aus wie Brotkrumen, schreibt wirre Zahlenreihen in Bücher, markiert Landkarten und was weiß ich noch alles. Symbole, Zeichen und wieder nur Symbole, unverständliche Botschaften, festgehalten auf allem, was ihm gerade in die Finger kam. Dazu die Gegenstände, denen er eine Bedeutung beimaß, die nur er deuten konnte und die er auf bestimmte Art im Antiquariat platzierte. Und wehe, ich habe irgendwas davon woanders hingestellt! Nicht mal um einen Zentimeter verschoben werden durfte der Kram! All die Dinge, die er anschleppte und im Laden verbarg, Antiquitäten, nutzlosen Tand, Azulejos ...«

»Woher weißt du von den Fliesen?«, unterbrach er sie barsch.

Catia schnappte nach Luft. »Glaubst du, du bist der Einzige, der auf seine Verstecke und Artefakte gestoßen ist?« Mit einem Ruck stand sie auf. Der Stuhl krachte gegen die Wand. Sie trat ganz nahe an ihn heran. Der Duft eines ätherischen Öls stieg ihm in die Nase, vermischte sich mit ihrem Alkoholatem. »Hast du dich eigentlich mal gefragt, für wen er das alles arrangiert hat? Oder bist du tatsächlich so verblendet, zu glauben, er hätte das alles für *dich* hinterlassen? Als er mit seinen *Untersuchungen* anfing, warst du gerade mal geboren. Denkst du wirklich, Martin war so vorausschauend, damals schon zu wissen, dass du dreißig Jahre später sein Erbe antrittst? Und dass du praktischerweise davor auch noch Polizist werden und dich seiner ungeklärten Fälle annehmen würdest? Also, was denkst du? Hat er das vorausgesehen, oder war er doch einfach nur verrückt?«

»Die Fliesen«, fragte Henrik, unbeeindruckt von ihrer Wut, »woher hat er die? Sagt dir der Name Lobo etwas?«

»Scheiße, Henrik, Scheiße! Scheiß auf die Fliesen und alles andere! Und lass mich einfach in Ruhe!« Catia drängte sich an ihm vorbei und rannte aus dem Büro.

18

Manchmal meldete sich die Intuition besonders stark und ließ sich auch mit Vernunft nicht in die Schranken weisen. Ohne einen echten Beweis dafür zu haben, ging er davon aus, dass Catia an jenem Seminar vor zwanzig Jahren teilgenommen hatte. Zwei Lügen ergaben einmal die Wahrheit. Jetzt war es an ihm aufzuzeigen, dass diese Gleichung Bestand hatte. Doch selbst wenn er die Teilnahme seiner ehemaligen Angestellten nachweisen konnte, war das noch keine Garantie dafür, dass sie ihm schließlich doch noch erzählte, was sich während dieser Heilungsrituale zugetragen hatte. Zwischen ihr, Alexandra Morgado und Cinthya Cardenas.

Er trank den Tee, den er eigentlich für Catia gemacht und den sie nicht angerührt hatte. Nachdem er sich einigermaßen beruhigt hatte, war es an der Zeit, ein paar Telefonate zu führen. Zuerst wählte er Paulas Nummer. Diesmal nahm sie das Gespräch sofort entgegen.

Er kam gleich zum Thema. »Waren unter den Sachen deines Vaters, die du nach seinem Tod durchgesehen hast, auch Dinge von deiner Mutter?«

»Glaub mir, ich hätte sehr gerne ein Tagebuch von ihr gefunden.«

»Überhaupt nichts?«

»Não!«

»Was ist mit deiner Tante? Könnte die etwas von Cinthya aufbewahrt haben? Vielleicht etwas, das ihr Mann nicht sehen oder wovon er nichts wissen durfte?« Kaum hatte er die Frage gestellt, fiel ihm ein, dass er schon längst im Keller nach Cinthyas Koffer hatte suchen wollen. Obwohl die Aussicht, in dem modrigen Chaos herumzuwühlen, nicht sonderlich erbaulich erschien, musste er sich endlich dazu aufraffen.

»Wenn es da etwas geben sollte, hätte Tante Rosa mir das doch längst ausgehändigt«, redete Paula in seine Gedanken hinein.

»Vielleicht hat sie es vergessen.«

Es entstand eine Pause. Henrik konnte Verkehrslärm im Hintergrund hören.

»Ich frage nach«, erklärte Paula schließlich. Sie hörte sich genervt an. Möglicherweise war es aber auch Ungeduld, die in ihrer Stimme mitschwang.

»Ich *muss* das nicht für dich machen«, erinnerte er sie. *Auch wenn ich es* für mich machen *muss*, fügte er im Stillen hinzu.

»Ja, schon gut, ich rufe Tante Rosa an. Vermutlich bin ich einfach nur ziemlich frustriert. Ich dachte, du erzählst mir jetzt, du hättest jemanden aufgetrieben, der mir was über den Verbleib meiner Mutter sagen kann.«

Sollte er ihr von der Yogalehrerin erzählen? Er entschied, dass es dafür zu früh war. Bevor er Paula mit Emilia zusammenbrachte, musste er sie sich noch einmal allein vornehmen, denn er hatte nach wie vor den Verdacht, dass sie ihm etwas Wichtiges vorenthalten hatte. »Ist dir jemals der Name Morgado untergekommen?«, fragte er Paula.

»Ist das eine der Frauen auf dem Foto? Du hast also doch jemanden gefunden, der mit in dieser Gruppe war?«

Verdammt. Jetzt ärgerte sich Henrik, den Namen ins Spiel gebracht zu haben. Noch dazu am Telefon, wo er ihre unmittelbare Reaktion darauf nicht hatte sehen können. Gelegentlich überholte ihn die Ungeduld, und leider, seit er in Lissabon ermittelte, noch öfter als zu seiner Zeit bei der Polizei. Ausgerechnet jetzt hatte er sich wieder hinreißen lassen. Wirklich, wieso hätte Cinthya ihrer damals Dreijährigen irgendeine Information zukommen lassen sollen? Bei einem Telefongespräch, von dem Paula nicht einmal sicher war, ob es überhaupt stattgefunden hatte. Was für ein Unsinn! Was hatte er sich nur dabei gedacht? Selbst wenn Cinthya ihre Tochter aus Portugal angerufen hatte, sie hätte wohl kaum über ihre Tätigkeit hier berichtet und schon gar nicht über etwaige Probleme mit schwierigen Seminarteilnehmerinnen. Und ganz gewiss wären keine Namen gefallen.

»Sag schon!«, forderte Paula ihn auf. »Hast du mit dieser Morgado gesprochen?«

Konnte er jetzt noch zurück? Nicht wirklich, wenn er wollte, dass sie ihm weiter vertraute. »Alexandra Morgado gehörte zu der Frauengruppe, die damals zusammen mit Don Alfredo und deiner Mutter auf einem ländlichen Anwesen im Sintra-Gebirge einen mehrtägigen Selbstfindungskurs absolviert hat ...«

»Ja, und was wusste sie?«, rief Paula dazwischen.

»Sie ist tot«, sagte Henrik und hörte, wie Paula laut die Luft einsog.

»Tot? Heilige Scheiße, sie ist doch nicht während dieses Rituals gestorben?«

»Nicht unmittelbar, aber die Einnahme des Ayahuasca-Gebräus hatte wohl Auswirkungen auf ihre Psyche.« Nun war die Katze aus dem Sack.

»Und was ... ist dann mit ihr passiert?« Paula klang jetzt vorsichtig.

»Nicht so wichtig.«

»Verarsch mich nicht!«

»Okay, sie hat sich umgebracht. Aber ob es zwischen dem Seminar und dem Suizid einen Zusammenhang gibt, steht völlig in den Sternen.«

Paula schwieg, offenbar betroffen, dann sagte sie leise: »Meinst du, meine Mutter ist irgendwie schuld an dem, was sich diese Frau angetan hat? Hast du schon mal in diese Richtung gedacht?«

Genau das war es, was ihn schon eine ganze Weile beschäftigte, und insgeheim hatte er sich gewünscht, dass Paula nicht danach fragen würde. »Das kann ich mir nicht vorstellen«, erwiderte er ruhig. »Gib mir noch etwas Zeit, ein paar Dinge zu überprüfen. Bisher ist vieles reine Spekulation, und ich will dir lieber eine belegbare Erklärung dafür liefern, warum deine Mutter nicht mehr zu dir zurückgekehrt ist.«

Er ahnte, dass sie protestieren wollte, doch dann verabschiedete sie sich kurz angebunden. Ihre Reaktion war verständlich. Nicht nur er war ungeduldig und wollte endlich verstehen, was aus Cinthya Cardenas geworden war.

Als Nächstes rief er Gisela an. »Kannst du Catia erneut überwachen?«

»Nicht dein Ernst?«

»Nur, wenn du Zeit hast.«

»Gibt es einen Gefahrenzuschlag?«

»Was soll gefährlicher sein als beim ersten Mal?«

»Könnte sein, dass sie mich bemerkt hat.«

»Und? Denkst du, sie wird dich attackieren?«

»Immerhin hat sie ja wohl was ausgefressen, sonst müsstest du sie nicht unter Beobachtung halten.«

»Gisela, mach dir darüber keinen Kopf. Sag mir einfach, ob du dich noch mal an ihre Fersen heften kannst. Die Gage wird nicht erhöht.«

»Als Chef bist du ein Ausbeuter«, warf sie ihm vor. »Aber okay, du hast Glück, dass ich heute keine anderen Verpflichtungen habe und außerdem dringend ein paar Ersatzteile für meine Vespa brauche.«

»Gut! Gib mir Bescheid, wenn sie ihre Wohnung verlässt!«

»Wie der Herr befiehlt«, sagte Gisela und verabschiedete sich. Wieder machte er sich Sorgen, weil er die junge Portugiesin in diese Angelegenheit hineinzog. Sie auf Catia anzusetzen, war vermutlich nicht so harmlos, wie er es ihr eben verkauft hatte. Vor allem nicht nach Catias Ausraster vorhin.

Sein nächster Anruf war eine Herausforderung der anderen Art. Seine Finger zitterten, als er die Nummer aus der Favoritenliste suchte. Noch vor Kurzem wäre er davon ausgegangen, dass sie diesen Anruf, wie viele vergebliche davor, ignorierte. Diesmal jedoch sagte ihm eine innere Stimme, dass sie das Gespräch entgegennehmen würde. Und er hatte ohnehin keine Wahl. Wollte er Gewissheit darüber, in welchem körperlichen und vor allem geistigen Zustand Alexandra Morgado war, als sie ihre Kinder tötete, konnte ihm nur Helena weiterhelfen.

»Henrik?«

»Ja. Störe ich?«

»Es … nein. Was willst du?«

»Wollen wir essen gehen?«

»Nein!«

Diese prompte Abfuhr ohne jedes Zögern machte ihn betroffen, obwohl er halb damit gerechnet hatte. Auch wenn es Kraft kostete, ging er nicht weiter darauf ein. »Bekomme ich wenigstens eine Auskunft?«

Diesmal ließ die Reaktion auf sich warten. Nach dem, was er ihr gestern in seiner Küche berichtet hatte, konnte sie sich denken, worum es ging. »Bist du weitergekommen mit deiner vermissten Brasilianerin?«

Ihr Interesse an seinem *Fall* wertete er als gutes Zeichen dafür, weitere Fragen stellen zu dürfen. Sie hatte sich Gedanken gemacht. Und letztlich konnte sie nicht ablehnen, was er tat. Immerhin hatte ihr genau diese Art von Einsatz, den er hier leistete, Klarheit über den Verbleib ihres Bruders verschafft. Die Schicksale von Opfern und ihren Angehörigen waren Helena niemals egal, das wusste er. Darum war sie zur Polizei gegangen.

»Wurden bei Alexandra Morgado Halluzinogene im Blut festgestellt? Basierend auf Bestandteilen, die aus einer bestimmten Tropenpflanze gewonnen werden konnten? Ich muss wissen, ob du etwas in dieser Richtung im Sektionsdokument des Leichenbeschauers gelesen hast.«

Sie blieb still. Dachte vermutlich nach, ob sie ihm diese Information geben konnte. »Wovon sprichst du?«, fasste sie nach. Er konnte hören, dass sie wusste, worauf er hinauswollte.

»Ayahuasca«, sagte Henrik knapp.

»Lass es gut sein, Henrik! Deine Annahmen und Verdächtigungen stützen sich auf fragwürdige Indizien und unbestätigte Aussagen, die du irgendwo aufgeschnappt hast.«

Das klang, als bereute sie es bereits wieder, ihm, wenn auch nur indirekt, geholfen zu haben. Doch noch wollte er dem heraufziehenden Pessimismus die Stirn bieten. »Das

Kindermädchen der Morgados, das die Leichen damals entdeckt hat – ich möchte mit ihr sprechen!«

»Keine Chance!«, verkündete Helena scharf. Was war nur los mit ihr? So willfährig gegenüber ihrem Dienstherrn kannte er sie gar nicht. Plötzlich drängte sich ihm die Frage auf, warum ihr Vorgesetzter ausgerechnet ihr die Aufgabe erteilt hatte, die zwanzig Jahre alte Akte Morgado herauszusuchen.

»Soll ich vielleicht deshalb nicht weiter nachbohren, weil du diesmal in irgendeiner Form selbst involviert bist, Helena? Ist das dein Problem?«

Laut sog sie die Luft ein. Ihre Stimmung schlug endgültig um. »Dieses Antiquariat hat dich innerhalb kürzester Zeit verrückt gemacht, Henrik Falkner. Genau wie schon deinen Onkel, nur dass es bei dir wesentlich schneller ging.«

Dann hörte er nur noch elektrisches Knistern. Sie hatte aufgelegt. Verdammt, er hatte es wieder vermasselt. Andererseits zeigte ihre Reaktion, dass er recht hatte. Etwas war im Gange, und Helena steckte mit drin. Zumindest war sie befangen.

Während des Telefonats war er, ohne es zu merken, ins Antiquariat hinübergewandert. Als er nun aufblickte, fand er sich vor dem massiven Schrank in der hinteren Ecke des Ladens wieder. Seit er entdeckt hatte, was hinter dem Ungetüm aus wurmstichigem Eichenholz verborgen war, hatte er sich mehrfach damit abgemüht, das Möbelstück von der Wand weg und wieder zurück zu schieben. Die Schleifspuren, die er dabei auf den Dielen verursacht hatte, waren überdeutlich zu erkennen. In die Wand dahinter war ein spezielles Bücherregal eingelassen. Dort bewahrte sein Onkel ausgewählte Bücher auf. Unter anderem jene, in denen

Martin die antiken Azulejos versteckt hielt. Wozu er extra Vertiefungen in die Seiten von Büchern geschnitten hatte, in die die Fliesen exakt eingepasst waren. Darüber hinaus reihten sich hier Druckwerke, die laut Renato von gewisser Brisanz waren. Natürlich nicht, was ihren tatsächlichen Inhalt anging. Aus der Warte eines bibliophilen Sammlers betrachtet, waren die meisten davon wertlos. Allerdings enthielten sie zahlreiche von Martins mysteriösen Hinweisen und Vermerken. Henrik hatte die knapp hundert Werke schon mehrfach daraufhin durchgesehen, ohne dass er die verschlüsselten Notizen bislang einordnen oder mit anderen Funden im Antiquariat in Verbindung bringen konnte. Natürlich hatte dieses geheime Regal noch eine andere Bewandtnis, jedenfalls behauptete das Renato. Die Sortierung der Buchtitel, auf den ersten Blick alphabetisch, wies nämlich eine beabsichtigte Abweichung auf, in der Renato eine besondere Botschaft las. Martins mephistophelischer Verweis auf den Dämon. Jenen großen Unbekannten im Hintergrund, der die Fäden spann und anscheinend die Macht besaß, die Schicksale aller zu lenken. Henrik wusste nach wie vor nicht, was er wahrhaftig von der ominösen Person halten sollte, die Renato *O homem sem umbigo* nannte. Den Mann ohne Nabel.

19

Das Surren seines Handys ließ ihn aufschrecken. War er tatsächlich eingeschlafen, hier über dem Schreibtisch? Sein Rücken schmerzte von der unbequemen Haltung. Benommen tastete er über die vor ihm ausgebreiteten Notizen, um den Störenfried zu finden. Es war Gisela.

»Hast du gepennt?«

»Nein«, log er. »Was ist?«

»Sie hat sich in Bewegung gesetzt.«

Er hatte keine Ahnung, wie spät es war. Im Büro hing keine Uhr, also nahm er das Handy vom Ohr, um die Zeit ablesen zu können. Halb sechs. Verdammt, wie lang war er weg gewesen? »Bist du dran?«

»Wie aufgetragen.«

»Wohin geht sie?«

Er hörte Giselas schnellen Atem. »Wir sind jetzt am Rossio vorbei, sieht so aus, als will sie zur Metrostation Restauradores. Folge ich ihr da runter, ist vielleicht die Verbindung weg.«

»Das müssen wir riskieren, bleib dran, und falls es geht, schreib mir, in welche Richtung ihr fahrt!«

Er raffte seine Notizen zusammen und stopfte alles in eine Umhängetasche. In seiner Hast schlug er mit dem Oberschenkel gegen die Schreibtischkante. Fluchend humpelte er durchs Antiquariat nach draußen und schloss die Ladentür ab. Die Bauarbeiter waren heute nicht mehr aufgetaucht. Gut, es war Freitag, aber sie hatten auch gestern schon gefehlt. Was war da los? Er musste Anabela de Castro anrufen. In vertrauter Weise blähten sich die Bauplanen unter Böen aus nordöstlicher Richtung, welche die Hitze vor sich herschoben. Eine Vorahnung der näher rückenden Feuer. Dank der sich überschlagenden Ereignisse in den letzten Tagen hatte er gar nicht mehr an die Waldbrände im Landesinneren gedacht. Wie viele Dörfer waren mittlerweile von den Flammen zerstört? Wie viele Tote zu beklagen?

Henrik schüttelte die Gedanken ab und rannte die Rua do Almada hinauf, ohne zu wissen, warum er sich so abhetzte. Wie der Wind die Flächenbrände, so trieb ihn eine stets wachsende Unruhe. Die Lage spitzte sich zu, entwickelte sich zu einem Beben, das bis in jede Einzelne seiner Zellen reichte. Dieses Gefühl war mehr als eine Vorahnung und schon immer ein verlässlicher Indikator dafür gewesen, dass die Zeit drängte. Aus seiner Sicht war es auch nicht irgendwelchen übersinnlichen Fähigkeiten geschuldet, sondern viel eher Instinkt und Erfahrung.

Immer wieder gebremst durch das Feierabendgedränge, benötigte er gut fünf Minuten, bis ihn der Zugang zur Metro am Largo do Chiado verschluckte. In der Zwischenzeit informierte ihn Gisela per WhatsApp: Lina Azul lautete die Botschaft, die sie trotz schwachen Funksignals noch hatte abschicken können.

Die schier unendliche Rolltreppe brachte ihn tief hinein in die Eingeweide der Stadt. Die Metrostation Baixa-Chiado war einer der Hauptknoten des öffentlichen Verkehrs im Zentrum, dort kreuzten sich die Linha Azul und die Linha Verde. Da sein spontaner Ausflug genau in die Feierabendzeit fiel, waren neben zahlreichen Touristen auch Massen von Berufspendlern unterwegs. Dementsprechend stark frequentiert waren die Ebenen und Zugänge zu den Bahnsteigen. Er reihte sich in eine der Schlangen an den Fahrkartenautomaten ein. Schweiß lief ihm von der Stirn. Die Sommerhitze war mittlerweile auch tief in die Erde gekrochen. Auch die Züge schoben heiße Winde vor sich her durch die Tunnelröhren.

Nach etlichen Minuten, die an den Nerven zerrten, schlüpfte er endlich durch eine der Zugangsschranken und folgte der Beschilderung zur blauen U-Bahnlinie. Da er keine weitere Nachricht mehr von Gisela empfangen hatte, war es nun an ihm, sich für eine Richtung zu entscheiden. Runter zum Tejo nach Santa Apolónia oder nordwärts, die deutlich längere Achse der Linie, die bis hinauf nach Reboleira führte? Mit vielen Halten dazwischen. Erneut sah er auf sein Handy, doch das Display blieb dunkel. Entschlossen wählte er den rechten Treppenabgang und damit die lange Fahrt in den Norden der Stadt.

Er wurde förmlich in die nächste Bahn gedrängt. Festzuhalten brauchte er sich nicht, umfallen war unmöglich. Kurz nach dem Anfahren des Zugs spürte er die Vibration in der Hosentasche. Es gestaltete sich schwierig, das Handy herauszufischen. São Sebastião, lautete Giselas Anweisung, und trotz der drückenden Enge des Waggons verspürte er Erleichterung. Er brauchte nur fünf Stationen inmitten der Menschenmenge zu überstehen.

Der Stadtteil São Sebastião da Pedreira schloss im Nordosten an den Parque Eduardo VII an. Neoklassizistische Häuserzeilen wechselten sich mit moderner Architektur ab. Wer hier wohnte, konnte es sich auch leisten. Viele Hotels, angesagte Läden und ein großes Einkaufszentrum prägten das Viertel. Kaum war Henrik wieder an der Oberfläche, klingelte sein Handy.

»Wo bist du?«

»Jetzt chill mal!«, konterte Gisela, nun wieder deutlich entspannter in ihrem Tonfall. »Sie ist Richtung Gulbenkian-Museum gegangen, und wir sind jetzt ... warte mal ... in der Avenida Duque de Ávila. Dort hockt sie in einem Straßencafé. Genau wie ich. Da fällt mir ein, wir haben gar nicht über die Spesen gesprochen ...«

»Sie kann dich doch nicht etwa sehen?«, wollte Henrik ungläubig wissen.

»Alles easy, ich sitze in ihrem Rücken – und hast du denn nicht gemerkt, wie ich flüstere?«

»Wo muss ich hin?«, fragte er und drehte sich einmal um die Achse.

»Von der Haltestelle aus links um die Ecke, einmal halb um den Gulbenkian-Park herum, und dann ist es die ... zweite oder dritte Straße. Du übernimmst meine Rechnung, oder?«

»Verhalt dich unauffällig«, knurrte Henrik ins Telefon und marschierte los. Wie beschrieben, tauchte nach der Abzweigung das Museu Calouste Gulbenkian für moderne Kunst vor ihm auf, das eingebettet im gleichnamigen Park seines Gründers lag. Im Herbst war er mit seinem Vater hier gewesen, unmittelbar bevor dieser nach einem längeren Besuch wieder zurück in die Heimat gereist war. Es war ein schöner Tag gewesen, und wider Erwarten hatte Henrik die Zeit mit seinem alten Herrn genossen, genau wie die orientalische und europäische Kunst aus neun Jahrhunderten, die in dem schmucklosen Betonbau aus den 1960er-Jahren ausgestellt war. Der vermögende Ingenieur und Pionier der Ölforschung Gulbenkian, ein Brite mit armenischen Wurzeln, hatte sich neben seinem geschäftlichen

Erfolg als Kunstsammler und Mäzen hervorgetan. 1942 floh er vor den Nazis aus seiner Wahlheimat Paris ins neutrale Portugal, mit seiner umfangreichen Sammlung im Gepäck, die daraufhin den Portugiesen zugutekam. In dem von ihm gewählten Exil gründete er eine Stiftung und widmete sich fortan bis zu seinem Tod 1955 nur noch seiner schöngeistigen Leidenschaft.

Henrik fand die mit Bäumen gesäumte Straße, in die Gisela ihn gelotst hatte. Sie war schnurgerade, wie alle Straßen in diesem Stadtteil, und daher trotz Durchfahrtsverkehr und üppigen Baumbestands gut einsehbar. Catia sollte ihn keinesfalls zu früh entdecken. Bedächtig ging er die Avenida Duque de Ávila hinauf.

Er war etwa hundert Meter weit gekommen, als es passierte. Gleichzeitig mit einer unerwarteten Bewegung im Augenwinkel packte ihn jemand am Oberarm. Henrik wirbelte herum und riss abwehrend die Hände nach oben.

Gisela wich zurück und lachte unbefangen. »Merda! Hatte nicht gedacht, dass du so schreckhaft bist.« Sie war hinter einem geparkten Lieferwagen hervorgesprungen und amüsierte sich nun über seinen Gesichtsausdruck.

»Spinnst du?« Hektisch sah er sich um. Eigentlich hätte er sauer auf sie sein müssen, aber ihr sorgloses Temperament empfand er stets als ansteckend.

Sie griff erneut zu und zog ihn ein Stück in die Baumreihe hinein. »Du hast dich nicht besonders geschickt angestellt. Ich hab dich kommen sehen.«

»Du wusstest ja auch, dass ich unterwegs bin – aber was ist mit Catia?«

»Keine Panik, die hockt noch da wie vor zehn Minuten. Sie trinkt Tee bei der Hitze.« Er folgte ihrem Blick. Rund fünfzig Schritte voraus konnte er die elfenbeinfarbenen Sonnenschirme eines Straßencafés sehen.

»Dort?«

Gisela nickte. Sie hatte ihre rotblonden Locken unter eine Schirmmütze gestopft und trug dazu noch eine überdimensionale Sonnenbrille, in der er sich spiegelte.

»Geile Tarnung, ich weiß«, interpretierte sie seinen skeptischen Blick. »Ich bin enttäuscht, dass du keinen falschen Bart angeklebt hast.«

»Ich denke beim nächsten Mal darüber nach«, antwortete er. Sein Puls war mittlerweile wieder im normalen Wert.

»Gehen wir näher ran!«

Sie hielten sich weiter unter den Bäumen, bis er Catia an einem der rund ein Dutzend Tische ausmachen konnte. Seine einstige Mitarbeiterin saß dort allein, wieder in Schwarz. War sie etwa in Trauer?

Das Café war gut besucht, dazu kamen die Fußgänger auf der Straße. Sie fielen also nicht weiter auf. Nicht einmal, als Gisela auf den freien Tisch zustrebte, an dem sie offenbar bis vor Kurzem gesessen hatte. Henrik hielt sie zurück.

»Das geht nicht«, zischte er.

»Ich habe meinen Galao noch nicht ausgetrunken. Außerdem hat sie sich kein einziges Mal in meine Richtung umgedreht, ihre volle Aufmerksamkeit gilt dem Eingang des Nachbargebäudes. Ich schätze mal, sie wartet auf jemanden aus diesem Haus, den sie auf keinen Fall verpassen will.«

Das fünfstöckige Wohnhaus war eines der älteren in der Straße und stammte vermutlich noch aus dem neunzehnten Jahrhundert. Es wirkte frisch renoviert, besaß einen auffällig magnolienfarbenen Anstrich und dazu passende, in ansprechendem Cremeweiß abgesetzte Simse und Umrandungen der Fenster sowie des Eingangsportals. Die Balkone waren mit kunstvollen schmiedeeisernen Geländern versehen.

Gegen seine Bedenken setzte sich Gisela wieder an ihren Tisch. Ihm war nicht wohl dabei, nur widerwillig nahm er neben ihr Platz. Catia befand sich kaum fünf Meter entfernt. Was, wenn sie seine Anwesenheit fühlte? Oder etwas anderes sie dazu verleitete, über ihre Schulter zu blicken? Diese Observation war wie ein Tanz auf einer Rasierklinge.

»Wir müssen hier weg!«, raunte er Gisela zu.

Seine junge Assistentin erhielt keine Gelegenheit mehr, um zu protestieren. Die Eingangstür des Nebenhauses öffnete sich, und ein Mann trat in die mittlerweile schräg in die Straße fallende Abendsonne. Augenblicklich stellten sich Henriks Nackenhaare auf. Trotz der Sonnenbrille und obwohl er deutlich älter wirkte als auf den Bildern, die er zuletzt von ihm gesehen hatte, erkannte er ihn. Noch viel größer war die Überraschung darüber, dass Catia genau auf diesen Mann in dem hellgrauen Anzug gewartet hatte. *Ausgerechnet auf ihn!* Helena hatte ihm die Adresse nicht verraten wollen, und doch wusste er nun durch Catias unfreiwillige Hilfe, wo der ehemalige Oberstaatsanwalt Orlando Morgado lebte.

Unwillkürlich hatte Henrik als dessen Wohnsitz eine Villa im Grünen erwartet. Ein Anwesen, verborgen hinter hohen Mauern, vielleicht auf einem Hügel gelegen, mit einem Park drumherum, der von altem Baumbestand gesäumt war. Nicht einsehbar, abgeschirmt. Dazu Sicherheitspersonal oder zumindest Überwachungskameras. Natürlich, dieses Stadthaus war sehr schmuck. Und bei genauerer Betrachtung erfüllte die Eingangstür höchste Sicherheitsstandards, und die Fenster im Erdgeschoss waren allesamt vergittert. Aber trotzdem. Orlando Morgado schien alles andere als ein ängstlicher Mensch zu sein, wenn er es wagte, mitten in der Stadt zu wohnen. Noch dazu in einer belebten Straße, ohne die Möglichkeit, sich verstecken zu können. Sobald er seine vier Wände verließ, konnte er von jedem gesehen werden. Das war mutig, denn es war doch anzunehmen, dass er im Laufe seiner Amtszeit unzählige Verbrecher angeklagt und, seinem geforderten Strafmaß entsprechend, ins Gefängnis gebracht hatte. Einschlägige Gestalten, von denen man annehmen durfte, dass der eine oder auch die andere nach der Entlassung auf Rache sann.

Catia ging ihm entgegen, noch bevor Morgado eine bestimmte Richtung einschlagen konnte. Der eng geschnittene Maßanzug betonte seine drahtige Gestalt, dessen Haar – inzwischen schlohweiß, aber immer noch voll – zu einem exakten Scheitel gekämmt war.

Als er sie auf sich zukommen sah, veränderte sich seine Körperhaltung. Schultern und Nacken spannten sich an. Offenbar sah er nicht voraus, was ihn erwartete, und war demzufolge auf der Hut. Eine Anspannung, die sich sofort legte, kaum dass sie ihn erreichte und zu reden begann. Leider war es ringsumher zu laut und Henrik zu weit entfernt, um das Gespräch belauschen zu können. Doch brauchte er wirklich zu hören, was dort gesprochen wurde? Allein die Tatsache, dass Catia diesen Mann abgepasst hatte, brachte seine Nervenenden zum Vibrieren. Denn nach wenigen Sekunden war klar, dass sich die beiden kannten.

Was willst du nach all der Zeit von Morgado? Oder will er etwas von dir?

Nein, es musste um die alte Geschichte gehen. Um irgendetwas, das damals vor zwanzig Jahren vorgefallen war und diesen Mann letztlich seine Familie gekostet hatte. Henriks Suche nach Cinthya Cardenas, die allem Anschein nach etwas ans Licht bringen konnte, das sowohl Catia als auch Morgado besser im Dunkeln belassen wollten, musste die Erklärung für dieses Treffen sein. Sprach Catia womöglich eine Warnung aus? *Nehmen Sie sich vor dem alemão in Acht!*

Er musste sich beherrschen, nicht aufzuspringen und die beiden unverzüglich zur Rede zu stellen. Doch er sah ein, dass überstürztes Handeln nur das Gegenteil von dem bewirken würde, was er erreichen wollte. Nie und nimmer würden sie hier vor all den Leuten auf offener Straße mit ihm sprechen. Durch Giselas Zutun hatte er heute bereits mehr erfahren, als er sich noch vor drei Minuten hätte vorstellen können. Besser, er beließ es vorerst dabei und entwickelte auf Grundlage seines neuen Kenntnisstands eine Strategie für die nächsten Schritte. Er musste sich die beiden getrennt voneinander vornehmen. Alles andere würde zu nichts führen. Henrik klemmte einen Zehner unter die Tasse von Giselas Galao, packte die junge Frau am Handgelenk und zog sie mit sich, um aus dem Straßencafé zu kommen, solange Catia noch in die Unterredung mit Morgado vertieft war. Erst als sie sich in sicherer Entfernung befanden, blieb er stehen, drückte sich in die Nische eines Hauseingangs und blickte zurück.

»Was machen wir jetzt?«, fragte Gisela, die sich an seine Seite drängte, um ebenfalls etwas sehen zu können.

»*Du* hast Feierabend!«

»Jetzt, wo es spannend wird?« Sie zog einen Flunsch.

»Kennst du diesen Mann?«

»Kennen wäre zu viel gesagt. Er ist ein Oberstaatsanwalt im Ruhestand«, antwortete er, ohne Catia und Morgado aus den Augen zu lassen. »Es ist wirklich besser, du gehst. Danke für deine Hilfe.«

Sie kniff ihn unsanft in den Speck über seinen Rippen und bekam so seine Aufmerksamkeit. »Du willst mich doch nicht etwa loswerden, weil du irgendwas Unüberlegtes planst, oder?«

Das brachte ihn schon wieder beinahe zum Lachen, dabei war nichts Lustiges an dieser Situation. In der Tat hatte sie sich soeben massiv verschärft. Mit einiger Sicherheit war Orlando Morgado nach wie vor eine einflussreiche Person im Machtgefüge der Stadt. Und damit nahmen Henriks ohnehin heikle Nachforschungen noch prekärere Ausmaße an. Für Gisela wurde es ab jetzt definitiv zu gefährlich. »Ich möchte nur nicht, dass sie dich doch noch bemerkt. Es war von Anfang an keine gute Idee, dich da mit reinzuziehen«, gestand er und erntete den uneinsichtigen Blick der Jugend.

»Was ist mit der Bezahlung?«

Er klopfte sich auf die Hosentaschen. »Du bekommst das Geld für deinen Einsatz später.«

»Weißt du was, vergiss es!«, fauchte sie, drehte sich um und stapfte mit schnellem Schritt Richtung Metrostation.

Henrik sah ihr ein paar Sekunden betroffen nach. Als er sich wieder nach Catia umdrehte, war auch sie fort. Ebenso wie Morgado. Leise fluchte er in sich hinein. Doch letztlich war die Entscheidung, was er nun tun musste, gar nicht so schwer. Wo er Catia früher oder später finden konnte, wusste er. Morgado allerdings ... Der konnte sich ihm mit Leichtigkeit entziehen. Henrik würde womöglich nie wieder eine vergleichbare Gelegenheit bekommen. Er reckte den Hals und hielt noch einmal nach dem einstigen Oberstaatsanwalt Ausschau. Wohin war der Mann bloß so schnell verschwunden? Er hatte sich doch nur eine Sekunde von Gisela ablenken lassen. Wieder wanderten seine Finger über das kurze Haar. In der letzten Minute war kein Taxi an ihm vorbeigefahren. Weder in die eine noch in die andere Richtung, da war er sicher. Er machte einen Schritt auf die Straße. Hier herrschte die übliche Betriebsamkeit. Viele Leute, viele Bäume, dazu ein Linienbus und einige Lieferwagen, die ihm die Sicht versperrten. Aber halt, war da nicht gerade eine Gestalt in einem lichtgrauen Anzug durchs Bild geglitten? Es war eher eine Ahnung, eine schemenhafte Bewegung ohne Konturen innerhalb eines Sekundenbruchteils. Etwas, das am Ende der Avenida Duque de Ávila um die Ecke verschwunden war, bevor Henriks Augen sich auf diese Entfernung eingestellt hatten.

Er rannte los. Die Passanten, auf die er zueilte, wichen ihm großzügig aus. Er wusste, dass sie ihm nachblickten. Nicht nur die Fußgänger. Auch die Leute in dem Straßencafé und den Autos, die im Kriechgang dahinzuckelten. Nach rund fünfzig Metern bog er in die Avenida Fontes Pereira de Melo ein, eine der Hauptverkehrsadern, die von Nordwesten her im großen Kreisel am Praça Marquês de Pombal unterhalb des Parque Eduardo VII mündete. Hier herrschte weitaus mehr Trubel als in der Seitenstraße, aus der er gekommen war. Doch er erkannte schnell, dass er richtig entschieden hatte. Sein Sprint hatte sich gelohnt – er hatte sogar deutlich aufgeholt. Morgado legte keine Eile an den Tag. Mit auffällig aufrechtem Gang schritt er voran und hatte nur noch einen halben Häuserblock Vorsprung.

Mit der Atemluft entwich ein Teil der Anspannung, die Henrik in den letzten Minuten unter Strom gehalten hatte. Damit kehrte auch das Gefühl zurück, die Lage unter Kontrolle zu haben, und seine Observation gewann endlich wieder etwas an Professionalität. Er schloss noch ein wenig mehr auf und glich sich dann der Geschwindigkeit des Pensionärs an. Unauffällig, teilnahmslos. Dass Morgado nur einen nachmittäglichen Spaziergang machte, hatte er von Beginn an für unwahrscheinlich gehalten. Dafür eigneten sich die kühleren Abendstunden wesentlich besser. Vor allem wenn man nicht auf den Anzug verzichten wollte.

Im Abgasnebel der sechsspurigen Avenida bahnte Morgado sich seinen Weg Richtung Parkanlage. Henrik wusste kaum etwas über diesen Mann, aber nach wie vor wollte die Vorstellung von einem auf einer beschatteten Bank verweilenden Rentner, der seinen Blick über die Stadt hinunter zum Tejo schweifen ließ, nicht ins Bild passen. Genauso wenig wie ein ausschweifender Stadtspaziergang.

Tatsächlich ließ der ehemalige Jurist den Park links liegen. Stattdessen steuerte er auf einen Taxistand unterhalb der Grünanlage zu. Henrik zischte einen leisen Fluch in die smoggeschwängerte Luft. In Gedanken hörte er sich schon das berühmt-berüchtigte *Folgen-Sie-dem-Wagen-vor-uns* an einen der Taxifahrer richten. Doch Morgado zerstreute auch diese Vermutung. Statt in eines der wartenden Taxis zu steigen, nahm er den Abgang zur U-Bahn. Noch etwas, das Henrik nicht einkalkuliert hatte. Aber was halfen alle Spekulationen? Er rannte dem Mann hinterher, die Stufen hinab, und tauchte ein in den unterirdischen Komplex der Metrostation Marquês de Pombal. Auf der mittleren Ebene gab es einige der für diese tageslichtlose Welt typischen austauschbaren Läden, die in der Regel Zeitschriften, Tabak, Handyverträge, Billigklamotten, dubiose Lederwaren und allerlei anderen unnötigen Kram anboten. Und es gab einen Imbiss mit drei Tischen in einer Nische, deren schlechte Ausleuchtung praktischerweise dafür sorgte, dass man nicht so genau sah, was man serviert bekam.

Der Anblick war völlig irrational. Und das lag weniger daran, dass der ranghohe Staatsbedienstete sich überhaupt dazu herabließ, einen derart gewöhnlichen Ort aufzusuchen. Nein, es lag vor allem an der Person, die ihn erwartete. Denn Orlando Morgado hatte seinen Tisch bereits gefunden. Versteckt hinter einer kitschigen Palme, die verwelkt wirkte, obwohl sie aus Plastik war.

Sie kehrte ihm den Rücken zu, doch sie war es, die da Morgado gegenübersaß, unverkennbar.

Helena.

20

Henrik schaffte es, nicht stehen zu bleiben, obwohl sich alles ihn ihm dagegen sträubte, einfach weiterzugehen. Doch es war anzunehmen, dass Morgado, der mit dem Gesicht zum Durchgang saß, aufmerksam seine Umgebung beobachtete. Henrik würde also nicht nahe genug herankommen, ohne bemerkt zu werden. Und der Gedanke, hier irgendwo verstohlen herumzulungern, bis dieses konspirative Treffen vorüber war, erschien ihm unerträglich. Außerdem musste er die Möglichkeit in Betracht ziehen, dass sich Helenas Kollege Lui hier unten herumtrieb, um die Umgebung abzusichern. Selbst wenn das wenig wahrscheinlich war. Henrik neigte vielmehr zu der Ansicht, dass diese Zusammenkunft alles andere als offiziell war. Im Vorübergehen erhaschte er einen Blick auf den Ordner, den Helena gerade über den Tisch schob. Die Ermittlungsakten. Nichts anderes konnte dieser Stapel vergilbter Papiere zwischen zwei Pappdeckeln sein. Ja, es war verdammt noch mal besser, jetzt kein unnötiges Risiko einzugehen. Er hatte genug gesehen und konnte sich damit trösten, in der letzten halben Stunde zwei entscheidende Beobachtungen gemacht zu haben. Und zwar völlig unvorbereitet.

Das musste er ohnehin erst mal verdauen. Innerhalb kurzer Zeit hatte Morgado zwei Frauen getroffen, die Henrik mehr oder weniger nahestanden. Wie sollte er das einordnen? Er hatte keine Ahnung, wie diese neuen Puzzleteile ins Gesamtbild passten. Irgendwie war es nicht viel anders als mit den Azulejos. Ein Rätsel führte zum nächsten. Doch die Art und Weise, wie Orlando Morgado vonseiten der Polizei – oder genauer, vonseiten Helenas – abgeschirmt wurde, machte den Staatsanwalt mehr als verdächtig. Nun galt es, die Geschehnisse von damals zu rekonstruieren, um zu verstehen, wer in welcher Form eine Rolle gespielt hatte.

Von der Fülle neuer Informationen aus dem Konzept gebracht, zweigte Henrik zum falschen Bahnsteig ab und bemerkte das erst, als dort die Metro einfuhr und er die Anzeige über der Fahrerkanzel las. Irgendwann hatte er es jedoch geschafft und war wieder in seinem Viertel. Ein kräftiger Wind war aufgekommen, der durch die Gassen fegte und Frischluft zum Atmen mitbrachte. Henrik streckte seine Nase den Böen entgegen und orientierte sich am Praça Luís de Camões zum Fluss hin. Was ihm von dort unten ins Gesicht blies, war eine Wohltat. Weniger, was den Geruchsaspekt betraf, aber auf jeden Fall angenehm für seinen überhitzten Körper. Nach nur wenigen Schritten in diese Richtung und gegen den Wind betrat er eine Grünanlage – die eigentlich nicht der Rede wert war. Drei Palmen und vier Nadelbäume, Lärchen, wie er glaubte, auf einem kreisrunden Stück Rasen, der längst vertrocknet war. In der Mitte ragte eine Statue zu Ehren des Schriftstellers José Maria de Eça de Queirós auf. Noch einer dieser großen portugiesischen Literaten, genau wie Pessoa oder Camões, deren Werke zwar bei ihm im Regal standen, die er aber immer noch nicht gelesen hatte. Egal, heute bekam er deswegen kein schlechtes Gewissen. Sein Kopf war mit anderem beschäftigt, als er sich dort unter einen der Bäume in den Schatten setzte.

Es war an der Zeit, Bilanz zu ziehen. Wo stand er? Und vor allem, wo standen die anderen? Helena traf sich heimlich mit Morgado. Warum?

Mit Vernunft und Polizistenverstand betrachtet, ließ sich die Herausgabe der Ermittlungsakten durch Helena rechtlich überhaupt nicht begründen. Aber gut, die portugiesischen Behörden hatten ihre Eigenarten. Vielleicht stellte sich eher die Frage, warum Helena diese Unterlagen nicht bei Morgado zu Hause abgeliefert hatte. Warum das Treffen im Untergrund? Und hatte sie im Auftrag ihrer Vorgesetzten gehandelt? Nun, das war zumindest anzunehmen. Er glaubte, Helena gut genug zu kennen, um zu wissen, dass sie nicht aus eigenem Impuls in die Illegalität abgedriftet war. Dennoch, es half alles nichts. Er musste sie zur Rede stellen, um die bitteren Reste seiner Zweifel ausräumen zu können. Ebenso wie er sich Catia ein weiteres Mal vorknöpfen musste. Sie kannte Orlando Morgado. Das war für ihn immer noch schwer zu begreifen.

Sein Magen knurrte, außerdem hatte er Durst. So war es schon immer gewesen: Kaum tauchte er so richtig in eine Ermittlung ein, vergaß er die einfachsten Dinge. Jetzt erinnerte ihn sein Körper daran, dass er längst in dieser Phase steckte. Doch hier, im erfrischenden Wind vom Meer, fühlte er sich zu wohl und wollte noch nicht aufstehen, um am nächsten Kiosk Wasser zu kaufen. Noch wollte er sich auf Orlando Morgado konzentrieren.

Cinthya Cardenas' Verschwinden hatte irgendetwas ausgelöst. Oder vielmehr schon ihr Auftauchen in Lissabon. Dass sie die Stadt möglicherweise nie wieder verlassen hatte, war nur die Konsequenz aus jener Ereigniskette, die mit Don Alfredos obskurem Seminar seinen Anfang nahm. Und dann, als Dinge geschehen waren, die nicht mehr rückgängig gemacht werden konnten, war Martin ins Spiel gekommen. Henrik ging davon aus, dass sein Onkel, nachdem er gewisse Zusammenhänge verstanden hatte, zehn Jahre nach Joãos Tod endlich eine Möglichkeit witterte, Staatsanwalt Morgado in die Enge zu treiben. Den Mann, der in Martins Augen die Ermittlungen über den Mord an João so nachlässig geführt hatte. Ermittlungen ohne Ergebnis, ohne Anklage, ohne Schuldigen. Auf einmal, nach einem Jahrzehnt erfüllt von Verzweiflung und Trauer, eröffnete sich Martin eine Chance. Das musste für ihn wie das Erwachen aus einer langen Ohnmacht gewesen sein.

So betrachtet, war es nachvollziehbar, dass Martin Cinthyas Mann dazu aufforderte, offizielle Ermittlungen zum Verschwinden seiner Frau zu verlangen. Druck auszuüben, so gut das in der damaligen Zeit von Brasilien aus möglich war. Doch Salva Cardenas spielte aus gekränkter Eitelkeit nicht mit, sondern durchkreuzte diese Pläne. Also musste Martin andere Wege suchen, um gegen Morgado vorzugehen. Vermutlich enthielt das Antiquariat weitere Hinweise oder belastendes Material gegen Morgado.

Allerdings wäre es furchtbar zeitaufwendig, danach zu suchen. Wie Henrik es auch drehte und wendete, ihm blieb nur eine Möglichkeit, den Ex-Staatsanwalt aus der Reserve zu locken. Er brauchte eine Erklärung, warum und wie es nach Don Alfredos Seminaren zu der Familientragödie im Hause Morgado kam. Und vor allem, was in der Zeit dazwischen geschehen war. Warum Martin Cinthya zu sich in die Rua do Almada geholt hatte. Sobald er diese Fragen beantworten konnte, würden sich mit hoher Wahrscheinlichkeit auch die Gründe für ihr Verschwinden offenbaren. Die Aufgabe war klar, aber er sah ein, dass er sie unmöglich allein lösen konnte. Er brauchte Helena, um an Orlando Morgado ranzukommen.

Widerwillig erhob er sich von der Bank. Kaum um die Ecke, im Windschatten des nächsten Gebäudes, war die Hitze zurück. Und mit ihr die vertrauten Ausdünstungen der Stadt, die ihm in die Nase stiegen. Immerhin lag kein Brandgeruch in der Luft.

In der Rua do Almada erwartete ihn die nächste Überraschung. Er entdeckte ihn schon von Weitem und musste den Impuls niederringen, auf dem Absatz kehrtzumachen. Es konnte kein Zufall sein, dass er sich so prominent auf der Barterrasse des Esquina präsentierte. Auffällig schon allein deshalb, weil er der einzige Gast war. Augenscheinlich unbeteiligt, war der Mann in eine Zeitschrift vertieft. Henrik schluckte trocken, dann marschierte er auf die Bar zu. Die beste Option war, in die Offensive zu gehen. Er zog sich einen Stuhl heran und setzte sich. Auf dem runden Bistrotisch standen ein Espresso und ein Gläschen mit klarer Flüssigkeit. El Aguardente, vermutlich, portugiesischer Tresterbrand. Schon allein das betont überraschte Aufblicken des beleibten Mannes machte deutlich, dass er Henrik längst bemerkt und ganz bewusst hier abgepasst hatte.

Henrik fackelte nicht lange. »Was wollen Sie?«

Lobo kippte sich den Schnaps in den Mund, ohne eine Miene zu verziehen, und wischte sich mit dem Handrücken über die wulstigen Lippen. »Also gleich zum Geschäft?«, fragte er.

Henrik behielt sein Pokerface bei und starrte ihn herausfordernd an.

»Welch seltener Gast«, ertönte es da aus der Bar. In derselben Sekunde tauchte Victor im Türrahmen auf und zeigte sein Hyänenlächeln. »Was kann ich dir bringen?«

»Um bira grande!«, verlangte Henrik und vermied es, den Barmann anzusehen.

»Si, senhor!«, antwortete Victor sichtlich amüsiert und tauchte wieder ins Dunkel des Schankraums.

»Ja, zum Geschäft«, bestätigte Henrik.

Lobo nestelte eine Zigarette aus der Brusttasche seines schweißnassen Hemds und steckte sie mit einem vergoldeten Sturmfeuerzeug an, ohne ihn aus den Augen zu lassen.

»Der Pfaffe von São Vicente hat eine Azulejo herumgezeigt. Ich bin interessiert.«

Verdammt, Bruno!

»Ist leider nicht verkäuflich.«

Lobo nahm einen tiefen Zug und stieß den Rauch durch die Nasenlöcher aus. »Ihr Onkel braucht sie nicht mehr, und ich befreie Sie damit von einer Last. Und damit nicht genug. Ich nehme sie *alle* zurück. Sie bestimmen den Preis!«

Alle! Woher wusste dieser zwielichtige Kerl, dass er mehrere Fliesen besaß? Henrik spürte, wie sein Herz schneller schlug. Es wurde allmählich schwer, sich weiter ungerührt zu geben. In diese Sekunden des gegenseitigen Belauerns platzte Victor mit dem Bier und stellte es schmallippig grinsend auf den Tisch. Damit die zahlreichen Tätowierungen zur Geltung kamen, steckte sein trainierter Oberkörper wie so oft in einem Trägershirt. Das tiefschwarz gefärbte Haar trug Victor pomadig nach hinten gekämmt wie ein Schauspieler in einem amerikanischen Gangsterfilm aus den 1920er-Jahren. Nur das Ziegenbärtchen war neu.

»Kann ich den Herren sonst noch was bringen?«

Weder Lobo noch Henrik reagierten, also zuckte er mit den Schultern und entfernte sich mit geschmeidigem Schritt. Danach herrschte Ruhe, wenn auch nur die relative Ruhe einer Großstadt.

»Ich war auf seiner Beerdigung«, verkündete Lobo schließlich.

Wie bitte, auf der Beerdigung von Henriks Onkel? »Warum?«

»Ich könnte jetzt sagen, um ihm die letzte Ehre zu erweisen, wie es ein Mann vom Kaliber Ihres Onkels verdient hat. Aber ich will ehrlich sein, mi amigo, ich wollte einfach nur sehen, wer alles kommt.«

»Und, wurden Ihre Erwartungen erfüllt?«, fragte Henrik abfällig. Das wachsweiche Gehabe dieses Mannes machte ihn immer aggressiver.

»Im Nachhinein muss ich zugeben, dass ich damit danebenlag. Er brauchte sich nicht extra davon zu überzeugen, ob Ihr Onkel wirklich tot war.«

Trotz der Hitze stellten sich Henriks Nackenhaare auf. »Er?«

Lobo drückte die Kippe in den Aschenbecher. »Reden wir nicht über die Vergangenheit, Senhor Falkner! Ich habe ...«

»Moment!«, unterbrach ihn Henrik. »Sie haben davon angefangen, also beantworten Sie meine Frage! Wen hatten Sie gehofft, auf Martins Beerdigung anzutreffen?«

Die wulstigen Lippen des Mannes gaben nikotingelbe Zähne frei. »Das erfahren Sie, falls wir ins Geschäft kommen, und nur dann, Senhor Falkner.«

Henrik verspürte große Lust, Lobo an seinem speckigen Hemdkragen zu packen. Stattdessen griff er nach dem Bier und trank es zur Hälfte leer. Der eiskalte Gerstensaft wirkte dem aufflammenden Zorn entgegen. Trotzdem knallte er das Glas laut auf den Tisch.

»Ich verstehe durchaus Ihr emotionales Engagement bei dieser Sache. Niemand trennt sich gern von wahren und ideellen Schätzen, wenn er nicht dazu gezwungen ist.«

»Drohen Sie mir etwa?«

Lobo vollführte eine übertriebene Geste, ganz die Unschuld in Person. »Ich bitte Sie! Ihr Onkel war eine Respektsperson für mich, ich würde es nie wagen, auch nur in diese Richtung zu *denken*.«

»Woher wissen Sie überhaupt von den Fliesen in Martins Besitz?«

Die Miene des Mannes mit der grauen Mähne wurde noch heiterer. Er beugte sich weit über den Tisch, und wieder traf Henrik sein Körpergeruch wie ein Schlag ins Gesicht. »Weil ich sie ihm verkauft habe.«

21

»Ich bin lediglich ein Vermittler. Ankauf, Verkauf, verstehen Sie? Ich mache das, seit ich denken kann. Die Leute tauchen bei mir auf, zeigen mir ihre Ware und wollen ins Geschäft kommen. Sie wissen doch, wie das läuft. Manchmal ist was Brauchbares dabei, viel häufiger schicke ich die Leute aber auch wieder weg. Hockt euch auf den Feira da Ladra, sage ich, die Touristen sind dankbare Kunden. Aus welchem Land sie auch angereist sind, alle wollen sie ihr Souvenir mitnehmen.«

»Und Sie konzentrieren sich lieber auf die großen Deals«, warf Henrik verächtlich ein. Er hatte sein Bier austrinken müssen, um sich nach Lobos Offenbarung wieder einigermaßen zu fangen.

»Einzelne Fliesen bringen kaum mehr Gewinne, egal, wie alt sie sind oder aus welchem Kunstwerken sie ursprünglich stammen. Die Sammler, die es sich leisten können, wollen keine Bruchstücke, sie wollen das komplette Gemälde. Und sie wollen Expertisen. Im Vergleich zu früher ist dieses Geschäft heute ein Graus. Geradezu dreckig. Es gibt kein Vertrauen mehr, und was zählt heutzutage noch ein Handschlag ...« Lobo zog eine missmutige Schnute.

Wollte er etwa bemitleidet werden? Henrik musste sich beherrschen, um nicht hämisch loszulachen. Er dachte an Bruno. Es war genau so, wie der Pfarrer es vermutet hatte. Und noch jemand fiel ihm ein. José Marques und seine exzessive Sammelleidenschaft, mit der es so weit gekommen war, dass er bereit war, dafür zu töten. Auch wenn es dabei nicht um antike Azulejos gegangen war – der Wahnsinn mochte einer ähnlichen Wurzel entsprungen sein.

»Verzeihen Sie, wenn ich Ihnen nicht mein Bedauern dazu ausspreche. Ihre Abnehmer kaufen neuerdings im großen Stil, und trotz Ihres Gejammers glaube ich, dass diese Entwicklung Ihnen sehr gelegen kommt.« Er atmete einmal tief durch, denn er war laut geworden. Sogar Victor hatte er damit wieder aus der Bar gelockt, der nun, die muskelbepackten, vollständig tätowierten Arme vor der Brust verschränkt, lässig im Türrahmen lehnte. Obwohl es Henrik zuwider war, rückte er wieder näher an Lobo heran, denn er meinte verstanden zu haben, warum der schmierige Hehler sich ihm so unverblümt anbiederte. »Und jetzt wollen Sie sich zurückholen, was Sie meinem Onkel vor langer Zeit leichtfertigerweise verkauft haben. Unter anderem zwei Bruchstücke aus zwei unterschiedlichen Wandbildern, eines aus der Kirche São Roque und das andere aus dem Kloster São Pedro. Was soll man da glauben? Dass die sich dort an den Wänden befindlichen Mosaike gar nicht mehr die Originale sind?«

»Glauben Sie, was Sie wollen«, antwortete Lobo und grinste schief. »In den Köpfen der Leute ist der Gedanke tief verwurzelt, dass die Pracht in den Gotteshäusern unantastbar ist. Und dass es eine große Sünde vor dem Herrn ist, dessen irdische Güter zu plündern. Das mag schon sein – es wurde wirklich viel renoviert in den letzten Jahren. So einiges erstrahlt in neuem Glanz, und das ist es doch, was die Leute sehen möchten. Die Japaner, die Skandinavier, die Deutschen und alle anderen, die unser schönes Land besuchen. Und verurteilen Sie nicht die Passion meiner Kunden, Senhor Falkner, denn dann müssten Sie auch Ihren Onkel verurteilen. Er war genauso besessen, was die Azulejos anging. Auch wenn er bei seiner Auswahl sehr ... wie soll ich sagen ... eigen war.«

»Was meinen Sie damit?«

Lobo strich sich über die unrasierte Wange. »Ich habe viel darüber nachgedacht. Es kam ihm tatsächlich nicht darauf an, was auf den Fliesen abgebildet war. Ihm war einzig und allein wichtig, von welchen Wandbildern sie stammten.«

»Warum haben Sie sich darauf eingelassen?«

»Ich war ihm einen Gefallen schuldig.« Erstmals verlor Lobo sein überhebliches Gehabe, und sein Wolfsblick glitt von Henrik weg und verlor sich in einer Ferne, die sich nur in seiner Vorstellung vor ihm auftat.

»Einen Gefallen«, wiederholte Henrik leise, überrascht von der plötzlichen Verwandlung seines Gegenübers. Kurz schielte er zum Eingang des Esquina, obwohl er auch ohne hinzusehen wusste, dass Victor die Lauscher aufstellte.

»Ja. Er konnte mir den Mörder meiner Tochter nennen. Und zwar den wahren Mörder, nicht denjenigen, den mir Polizei und Justiz damals vorgeführt haben. Dieses Wissen brachte mir zwar mein geliebtes Kind nicht zurück, dennoch verhalf er mir zu einer gewissen Genugtuung.«

Henrik schwieg bestürzt; eine solche Geschichte hätte er bei diesem Mann nie vermutet. Dann fragte er leise: »Also haben Sie die Verurteilung selbst in die Hand genommen?«

Lobo erwiderte nichts darauf, doch sein eben noch schmerzerfüllter Blick wurde wieder kalt, und das war Antwort genug.

»Was, wenn Martin falsch gelegen hat?«, gab Henrik zu bedenken.

»Das war nicht der Fall, Senhor Falkner; und wenn Sie derlei Zweifel haben, muss ich befürchten, dass Sie Ihren Onkel nicht wirklich kannten.«

In der Tat, so war es. Selbst wenn Henrik meinte, ihm einen Schritt näher gekommen zu sein, passierten so unvorhersehbare Dinge wie dieses Gespräch. Nun, man konnte wohl davon ausgehen, dass Martin bewusst gewesen war, was geschah, wenn man einem Mann wie Lobo den Namen eines vermeintlichen Mörders überließ. Der Wolf besaß vermutlich keinerlei Skrupel. Henrik war schon früher auf Menschen wie Lobo getroffen. Während seiner Dienstjahre bei der Polizei hatte er einen Blick dafür bekommen, und so fiel es ihm nicht schwer, sich vorzustellen, dass dieser Mann noch weitaus Abgründigeres in seinem Leben getan hatte, als gestohlene Azulejos zu veräußern. Abgründiges, das er auch in Zukunft zu tun gedachte, wenn es die Umstände verlangten.

Trotzdem blieb Henrik keine Wahl.

»Ich kann Ihnen die Fliesen nicht zurückgeben«, erklärte er dem Mann mit den grünen Augen fest.

22

Er vermied den Gedanken daran, was es für Konsequenzen haben mochte, wenn er Lobo die Herausgabe der Azulejos verweigerte. Der Wolf war aufgestanden und gegangen, nachdem er Henrik noch einige Sekunden lang wortlos angestarrt hatte, mit einem Blick, als überlegte er, ob er ihn auf der Stelle fressen oder noch eine Weile vor sich hertreiben sollte.

Henrik musste Bruno warnen. Auf keinen Fall durfte der Padre erneut mit den Fliesen losziehen. Doch wie so oft ging sein Anruf ins Leere. Frustriert legte er das Handy auf den Tisch, mit der Absicht es später noch einmal zu probieren oder notfalls erneut den Weg hinauf zum Kloster auf sich zu nehmen. Unentschlossen hockte er da und dachte darüber nach, wie seine nächsten Schritte aussehen könnten, bis Victor auftauchte, um die Gläser abzuräumen. Lobo hatte ihm die Rechnung überlassen, was den Wirt sichtlich amüsierte. Henrik verspürte nicht übel Lust, sich auf den Barbetreiber zu stürzen und einen Kampf bis aufs Blut auszutragen. Die Vibration seines Telefons hielt ihn davon ab. Es war allerdings nicht Bruno, der zurückrief, denn bei der Außenstelle des Allmächtigen wurden versäumte Anrufe nicht registriert. Stattdessen zeigte das Display Paulas Nummer.

»Don Alfredo kommt nach Lissabon.« Ihre Aufregung war nicht zu überhören.

»Woher weißt du das?«

»Steht auf seiner Website.«

Das hatte er wohl überlesen. »Wann?«

»Sonntag.«

»Das ist morgen!«

»Ja, verdammt! Er bietet wieder ein Seminar an, das nächste Woche beginnt und das selbstverständlich völlig ausgebucht ist. Ich hab angerufen, aber alle Tickets waren bereits vor Monaten ausverkauft, weshalb die Termine auch nicht mehr offensiv beworben wurden. Und wer es nicht geschafft hat, einen der begehrten Plätze zu ergattern, erfährt natürlich auch nicht, wo in der Stadt dieses Seminar stattfindet.«

»Keine Chance also, an den Schamanen ranzukommen?«

»Vielleicht doch! Er hält Sonntagabend einen Vortrag. In der Altice Arena. Ist zwar auch schon ausgebucht, aber ich geh da trotzdem hin. Vielleicht gibt es noch Karten auf dem Schwarzmarkt.«

»Nicht ohne mich!«

Sie schwieg, schien zu überlegen.

»Paula? Das ist mein Ernst!«

»Ja, ja, schon gut!«, antwortete sie schließlich. »Bist du ansonsten schon weitergekommen?«

Er stand auf, klemmte das Handy zwischen Ohr und Schulter und nestelte einen Geldschein aus der Tasche, den er unter die Bierflasche schob. Dann verließ er die Terrasse.

»Ich weiß jetzt, mit wem ich reden muss«, verkündete er.

»Hast du noch eine der Seminarteilnehmerinnen auf dem Foto ausfindig gemacht?«

»Nein, aber ich bin trotzdem zuversichtlich.« Er dachte an Catia und Orlando Morgado und wie sie einander gegenübergestanden hatten.

»Du hast mir beim letzten Gespräch nicht alles erzählt!« Paula klang plötzlich vorwurfsvoll. »Diese Frau, die damals ebenfalls an Don Alfredos Seminar teilgenommen hat, die hat nicht nur sich selbst umgebracht.«

»Woher hast du das?«

»Was? Dass sie ihre Kinder erstickt hat ...«

»Paula, bitte! Ich wollte dich nicht unnötig beunruhigen ...«

Paula stieß verächtlich die Luft aus. »Es war blauäugig, zu glauben, ich mache mich nicht selbst schlau. Du hast immerhin ihren Namen erwähnt. Alexandra Morgado. Der Rest steht im Internet, wenn auch wenig detailliert. Und das Datum passt. Also? Ich frag dich noch mal. Gibt es einen Zusammenhang zum Verschwinden meiner Mutter?«

Sein Mund war bereits wieder staubtrocken, das Bier hatte nicht lange vorgehalten. Die Nachmittagshitze fühlte sich unerträglich an. »Ich habe eine vage Theorie, und vermutlich ist es voreilig und falsch, da allzu viel hineinzuinterpretieren. Ich meine, solange ich nicht über wirkliche Indizien verfüge ... Aber ich werde mit dem Ehemann reden«, versprach er.

»Orlando Morgado?«

Natürlich hatte sie auch den Namen des Staatsanwalts gefunden. Google wusste alles. »Paula, bitte unternimm nichts auf eigene Faust!«, verlangte er, wohl wissend, dass diese Aufforderung auch genau das Gegenteil bewirken konnte.

»Also gut.« Sie klang nicht mehr so aufgebracht. Dennoch traute er dem Frieden nicht.

»Bitte, Paula, keine Alleingänge!«

Sie stöhnte genervt. »Jaaa, ich hab's verstanden! Wir sehen uns dann morgen Abend vor der Arena.« Im nächsten Moment trennte sie die Verbindung.

Wieder einmal überkam Henrik die untrügliche Ahnung, sich beeilen zu müssen, bevor noch etwas passierte, das nicht rückgängig zu machen war. Und vielleicht lag es ja an diesem Gefühl der Dringlichkeit, das sich während der letzten halben Stunde in ihm aufgebaut hatte, dass er mit einem Mal wusste, wie sein nächster Schritt aussah. Genau genommen waren es zwei Herausforderungen, mit denen er sich bis zum Treffen mit Paula am Sonntagabend beschäftigen konnte. Für die erste Aufgabe brauchte er Mut. Mut, um Helena anzurufen und sie über ihr Treffen mit Morgado zu befragen. Für die andere Sache benötigte er einen fahrbaren Untersatz.

Es hatte eine Zeit gegeben, da hätte er Adriana gefragt, ob sie ihm ihr Auto lieh, dieses schicke Mercedes Cabriolet. Dass er das überhaupt in Erwägung zog, wenn auch nur für zwei Sekunden, ärgerte ihn. Er brauchte doch nur zu Victor hinüberschauen, der gerade den Tisch sauber wischte, an dem er eben noch mit Lobo gesessen hatte. Adriana war keine Vertrauensperson mehr, war es vermutlich auch nie gewesen, aber für eine gute Weile hatte er in dieser Sache ein Brett vor dem Kopf gehabt. In jedem Fall würde sie sich zu sehr dafür interessieren, warum er den Wagen brauchte, und er hatte ihr bereits zu viel von dem verraten, was er in Martins Auftrag so trieb. Damals, als er verliebt in sie war. Wie viel von dem, was er ihr in seiner Naivität mitteilte, sie letztlich weitergegeben hatte, war schwer abzuschätzen. Es genügte jedenfalls, um ihn in Schwierigkeiten zu bringen. Schlimmer war nur noch, dass er keine Ahnung hatte, an wen Adriana die Informationen über ihn weitergab. Wer die Person war, die sich so brennend für sein Handeln interessierte und dafür Mata Hari auf ihn angesetzt hatte.

Er schüttelte den Kopf. Es tat ihm nicht gut, zu intensiv über Adriana nachzudenken. Schon gar nicht jetzt, da er sich auf seinen Plan konzentrieren musste. Gut, dass er noch jemanden kannte, den er wegen eines Wagens fragen konnte. Es war zwar ein Auto ohne Klimaanlage, aber einen Tod musste er nun einmal sterben, wollte er es aus der Stadt schaffen. Entschlossen wählte er die Nummer von Dr. Filipa Mola. Er hatte die Hilfe der Ärztin, die im Hospital São José arbeitete, bereits kurz nach seiner Ankunft in Lissabon in Anspruch nehmen müssen. Dieses erste Aufeinandertreffen in der Notaufnahme des Krankenhauses im gleichnamigen Viertel São José und eine Verkettung von unvorhersehbaren Umständen führten letztlich dazu, dass sich eine Art Freundschaft zwischen ihnen entwickelt hatte.

»Muss ich dich wieder mal zusammenflicken?«, meldete sie sich. »Oder ist ein Verwandter von dir betroffen?«

Ja, auch das hatte es schon gegeben. Filipa hatte seinen Vater versorgt, als dieser vergangenen Herbst auf Besuch war.

»... wie schwer ist der Grad der Verletzung ...«

»Filipa! Bitte!«, unterbrach er sie. »Hast du etwa was eingeworfen?«

Das war ihr wunder Punkt. Er hatte zwar keine Gewissheit, aber die feste Vermutung, dass die Ärztin sich für den Eigenbedarf im Medikamentendepot des Krankenhauses bediente. Dass sie auch jetzt seinen Vorwurf nicht dementierte, verstärkte seinen Verdacht. Für Sekunden herrschte Schweigen.

»Es geht heute ausnahmsweise nicht um deine ärztlichen Fähigkeiten«, startete er einen neuen Versuch in versöhnlichem Ton.

»Das klingt allerdings besser als eine Schusswunde, die ich versorgen soll.«

»Stimmt. Pass auf, ich mache es kurz: Kannst du mir morgen dein Auto leihen?«

»Das ist ... schlecht.«

»Es ist ein Notfall, Filipa!«

»Ist es bei dir doch immer ... Es geht um Leben und Tod, richtig? Nein wirklich, das Auto ist Schrott. Ich bin froh, wenn es ab und an noch die paar Kilometer zwischen Wohnung und Krankenhaus schafft.«

»Ich gehe auch ganz behutsam damit um«, versprach er. »Außerdem ist die Lage wirklich prekär, und ich würde dich nicht fragen, hätte ich eine andere Option.«

»Merda, Henrik, du kennst mich einfach zu gut. Du weißt, dass ich schlecht Nein sagen kann. Es ist nicht in Ordnung, dass du diese Schwäche ausnutzt.«

Meinte sie das ironisch? Er war sich nicht sicher. Filipa war wahrlich schwer zu durchschauen und in gewisser Hinsicht auch ein bisschen verrückt. Vielleicht war es genau diese Mischung, die sie für ihn so sympathisch machte.

»Wann brauchst du den Wagen?«

»Morgen Vormittag, wenn es dir recht ist.«

»Ich habe heute Nachtschicht und will morgen ausschlafen.«

»Okay, hinterleg mir den Schlüssel, dann muss ich dich nicht wecken.«

»Es ist nicht aufgeräumt, eigentlich ist der Wagen eine fahrende Müllkippe ...«

»Filipa!«

Sie seufzte. »Er steht bei mir in der Straße, du weißt ja, wo«, gab sie schließlich nach.

23

Der Autoschlüssel lag nicht wie vereinbart auf dem rechten Vorderrad. Er lag auch auf keinem der anderen abgefahrenen Reifen. Henrik sah auf die Uhr und dann das sechsstöckige Appartementgebäude hoch. Filipa wohnte in der fünften Etage. Die Läden waren unten. Vielleicht war sie nach ihrer Nachtschicht noch gar nicht im Bett. Oder gerade kurz davor einzuschlafen. Mit gemischten Gefühlen ging er zur Haustür und studierte die Klingelschilder, die wie überall in Lissabon nur Nummern hatten. Er war zwar schon öfter hier gewesen, hatte bislang aber nie klingeln müssen. Welche der Zahlenfolgen gehörte zu Filipas Appartement? Ein älterer Herr in Joggingkleidung kam aus dem Haus, grüßte mit einem Nicken und hielt ihm die Tür auf. Das war ja wohl ein Zeichen. Er ließ den Aufzug links liegen und nahm die Treppe, die machte weniger Lärm. Leicht außer Atem stand er schließlich vor Filipas Wohnungstür und versuchte es erst einmal mit zaghaftem Klopfen, doch das verhallte ungehört. Schweren Herzens betätigte er nach einer halben Minute die Türglocke und wartete wieder. Als er sich gerade dazu anschickte, es ein zweites Mal zu riskieren, öffnete sich die Tür. Filipa, bleich und mit dunklen Ringen unter den Augen, stand im Türrahmen und starrte ihn an, als hätte sie ihn noch nie gesehen. Alles, was sie trug, war ein unförmiges, verwaschenes T-Shirt, das ihr bis über die nackten Oberschenkel reichte.

»Den Autoschlüssel«, sagte er nur, als würde jedes weitere Wort dazu führen, dass sie ihm an die Gurgel sprang.

Ohne ein Wort griff sie neben sich auf die Kommode, packte einen Schlüssel mit Stofftieranhänger und drückte ihm diesen in die Hand. Dann drehte sie sich um und wankte zurück in die Dunkelheit ihres Schlafzimmers.

Leise zog Henrik die Tür ins Schloss.

Fünf Minuten später fuhr er auf der N6 am Fluss entlang und danach auf die IP7 stadtauswärts. Er wusste ungefähr, wo das Anwesen lag, und rechnete mit einer knappen Stunde Fahrzeit. Der Tag hatte so leuchtend begonnen, als wäre die Sonne dazwischen überhaupt nicht untergegangen. Er war froh, dass er an die Sonnenbrille gedacht hatte. Auf der A37 ließ er die Stadt hinter sich. Nach etwa zwanzig Autobahnkilometern meldete sich sein Handy.

»Hast du den Wagen schon abgeholt?« Sie hörte sich verschlafen an, gleichzeitig schwang unüberhörbar Hysterie in ihrer Stimme mit.

»Ich war vor einer guten halben Stunde bei dir.«

»Merda, Henrik, ich habe bis eben wirklich gehofft, nur geträumt zu haben. Hast du nicht gesagt, du brauchst das Auto vormittags? Der beginnt bei mir nicht vor elf Uhr, Santa Maria Mãe do Deus!«

»Tut mir leid, ich war früher wach als geplant, und da der Schlüssel nicht wie ausgemacht ... Verdammt, du hast ihn mir doch in die Hand gedrückt«, erwiderte er verwirrt.

»Ich habe noch was im Wagen. Wo bist du jetzt?«

Er hatte gewiss nicht vor, noch mal umzukehren, jetzt, wo er die Stadt glücklich hinter sich gebracht hatte. »Wieso hast du das nicht mit hochgenommen, als du heute früh von der Nachtschicht kamst?«

»Da war ich zu müde zum Denken, puta merda. Das passiert mir manchmal. Ich schalte in den Zombiemodus und lasse meinen Körper machen, während mein Hirn schon schläft.«

Er wusste, wovon sie sprach, immerhin hatte er diesen Zustand vor dreißig Minuten hautnah miterlebt. »Ich bin so schnell wie möglich zurück«, versprach er.

»Wohin fährst du überhaupt?«

»In die Berge.«

»Berge«, murmelte sie. »Okay. Aber tu mir bitte einen Gefallen!«

»Ja?«

»Schau nicht in den Kofferraum!«

24

Wegen der Hitze fuhr er auch auf der Autobahn mit offenem Fenster. Der Fahrtwind, der ins Wageninnere wirbelte, tat gut. Besonders schnell konnte er ohnehin nicht fahren, denn der altersschwache Motor dröhnte bereits bei knapp über einhundert Stundenkilometern unverhältnismäßig laut. Zeitweise befürchtete er, dass ihm demnächst Kurbelwelle und Kolben um die Ohren flogen. Außerdem stellte sich eine besorgniserregende Vibration auf der Vorderachse ein, wenn er schneller fuhr. Löste sich gerade eines der Vorderräder? Besser nicht darüber nachdenken!

Obwohl oder gerade weil er hoch und heilig versprochen hatte, den Kofferraum des klapprigen Seat nicht zu inspizieren, wuchs die Neugier darüber, was sich darin befinden mochte, mit jedem Kilometer, den er Richtung Westen zurücklegte. Besonders schwierig wurde es, die Neugier in Zaum zu halten, als er kurz nach dem Telefonat mit Filipa zum Tanken rausfuhr. Aber auch diese fünf Minuten überstand er, ohne sein Versprechen zu brechen.

Er war keinesfalls der Einzige, der an diesem Sonntagvormittag hinaus in den Sintra-Cascais-Nationalpark fuhr, wo der bewaldete Höhenzug des Sintra-Gebirges mit herrlicher Aussicht und vor allem mit Abkühlung lockte. Wobei *Gebirge* nach seinem Maßstab eine Übertreibung war, ragte der höchste Punkt in dieser Landschaft doch nur gut fünfhundert Meter über dem Meeresspiegel empor. Die Ausläufer des Waldgebiets erstreckten sich bis hinunter zum Atlantik und hin zum westlichsten Punkt Europas.

Das Naherholungsgebiet Lissabons galt mit seinen Palästen, Burgen und Ruinen auch als Portugals Schmuckkästchen. Allem voran der Palast von Pena, die Sommerresidenz der Könige, eine Art portugiesisches Neuschwanstein. Henrik war im Herbst einmal hier draußen gewesen; leider hatte man ihn vorab nicht gewarnt, dass der Naturpark zu dieser Jahreszeit häufig von Regen heimgesucht wurde. Heute hingegen zeigte sich keine Wolke am Himmel, nicht einmal weit draußen über dem Ozean. Nachdem er die Autobahn verlassen hatte, brachte ihn seine Fahrt über geschwungene Straßen hinein in die bergige Landschaft, vorbei an prächtigen Villen, die von riesigen Gärten mit üppiger Vegetation umgeben waren. Paläste und kleine Schlösschen, die der Adel im 19. Jahrhundert hatte bauen lassen, um der stickigen Sommerhitze der Stadt zu entkommen. Er fragte sich, wer diese kostspieligen Anwesen heute bewohnte. Versteckten sich hier hinter hohen Steinmauern und üppigen Baumbeständen jene Namenlosen, die ihm ab und an Warnungen zukommen ließen, sofern sie ihren Lebensstil durch sein Herumschnüffeln in Gefahr sahen?

Die Straße führte bergan durch den Wald. Es war schwer, sich zu orientieren. Er hoffte, dass die Wagen, die ohne große Eile vor ihm herfuhren, unterwegs zu den touristischen Highlights in der Gegend waren und daher bald Platz machen würden. Die gemächliche Fahrweise der Ausflügler auf dem kurvenreichen Asphaltband ohne jede Überholmöglichkeit zerrte an seinen Nerven. Sofern sich doch eine Gelegenheit bot, kamen Fahrzeuge entgegen, oder der Seat war schlichtweg zu untermotorisiert, um vorbeizuziehen.

Unverhofft lichtete sich der Baumbestand zu seiner Rechten und gewährte ihm freien Blick nach Osten, weit hinein in die Ebene, die sich dort zur Tejomündung absenkte. Er ertappte sich dabei, wie er am Horizont nach Rauchsäulen Ausschau hielt. Aber natürlich war nichts zu sehen. Es war viel zu diesig, die Sicht reichte nicht einmal bis zum Sund. Die Brände waren kein Thema mehr, seit Paula vor vier Tagen vor ihm gestanden hatte und Bruno fast zeitgleich Erfolg wegen der Azulejos vermeldete. Diesmal hatte sich nicht nur *ein* Strudel aufgetan, der Henrik in sich hineinzuziehen drohte. Es waren gleich zwei Wirbel, die an ihm zerrten. Nur um ihn eventuell doch beide in denselben schwarzen Schlund zu saugen.

Abgelenkt durch das Grübeln über mögliche Widersacher, rauschte er an der Abzweigung vorbei, die er laut der Beschreibung hätte nehmen müssen. *Orientieren Sie sich Richtung Parque de Palácio de Monserrate, der Hof liegt irgendwo unterhalb der Parkanlage, zum Meer hin.* Was nur bedeuten konnte, dass Emilia den westlichen Bergsporn meinte, um den er gerade herumfuhr. *Dort hat Don Alfredo mir vor zwanzig Jahren die Geisterwelt nahegebracht und meine Seele gereinigt.* Die Begeisterung über diese spirituelle Erfahrung hatte nach wie vor in ihren Augen geglänzt, als sie davon sprach.

Auch wenn er kein Gespür dafür besaß, wie lang dieser esoterische Hokuspokus in einem Menschen nachwirken konnte, so wollte er heute zumindest die Wirkungsstätte inspizieren, in der vor zwei Jahrzehnten nicht nur Seelen reingewaschen worden waren, sondern auch etwas ausgelöst wurde, das letztlich zu einer Tragödie geführt hatte. Einer Tragödie, die als Ursache dafür in Betracht gezogen werden musste, dass kurz darauf Cinthya Cardenas vom Erdboden verschwand.

Es dauerte eine gefühlte Ewigkeit, bis sich auf der kurvigen Straße endlich eine Stelle zum Wenden ergab. Als er danach richtig abgebogen war, war es nicht mehr schwer, in der dünn besiedelten Gegend den Bauernhof zu finden. Halten Sie nach einer markanten Stelle Ausschau, hatte ihm Emilia empfohlen. Schon vor zwanzig Jahren hatte eine knorrige Pinie, die aus einem mächtigen Fels herauswuchs, als Orientierungspunkt gedient. Die Yogalehrerin hatte versichert, sie sei vor ein paar Monaten dort vorbeigefahren und der Baum stehe immer noch. Sie hatte nicht übertrieben, was ihn anging – er war nicht zu übersehen. Nach einem Kilometer wurde die Straße noch schmäler, doch bevor Henrik sich Gedanken darüber machen konnte, wie das Ausweichmanöver aussehen mochte, wenn ihm ein Wagen entgegenkam, entdeckte er, wonach er suchte. Rechter Hand schimmerten die Lehmziegeldächer von drei Gebäuden durch die Bäume. Gut getarnt hinter Sträuchern und einer wild wuchernden, dornenbewehrten Hecke, fuhr er langsam vorüber und noch fünfzig Meter weiter. Dann parkte er auf einem abzweigenden Schotterweg. Er war froh darüber, aus dem knarzenden Gefährt steigen zu können, in dem er trotz der offenen Fenster die klebrige Schwüle Lissabons mitgebracht hatte. Die Leute schwärmten vom angenehmen Klima Sintras, das eine Wohltat im Vergleich zur Metropole am Tejo war, doch im ersten Moment spürte er kaum etwas davon. Das Hemd klebte ihm am Rücken. Die Temperatur fühlte sich hier oben kaum niedriger an, kein noch so kleines Lüftchen regte sich, das seine schweißnasse Haut hätte trocknen können. Die Sonne brannte auf ihn herab. Er hätte eine Kappe aufsetzen sollen, fiel ihm ein. Jetzt, mit den kurzen Haaren, war die Gefahr eines Sonnenstichs durchaus gegeben. Glücklicherweise bemerkte er nach ein paar Atemzügen, dass die Luft hier klarer war. Angereichert mit den ätherischen Düften des Nadelwalds, drang sie wohltuend in seine Lungen, was ihn ein klein wenig versöhnte. Blickte er den Berg hinauf, konnte er über den Baumwipfeln eine Kuppel erahnen, die nach seiner Einschätzung zum Palácio de Monserrate gehörte, den er bislang nur von Bildern her kannte. Der neogotische Prachtbau mit maurisch anmutender Architektur zählte, soviel er wusste, ebenso wie der Palast von Pena zum Weltkulturerbe.

Doch er war nicht gekommen, um Kulturgüter zu bestaunen. Henrik ging zurück zu der Zufahrt des Gehöfts, das im Vergleich zu den Villen, die er passiert hatte, nahezu primitiv anmutete. Was er dort hinter den Bäumen sehen konnte, war ein zweistöckiges Haupthaus aus rötlichem Stein, im Stil ähnlich einer Finca. Eingerahmt wurde es von zwei Gebäuden aus Holz; Stallungen, wie es den Anschein hatte. Der Geruch von Pferdemist wehte ihm entgegen. An den Sandsteinsäulen, welche die Einfahrt flankierten, gab es keinen Namen, was nicht ungewöhnlich war für Portugal. Das Gittertor war nur angelehnt, stand sogar einen kleinen Spalt offen, also trat er hindurch. Es drehte sich geräuschlos in den Angeln, was dafürsprach, dass der Hof nicht verlassen war. Henrik wäre das Gegenteil lieber gewesen. Sein nächster Gedanke galt einem Hund, scharf abgerichtet, wie sie in der Gegend gerne gehalten wurden; auch damit konnte er nur schwer umgehen. Doch nach ein paar weiteren Schritten auf dem Kiesweg war klar: Sollte sich auf dem schwer einsehbaren Areal ein vierbeiniger Aufpasser herumtreiben, war dessen Talent als Wachhund nicht besonders ausgeprägt. Oder er war gerissen und verfügte über die Geduld eines Jägers, der seine Beute nah genug herankommen ließ ... Henriks Nerven fingen an zu sirren.

Es war nicht wirklich still. Die Natur spielte ihre Symphonie. Vögel sangen in allen Tonlagen, und allem voran lärmten die Grillen und Zikaden. Nur das tiefe, aus der Kehle kommende Grollen eines Wachhunds blieb glücklicherweise aus, was seine Anspannung etwas sinken ließ. Der Kiesweg zum Wohnhaus war nicht lang. Nur die Fahrrinnen waren vom Unkraut verschont. Er fragte sich, was sich hier in den zwanzig Jahren, die seit jenem verhängnisvollen Seminar verstrichen waren, wohl verändert hatte. Oder lag der Hof immer noch so da wie damals? Jedenfalls bröckelte der Putz, und auch die Balken und Bretter, aus denen die beiden Nebengebäude zusammengezimmert waren, hätten frische Anstriche vertragen können. Möglicherweise waren die Dächer seither neu gedeckt worden – die Lehmziegel wiesen nur geringfügige Spuren von Verwitterung auf.

Was hoffte er hier eigentlich zu finden? Die Stelle, an der die Frauen gestanden hatten, als jemand die Aufnahme von ihnen machte? Die Vegetation hatte sich definitiv verändert, sah verwilderter aus als auf dem Foto.

Sämtliche Fensterläden im Untergeschoss waren geschlossen. Aber zu seiner Überraschung parkte ein Volvo XC 90 vor dem Eingang. Das neueste Modell, wenn er sich nicht täuschte. Kein Auto für jenen einfachen Landwirt aus Emilias Beschreibung, der Frauen aus der Stadt auf den Hintern starrte. Der Wagen stand noch nicht lange hier, er konnte das metallische Klicken des sich abkühlenden Aggregats hören. Das durchkreuzte seinen Plan, sich hier ungestört umzusehen. Andererseits wuchs die Aussicht, eventuell einen Zeugen befragen zu können. Eine Aussage zu bekommen, bestenfalls von ebenjenem Mann, den Emilia als unangenehmen Zeitgenossen beschrieben und von dem sie sich beobachtet gefühlt hatte. Würde er diesem Kerl etwas darüber entlocken können, was hier vor zwei Jahrzehnten vorgefallen war?

Bei dem Gebäude links vom Wohnhaus stand einer der Torflügel offen. Das Innere war ein lichtloses Viereck. Von drinnen vernahm er die Geräusche von Tieren. Intensiver Mistgeruch wehte ihm entgegen. Fliegen tanzten um seinen Kopf, während er auf das Tor zuging. Ihn trennten noch fünf Schritte davon, als etwas aus der Dunkelheit auf ihn zuschoss. Etwas gigantisch Großes, begleitet von donnerndem Getrappel und wildem Schnauben. Die Erde bebte. Henrik warf sich zur Seite, und Ross samt Reiter stürmten knapp an ihm vorbei hinaus ins gleißende Sonnenlicht.

Das Pferd wieherte schrill, als wollte es den Eindringling allein damit vertreiben. Sand spritzte auf, dort, wo die Hufe auf den gestampften Boden einschlugen. Henrik wälzte sich herum und kam erst im zweiten Anlauf auf die Beine. Der Reiter riss an den Zügeln, und das Pferd vollführte eine halbe Drehung, wobei es sich leicht aufbäumte. Danach stand es still. Schnaubte. Biss laut auf die Trense. Das Sattelleder knarzte.

Henrik rieb sich den Dreck von den Handflächen, ohne den Blick von dem Reiter auf dem schwarzen Pferd zu nehmen, das die mächtige Statur eines Schlachtrosses hatte. Er merkte, dass er zitterte, konnte aber nicht sagen, ob es daran lag, beinahe unter die Hufe geraten zu sein, oder daran, dass der Mann im Sattel kein Unbekannter war. Mürrisch blickte Orlando Morgado auf ihn herab.

25

»Was suchen Sie hier?«

Morgado trug Reiterstiefel und -hose, darüber ein kariertes Hemd mit hochgekrempelten Ärmeln. Das Haar stand ungekämmt in alle Richtungen ab. Keine Spur mehr von der Eleganz, die ihm sein Maßanzug verliehen hatte. Hier draußen wirkte er wie ein grobschlächtiger Landwirt, sehnig und ausgemergelt von der harten Arbeit unter der brennenden Sonne Portugals. Ein Bild, das trog, wie Henrik wusste. Dieser Mann strahlte eine verbitterte Härte aus, auferlegt von jenem tragischen Schicksal, das seine Familie vor zwei Jahrzehnten ereilt hatte.

»Sie hätten mich beinahe umgeritten!«, fauchte Henrik und klopfte sich den Sand von der Hose. Seine Wut war gespielt, innerlich rang er nach wie vor um Fassung.

»Ich habe Sie nicht gesehen, die Sonne hat mich geblendet. Was wollen Sie hier?«, knurrte Morgado zurück.

Henrik konnte es immer noch nicht glauben. Was tat Orlando Morgado auf diesem Anwesen? An diesem Ort, wo seine Frau den Verstand verloren hatte? Hatte er es etwa danach erworben?

»Man hat mir gesagt, hier oben gäbe es einen Bauernhof zu kaufen.«

Der energische Unterkiefer des ehemaligen Staatsanwalts mahlte. »Nun, dieser hier ist es nicht.«

»Dann tut es mir leid. Ich fürchte, ich habe mich verfahren. Die Adressangabe war sehr verwirrend.«

»Das ist nicht ungewöhnlich. Haben Sie einen Namen?«

»Teixeira«, antwortete Henrik, dem spontan kein anderer einfiel. »Aber das könnte auch der Name des Maklers sein.«

Morgados Blick blieb bohrend. Das Tier unter ihm scharrte unruhig mit dem Vorderhuf.

»Und Sie züchten hier Pferde?«

»Züchten wäre zu hoch gegriffen. Mögen Sie Pferde? Oder wofür suchen Sie einen Bauernhof?«

»Wofür?«, wiederholte Henrik. Er musste dieses Gespräch schleunigst in eine andere Richtung lenken. »Ich ... nun, ich würde vielleicht mit ein paar Hühnern anfangen. Mir geht es in erster Linie um die Ruhe.«

Der Witwer nickte. »Hühner und Ruhe also«, wiederholte er.

»Bei mir in der Familie ist meine Schwester die Reiterin.« Es klang ziemlich planlos, was er Morgado da erzählte.

»Ja, es sind meistens die Frauen. Für viele sind Pferde das Einzige, in dem sie wirklich Trost finden«, sagte Morgado leise wie zu sich selbst, dann schwang er sich erstaunlich elegant für sein Alter aus dem Sattel. »Ich habe eine detaillierte Karte der Region im Auto, da ist jede noch so kleine Ansiedlung abgebildet. Wir können einen Blick darauf werfen.« Morgado führte sein Pferd zu einem Barren vor dem Stall und wickelte die Zügel um das verblichene Holz.

Henrik ertappte sich dabei, sich die attraktive Alexandra an der Seite dieses verhärmten Mannes vorzustellen. Obwohl er nicht sonderlich groß war, musste er früher ähnlich ansehnlich dahergekommen sein wie seine Gattin. Damals, bevor Don Alfredo und seine schamanischen Künste die Ehefrau für sich einnahmen.

Auf dem Weg zum Wagen ließ er Henrik den Vortritt. Sein Misstrauen war unverkennbar. Blitzlichter von möglichen Szenarien jagten Henrik durch den Kopf. War Morgado gleich nach seinem gestrigen Treffen mit Helena hier herausgefahren? Vielleicht sogar, um die Ermittlungsakte ungestört in der ländlichen Ruhe durchsehen zu können?

Er durfte sich jetzt keinen Patzer erlauben. Erst nach und nach wurde er sich bewusst, wie wertvoll diese zufällige Begegnung war. Dass er mit hoher Wahrscheinlichkeit hier seine einzige Chance erhielt, mit Morgado zu sprechen. Rückblickend ärgerte er sich, dass er sich nie wirklich für den Pferdespleen seiner Schwester interessiert hatte, denn offenbar waren Pferde ein Thema, für das der ehemalige Staatsanwalt zugänglich war. Nur, wie hätte er ahnen können, diesem Mann in den grünen Bergen Sintras zu begegnen?

Beim Wagen angekommen, konnte er zwischen dem Wohnhaus und dem rechten Anbau hindurch in die Landschaft schauen. Selbst dieser kleine Ausschnitt ließ erahnen, was für ein herrliches Panorama man vor sich haben musste, wenn man von der Rückseite des Hauptgebäudes nach Westen blickte. »Die Lage ist herrlich. Können Sie bis zum Atlantik sehen?«

»An klaren Tagen«, brummte Morgado. Nachdem das Pferdethema abgehakt war, schien er an einer Konversation, die über Henriks vorgebliche Immobiliensuche hinausging, nicht interessiert zu sein.

Henrik ließ sich nicht davon beeindrucken. »Wie weit geht Ihr Grundstück?«, fragte er unverblümt und reckte den Hals.

»Bis zum Waldrand. Was Sie darüber hinaus sehen, nahezu bis hinunter zum Meer, gehört den Braganças. Ist Ihnen der Name schon einmal begegnet? De Bragança?«

Es war nicht zu überhören, wie abfällig er den Namen aussprach. Als Ex-Polizist wusste Henrik nur zu gut, wie schlimm Streitigkeiten unter Nachbarn ausarten konnten. Er konnte nur nicht so recht einordnen, was er mit dieser Bemerkung anfangen sollte. Wollte Morgado damit andeuten, er solle beim Erwerb eines Grundstücks hier oben Vorsicht walten lassen, wer seine Nachbarn waren?

Morgado wartete nicht auf eine Antwort, sondern öffnete die Fahrertür seines Wagens, beugte sich hinein und zog eine Faltkarte aus der Ablage in der Mittelkonsole. Er ging damit vor das Auto und breitete sie auf der Motorhaube aus. Kurz erhaschte Henrik einen Blick auf den Ring, den Morgado am Finger trug, dort, wo früher sein Ehering gewesen war. Henrik meinte, das Symbol zu kennen, doch ihm fiel nicht ein, wo er es schon einmal gesehen hatte. Der Wind, der nun auffrischte, zupfte an den Ecken der Landkarte. Henrik half ihm, den Plan an Ort und Stelle zu halten. Morgado legte seinen Finger sofort auf einen Punkt im nordöstlichen Bereich des dargestellten Waldgebiets.

»Wir sind hier.«

»Und ich muss, warten Sie ...« Henrik beugte sich über die Landkarte und tat so, als suche er sein vermeintliches Ziel. »Hm, ich denke ich muss weiter nach Süden. Ist das der Palast von Pena?«

Morgado gab keine Antwort. Henrik spürte den stechenden Blick des Mannes, der ihn von der Seite her musterte. Aufgrund seiner Jahrzehnte währenden Amtszeit besaß der Jurist ohne Zweifel die Fähigkeit, Menschen zu durchschauen. Es war vermessen, ihn auf diese Weise herauszufordern. Nun gut, dann konnte er auch gleich auf volles Risiko gehen.

»Warum haben Sie sich ausgerechnet für dieses Anwesen entschieden?«

Morgado ließ die Karte los. Unverzüglich stob der Wind darunter und klatschte sie Henrik ins Gesicht. Er versuchte, sie wieder zusammenzufalten. Doch da fasste Morgado danach, riss sie ihm aus den Händen und schleuderte sie fort. Die Bö, die vom Atlantik kommend die Bergflanke heraufwehte, trug sie davon, bis sie sich in den tief hängenden Ästen einer Pinie verfing.

»Verschwinden Sie!«, fauchte Morgado. »Oder ich rufe die Polizei.« Seine Mundwinkel bogen sich noch weiter nach unten. Auch wenn er um Beherrschung rang, war die Wut, die ihn ihm aufbrandete, unübersehbar. Sein plötzlicher Zorn übertrug sich sogar auf das Pferd, das zwanzig Meter entfernt vor dem Stall damit begann, nervös hin und her zu tänzeln. Morgado hatte ihn schneller durchschaut, als ihm lieb war.

Henrik konnte nur schwer einschätzen, was den Pferdenarren mehr aufbrachte: die Unverfrorenheit seines Besuchers, hier ungeladen aufzutauchen, oder das Gefühl, dass dieser ihn irgendwie verfolgte und ihn nun in seiner Zuflucht aufgespürt hatte. Natürlich fragte sich Morgado, wie das möglich war, nachdem Catia ihn doch erst gestern Abend vor Henrik gewarnt hatte. Vor ihm, dem Deutschen, der sich nur zu gerne in Angelegenheiten mischte, die ihn nichts angingen. Konnte er wenigstens die Verunsicherung und Verblüffung des Mannes für sich nutzen? Sein Gegenüber konnte schließlich nicht ahnen, was für ein unglaublicher Zufall hier mitspielte.

In jedem Fall blieb Henrik nicht viel Zeit, jetzt, da seine Legende aufgeflogen war. Er musste alles auf eine Karte setzen, denn es war sinnlos, weiter mit Ausflüchten daherzukommen. »Ich suche Cinthya Cardenas«, erklärte er und verzichtete nun auf jede aufgesetzte Freundlichkeit.

»Wer soll das sein?«

»Ich bin sicher, Sie wissen, wen ich meine.«

»Scheren Sie sich zum Teufel!«

»Sobald Sie mir verraten haben, was damals vorgefallen ist. Kurz nach dem Tod Ihrer Frau und Ihrer Kinder.«

»Was fällt Ihnen ein, hier aufzutauchen?«

»Wie verzweifelt müssen Sie sein, immer wieder an diesen Ort zurückzukehren, wo Ihr Leid seinen Anfang genommen hat? Warum tun Sie sich das an, ist das eine Art Selbstbestrafung? Was suchen Sie hier? Vergebung?«

»Halten Sie endlich den Mund!« Morgado hatte plötzlich ein Smartphone in der Hand und tippte darauf herum.

»Ich weiß, Sie geben Don Alfredo und seiner vermeintlichen Heilkunst die Schuld dafür, dass Sie Ihre Familie verloren haben. Und es ist anzunehmen, dass nach dieser Tragödie etwas in Ihnen zerbrochen ist ...«

»Sie wissen *nichts*!«, brüllte Morgado und drückte sich das Handy ans Ohr.

»Ich will nur erfahren, ob Sie danach Kontakt zu Don Alfredos Gehilfin Cinthya Cardenas hatten.«

»Warum hätte ich mich für diese brasilianische Schlampe interessieren sollen?«

»Sie war immerhin dafür verantwortlich, die Ayahuasca-Pflanze ins Land gebracht zu haben. Und sie hat jenen das Bewusstsein trübenden Sud gebraut, der bei Ihrer Frau diese fatale Wirkung hatte.«

Hätte Morgado statt seines Telefons eine Waffe in Händen gehalten, er hätte sie womöglich benutzt. »Dieses Dreckspack hat wohlweislich so schnell wie möglich das Weite gesucht. Die konnten sich ausmalen, was ihnen blüht, wenn ich sie zu fassen kriege«, brüllte er, wischte sich den Speichel von der Unterlippe und wechselte dann ins Portugiesische. Jemand hatte sein Telefonat entgegengenommen. Er senkte kaum seine Stimme. Es klang, als erteilte er den Befehl, keine Gnade walten zu lassen. Henrik musste zwangsläufig an den Anführer eines Erschießungskommandos denken. Er konnte davon ausgehen, dass es für Morgado noch immer ein Kinderspiel war, ihn ohne Angabe von Gründen verhaften zu lassen.

Ihm blieb keine Wahl. Er drehte sich um und trat schleunigst den Rückzug an.

26

Es war dumm gewesen. Unüberlegt und dumm. Sofern Catia nicht ohnehin schon alles verraten hatte, wusste Morgado jetzt endgültig Bescheid. Es konnte nicht schwer für den ehemaligen Staatsanwalt sein herauszufinden, wo er wohnte. Und vor allem wäre es ihm ein Leichtes, Henriks Unterfangen einen Riegel vorzuschieben.

Noch auf dem Weg hinunter zur Autobahn stellte er fest, dass seine Uhr kaputt war. Das Glas hatte einen Sprung, der Sekundenzeiger bewegte sich nicht mehr. Er musste beim Ausweichen vor dem heranstürmenden Pferd darauf gefallen sein, ohne es zu bemerken. Die Uhr war nur ein billiges Ding, also verschwendete er keinen Gedanken mehr daran und konzentrierte sich wieder auf die Straße. Obwohl die Vibrationen schlimmer geworden waren, holte er auf der A3 aus dem altersschwachen Seat heraus, was möglich war. Dabei war es ratsam, dass Lenkrad mit beiden Händen festzuhalten. Sofern er die Fahrt überlebte, plante er, unverzüglich mit Catia zu reden. Jetzt, da er Morgado auf so dilettantische Weise aufgescheucht hatte, wurde der Fall noch mehr zu einem Rennen gegen die Zeit. Sollte es noch irgendwo Hinweise auf den Verbleib von Cinthya geben, würde der Jurist dafür Sorge tragen, dass auch diese verschwanden. Er hatte ja bereits damit angefangen, als er sich von Helena die Ermittlungsakte überreichen ließ. Womöglich waren die Berichte davor noch nicht einmal digitalisiert worden. Das würde jedenfalls zu dem korrupten Polizeiapparat passen. Helena! Verdammt, besser, er nahm sich zuallererst Inspetora Gomes zur Brust. Da war nämlich noch eine andere Überlegung, die ihn schon seit geraumer Zeit plagte und die er nun endlich zu fassen bekam. Etwas von immenser Wichtigkeit, das jetzt nicht einmal mehr warten konnte, bis er zurück in der Stadt war. Trotz seines wilden Ritts in der Rostlaube schaffte er es, das Handy aus der Hosentasche zu fummeln. Ihre Einstellung ihm gegenüber hatte sich seit gestern schließlich geändert. Sie ignorierte seine Anrufe nicht mehr. Er fragte sich nur, ob das damit zu erklären war, dass sie anfing, ihm zu verzeihen. Oder ob sie einfach hören wollte, wie weit er in seinem Fall gekommen war. Wollte sie lediglich herausfinden, was er über die Machenschaften wusste, in die sie unter Umständen selbst verstrickt war? Vielleicht konfrontierte er sie vorerst lieber nicht damit, dass er sie zusammen mit Morgado gesehen hatte.

»Ich brauche deine Hilfe!«, bat er daher, kaum dass sie sich meldete. »Es ist wirklich brisant.«

»Henrik, bitte!«

»Um der alten Zeiten willen!« Was für ein blöder Spruch. Er musste langsamer fahren, um sie überhaupt verstehen zu können.

»Womit kann ich dir helfen?«, gab sie schließlich nach.

»Kannst du für mich herausfinden, wann Orlando Morgado ein bestimmtes Anwesen im Sintra-Gebirge gekauft hat? Einen alten Bauernhof, auf dem er jetzt Pferde hält.«

»Herrgott, wie oft noch, Henrik! Ich kann in der Sache nichts für dich tun, also lass verdammt noch mal diesen Mann in Ruhe!«

Das konnte doch nicht sein! Er fühlte tiefe Verzweiflung in sich aufsteigen. Nicht unbedingt, weil ihm die Information vorenthalten blieb, sondern weil Helena sich so sehr sträubte, ihn zu unterstützen. Sie fragte nicht einmal mehr nach, warum er diese Auskunft benötigte. Er musste wohl deutlicher werden, um ihr die Augen zu öffnen.

»Es handelt sich um das Haus, wo man Alexandra Morgado dieses Zeug verabreicht hat. Das Zeug, das sie hat durchdrehen lassen.«

»Dieser Fall wurde ausreichend untersucht, ich kann mir nicht vorstellen, dass dabei jemand riskiert hat, schlampig zu ermitteln. Immerhin war die Staatsanwaltschaft direkt betroffen. Ein für alle Mal, hör auf damit!«

»Warum nimmst du Morgado bloß so in Schutz? Es ist doch sonst nicht deine Art, dich dermaßen einschüchtern zu lassen.«

»Ich bin nicht eingeschüchtert, ich bin nur objektiv.«

Schlagartig war er schrecklich wütend auf sie. Hatte sie tatsächlich die Seite gewechselt? Alles sprach dafür. Offenbar war sie ihm völlig entglitten und hatte sich mit dem Feind verbündet. Arbeitete nun für die Namenlosen. Während der Zeit, in der Funkstille zwischen ihnen herrschte, musste etwas vorgefallen sein, das ihre ehemals so unerschütterliche Einstellung zu Recht und Gerechtigkeit ins Wanken gebracht hatte. Ihm fehlten jetzt die Ruhe und die Nerven, sich damit zu beschäftigen, was das für ihn bedeutete oder wie er sie zurück in die Spur bringen konnte. Im Moment lief ihm schlicht die Zeit davon. Bevor er noch etwas Unüberlegtes sagen konnte, trennte er die Verbindung. Danach trat er erst recht aufs Gas. Mittlerweile kostete es richtig Kraft, die Karre auf der Straße zu halten.

Das Fiepen des Telefons war kaum zu hören. Unverzüglich erfüllte ihn Hoffnung. Helena war zur Vernunft gekommen.

Er griff zum Handy, das er auf den Beifahrersitz hatte fallen gelassen. Das Display sagte ihm, dass der Anruf aus Deutschland kam, was ihn zögern ließ. Was er jetzt auf keinen Fall wollte, war, ein Gespräch mit jemandem aus der Heimat zu führen, doch sein Daumen war schneller als sein Kopf.

»Henrik, bist du es? Hier ist Miriam!«

Das war allerdings eine Überraschung. Wieder musste er die Geschwindigkeit drosseln, um sie besser verstehen zu können.

»Schwesterchen! Wie kommt's?« Er versuchte, erfreut zu klingen. Soweit er sich erinnerte, hatten sie sich zuletzt zu Weihnachten gesprochen. Weder sie noch er bemühten sich darum, eine enge, geschwisterliche Verbindung zu pflegen. Wobei sie sich genug zu erzählen gehabt hätten. Und das betraf nicht nur sein abenteuerliches Leben in Lissabon. Miriam steckte mitten in einer komplizierten und – wie er gewettet hätte, da er seinen Schwager Thorsten kannte – auch ziemlich schmutzigen Scheidung mit Sorgerechtsklage und allem, was dazugehörte. Bedauerlicherweise unterstützte ihre gemeinsame Mutter eher den geliebten Schwiegersohn statt die Tochter. Was für Henrik ein ausreichender Grund gewesen wäre, Miriam zumindest moralisch unter die Arme zu greifen, um im ungleichen Kampf gegen die Patriarchin der falknerschen Sippschaft wenigstens für einen kleinen Ausgleich zu sorgen. Was die Familienverhältnisse anging, hatte sich seit Henriks Flucht nach Portugal nichts geändert. Getrieben von ihrer erzkonservativen Einstellung und von Kind an auf die Weltansichten ihres Vaters geeicht – die natürlich die einzig richtigen waren, um die Werte der Gesellschaft aufrechtzuhalten –, diktierte seine Mutter das Geschehen.

Längst war er in die Peripherie von Lissabon eingetaucht und musste sich wieder stärker auf den Verkehr konzentrieren. Keine leichte Aufgabe bei alldem, was gerade auf ihn einprasselte. Er öffnete das Fenster einen Spalt.

»Ich wollte dich warnen«, erklärte Miriam. Kein Smalltalk, nicht einmal ein Hallo, wie geht's? Die Lage in der Heimat musste schlimmer sein, als er angenommen hatte. Und dann ließ sie auch schon die Bombe platzen. »Mama plant, nach Portugal zu reisen!« Henrik musste scharf bremsen, um nicht auf den Wagen vor ihm aufzufahren, der an einer roten Ampel gehalten hatte.

»Wann?«

»In den nächsten Tagen. So genau konnte ich das nicht heraushören.«

»Und warum?«, fragte Henrik. Plötzlich fühlte es sich an, als würde er ersticken. Jetzt, da der Fahrtwind fehlte, kroch die Hitze erbarmungslos ins Wageninnere. Der Asphalt unter ihm schien förmlich zu kochen.

»Papa macht wohl wieder Ferien. Sie vermutet ihn bei dir.«

Henrik schlug auf das Lenkrad ein. Das hätte er sich denken können. »Er *ist* nicht bei mir, hat sich auch nicht angekündigt! Es macht also keinen Sinn herzukommen. Kannst du ihr das ausrichten?«

»Ich werde mich hüten, das ist deine Sache. Mir war nur wichtig, dass du auf den Staatsbesuch vorbereitet bist.«

»Danke für die Anteilnahme«, knurrte er sarkastisch. Die Ampel wurde grün, und er musste weiterfahren. Plötzlich fehlte ihm die Kraft im Bein, um auch nur die Kupplung zu treten. Ruckelnd setzte er den Seat wieder in Bewegung. Bei dem Besuch seines Vaters im Herbst vergangenen Jahres hatte dieser eine neue Art von Freiheit für sich entdeckt, die er nun vermehrt auszukosten schien. Was allem voran an einer adretten Portugiesin namens Celeste Coelho lag, die er damals kennenlernt hatte. Die ebenso fesche wie forsche Dame war ausgerechnet zum selben Zeitpunkt wie Albrecht nach Lissabon gekommen, um in der Rua do Almada bei ihrem Sohn Paco nach dem Rechten zu sehen und die häusliche Grundordnung wiederherzustellen. Paco war einer der drei Jazzmusiker, die bei Henrik zur Miete wohnten. Dona Celeste war dank ihrer mütterlichen Betreuung und vor allem ihrer Kochkünste wegen ein gern gesehener Gast in der Wohngemeinschaft, wie Henrik erfahren durfte. Jedenfalls kam es dabei zu einer Begegnung mit Albrecht. Henrik ging davon aus, dass sein alter Herr seitdem mindestens ein weiteres Mal in Portugal gewesen war, um seine neue Freundin unten an der Algarve zu besuchen, wo Dona Celeste eigentlich lebte. Sofern er Miriam richtig verstand, war Albrecht nun erneut von zu Hause ausgerissen, und die Reaktionen in der Heimat deuteten darauf hin, dass er einen weiteren nicht genehmigten Portugalurlaub an der Küste verbrachte.

»Wie gesagt, er hat sich nicht gemeldet, und ich weiß nicht, wohin er sich verkrochen hat.«

»Mama bezweifelt das. Sie geht davon aus, ihr steckt unter einer Decke.«

Wenn, dann steckte der alte Schwerenöter unter einer ganz anderen Decke. Henrik schüttelte fassungslos den Kopf. »Und du bist dir sicher, sie macht sich auf den Weg?«

»Alle Anzeichen sprechen dafür. Ich wollte nicht, dass du unvorbereitet bist.«

»Wirklich sehr lieb von dir, Schwesterherz.« Henrik mahlte mit den Kiefern. »Also, dass Papa unangekündigt vor der Tür steht, ist ja noch nachvollziehbar. Aber niemals Mama. Die würde sich anmelden, schon allein des Anstands wegen. Ein anderes Verhalten ist in ihren Augen absolut unangebracht, so wie ich sie kenne.«

»Dein Wort in Gottes Ohr. Aber wie auch immer, meine geschwisterliche Pflicht habe ich hiermit erfüllt. Geht es dir sonst so weit gut?«

Absolut nicht. Und seit er wusste, dass seine Mutter im Anflug war, hatte sich sein Gemütszustand gleich noch mal um einiges verschlechtert. »Bei so einer Nachricht, was erwartest du da für eine Antwort?«

»Natürlich keine Luftsprünge, großer Bruder. Aber sieh es mir nach, dass ich dich auch nicht bemitleide. Du hast mich mit den beiden allein gelassen, von daher halte ich es nur für gerecht, wenn sie dir nun etwas auf die Pelle rücken.«

Damit konnte er sich wohl jede Bitte an Miriam, ihrer Mutter die Portugalreise doch noch auszureden, schenken. Abgesehen davon, dass er ohnehin niemandem kannte, der seiner Mutter irgendetwas ausreden konnte, wenn sie davon überzeugt war, das Richtige zu tun. »Miriam, bitte!«, startete er trotzdem einen weiteren, kläglichen Versuch.

»Ich muss dann wieder, die Kinder wollen ihr Mittagessen, und es ist meine elterliche Pflicht, ihnen was Anständiges vorzusetzen, sonst hat Thorstens Anwalt gleich noch mehr in der Hand für die Sorgerechtsklage gegen mich. Vielleicht sollte ich ja auch mit Sack und Pack zu dir nach Lissabon kommen, das scheint mir gerade die übliche Lösung für alles zu sein. Mach's gut Bruder!« Damit legte sie auf, ohne ihn noch einmal zu Wort kommen zu lassen.

Der Schock saß tief, und seine Pechsträhne war noch nicht zu Ende. Nach der nächsten Ampel winkten sie ihn raus. Er sah die Kelle, und sofort fiel ihm siedend heiß der Kofferraum ein. Der Kofferraum und das, was Filipa dort noch hatte herausholen wollen, bevor er den Wagen mitnahm. Er wagte nicht, sich vorzustellen, um was es sich handelte, aber ihre warnenden Worte hallten plötzlich wieder in seinen Gehörgängen nach. *Schau nicht in den Kofferraum!*

Was er ganz gewiss nicht zu tun gedachte – und wenn es sich hier um eine stinknormale Verkehrskontrolle handelte, würden das auch die Polizisten nicht in Erwägung ziehen. Er befolgte die Anweisung, bog in die Parkbucht ein, hielt vor dem dort parkenden Streifenwagen und stellte den Motor ab.

Aber was, wenn es keine stinknormale Verkehrskontrolle war?

Der Seat war das einzige Auto, das sich die Uniformierten aus der Blechschlange herausgepickt hatten. Vermutlich, weil die Rostlaube dermaßen mitgenommen aussah, dass selbst der portugiesische TÜV keine Nachsicht mehr haben würde. Andererseits konnte er die polizeiliche Aufmerksamkeit natürlich auch dem Oberstaatanwalt a. D. verdanken. Es war nicht auszuschließen, dass Morgado ihm vorhin hinterhergefahren war und sich das Kennzeichen notiert hatte.

In dem Fall ...

Der Streifenpolizist klopfte an die Seitenscheibe. Er war nicht mehr dazugekommen, sie nach seinem Gespräch mit Miriam weiter runterzukurbeln. Hatte sogar die Hitze vergessen, die sich im Innenraum gestaut hatte.

Schau nicht in den Kofferraum!
Verdammt!

Er drehte mit der Linken die Kurbel, während er mit der Rechten nach seinem Portemonnaie tastete, in dem auch sein Führerschein steckte. Die Sonne leuchtete ihm genau in die Augen. Der Polizist stand so, dass er ihm nicht ins Gesicht sehen konnte. Sein Kollege war im toten Winkel von Rück- und Außenspiegel verschwunden. Der Mann wusste genau, wo er sich hinstellen musste.

»Was ist das Problem?«, fragte er.

»Personenkontrolle«, sagte der Uniformierte der Policia Municipal und hielt die Hand auf. Henrik legte seinen Führerschein in die schwielige Pranke des Mannes, dessen Augenpartie nach wie vor im dunklen Schatten seiner Schirmmütze verborgen blieb.

»Alemão«, stellte er fest, und es klang wie ein Vorwurf. »Ist das Ihr Wagen?«

»Não! Gehört einer Bekannten.« Was hätte er auch anderes sagen sollen?

»Die Fahrzeugpapiere!«, verlangte der Mann, der über auffallend behaarte Unterarme verfügte.

Henrik sah zuerst unter der Sonnenblende nach, dann beugte er sich hinüber zum Handschuhfach. Er öffnete es, und eine Menge Zeug quoll hervor. Zerknüllte Zettel, Süßigkeitenverpackungen, deren Inhalt in der Hitze zu Klumpen verbacken oder flüssig geworden war, eine Haarbürste, zwei Sonnenbrillen, zerknautschte Zigarettenschachteln, Deo, Lippenstift ... Er beförderte den kompletten Inhalt in den Fußraum des Beifahrersitzes. Kein Fahrzeugschein. Nichts.

»Steigen Sie aus!«, forderte ihn der Beamte auf. Widerwillig löste er den Gurt, da er keine Wahl hatte, als sich kooperativ zu zeigen. Der Polizist trat zwei Schritte zurück.

Henrik öffnete die Fahrertür und mühte sich aus dem Wagen. Filipas Seat ächzte erleichtert, ja beinahe hämisch vor Freude, den übergewichtigen Peiniger loszuwerden, der ihn an die einhundert Kilometer lang durch die portugiesische Sommerhitze gequält hatte.

Endlich konnte er dem Polizisten in die Augen sehen, einem Mann mit Ringerstatur, kompakt, stiernackig, mit Schweißrändern unter den Ärmeln seines Uniformhemds. Kurz erhaschte er auch einen Seitenblick auf dessen Partner, ein dünnes Bürschchen mit Oberlippenflaum und einer abklingenden Akne auf Stirn und Wangen. Die Augen hinter einer Sonnenbrille verborgen, sicherte er weiterhin die rechte Flanke ab, die Schusshand lässig auf dem Griff seiner im Halfter steckenden Dienstpistole abgelegt.

»Hören Sie ...«, begann Henrik, doch der Ältere der beiden hob seine haarige Pranke. »Öffnen Sie den Kofferraum!«, verlangte er.

»Warum?«

»Schutzweste, Warndreieck, Verbandkasten«, zählte der Polizist ungeduldig auf.

Natürlich war abgeschlossen. Henrik musste zurück, um den Zündschlüssel abzuziehen. Er ließ sich Zeit. Vor allem mit dem Aufschließen. Er spürte die bohrenden Blicke der Uniformierten hinter ihm, als er den Knopf drückte und dann langsam die Klappe hob. Im Gegensatz zum Handschuhfach wirkte der Kofferraum übersichtlich. Und es war alles da, was der Streifenpolizist zu sehen verlangte. »Schutzweste, Warndreieck, Verbandkasten«, wiederholte Henrik und zeigte auf die jeweiligen Gegenstände. Außerdem waren da noch ein Reservekanister, allem Anschein nach leer ... und eine handliche, schwarze Sporttasche.

»Was ist in der Tasche?«, fragte der Stiernacken.

»Keine Ahnung«, gestand Henrik, »ich sagte Ihnen, es ist nicht mein Wagen. Und ich möchte auch nicht in den Privatsachen meiner Bekannten wühlen.«

»Öffnen!«, verlangte nun plötzlich der Dünne. Das erste Wort, das er sagte, seit sie ihn rausgewunken hatten, und er betonte diesen Befehl damit, dass er seine Waffe zog. Nicht dass er mit der Pistole auf Henrik gezielt hätte. Noch hielt er sie seitlich von sich weg und zu Boden gerichtet. Noch.

»Auf Ihre Verantwortung«, knurrte Henrik, beugte sich vor und zog den Reißverschluss der Sporttasche auf. »Filipa«, zischte er durch die Zähne und schickte ein »verfluchte Scheiße!« hinterher.

27

Sie verlangten von ihm, sich gegen die Seite des Autos zu lehnen und die Hände aufs Wagendach zu legen. Was kaum möglich war, da man auf dem heißen Blech hätte Eier braten können. Ihre Stimmen waren laut. Er versuchte zu tun, was sie verlangten, während sich in seinem Kopf die Gedanken überschlugen. Deshalb hörte er den Befehl erst, als ihm der Haarige gegen die Schulter schlug. »Hände auf den Rücken!«, befahl er erneut, und Henrik war in der ersten Sekunde sogar froh darüber, sie von diesem Backblech nehmen zu dürfen. Mit einem lauten Klicken schloss sich das Metall der Handschellen um seine Gelenke. Erst jetzt fiel ihm ein, dass er sein Handy nach dem Gespräch mit seiner Schwester auf den Beifahrersitz gelegt hatte. Nun war es zu spät, um es an sich zu nehmen. Der Uniformierte zog ihn vom Seat weg und schubste ihn Richtung Streifenwagen, wo sein dürrer Kollege bereits die hintere Tür aufhielt. Mit einem kräftigen Griff ins Genick verfrachtete ihn der Polizist ins Wageninnere. Die Tür schlug zu, und er war allein mit dem Knacken des Funkgeräts, aus dem unverständlich abgehackte Worte sickerten. Auch hier drinnen war es drückend heiß, aber die unerträgliche Temperatur war nun sein geringstes Problem.

Es fühlte sich wie eine Ewigkeit an, bis die beiden Polizisten endlich einstiegen und losfuhren. Der Dünne auf dem Beifahrersitz hatte Filipas Sporttasche auf dem Schoß.

»Wohin bringen Sie mich?«, fragte er, ohne eine Antwort zu erhalten. Er hatte natürlich noch andere Fragen, die ihn beschäftigten. Was passierte mit dem Wagen? Was mit Filipa, wenn sie die Ärztin als Fahrzeughalterin identifiziert hatten? Wie konnte er sie vorwarnen?

Seine uniformierten Chauffeure redeten während der gesamten Fahrt nicht. Nicht mit ihm und auch nicht untereinander. Er konnte nicht entscheiden, ob es gut oder schlecht war, dass die Fahrt durch den sonntäglichen Stadtverkehr nicht allzu lang dauerte. Soweit er sich orientieren konnte, war es das Polizeirevier in der Nähe der Praça de Touros do Campo Pequeno, der Stierkampfarena von Lissabon. Es handelte sich um eine kleine, unscheinbare Dienststelle, die überhaupt nur als solche zu erkennen war, weil zwei Einsatzfahrzeuge der Policia Municipal davor parkten.

Unsanft halfen sie ihm aus dem Wagen und durch die Eingangstür. In der Schleuse warteten sie, bis jemand von drinnen die Tür zu den Diensträumen öffnete. Sie betraten ein steriles Büro, offenbar war es erst kürzlich renoviert und den neusten Standards angepasst worden. Eine Klimaanlage verhalf zu einer angenehmen Arbeitstemperatur. Drei weitere Beamte saßen hinter ihren Schreibtischen. Allesamt reckten sie ihre Hälse über ihre Bildschirme und musterten die Neuankömmlinge und ihren Fang. Knappe Worte wurden gewechselt, dann schob man Henrik schnell weiter, durch die nächste Tür in einen grell beleuchteten, fensterlosen Gang, und schließlich in einen Raum, der in drei Zellen unterteilt war, alle leer. Sie verfrachteten ihn in die erste davon, Einer dieser modernen Glaskäfige, die keinerlei Privatsphäre zuließen, mit einer betonierten Stufe an einer Wand, auf die man sich setzen und gegebenenfalls auch legen konnte, wenn man die harte Unterlage ertrug.

»Ich habe das Recht auf einen Anruf!«, protestierte er, doch die beiden, die ihn verhaftet hatten, gingen weg, ohne sich noch einmal nach ihm umzudrehen. Wütend schlug er gegen die Glasfront, doch die Polizisten waren bereits wieder im Gang verschwunden.

Er sah auf die Uhr. Die Zeiger hatten sich unter dem Riss im Gehäuse nicht weiterbewegt. Frustriert trottete er zur Wand, hockte sich hin, legte den Hinterkopf gegen die kalten Ziegel und schloss die Augen. Er dachte an das Zeug, das Filipa in der Tasche im Kofferraum mit sich herumfuhr. Medikamentenpackungen. Gewiss an die hundert Schachteln unterschiedlichster Pharmazeutika. Betäubungs- und Aufputschmittel, wie er annahm. Er hatte nur einen sehr kurzen Blick darauf werfen können, ehe ihn die Beamten zur Seite gedrängt hatten. Was, wenn Filipa abstritt, dass ihr die Tasche gehörte, um ihren Arsch zu retten? Immerhin würde sie sonst mit hoher Wahrscheinlichkeit nicht nur ihren Job im Krankenhaus, sondern auch ihre Zulassung verlieren. So betrachtet, war er doch das deutlich einfachere Opfer. Und wenn es hart auf hart kam, wem würden die portugiesischen Behörden eher glauben? Einer angesehenen, engagierten Krankenhausärztin oder einem zugewanderten Buchhändler? Einem unangenehmen Zeitgenossen, der seine Nase nur zu gerne in Dinge steckte, die ihn nichts angingen. Morgado war ihn wirklich auf elegante Art losgeworden.

Er dachte an Helena. Konnte sie ihn hier herausholen? *Würde* sie ihn überhaupt hier herausholen? Nun, wahrscheinlich nicht unter den Voraussetzungen und bei der Stimmung, die aktuell zwischen ihnen herrschte. Vielleicht handelte sie ja deshalb so konträr zu ihren Ansichten, damit sie ihre Position nicht gefährdete. Sie musste zuallererst an ihre Tochter Sara denken und wegsehen, wenn es nötig war. Wegsehen, wie so viele ihrer Kollegen, um keine Probleme zu bekommen. Er konnte sie verstehen, diese Polizisten da draußen. Sie taten, was in ihrer Macht stand, um die Ordnung zu bewahren, allerdings taten sie auch, was nötig war, um ihre Jobs zu behalten. Und das ließ sich nicht immer mit Recht und Gesetz vereinbaren.

Bald plagte ihn nicht nur die Aussichtslosigkeit seiner Lage, sondern auch der Durst. Die Luft war zwar angenehm kühl, aber trocken. Wegen der kaputten Uhr wusste er nicht, wie spät es war. Der fensterlose Raum gab ihm keinen Anhaltspunkt, sein Zeitgefühl war dahin. Paula würde heute Abend zu dieser Veranstaltung gehen und versuchen, Don Alfredo zu treffen. Er hatte ihr versprochen, dabei zu sein. Und nun konnte er ihr nicht einmal mitteilen, dass er es nicht schaffte. Hoffentlich tat sie nichts Unüberlegtes.

Er schreckte auf, als plötzlich jemand vor der Zelle stand. Ein Uniformierter. Keiner von denen, die ihn hergebracht hatten. Der Polizist war deutlich älter. Vielleicht lag es an seinen langen Dienstjahren und der Erfahrung, die ihn darauf verzichten ließen, ein emotionsloses Pokerface aufzusetzen. Seine Miene war beinahe freundlich, wie er dort an der Durchreiche stand, einer in Alu gefassten Klappe mit Ablage, auf die er nun eine Flasche Wasser stellte. Zudem legte er ein schnurloses Telefon dazu. »Ein Anruf!«, verkündete er, öffnete die Klappe und schob die Lade ins Zelleninnere. Danach lehnte er sich gegenüber an die Wand und schlug die Beine übereinander.

»Obrigado!« Henrik erhob sich und ging zu der Durchreiche. Er öffnete zuerst die Wasserflasche und trank sie zur Hälfte leer, bevor er nach dem Telefon griff. Lange betrachtete er das Display.

»Wählen Sie die Null vor!«, instruierte ihn der Polizist und studierte dann die Fingernägel der rechten Hand.

Nur *ein* Telefonat, sinnierte Henrik. Ein Telefonat, von dem alles abhing. Er kannte keinen Anwalt, niemanden, dem er in so einer Situation vertraute. Darum hatte er sich in all der Zeit in Lissabon noch nicht gekümmert, auch wenn der Gedanke gelegentlich nicht fern gewesen war. Doch auch das hatte er stets vor sich hergeschoben. Genau wie das Abnehmen und bis vor Kurzem noch den Friseurbesuch. Wobei der Anwalt erheblich wichtiger gewesen wäre als das Haareschneiden, wenn er bedachte, wie seine Freizeitgestaltung aussah. Wer private Ermittlungen führte, egal wo auf der Welt, kam zwangsläufig in Situationen, die juristischer Hilfe bedurften.

Kein Anwalt also, den er hätte anrufen können. Vor allem nicht aufs Geradewohl einen x-beliebigen aus dem Branchenbuch – schließlich ging es hier um Vertrauen.

Vertrauen ...

Womöglich war Vertrauen gar nicht entscheidend in diesem Fall. Wenn er logisch überlegte und die Sache nüchtern betrachtete, fiel ihm eigentlich nur eine Person ein, mit der er jetzt sprechen sollte. Die Idee war verwegen, aber je länger er darüber nachdachte ...

Erstaunlicherweise hatte er die Nummer im Kopf. Selbst diesen Umstand konnte man als Zeichen sehen. *Mein einziger Ausweg*, sagte er sich noch einmal im Stillen, dann folgte er der Anweisung des Beamten und drückte die Null. Er hörte ein Freizeichen und tippte die Telefonnummer aus dem Gedächtnis ein. Wer zurück ins Licht wollte, musste bisweilen einen Umweg durch die Dunkelheit in Kauf nehmen, kam ihm in den Sinn – in derselben Sekunde, da sein Anruf entgegengenommen wurde.

28

Er konnte nicht einmal im Ansatz sagen, wie lange es nach dem Telefonat dauerte, bis sie ihn ohne eine Erklärung entließen. Es war wieder der ältere Polizist, der ihm lächelnd die Zellentür öffnete. Niemand wechselte ein Wort mit ihm, auch nicht, als er in der Revierstube nach dem Wagen fragte. Er brauchte nichts zu unterschreiben, genau genommen behandelten sie ihn wie Luft. Als er aus der Polizeistation trat, stand die Sonne im Westen, aber noch nicht so tief wie befürchtet. Er würde sich nicht verspäten, wollte aber nicht noch mehr Zeit vertrödeln. Zum Glück hatten sie ihm seinen Geldbeutel und die Papiere gelassen. Bloß, was war mit seinem Handy? Einerseits von unterdrückter Panik getrieben, andererseits bemüht, nicht unnötig aufzufallen, marschierte er mit weit ausholenden Schritte die Straße hinunter, an der Stierkampfarena vorbei bis zur Avenida da República. Ab hier war es einfach, den Weg zu finden. Schnell war er wieder schweißnass. Die Stadt glühte mittlerweile, als wäre eine Feuerwalze über sie hinweggefegt – nur ohne beißenden Brandgeruch und tiefschwarz verkohlte Überreste zu hinterlassen.

Der Seat war weg und damit auch sein Telefon. In der Parkbucht, in die ihn die Polizei vor rund sechs Stunden gelotst hatte, standen längst andere Fahrzeuge. Für einen Umweg übers Antiquariat, um sich rasch eins der Prepaidhandys zu holen, die er dort wohlweislich bunkerte, reichte die Zeit nicht, wenn er noch pünktlich zu seiner Verabredung mit Paula kommen wollte.

Während er auf die Metrostation Saldanha zuhastete, dachte er daran, wer den Preis für seine Freiheit zahlte. Filipa. Doch sie musste jetzt warten, egal ob auf seine Beichte oder eine Warnung. Gut möglich, dass sie bereits wusste, was passiert war, dass sie längst irgendwo auf einer Polizeidienststelle hockte und sich erklären musste.

Schwer atmend erreichte er die Metrostation. Von hier aus konnte er durchfahren und verlor keine Zeit mehr mit Umsteigen. Im Gedränge der Feierabendpendler wurde er in die Linha Vermelha geschoben. Sekunden darauf fuhr der Zug in den Tunnel, und er erschrak über den Mann, der sich da im Fenster der Wagentür spiegelte. Ein erschöpftes Gesicht mit dunklen Ringen unter den Augen starrte ihn verstört daraus an. Er sah wirklich zum Fürchten aus. Als hätte er selbst in Flammen gestanden. Zumindest innerlich. Als wäre er einer sengenden Hitze ausgesetzt gewesen, die jede Einzelne seiner Zellen ausgetrocknet hatte. Dazu das verschwitzte Hemd und die Hose, voll mit dem Dreck, den er auf Morgados Bauernhof aufgesammelt hatte. Er bezweifelte, dass sie ihn so überhaupt in die Halle ließen. Letzteres hing natürlich auch davon ab, ob Paula noch Eintrittskarten hatte ergattern können.

Eingelullt vom rhythmischen Schlagen des Metrozugs wurde er in einen verworrenen Gedankenstrudel gesogen. Er dachte an sein Telefonat in der Arrestzelle. An seinen einzigen Anruf. Wie effektiv dieser gewesen war und was ihn die Freilassung aus dem Polizeigewahrsam wohl noch kosten würde. Keine Frage, irgendwann würde abgerechnet werden. Ab jetzt war er eine Marionette, so wie Franz von Assisi. Nur führten seine eigenen Fäden nicht hinauf ins Himmelreich, sondern eher in die entgegengesetzte Richtung.

Die Durchsagen im Zug waren vermutlich selbst für Portugiesen schwer verständlich, doch irgendwie holten ihn die zerhackten Silben aus seinem Gedankensumpf, und er blickte überrascht auf. Wo war bloß die Zeit geblieben? Oriente war bereits die nächste Haltestelle!

Im Parque das Nações kam er wieder an die Oberfläche und wurde von intensiver Abendröte empfangen; sie legte einen goldenen Glanz über die moderne Architektur des Europaviertels, das im Zug der Weltausstellung von 1998 im Osten der Stadt – einst ein verkommenes Hafenareal – entstanden war.

Dass Don Alfredos Veranstaltung hier stattfand, sagte genug über den Aktienkurs seiner Heilsversprechen. Selbst wenn nach über zwanzig Jahren auch hier der Zahn der Zeit an der funktionellen Architektur zu nagen begonnen hatte. Anziehungspunkt für die Touristen waren das Aquarium, die Seilbahn, die noch von der EXPO übrig war, und das Vasco-da-Gama-Shoppingcenter. Dementsprechender Trubel herrschte hier, denn es mangelte nicht an Touristen, deren Masse sich für die Banalitäten und die Austauschbarkeit großer Metropolen interessierte, statt für deren Individualität. Man konnte davon ausgehen, dass bei den aktuellen Temperaturen allein schon die Klimaanlagen in der lichtdurchfluteten Mall ein verlockendes Argument waren, durch die blank gewienerten Gänge zu schlendern.

Die mächtige Betonkuppel der Altice Arena, eines Komplexes mit mehreren Sälen und Hallen, in dem neben Konzerten auch politische Versammlungen sowie Wirtschafts- und Wissenschaftskongresse abgehalten wurden, war weithin sichtbar. Laut der Beschilderung trat Don Alfredo in der Tejo Hall auf.

Der überdimensionale Bildschirm über dem Haupteingang, der eine Nahaufnahme des charismatischen Schamanen zeigte, kündigte die heutige Veranstaltung an. Obwohl es noch eine knappe Stunde bis zum Auftritt des berühmten Mannes war, hatten sich bereits Trauben vor den Zugängen gebildet. Noch erfolgte kein Einlass in die Halle. Die wachsende Begeisterung der größtenteils weiblichen Anhängerschaft war deutlich spürbar. Frauen in allen Altersstufen waren um die beste Ausgangssituation bemüht und schienen bereit, sofort loszustürmen, sobald die Tore geöffnet wurden. Henrik fühlte sich an Rennpferde in den engen Startboxen erinnert, unruhig und nervös zuckend, fixiert darauf, dass die Klappe aufsprang. Wie sollte er Paula in diesem Gewimmel finden, so ganz ohne Handy?

Er verschwendete eine Viertelstunde darauf, zwischen mäßig aufgeregten bis hin zu exaltiert quasselnden Frauen aus jeder erdenklichen Gesellschaftsschicht herumzuirren. Viele von ihnen waren auf diese pseudoethnische Art gekleidet wie auch Catia, als er sie kennengelernt hatte. Selbstverständlich gab es auch die Avantgarde und die eleganten Damen in überkandidelten Abendgarderoben, als erwartete sie eine Phalanx an Fotografen, während sie zum Galaempfang über einen roten Teppich schritten. Die Geruchswolken, durch die er sich bewegte, waren breit gefächert. Von Schweißfahnen und Cannabis über Patschuli bis hin zu Chanel Nummer fünf war alles dabei.

Männer waren in der Minderheit, und man konnte diejenigen identifizieren, die ihren Frauen zuliebe mitgekommen waren. Sie wirkten beschämt und verlegen, so fehl am Platz, wie auch er sich vorkam in dieser Masse aus euphorischer Weiblichkeit. Allerdings entdeckte er auch ein paar

Männer, die hier aus Überzeugung standen. Geleitet von der Kraft der Natur, signalisierten sie ihre Zugehörigkeit durch erdfarbene Kleidung, Kopftücher im Stil von Karibikpiraten, mächtige Amulette, Vollbärte und wilde Mähnen – sofern der genetisch bedingte Haarausfall es gestattete.

Nur, wo steckte Paula?

Ein ungutes Gefühl wuchs in ihm, je länger er nach ihr suchte. Es trieb ihn schließlich dazu, sich bei einer zuvorkommenden Dame ein Handy zu borgen. Da er die Nummer der jungen Brasilianerin nicht im Kopf hatte, rief er im Antiquariat an. Und tatsächlich, Renato ging ans Telefon.

»Hat Paula sich gemeldet?«

»Paula?«

»Tu nicht so, du weißt, wen ich meine!«

»Das Indiomädchen?«

»Wer sonst!«

»Ja, die war hier, ist aber schon eine ganze Weile her.«

Das durfte doch nicht wahr sein! »Was wollte sie?«

»Bin ich die Auskunft?«, fragte Renato zurück.

»Sag schon!«, zischte er ins Telefon und steckte den Finger ins Ohr, um den Lärm um sich herum zu reduzieren.

»Du hast ja eine Laune. Wo treibst du dich eigentlich den ganzen Tag rum?«

»Erklär ich dir später. Erzähl mir lieber, warum Paula ins Antiquariat gekommen ist!«

»Sie wollte zu dir, hat mir aber nicht verraten, warum. Keine Minute später kam die Zerrupfte aus dem Baumarkt dazu. Und die wurde ziemlich deutlich, sie wollte nämlich ihr Geld ...«

»Gisela«, stöhnte Henrik. »Und dann?«

»Dann habe ich beide unverrichteter Dinge wieder weggeschickt, oder besser gesagt, sie sind einfach gegangen. Später habe ich gesehen, dass sie zusammen bei Victor auf der Terrasse hockten, als wären sie beste Freundinnen.«

Das war nicht, was er hören wollte, wenn auch nicht allzu schlecht. Jedenfalls besser als gar nichts.

»Such mir Giselas Nummer raus, ich habe sie im Kalender auf dem Schreibtisch notiert!«, verlangte er.

»Sekretärsdienste werden hoffentlich extra vergütet«, grummelte Renato.

»Beeil dich!«

»Punheteiro!«, fluchte sein Mieter.

»Ja, ich liebe dich auch, Renato!«

Er hörte Papier rascheln; es dauerte eine gefühlte Ewigkeit. Der Portugiesin, die ihm ihr Handy überlassen hatte, war anzusehen, dass sie ihre Großzügigkeit bereits bereute.

»Hast du was zu schreiben?«, hörte er Renato endlich fragen.

»Schieß los!«, befahl er und sammelte all seine Konzentration, um sich die Nummernfolge merken zu können. Gleich danach legte er ohne ein weiteres Wort auf und wählte Giselas Nummer, bevor sie ihm wieder entfiel. Während er auf eine Verbindung wartete, versuchte er der Handyverleiherin durch Gesten Demut und tiefste Dankbarkeit zu vermitteln, weil er, ohne ihre Erlaubnis einzuholen, ein zweites Gespräch führte.

»Estou!«, meldete sich Gisela.

»Ich bin's, Henrik! Hat Paula gesagt, warum sie im Antiquariat war?«, kam er unverzüglich zur Sache.

»Paula? Ähm ... Sie war einfach in der Gegend und wollte dich an die Verabredung erinnern.«

»Was hast du ihr erzählt?«

»Ich ... nichts eigentlich«, stammelte Gisela. »Was ist denn los, zur Hölle!«

»Ich weiß, dass ihr euch unterhalten habt.«

»Ja, mein Gott, wir haben eben ein bisschen gequatscht. Sie ist ganz sympathisch und hat mir von der Suche nach ihrer Mutter berichtet. Warum veranstaltest du deswegen so einen Zirkus?«

»Was *genau* hast du ihr erzählt?«, fragte er erneut und ging nicht weiter auf sie ein.

»Dass ich für dich arbeite und diese dürre Schachtel bespitzeln sollte. Ohne zu wissen, warum«, fügte sie schnell noch an.

Henrik sah die Situation vor sich. Die beiden jungen Frauen, die ihre Köpfe zusammensteckten, diskutierten und Verknüpfungen suchten: zwischen dem, was Gisela in seinem Auftrag tun sollte, und dem, was er Paula versprochen hatte. Und ob die Dürre, wie seine Aushilfskraft sie nannte, irgendetwas mit dem Verschwinden von Paulas Mutter zu tun hatte. So oder so ähnlich mochte es abgelaufen sein. Und das war nicht gut, gar nicht gut. »Hast du ihr eine Adresse genannt? Womöglich von dem Haus in der Avenida Duque de Ávila?«

»Merda«, meinte Gisela. »Sie wollte halt alles wissen. Und was ist schon dabei?«

Mittlerweile waren die Türen geöffnet worden. Wie alle anderen wollte auch die Frau, dessen Handy er benutzte, endlich in die Halle. Ihm lief die Zeit davon. Seine Gedanken rasten.

»Habt ihr Telefonnummern ausgetauscht?«

»Ja ...«

»Dann schieß los!«

Doch ehe Gisela etwas sagen konnte, griff die Frau nach ihrem Handy und zog es ihm vom Ohr.

»Ruf sie an!«, schrie er laut, in der Hoffnung, dass Gisela ihn noch hörte. Dann stand er da und wurde zum Hindernis in dem Menschenstrom, der zu den Eingängen in der Arena drängte.

Durch Giselas Zutun wusste Paula von Orlando Morgados Stadtadresse. Konnte sie dort hingefahren sein, während er in der Arrestzelle hockte? Gut, selbst wenn, musste das noch nichts bedeuten. Morgado war auf seinem Anwesen im Sintra-Gebirge. Sehr wahrscheinlich hatte ihr niemand aufgemacht, falls sie tatsächlich so verwegen gewesen war, bei ihm zu klingeln. Bloß was, wenn Henriks überraschendes Auftauchen beim Bauernhof Morgado dazu bewogen hatte, unverzüglich zurück nach Lissabon zu fahren? Henrik verspürte eine plötzliche Benommenheit. Ein lähmendes Gefühl der Unfähigkeit, wie er es während seiner depressiven Schübe nach Ninas Tod erfahren hatte. Er hatte keine Ahnung, was er als Nächstes tun sollte.

29

Sein Herz schlug schnell. Er musste weg von hier, Paula finden. Und zu Ende bringen, was er angefangen hatte.

Hatte Gisela verstanden, was sie tun sollte? Er hoffte, sie nahm mit Paula Kontakt auf. Und viel mehr noch hoffte er, dass sie die Brasilianerin tatsächlich *erreichte*. In den letzten Minuten waren vor den Zugängen zur Halle die Trauben von Wartenden noch einmal erheblich gewachsen. Und immer noch strömten Menschen herbei. Die Kontrolle der zahllosen Handtaschen und Jutebeutel an den Eingängen beanspruchte viel Zeit.

Henrik bewegte sich gegen den Strom, was nicht leicht war. Obwohl die Sonne schon eine Weile hinter den Gebäuden versunken war, herrschte eine fast unerträgliche Temperatur. Irgendwo rechts von ihm brandete plötzlich Jubel auf, ohne dass er zuerst sehen konnte, warum. Viele, die noch nicht unmittelbar in einer Schlange standen, schienen darauf zu reagieren. Der Pulk, in dessen Mitte er gerade feststeckte, setzte sich nach rechts in Bewegung. Henrik fühlte sich wie von einer kräftigen Atlantikwoge mitgerissen, egal wie wild er dagegen ankämpfte. Dann bemerkte er mit einem Mal den schwarzen Mercedes-Bus mit den abgedunkelten Scheiben, der jenseits der Absperrgitter vorbeifuhr und zur Altice Arena abbog, wo ein Wegweiser auf eine Einfahrt für autorisierte Personen verwies. So wie die Menge der weiblichen Fans reagierte, konnte es sich nur um den VIP-Shuttle handeln, der Don Alfredo gerade eben zu seinem Auftritt kutschierte. Henrik kämpfte sich weiter, nun an der Absperrung entlang. Nahm jetzt keine Rücksicht mehr, sondern drängte vehement gegen den Strom. Mehrmals flogen ihm Verwünschungen und Flüche zu, bis er endlich aus der Menschenmasse auf dem Vorplatz heraus und auf der Straße war. Natürlich war es widersinnig, was er trieb, trotzdem rannte er dem Bus hinterher. Und er war nicht allein. Ein halbes Dutzend Frauen tat es ihm bei der Verfolgung des Transporters nach, den soeben eine Schleuse mit Sicherheitspersonal zum Anhalten zwang. Das massive Tor, das die Zufahrt zum Bühneneingang des Veranstaltungskomplexes regelte, glitt langsam zur Seite. Während Henrik stehen blieb, eilten Don Alfredos Verehrerinnen an ihm vorbei auf den Bus zu. Glaubten sie wirklich, der große Heiler würde aussteigen, nur weil sie freudig rufend auf ihn zuströmten? Vielleicht hofften sie ja, er würde wenigstens das Fenster herunterlassen, um die Bilder und Bücher zu signieren, die sie mit sich trugen.

Henrik hielt zwanzig Meter Abstand. Seine Gedanken rasten. Konnte er irgendwie ungesehen durch die Schleuse schlüpfen, während die Sicherheitsleute damit beschäftigt waren, die weibliche Anhängerschaft zu vertreiben?

Das Tor war endlich offen, doch noch brannten die Bremslichter des Busses. Die Frauengruppe hatte das Fahrzeug mittlerweile erreicht. Zwei der Security-Kräfte kamen heran und wedelten aufgebracht mit den Händen. Henrik bewegte sich indessen im toten Winkel auf den Mercedes zu. Für den unwahrscheinlichen Fall, dass er es in den gesicherten Bereich schaffte, würde man ihn vermutlich nicht an Don Alfredo heranlassen. Und selbst wenn es zu einer direkten Begegnung kam, was sollte er dem Schamanen sagen? *Erinnern Sie sich an Cinthya Cardenas? Sie haben sie damals einfach ihrem Schicksal überlassen.* Es war wahnwitzig anzunehmen, dass dieser Mann ihm auch nur irgendeine Antwort gab, so kurz vor seiner großen Zaubershow. Dennoch schlich er weiter, vor allem, weil ihn niemand beachtete.

Er war gerade auf Höhe einiger Müllcontainer, keine fünf Meter mehr vom Heck des Busses entfernt, als sich die Beifahrertür öffnete.

Rasch zwängte sich Henrik in den Spalt zwischen den Alubehältern und duckte sich. Sein Herz raste. Allerdings nicht, weil er beinahe erwischt worden wäre, wie er sich illegal Zutritt zur Arena verschaffte. Nein, sein Pulsschlag beschleunigte sich wegen der Person, die soeben aus dem Wagen stieg. Er hatte das Gesicht kaum länger als eine Zehntelsekunde im Außenspiegel gesehen, als die Tür aufging, und doch ... ja, er war sich sicher.

Trotz des lauten Plapperns und Kreischens der Frauen auf der anderen Fahrzeugseite konnte er die Schritte des Mannes hören. Er umrundete den Mercedes-Transporter, vermutlich um die Anhängerinnen zurechtzuweisen. Oder er hatte für Ordnung zu sorgen und erteilte klare Anweisungen, wie sich die Damen zu benehmen hatten, falls ihnen Don Alfredo in seiner Güte eine zweisekündige Audienz gewährte. Im Grunde spielte es keine Rolle, was sich in der nächsten Minute ereignete, denn Henriks Sinne waren nur noch auf den Bodyguard fixiert – der zu seinem großen Glück nicht hinten um den Bus herumging, denn dann hätte er Henrik zwischen den Müllcontainern hocken sehen.

Er!

Wie konnte das möglich sein? Henrik fand keine logische Erklärung. Warum ausgerechnet *er*? Niemals konnte Don Alfredo den Mann mit der Glatze und dem auffälligen Vollbart zufällig als Leibwächter engagiert haben. Niemals!

30

Im Antiquariat war alles dunkel. Natürlich. Renato hatte schon lange Feierabend gemacht.

Ohne das Licht einzuschalten, ging er durch den Laden. Der Warenbestand, der ursprünglich von der Decke gehangen und wegen seiner Körpergröße gelegentlich zu schmerzhaften Kollisionen geführt hatte, war nach und nach entfernt worden. Längst konnte er sich blind in dem Labyrinth aus Regalen, Bücherstapeln und angestaubtem Inventar bewegen. So problemlos, wie man im Finstern durchs Schlaf- oder Wohnzimmer schleichen konnte, ohne sich an Ecken und Kanten zu stoßen. Einfach weil man wusste, wo alles seinen vertrauten Platz hatte. Das Antiquariat war sein Zuhause. Und er wollte, dass es das blieb. Trotz all der Widrigkeiten und der Gefahren, die sein Onkel heraufbeschworen hatte. Er dachte an den Söldner, der nun im Dienst von Don Alfredo stand. Das konnte kein Zufall sein. Irgendetwas war da im Gange, er konnte nur nicht erkennen, was diese Entdeckung zu bedeuten hatte. Dieser Söldner tauchte immer wieder in seinem Leben auf, wenn es etwas zu regeln galt. Oder Henrik eine Abreibung brauchte, weil er zu neugierig geworden, jemandem zu nahe gekommen war. Der Mann mit dem Vollbart und den kalten Augen, der mit hoher Wahrscheinlichkeit eine militärische Ausbildung in irgendeiner Spezialeinheit durchlaufen hatte, erledigte üblicherweise die Drecksarbeit für die Namenlosen. Er räumte auf – wie auch immer man das verstehen mochte. Dass er sich auch als Leibwächter verdingte, war allerdings neu. Und vermutlich war es genau das, was Henrik so aus dem Konzept brachte. Etwas passte hier nicht zusammen.

Im Büro angelangt, knipste er die Schreibtischlampe an und griff zum Telefon. Er musste sich jetzt auf Paula konzentrieren. Auf dem Weg zurück in die Rua do Almada war seine Sorge um die junge Brasilianerin mit jeder Minute gewachsen. Und das mit Recht, wie er feststellte. Sie ging nicht ans Telefon. Der Teilnehmer sei nicht zu erreichen, teilte ihm die digitale Auskunft mit. Er versuchte es erneut, das Ergebnis blieb dasselbe.

Paula ...

Er musste der Tatsache ins Auge sehen. Sie hatte gegen seinen Rat nach ihrer Mutter gesucht und dabei sehr wahrscheinlich an der richtigen Tür geklingelt – die sich auf verhängnisvolle Weise als die falsche entpuppte. Verzweiflung füllte seinen Brustkorb, als wäre er am Ertrinken. Er musste jetzt schnell handeln. Das Richtige tun. Eine letzte und entscheidende Bestätigung einholen, was Orlando Morgado betraf. Da Helena außen vor war, blieb nur die eine Quelle, die ihm heute schon einmal einen großen Gefallen getan hatte. Natürlich bedeutete das, eine weitere Runde mit dem Teufel zu tanzen. Oder, besser gesagt, mit der Teufelin.

Seit dem Telefonat, das er heute Nachmittag aus der Zelle heraus mit ihr geführt hatte, war sein Respekt vor ihr und dem Einfluss, über den sie allem Anschein nach verfügte, nochmals gewachsen. Dabei war ihm selbstverständlich bewusst, dass auch sie nur eine Mittlerin war. Jemand, der es verstand, dem Anlass oder Umstand entsprechend auf die passenden Leute zurückzugreifen. Die eigentliche

Frage, die er sich demnach stellen musste, war, wer ein Interesse daran besaß, ihn in Freiheit zu wissen. Wem konnte das nützen?

Kurz nach seiner Ankunft in Lissabon hatte sich die überaus attraktive Adriana Teixeira als hilfsbereite Bekannte seines Onkels vorgestellt. Martins Steuerberaterin und nun auch die seine, die damit beauftragt war, sich der fiskalischen Angelegenheiten des Antiquariats anzunehmen. Eine völlig belanglose Aufgabe im Vergleich zu den Klienten, die diese Frau sonst betreute. Er hatte bis jetzt nicht herausgefunden, worauf die Verbindung von Adriana und Martin wirklich basierte und wer mehr Nutzen daraus zog. Oder besser: Wer wen in welcher Weise kontrollierte. Was ihn betraf, war die Antwort leicht. Das Kräfteverhältnis war zugunsten der verführerischen Portugiesin gekippt. Vermutlich auch deshalb, weil Henrik sich hatte verführen *lassen*. Die erste Gelegenheit für sie, ein Stück aus seiner Seele zu beißen. Und sie biss nur zu gerne zu, wie sich heute wieder zeigte.

Adriana hatte keine große Erklärung verlangt. Sie wusste, wie leicht er sich gelegentlich in Schwierigkeiten brachte mit dem, was er tat. *Sie haben mich verhaftet, ich brauch deine Hilfe*, war im Prinzip alles gewesen, was er ihr mitgeteilt hatte. Und seinen Aufenthaltsort. Sie hatte gar nicht wissen wollen, was man ihm zur Last legte. Aber er hatte sehr wohl ihr leises Lächeln vernommen, als sie ihm versprach, sich darum zu kümmern. Sie *genoss* es, dass er auf sie angewiesen, schlimmer noch, ihr ausgeliefert war. Daher konnte er davon ausgehen, dass er ihr eine diebische Freude bereitete, wenn er sie gleich zweimal innerhalb eines Tages um ihre Hilfe bat.

»Ich nehme an, die bist aus dem Gewahrsam entlassen, meu coração!"

»Ja. Danke dafür«, brummte er.

»Und jetzt willst du mit mir auf deine wiedergewonnene Freiheit anstoßen, oder wie soll ich deinen erneuten Anruf interpretieren?«

»Wir finden bestimmt eine bessere Gelegenheit, bei der ich mich für deine Hilfe revanchieren kann. Vorab brauche ich nur eine Auskunft.«

»Eine Auskunft also! Du bist unverbesserlich, Henrik, musst immer den Helden spielen. Lohnt sich dieses aufopfernde Verhalten wirklich?«

»Du musst es ja nicht verstehen.«

»Was genau? Dass nicht immer was dabei rausspringen muss, wenn man Kopf und Kragen riskiert?«

»Es ist nicht so, dass ich leer ausgehe«, knurrte er. Sie verfügte über großes Talent, ihn zu provozieren. »Adriana, bitte, ich habe keine Zeit für eine Grundsatzdiskussion darüber, was mich antreibt.«

Erstaunlicherweise verzichtete sie darauf, es auf die Spitze zu treiben. »Um wen geht's?«, fragte sie stattdessen.

»Orlando Morgado, ehemals Staatsanwalt.«

»Oberstaatsanwalt«, korrigierte sie ihn. »Die Leute, mit denen du dich anlegst, werden immer hochkarätiger.« Noch klang sie amüsiert.

»Er besitzt einen alten Bauernhof, draußen bei Sintra. Kannst du für mich rausfinden, wann er dieses Anwesen erworben hat?«

»Diffizile Angelegenheit.«

»Ist mir klar. Und es kann nicht bis morgen warten. Ich bin gleich unterwegs, du erreichst mich ... warte!« Er zog die oberste Schublade auf, kramte eines der Prepaidhandys hervor und diktierte ihr die Nummer. Sie versprach nichts, und das musste ihm vorerst genügen. Genau genommen brauchte er diese Information nur aus einem Grund, sagte er sich. Sie sollte dazu dienen, Helena zu überzeugen. Verfügte er nicht mehr nur über Vermutungen, sondern über echte Indizien, würde sie die Zusammenhänge hoffentlich akzeptieren. Allerdings waren seine Hoffnungen in dieser Sache seit dem letzten Gespräch stark geschrumpft.

Er hielt den Hörer noch in der Hand. Es wäre angebracht gewesen, endlich auch Filipa anzurufen. Nachdem er bei der Polizeikontrolle sein Handy eingebüßt hatte, hatte die Ärztin keine Möglichkeit mehr gehabt, ihn zu erreichen. Vielleicht hatte sie dazu auch überhaupt keine Gelegenheit mehr gehabt, weil man sie bereits verhaftet hatte. Wie konnte sie ihre Rostlaube auch als illegalen Arzneimitteltransporter verwenden, um gestohlene Medikamente auf eigene Rechnung unter die Leute zu bringen? Er sah auf die Uhr. Wenn sie in Gewahrsam war, konnte er jetzt ohnehin nichts mehr ausrichten. Und wenn nicht, stand ihm vermutlich eine sehr langwierige Diskussion bevor. So schwer es ihm fiel, Filipa musste auf seinen Anruf bis morgen warten. Sofern er dann noch am Leben war.

Mit bleischweren Knochen erhob er sich vom Schreibtisch. War er wirklich vorbereitet auf das, was er vorhatte? Schon seit Monaten schob er die riskante Anschaffung einer Waffe vor sich her. Jetzt bereute er es, dass er das Wagnis noch nicht eingegangen war. Keine Waffe, kein Rechtsbeistand. Ein weiteres Mal musste es ohne beides gehen.

Im Treppenhaus stolperte er förmlich über Ajit. Der Inder hockte zusammengekauert auf den Stufen und stieß einen spitzen Schrei aus, als Henrik im dämmrigen Licht des Mondes gegen seine Oberschenkel stieß.

»Teufel noch mal!«, fluchte er, ähnlich erschrocken wie der Inder.

»Desculpe, tut mir leid«, lallte Ajit, der offensichtlich zu betrunken war, um es noch hoch in seine Wohnung zu schaffen. Das Strohwitwerdasein schien ihm ordentlich zuzusetzen. Henrik tat, wofür er eigentlich keine Zeit hatte. Er packte Ajits Hand und half ihm auf die Beine. Der Mann wankte besorgniserregend.

»Leg den Arm über meine Schulter, ich bring dich hoch.«

Die Holzstiege knarrte unter ihrer beider Gewicht. Dabei wog Ajit praktisch nichts. War ihm vorher jemals aufgefallen, wie klapperdürr der kleine Inder war? Sofort bekam er ein schlechtes Gewissen. Hatte er die Familie Bikkhu zu Unrecht im Verdacht, Schweigegeld aus einer fragwürdigen Quelle zu beziehen? War es nicht vielmehr so, dass sie extrem am Essen sparten, um ihre Mietschulden bei ihm begleichen zu können? Doch wenn es so schlecht um die Bikkhus stand, warum dann die Flugreise von Jaya und den Kindern nach Indien? In der zweiten Etage angekommen, hielt Henrik inne und lehnte Ajit neben dem Fenster gegen die Wand. Er roch den Alkohol im Atem des Mannes. Seine Augen lagen tief in den Höhlen, die unrasierten Wangen waren eingefallen. Vielleicht war es auch gar nicht der Hunger, der an ihm zehrte, sondern die tonnenschwere Last aus Schuldgefühlen, die wie ein Parasit an seiner Seele hafteten und sie nach und nach zersetzten.

»Reden wir über den Tag, als deine Frau Martin tot aufgefunden hat!«, verlangte er.

Im Halbdunkel des Treppenhauses war der Gesichtsausdruck des Inders nicht zu deuten.

»Jaya«, wiederholte er mit unüberhörbarer Sehnsucht in der Stimme.

»Jaya«, bestätigte Henrik. »Was hat sie dir über den Morgen erzählt, als sie in die Wohnung meines Onkels kam?«

»Sie hat nichts getan«, verteidigte er seine Frau mit schwerer Zunge.

Henrik hielt ihn am Kragen seines bunt gemusterten Hemds gepackt, damit er nicht zu Boden sackte. »Ich werfe ihr auch nichts vor. Sie hätte gar nicht zur Verwandtschaft nach Patna flüchten müssen.«

»Nicht flüchten ...«, wiederholte Ajit und wiegte seinen Kopf hin und her. »Nicht vor dir, Senhor Henrik!«

Nicht vor mir? »Vor wem dann?« Die Frage hallte überlaut durch das nächtliche Treppenhaus.

»Dein Onkel war an dem Abend nicht allein.«

»An dem Abend, bevor er starb?«, hakte Henrik nach.

Ajit nickte. »Nicht allein ...«

Ungeduld brandete in ihm auf. Diese Information war neu. Bislang hatte jeder, mit dem er gesprochen hatte, immer das Gegenteil behauptet. »Wer war bei ihm?«

»Jaya ... sie kam spät heim ... hatte zu der Zeit einen Putzjob oben im Hospital De Jesus. Es war bereits nach Mitternacht, sie war sehr leise im Treppenhaus, wollte niemanden wecken und hat auch kein Licht gemacht. So wie du immer ...« Ajits weiße Zahnreihen blitzten auf. »Ich bin betrunken«, stellte er dann fest.

»Konzentrier dich!«, mahnte Henrik. »Also, Jaya kam spät heim ...«

»Sie war wirklich leise.« Ajit legte seinen Zeigefinger auf die Lippen unter dem schmalen Bärtchen. »Er kam aus Martins Wohnung, hat sie aber nicht bemerkt. Sie kann so leise sein, wenn sie die Luft anhält. Ich liebe sie!«

Henrik krallte seine Finger noch fester in den glänzenden Satinstoff von Ajits Oberhemd. »Wer war es? Wen hat sie erkannt?«

Der Inder beugte sich vor und neigte den Kopf. Henrik hielt ihm sein Ohr hin, und Ajit flüsterte einen Namen.

31

Es war weit nach zehn Uhr, doch die Terrassen des Miradouro de São Pedro de Alcântara waren nach wie vor gut besucht. Mindestens an drei Stellen in der Parkanlage unterhielten Musiker die Leute, die ausgelassen den traumhaften Blick über die von unzähligen Lichtern erhellte Stadt genossen. Der süßlich herbe Duft von Cannabis durchzog die ohnehin schon recht stickige Nachtluft. Bierflaschen klirrten aneinander. Henrik beeilte sich, das Spektakel so rasch wie möglich hinter sich zu lassen. In seinem Kopf herrschte düstere Gewitterstimmung. Nach allem, was Ajit ihm mit alkoholschwangerer Stimme zugeraunt hatte, erschien ihm das Gewebe aus Lügen, dem er sich seit seiner Ankunft in Lissabon ausgesetzt sah, noch größer und verworrener, als er je anzunehmen gewagt hatte. Und erneut musste er erkennen, dass er Leuten Glauben geschenkt hatte, die sein Vertrauen nicht verdienten. Selbstverständlich stellte sich auch die Frage, wie brauchbar Ajits Aussage war. Konnte er ihm glauben? Wollte er das überhaupt? Allerdings hieß es doch, dass Besoffene und Kinder die Wahrheit sagten. Und was hätte der Inder für einen Grund, ihn zu belügen?

Er erreichte die Steinstufen am Ende des Parks. Dreißig Sekunden später stand er vor dem Haus. Er hatte fünf Klingelknöpfe ohne Namen zur Auswahl. Ohne Zögern oder Rücksicht wegen der vorgerückten Stunde drückte er alle gleichzeitig. Er brauchte nicht lange zu warten. Das Knacken in der Gegensprechanlage ertönte gleichzeitig mit dem Türsummer. Er hielt sich nicht damit auf, Erklärungen für die nächtliche Störung abzugeben, sondern betrat das Treppenhaus.

»Catia!«, brüllte er den gewundenen Aufgang hinauf, der von kaltem Neonlicht geflutet wurde.

Aus dem zweiten Stock kam Protest. Eine tiefe Männerstimme, die sich über seine Unverschämtheit erboste. Weiter oben zeterte eine Frau, und von irgendwoher plärrte ein Kleinkind. Unberührt von der Kakophonie der Beschwerden über seine Ruhestörung, erklomm er den ersten Treppenabsatz und stampfte hoch bis in den zweiten Stock. Dort stand sie, in einen Morgenmantel gehüllt, so schwarz wie alles andere, das er zuletzt an ihr gesehen hatte. Sie deutete stumm auf die offene Wohnungstür, und er folgte ihr in ihr neues Heim. Ein kurzer Flur führte in einen großzügigen Wohn-Ess-Bereich. Das Licht war gedämpft, kam nur von geschickt verbauten Lampen über der Küchenzeile, weshalb es kaum eine Spiegelung in der breiten Fensterfront gab. Die Aussicht über den Praça Dom Pedro und Teile des Baixa-Viertels bis rüber zum Castelo de São Jorge war überwältigend.

»Heilige ...«, entfuhr es ihm. Er hatte geahnt, wie sensationell die Lage der Wohnung sein musste, trotzdem blieb ihm die Spucke weg. Wie konnte sie sich dieses Appartement leisten? Aber diese Frage stellte sich eigentlich gar nicht mehr. Er wusste endlich, was hier lief.

»Wer von den Drecksäcken, die mir das Leben schwermachen, finanziert das hier?«, zischte er. Die Wut in ihm wuchs und würde sehr schnell nicht mehr zu bändigen sein, wenn sie nicht sofort den Mund aufmachte.

Doch sie schwieg und sah zu Boden, obwohl sie spüren musste, wie sehr er innerlich bebte.

»Was hast du Morgado erzählt?«

Catias Blick zuckte zu ihm hoch.

»Schau nicht so, ich habe mit eigenen Augen gesehen, wie du ihn getroffen hast. Vor seinem Haus in der Avenida Duque de Ávila.«

»Du hast mich beschattet?«

»Das tue ich bei Menschen, die mein Vertrauen missbrauchen. Warst du damals auch dabei, oben im Sintra-Gebirge? Hast du deiner Yogafreundin aufgetragen, mich zu belügen?«

Sie schüttelte heftig den Kopf. Haarsträhnen lösten sich aus ihren zurückgebundenen Haaren und ließen sie noch konfuser wirken. »Ich konnte mir die Teilnahme nicht leisten. Aber ich war dort«, gestand sie kleinlaut ein. »Als Zaungast, wenn du so willst. Irgendjemand aus der Esoterikszene von damals hatte rausgefunden, wo diese begehrte Seminarwoche stattfand. Und weil wir ja wussten, dass unsere Freundin Emilia mit dabei war, hegten wir die Hoffnung, dass sie zumindest eine Audienz bei Don Alfredo für uns arrangieren könnte. Deshalb sind wir hingefahren, neugierig und naiv, wie wir waren. Einfach durchs Tor zu gehen, haben wir uns nicht getraut. Also sind wir um das Anwesen herumgeschlichen. Leider war es überall von dichten Dornenhecken umgeben. Schließlich ist dieser grobschlächtige Mann aufgetaucht, vermutlich der Bauer, und hat uns vertrieben. Er kam mit einer Schrotflinte angestapft. Natürlich hätte er nicht geschossen, doch die anderen bekamen Schiss, und wir fuhren wieder zurück, ohne auch nur irgendwas mitbekommen zu haben.«

In Henriks Kopf liefen die Bilder dieser Szene ab. Das war zu einfach. Ihre Erklärung zu weich und unfertig. Dann fiel ihm etwas ein. »Aber danach bist du noch mal hin, richtig?«

Catia ging zum Küchentisch und setzte sich. Sie legte die Ellbogen auf die Tischplatte, und ihr Kopf sackte hinterher. Ihr Haarknoten löste sich vollends auf und verdeckte ihr tränennasses Gesicht. Sie sprach, ohne ihn anzusehen, verborgen hinter ihren Haaren wie hinter dem Vorhang eines Beichtstuhls.

»Drei Tage später, diesmal allein. Dabei war ich nicht mal sicher, ob sie noch dort waren. Zu der Zeit war Alexandra Morgado übrigens schon abgereist, wovon ich natürlich nichts wusste. Jedenfalls stand ich unschlüssig herum, begleitet von der Angst, dass der Grobian mit dem Gewehr mich wieder verjagte. Doch stattdessen kam Cinthya, die ihren Koffer hinter sich herschleppte. Sie war ganz aufgelöst, und zwar nicht in Tränen, sondern vor Wut. Und sie fragte mich unverblümt, ob ich zufällig nach Lissabon fuhr. Ich war davon überzeugt, sie wäre eine der Auserwählten, die einen der begehrten Plätze im Seminar ergattert hatten. Oder besser gesagt, es sich leisten konnten, dabei zu sein. Selbstverständlich sagte ich ja. Auch wenn sie die Veranstaltung vorzeitig verließ, wollte ich unbedingt wissen, wie Don Alfredos Heilungsrituale vor sich gingen, und noch viel mehr, wie sie wirkten. Erst auf dem Weg in die Stadt wurde mir klar, wen ich da im Auto hatte. Cinthya erzählte frei heraus, dass sie mit dem Schamanen einen Streit wegen einer Kursteilnehmerin gehabt hatte.«

»Wegen Alexandra«, murmelte Henrik.

»Sie nannte keinen Namen und sagte auch nicht, was genau passiert war. Das erfuhr ich erst später, als Cinthya sich Martin anvertraute.« Ihre letzten Worte klangen vorwurfsvoll. Catia hatte der Brasilianerin geholfen, von dem Anwesen wegzukommen, und doch war es schließlich Martin gewesen, dem sie ihr Leid klagte. So zumindest verstand er Catias Schilderung der damaligen Ereignisse, die, obschon von gelegentlichem Schluchzen unterbrochen, doch auch abfällig klang.

»Martin hat sie aufgenommen, weil sie nicht wusste, wohin«, vergewisserte er sich, und Catia nickte kaum merklich. »Woraufhin Cinthya ihm erzählte, warum es zum Bruch mit Don Alfredo kam, stimmt's?«

Wieder nur eine vage Kopfbewegung, die andeutete, dass er richtig lag.

»Und du hast gelauscht?«

Catia blickte auf. Durch ihren Haarvorhang hindurch funkelte die alte Wut in ihren Augen. Eine Ahnung dessen, was sie früher ausgemacht hatte, als sie noch nicht diese eingeschüchterte, gebrochene Person gewesen war.

Nun endlich setzte er sich zu ihr, und sie ließ zu, dass er ihr die Hand auf den dünnen Unterarm legte. Es war an der Zeit, sich etwas einfühlsamer zu zeigen. Ihr zu vermitteln, dass es keine Vorwürfe von seiner Seite geben würde, egal, wie ihr Bericht weiterging. »Was hat sie Martin erzählt?«

»Es ist Wein im Kühlschrank.«

Henrik stand wieder auf, suchte zwei Gläser und brachte sie mit der Flasche Vinho Verde an den Tisch. Ihr schenkte er großzügig ein, sich selbst nur einen Schluck. Catia hatte das Glas leer getrunken, ehe er wieder Platz nehmen konnte.

»Don Alfredo hatte Cinthya wohl beschuldigt, Alexandra Morgado bewusst einen zu starken Ayahuasca-Sud verabreicht zu haben. Soweit ich verstanden habe, ist sie deswegen nicht mehr von ihrem Trip runtergekommen. Ausgerechnet seine beste Kundin, die entscheidend dafür verantwortlich gewesen war, dass er nach Lissabon hatte kommen können. Sie hatte sich um alles gekümmert und auch den Aufenthalt in Sintra arrangiert. Das betonte Cinthya mehrfach. Und auch, dass Don Alfredo Schiss hatte. Ich gehe davon aus, er fühlte sich nicht ganz unschuldig an dem, was Alexandra Morgado widerfahren war.«

»Vor allem dürfte ihm klar gewesen sein, wen er mit seinem halluzinogenen Mittelchen abgefüllt hatte. Ich verstehe nur nicht, warum er seine Gönnerin danach aus dem Seminar geworfen hatte, statt zu retten, was noch zu retten war? Das klingt zu allem Übel auch noch schwer nach unterlassener Hilfeleistung.«

Catia schenkte sich nach und trank das Glas erneut sofort leer. »Er hat sie nicht rausgewofen; das ist bloß die Lüge, die verbreitet wurde. Die Wahrheit hört sich noch viel schlimmer an. Don Alfredo hat die durchgedrehte Alexandra nämlich bei Nacht und Nebel zurück nach Lissabon verfrachten lassen. Vielleicht nur aus Angst, sie würde ihm dort draußen in der Einsamkeit draufgehen. Aber natürlich hätte er sie in ein Krankenhaus bringen lassen müssen statt einfach nach Hause. Das war grob fahrlässig bei dem Zustand, in dem sie sich befand.«

»Don Alfredo muss gewusst haben, dass ihr Mann auf Dienstreise war, sonst wäre er dieses Risiko bestimmt nicht eingegangen«, murmelte Henrik nachdenklich.

»Wie auch immer, er hat wohl darauf gebaut, sie auf diese Weise elegant loszuwerden.«

»Dann hat sich also der Mord an ihren Kindern und ihre Selbsttötung noch in derselben Nacht zugetragen?«, folgerte Henrik bestürzt.

»Oder tags darauf, ich bin mir nicht mehr sicher.« Catia hob die leere Weinflasche. Offensichtlich hatte sie vergessen, dass sie den letzten Tropfen bereits herausgeschüttelt hatte.

»Und woher weißt du das alles?«

»Cinthya hat das alles in den Tagen in Erfahrung gebracht, als sie bei Martin untergeschlüpft ist. Frag mich nicht, wie.«

Selbst wenn Morgado den Schamanen nicht wegen der Drogen drangekriegt hätte, dann wegen der unterlassenen Hilfeleistung und natürlich für die indirekte Beteiligung an der Tötung seiner Kinder. Kein Wunder, dass der Brasilianer getürmt war, so schnell es ging.

»Hatten sie was miteinander, Alexandra und der Wunderheiler?«

»Es gab Gerüchte. Cinthya hat es nie bestätigt. Aber vielleicht war sie selbst eifersüchtig ...«

Orlando Morgado war das jedenfalls gewesen. Schon allein weil seine Frau sich so dafür engagiert hatte, den Brasilianer hierherzuholen. Dazu kam dann das Unglück mit den Drogen und infolgedessen der erweiterte Suizid, der ihn die Familie gekostet hatte. Der Staatsanwalt musste Gott und die Welt in Bewegung gesetzt haben, um Don Alfredo noch zu erwischen – und doch war er ihm durch die Lappen gegangen. Ein neuer Gedanke keimte in ihm auf. Was war eigentlich mit dem Kindermädchen? Hätte es nicht im Haus sein müssen, wo sich Alexandra doch im Sintra-Gebirge befand und Morgado selbst auf Dienstreise? Selbst wenn die Frau schon geschlafen hatte, als Alexandra heimgebracht worden war, erschien es ihm doch unwahrscheinlich, dass sie in dieser Nacht nichts von den wahnsinnigen Taten mitbekommen hatte, die sich im Haus des Staatsanwalts zugetragen hatten. Darüber musste etwas in der Ermittlungsakte stehen, die Helena so bereitwillig aus der Hand gegeben hatte. Hier würde er also im Moment nicht weiterkommen.

Catia stand auf und schlurfte zum Kühlschrank, um sich Nachschub zu holen. Er war zu sehr mit dem Gehörten beschäftigt, um sie davon abzuhalten. Er lenkte seine Gedanken zurück zu Don Alfredo. Der hatte es später nicht mehr gewagt, nach Europa zu kommen. Zwanzig lange Jahre nicht. Warum tauchte er dann ausgerechnet jetzt hier auf? Was war der Auslöser? Wusste er, dass Morgado nicht mehr im Amt war? Vermutlich. Aber glaubte er wirklich, dass ihm deshalb nichts mehr passieren konnte? Gewiss, im Vergleich zu damals ging es diesmal um viel Geld. Ausverkaufte Seminare vor Hunderten von Leuten waren gewiss sehr einträglich. Und er hatte zu seiner Sicherheit den Söldner gebucht. Aber reicht das aus? Henrik ging davon aus, dass auch Morgado sehr wohl über Don Alfredos Anwesenheit in Lissabon Bescheid wusste. Wollte Morgado nun zu Ende bringen, was ihm damals nicht gelungen war? Und war Paula dabei zwischen die Fronten geraten, so wie ihre Mutter vor zwanzig Jahren?

Er kehrte in die Gegenwart zurück. Seine einstige Mitarbeiterin war gerade damit beschäftigt, ihre Weinbestände zu dezimieren. Sie wankte an den Tisch zurück und plumpste unbeholfen auf den Stuhl. Er hielt sie davon ab, das Glas erneut an die Lippen zu setzen.

»Don Alfredo hatte die Flucht angetreten, und Cinthya war bei Martin untergekommen. Warum ist sie nicht auch sofort zurückgeflogen?«

»Er hatte ihr Ticket mitgenommen. Und alles Geld. Martin kam gar nicht dazu, einen neuen Flug für sie zu buchen. Es wurde sofort nach ihr gefahndet. Ich bin sicher, Martin plante, sie irgendwie anders außer Landes zu bringen ...«

»Wozu es jedoch nicht kam.« Er ahnte, warum, und dieser Verdacht schmerzte. Seine nächste Frage auszusprechen, fiel ihm unendlich schwer. »Hast du sie verraten?«

Sie sagte nichts, und es war ein Schweigen, das lauter in seinem Kopf hallte als jedes hinausgeschriene Geständnis.

»Warum nur? Das war nicht nur Verrat an Cinthya, sondern auch an Martin. Wie kam Morgado überhaupt auf dich?«

»Die Polizei hat mich einbestellt ...«, begann Catia leise. Die Wirkung des zu schnell hinuntergestürzten Weins war deutlich zu hören.

»Zu einer Befragung? Wieso?«

»Offenbar hatte jemand beobachtet, wie Cinthya zu mir in den Wagen stieg. Morgado hat mir später erklärt, er hätte das Anwesen die ganze Zeit über beobachten lassen. Vermutlich aus Eifersucht oder Misstrauen gegenüber Don Alfredos Praktiken.«

»Es hat ihm nichts genützt. Er konnte seine Frau nicht retten, und der Verantwortliche ist entwischt. Er wollte aber partout jemanden dafür bestrafen, was ihm widerfahren war. Und du hast ihm dabei geholfen. Ich kann es immer noch nicht glauben. Du bist sogar so weit gegangen, auch mich bei ihm zu verpfeifen, als du mitbekommen hast, dass ich mich für diesen alten Fall interessiere. Doch das wirklich Schlimme daran ist, dass du damit sehr wahrscheinlich auch Cinthyas Tochter in Gefahr gebracht hast.«

Objektiv betrachtet, musste er sich dafür eine Teilschuld geben, aber das band er ihr natürlich nicht auf die Nase. »Der Wein wird dir nicht helfen, selbst wenn er dich im Moment betäubt. Diese Schuld wirst du nicht mehr los. Ich will nur noch eins wissen: Was hat Morgado dir versprochen? Hat dein Verrat sich wenigstens gelohnt?«

32

Obwohl sie sturzbetrunken war, ließ er sie ohne Bedenken zurück. Er hatte kein Mitleid für sie übrig. Erst recht nicht, weil sie sich geweigert hatte, über die Zugeständnisse zu sprechen, die sie damals vom Staatsanwalt für Cinthyas Auslieferung erhalten hatte. Dreißig Silberlinge, hatte er gefaucht und die Tür hinter sich zugeschlagen. Schwer zu glauben, dass Martin von dem Verrat nichts mitbekommen hatte. Und, noch schlimmer, diese Frau danach sogar zwei Jahrzehnte bei sich beschäftigte.

Schier zum Verzweifeln war, dass Catia nicht die Einzige war, die seinem Onkel in den Rücken gefallen war. Der wahre Schuft war nur nicht zu Hause gewesen, seine Wohnung leer. Leer und nicht einmal verschlossen, so als hätte er nicht das Geringste zu verbergen. Das Wissen darüber, dass Martin all die Jahre dieses niederträchtige Pack um sich geschart hatte, in seinem Glauben an wahre Freundschaft blind gegenüber ihren Intrigen, schmerzte Henrik zutiefst. Und es machte ihn zornig. Es war ein Zorn, aus dem er jetzt positive Energie schöpfen wollte, denn zuallererst musste er sich um Paula kümmern. Er hatte sich ohnehin schon zu lange ablenken lassen, auch wenn das Gespräch mit Catia sehr wichtig gewesen war.

Jetzt hockte er wieder in der Metro, in einem späten Zug hinaus zum Flughafen. Er fühlte sich wie im Rausch, obwohl er nichts von dem Wein getrunken hatte. Die Gedanken wirbelten nur so durch seinen Schädel. War er auf dem richtigen Weg? Diese Frage quälte ihn am meisten. Wenn er falsch lag, vertrödelte er unnötig Zeit. Sofern er überhaupt noch rechtzeitig kam. In seinem Kopf existierte ein Drehbuch, und sein Instinkt bestärkte ihn darin. Vor allem, was das Ende betraf. Es war irrational, aber alle Ereignisse der letzten Tage liefen darauf hinaus. Das, was vor zwanzig Jahren seinen Anfang genommen hatte, wollte ein Mann nun mit Gewalt beenden. Nicht alles, was Henrik in der vergangenen Woche hatte in Erfahrung bringen können, fügte sich logisch in den Verlauf der Geschehnisse ein. Das war das Risiko. Die nicht abwägbaren Ungereimtheiten, die ihn als Polizist noch davon abgehalten hätten, zu handeln. Doch diese Zeit hatte er hinter sich gelassen. Er wusste, er konnte nicht alles kalkulieren und hieb- und stichfest machen, vor allem, wenn eilig Entscheidungen getroffen werden mussten. Entscheidungen, von denen Leben abhingen.

Am Aeroporto de Lisboa angekommen, hetzte er zu den Mietwagenstationen, die um diese Zeit noch geöffnet hatten, weshalb er dort und nicht gleich im Zentrum einen Leihwagen reserviert hatte. Er sah der leicht übermüdeten Frau am Counter an, dass sie diesem abgerissen daherkommenden, ohne Gepäck reisenden Deutschen nur sehr ungern einen Wagen aushändigte. Keine Angst, ich bringe ihn zurück, hätte er schon fast gesagt, als sie den Autoschlüssel auf den Tresen legte. Aber dann fiel ihm ein, dass er das nicht einmal bei Filipas alter Karre geschafft hatte, also nickte er nur knapp, drehte sich um und eilte zu dem Parkdeck, wo die Mietwagen abgestellt waren.

Es war ein Polo, rundherum verschrammt. Der billigste Wagen, den er beim Anbieter auf der Website gefunden hatte. Dennoch fuhr er sich noch deutlich besser als Filipas Seat, und er besaß eine Klimaanlage. Nicht, dass die zu dieser späten Stunde noch nötig gewesen wäre. Die Luft hatte sich überraschend abgekühlt. War vielleicht ein Wetterumschwung zu erwarten? Er hatte von der Außenwelt praktisch nichts mehr mitbekommen. Stunden und Tage waren ineinandergeflossen. Wann hatte er zuletzt geschlafen oder gegessen? Seine Bemühungen um Konzentration wurden immer wieder von aufblitzenden Erinnerungen torpediert, die nichts mit Cinthya Cardenas, Orlando Morgado oder Catias Intrige zu tun hatte. Stattdessen schoss ihm der Anruf seiner Schwester durch den Kopf, die seine Mutter ankündigte. Das wölfische Grinsen eines grauhaarigen Mannes, der sich Lobo nannte. Das Fliesengemälde, das Franz von Assisi als Marionette zeigte. Bruno, der das Rätsel der Azulejos zu lösen versuchte. Es war immens wichtig, sich nicht von diesen Erinnerungsfetzen ablenken zu lassen, doch sein psychischer Zustand machte dieses Vorhaben nicht einfach.

Auf der Autobahn meldete sein Handy eine eingehende Nachricht. Die kurze Botschaft war von Adriana und bestand nur aus einer Zahl.

1999.

Darauf hatte er gewartet. Der letzte Hinweis, der ihm noch fehlte. Es war an der Zeit, den Joker auszuspielen.

Trotz der fortgeschrittenen Stunde ging sie ans Telefon. Sie machte nicht den Eindruck, er hätte sie geweckt. Vielleicht war sie auch gerade im Einsatz.

»Du *musst* mir jetzt helfen«, fing er sofort an zu reden, um jeden Einwand zu unterbinden. »Ich weiß, du glaubst mir nicht, dass Morgado etwas mit dem Verschwinden von Cinthya Cardenas zu tun hat, aber gesetzt den Fall, er war trotzdem darin verwickelt, dann hat er jetzt auch die Tochter dieser Frau. Kannst du verantworten, dass noch eine junge Frau auf Nimmerwiedersehen verschwindet?«

»Henrik, bitte ...«, fing Helena an.

»Hör doch zu! Wenn du richtig nachdenkst, ergibt alles einen Sinn. Er lässt sich die Ermittlungsakte von damals aushändigen, die einzigen Unterlagen, die in irgendeiner Form belastendes Material gegen ihn enthalten könnten. Damit verwischt er sämtliche Spuren, die zu ihm hätten führen können. Morgado hatte allen Grund, sich an dem Heiler zu rächen, doch der entkommt ihm, und statt seiner nimmt er sich dessen Assistentin vor – oder wie immer man Cinthya bezeichnen will. Vermutlich hat er sich erhofft, sie als Druckmittel gegen Don Alfredo verwenden zu können. Wenn du noch mehr Beweise brauchst, dann frag im Grundbuchamt nach, wann Morgado das Anwesen in den Sintra-Bergen erworben hat. Es war dasselbe Jahr, in dem seine Frau dort durch die Einnahme eines Halluzinogens verrückt geworden war. Ich habe keine Ahnung, was diesen Mann des Rechts letztlich dazu bewogen hat, selbst zum Verbrecher zu werden, aber ich werde ihn danach fragen. Mit dir oder ohne dich. Das ist es, was du jetzt zu entscheiden hast. Aber lass dir nicht zu viel Zeit damit!«

»Henrik!«

»Hör einfach auf dein Gewissen«, empfahl er und trennte die Verbindung – auch wenn es besser gewesen wäre, sie noch darauf aufmerksam zu machen, dass er bereits in die Berge unterwegs war. Zu dem einzigen Ort, der für Orlando Morgado noch eine Rolle spielte.

33

Henrik lenkte den Leihwagen an dieselbe Stelle, wo er auch beim ersten Mal gehalten hatte. Die Nacht war mondhell, der Wind kräftig. Vom Meer her zogen wohl Wolken heran, aber das war mehr eine Ahnung. Über dem Atlantik herrschte tiefste Dunkelheit. Sollte tatsächlich Regen über das ausgedörrte Land kommen? Über das brennende Land? Er war gekommen, um ein anderes Feuer zu bekämpfen. Das Brennen in der Seele, das von Hass geschürt wurde. Ein Feuer, das ewig schwelen konnte, wenn man es zuließ.

Diesmal war das Tor abgeschlossen – ganz wie damals, als Catia hier herumschnüffelte. Durch das Lanzengitter war kein Licht im Haus oder im Stall zu sehen. Er konnte von hier aus auch nicht erkennen, ob Morgados SUV irgendwo parkte. Das musste natürlich nichts heißen. Immerhin war da noch der Schuppen, oder das Auto stand einfach hinter einem der Gebäude. Oder es war trotz des Mondes schlichtweg zu dunkel unter den Bäumen, um etwas ausmachen zu können. Jedenfalls war der Ort wegen seiner Abgeschiedenheit ideal, um ein Entführungsopfer zu verstecken. Viel besser als ein Haus in einer belebten Straße, mitten in der Stadt, vor dem vermutlich auch um diese Uhrzeit noch Leute gingen. Außerdem wusste Morgado bereits, wie so etwas ablief. Er konnte auf seine Erfahrung von vor zwanzig Jahren zurückgreifen. War er mit Cinthya damals auch sofort hierhergekommen? Das war einer dieser kritischen Punkte, mit denen Henrik sich schwertat. Wie hatte es der Staatsanwalt bloß geschafft, den Bauern auf seine Seite zu ziehen, dem der Hof zu jener Zeit noch gehörte. Geld, war die naheliegende Antwort. Ausreichend Schweigegeld und eine Vereinbarung, die letztlich dazu führte, dass Morgado den Hof komplett erwarb, um ihn für seine Zwecke zu nutzen. Für die Pferdezucht. Und um eine Geisel einzukerkern.

Er würde es nicht herausfinden, wenn er bloß hier stehen blieb. Bei seinem ersten Besuch hatte er nicht darauf geachtet, ob irgendwo Kameras installiert waren. Zuerst war er zu unbedarft und nach der Begegnung mit Morgado und dessen Pferd zu perplex gewesen. Also versuchte er jetzt nicht weiter über eine mögliche elektronische Überwachung des Anwesens nachzudenken. Er trug ausschließlich schwarze Sachen, und die Nacht würde ihn verschlucken, solange er sich im Schatten bewegte. Die Mauer neben der Einfahrt war nicht hoch, nur das Gestrüpp dahinter war ein Problem. Dornensträucher wie vor zwei Jahrzehnten, als Catia begehrlich davorstand und darauf hoffte, einen Blick auf den großen Heiler aus dem Amazonasdschungel zu erhaschen.

Seit Henrik in Lissabon aktiv war, kletterte er ja gerne einmal über Einfriedungen dieser Art. Niemals hatte ihn dabei etwas Gutes erwartet, und auch diesmal fühlte er sich nicht besonders zuversichtlich. Die Vorahnung war stark geworden in den letzten Minuten. Vor allem seit er ausgestiegen und im Geräuschschatten der nächtlichen Insektengesänge zum Anwesen geschlichen war. Ein letztes Mal atmete er tief ein, dann schwang er sich auf die Mauer. Auf der Krone balancierte er entlang, bis er im blassen Licht des Erdtrabanten eine Stelle ausmachen konnte, bei der er einen Sprung auf das Grundstück wagte. Dort, wo er aufkam und sich abrollte, um der Gefahr eines verstauchten Knöchels zu umgehen, war das Gras glücklicherweise recht hoch. Danach verharrte er eine Weile gebückt unter den tief hängenden Ästen einer mächtigen Pinie. Abgesehen von den Gesängen der Nacht und dem Wind in den Baumwipfeln war es ruhig. Trügerisch ruhig?

Morgado musste damit rechnen, dass Henrik ihm auf den Fersen war. Vielleicht hatte er ja Paula dazu gebracht, darüber auszupacken, was sie über seine Aktivitäten wusste.

Erneut schüttelte Henrik über sich selbst den Kopf. Ihm lag nicht der kleinste Beweis vor, und doch war er festen Glaubens. Sein Bauchgefühl hatte jede Form der Vernunft verdrängt. Nun, für Zweifel war es ohnehin zu spät. Zwischen Bäumen und übermannshohen Sträuchern bewegte er sich auf den nächstgelegenen Schuppen zu. Durch das verstaubte Fenster zu blicken, war sinnlos. Drinnen herrschte absolute Schwärze. Aus dem Pferdestall jenseits des Vorplatzes ertönte allerdings Hufscharren und aufgeregtes Schnauben. Die Tiere spürten seine Anwesenheit, rochen vermutlich das Adrenalin in seinen Adern. Der Geruch der nervlichen Anspannung, gegen den er nichts tun konnte.

Das Schiebetor des Schuppens war mit einem Vorhängeschloss verriegelt. Henrik schlich hinter der Holzkonstruktion herum zur Rückseite des Grundstücks, das hier ein Stück abfiel und vor dem Waldsaum mit einem Reitplatz abschloss; dessen heller Sand zeichnete sich deutlich als Rechteck gegen die ihn umgebende Dunkelheit ab. Auch hier leuchtete kein Licht aus den Fenstern des Wohnhauses. Und es parkte nirgendwo ein Auto. Henrik verspürte

Enttäuschung. War er doch am falschen Ort, hatte er sich von seiner Intuition täuschen lassen? Wäre sein Verstand diesmal doch der bessere Ratgeber gewesen?

Wieder hörte er die Pferde. Dabei stand er inzwischen gegen den Wind. Konnten sie ihn überhaupt wittern? Vielleicht war es ja gar nicht er, der sie in Unruhe versetzte? Durch kniehohes Gras ging er hinten am Haus entlang auf den Pferdestall zu. Mal sehen, ob die Nervosität der Tiere zunahm, wenn er sich ihnen weiter näherte. Eigentlich hätte er sich besser Zugang zum Haus verschafft – trotzdem schlich er weiter. Geduckt und sorgfältig die Schritte setzend. Da war irgendetwas. Die Böen wurden stärker und trieben den Geruch von Pferdemist in seine Richtung. An der Ecke des Wohnhauses angekommen, bemerkte er, dass das Tor zum Stall nicht ganz geschlossen war. Aus dieser Perspektive zeigte sich ein dunkler Spalt in der Holzfassade. War das eine Einladung? Und besaß er die Kaltschnäuzigkeit, sie anzunehmen?

Nun, was blieben ihm für Möglichkeiten? War Morgado hier irgendwo, musste er ihn aus seinem Versteck locken. Und alles, was er als Köder anbieten konnte, war er selbst. Der Mann war wesentlich kleiner und dreißig Jahre älter. Sofern er also über keine Schusswaffe verfügte, standen Henriks Chancen nicht schlecht, sogar einen hinterrücks geführten Angriff abwehren zu können. Vom Haus bis zur Stallung musste er ohne jede Deckung über den Vorplatz, über zwölf, fünfzehn Meter knirschenden Kies. Keine gute Voraussetzung, um weiter unsichtbar zu bleiben. Sofern er das überhaupt wollte.

Was würde Morgado gegen sein erneutes Auftauchen unternehmen? Versuchen, ihn ein weiteres Mal niederzureiten? Oder auf ihn schießen? Auf eine Person zu schießen, war nicht so leicht, wie es Filmschaffende einem gern vermittelten. Beim Durchschnittsmenschen gab es in der Regel eine sehr hohe psychische Hemmschwelle, den Abzug zu drücken. Selbst wenn man nicht vorhatte, sofort zu töten. Der Abschuss einer Feuerwaffe barg einfach immer das extrem hohe Risiko, einen lebensbedrohlichen Treffer zu landen. Die Chance, dass Morgado diese Abgebrühtheit besaß, hielt er für gering. Der Mann war doch ein Pferdeflüsterer!

Die offene Konfrontation noch weiter hinauszuzögern, war eine Alternative, die einen erneuten Umweg über die Rückseite des Gebäudes erfordern würde. Allerdings begann gleich dahinter ein Wäldchen. Dichtes Gestrüpp und niedriger Baumbestand mit Ästen bis zum Boden, der sich bis zum Reitplatz erstreckte. Und wie es dort unten weiterging, konnte er nicht erkennen. Henrik überlegte nicht länger und rannte los. Drei, vier Sekunden später lehnte er mit dem Rücken an der warmen Bretterwand, links neben dem Tor, und war darum bemüht, möglichst flach zu atmen. Nicht einfach bei dem rasenden Puls. Er ließ dreißig Sekunden verstreichen, dann schlüpfte er durch den schulterbreiten Spalt in den Pferdestall.

Der Geruch der Tiere verstärkte sich sofort um ein Vielfaches. Vage erkannte er rechts und links des Mittelgangs je vier Boxen, wobei nicht sicher war, ob in jeder ein Pferd stand. Den Geräuschen nach waren es aber mindestens ein halbes Dutzend Huftiere. Und sie waren nun hörbar aufgebracht. Schnaubten oder wieherten verhalten. Eins davon schlug mehrmals gegen die Holzwandung seiner Box.

Er verharrte, bis sich seine Augen besser an die Dunkelheit gewöhnt hatten. Die finsteren Ecken im Stall blieben dennoch, was sie waren; schwarze, undurchdringliche Löcher.

Das Pferd links von ihm wollte sich partout nicht beruhigen. »Schsch!«, machte Henrik und trat bis vor die Box. Das Pferd war nur ein schwarzer Schemen, der gegen die hintere Wand des Holzverschlags tänzelte. Nach ein paar Sekunden wurde es tatsächlich ruhiger. Zu seiner Überraschung kam es dann sogar auf ihn zu. Er war schließlich nicht besonders entspannt. Sanft legte er die flache Hand auf die flaumig weichen Nüstern und spähte an dem Tier vorbei. Lehnte dort etwas gegen die Stallwand, direkt unterhalb der Heuraufe? Ein Sack? Oder eine zusammengesunkene Person? Schutzlos den beschlagenen Hufen ausgesetzt, falls das Pferd den Rappel bekam. Henrik sah sich um. Er war allein. Niemand stürzte sich aus der Dunkelheit mit einer Mistgabel bewaffnet auf ihn. Bis auf die Tiere war nichts zu hören. Er schob den Riegel auf, öffnete die Boxentür und schlüpfte hinein. Das Pferd erschien ihm augenblicklich noch größer. Er hatte immer schon einen Heidenrespekt vor diesen langbeinigen Riesen gehabt. Miriam hatte ihn früher ab und ab dazu überreden können, mit ihr zum Gestüt zu fahren, aber er hatte selten den Mut gefunden, sich in einen Sattel zu schwingen. Schon allein durch die schiere Größe kamen ihm die Tiere jedes Mal unkontrollierbar vor, egal wie straff er die Zügel zog oder wie fest er die Schenkel gegen die Flanken presste.

Und jetzt stand er mit so einem massigen Ross in einer engen Box, mit keinem halben Meter Platz zwischen dem ausladenden, unentwegt in Bewegung befindlichen Pferdekörper und der rauen Stallmauer. Das Tier wich nur ungern zur Seite, während er sich an der Wand entlang in den hinteren Bereich der Box schob. Jetzt war er sicher, es war kein Sack, der dort im Streu stand. Er drückte sich am Hinterteil des Pferds vorbei und versuchte, dabei nicht an ausschlagende Läufe zu denken. Einmal bekam er den Schweif ins Gesicht, dann ging er in die Hocke. Kniete sich neben die Person, die dort bewegungslos kauerte, unter einem gewachsten Regenponcho, dessen Kapuze das Gesicht völlig verdeckte.

Das Pferd wieherte.

Henrik streckte die Hand nach der Kapuze aus. *Und niemand weiß, wo ich bin.*

Er spürte die Beine des Tiers direkt in seinem Rücken und wandte den Kopf, um nicht erneut vom Schweif getroffen zu werden. In diesem Moment bewegte sich der Poncho, ohne Vorwarnung und blitzschnell. Das Pferd verhinderte, dass er zurückweichen konnte.

Ein lautes Knistern. Helles Licht blendete ihn.

Dann explodierte etwas in seinem Nacken. Ein Feuerstrahl jagte durch seine Wirbelsäule und setzte Rückenmark und Gehirn in Flammen.

34

Das Pferd!
Und: *Ich kann mich nicht bewegen.*
Dann wieder das Pferd. *Ich kann mich nicht bewegen. Es hat mich getroffen, mit dem Huf mein Rückgrat zertrümmert.*
Das Pferd.
Er öffnete die Augen, was ihm unwahrscheinlich schwerfiel. Das Pferd stand nicht mehr neben oder über ihm. Er befand sich auch nicht mehr in der Box. Seine Wange lag auf nacktem Stein. Er atmete aus, Sägespäne flogen von ihm weg. Da war auch Stroh. Ein Halm pikte in seine Nase, aber er war unfähig, den Kopf zu heben. Genau wie alles andere. Das Rückgrat, zertrümmert.
Aber sollte er dann überhaupt etwas spüren? Vermutlich nicht. Doch da war dieser brennende Schmerz, der alle anderen Empfindungen überlagerte und ihn unfähig machte, seine Glieder zu bewegen. Plötzlich kehrte die Erinnerung an den grellen Blitz zurück, als hätte dieser einen Schatten auf seiner Netzhaut hinterlassen. O nein, es war kein Hufeisen gewesen, das ihn getroffen hat. Dieser Angriff hatte ihm sämtliche Muskeln und Knochen geraubt. Und das Bewusstsein. Wenn auch nur für ein paar Sekunden.
Wie bin ich aus der Box gekommen?
Konnte er seinem Zeitgefühl trauen? Sämtliche Denkprozesse hatten sich verlangsamt. Neuronen bogen falsch ab und fanden nicht zu den richtigen Verbindungen. Seine Gedanken reagierten träge, sein Körper überhaupt nicht.

Während er versuchte, die Kontrolle zurückzuerlangen, vernahm er das Klappern von Pferdehufen. Laut hallten sie auf dem Steinboden. Da kam es auch schon auf ihn zu. Ein Ungetüm. So mächtig. Ein weißes Pferd mit grauen Sprenkeln an den Vorder- und Hinterläufen. Jemand musste Licht gemacht haben, fiel ihm auf, denn er konnte sehen. Wenn auch unscharf. Darum bemerkte er auch die Gestalt, die neben dem Pferd herging. Verhüllt von dem Poncho, die Kapuze über dem Kopf. Der Ponchomann führte das Pferd am Zügel. Dieser Mann ..., dachte Henrik, aber es gelang ihm nicht, den Gedanken festzuhalten. Zurück blieb nur die Gewissheit, dass er wusste, wer der Mann war, auch wenn sein durchweichtes Gehirn gerade keinen Namen für ihn bereithielt.

Das Pferd warf seinen Schatten über ihn, der Mann verschwand aus seinem Sichtfeld, musste nun irgendwo hinter ihm sein. Er hörte, wie der Mann sich wieder entfernte, während das Pferd bei ihm stehen blieb, mit den Vorderhufen direkt neben seinem Gesicht. Es war ein anderes Pferd als das, das ihn getreten hatte. Nein, falsch. Nicht das Pferd, der Ponchomann hatte ihn erwischt.

Das Knistern, der blaue Blitz ... Ein Tazer!

Fünfhunderttausend Volt, die man durch seinen Leib gejagt hatte. Nichts, was ihm sonst bekannt war, konnte eine vergleichbare verhängnisvolle Wirkung auf den Organismus erzielen. Nun war es nicht mehr die portugiesische Hitze, die ihm den Schweiß aus allen Poren trieb. Wieder flogen Sägespäne davon. Ich weiß, wo ich bin!

Zu sehr auf die Gefahr der eisenbeschlagenen Hufe fixiert, bemerkt er die Rückkehr des Mannes erst wieder, als er eine Berührung an seinen Beinen spürte. Alles, was sein

Körper zuließ, war ein innerliches Zusammenzucken. Die Nerven waren zu betäubt, um die Muskeln zu stimulieren. Aber er fühlte es. Fühlte, wie etwas um seine Knöchel gelegt und wie daran gezerrt wurde.

Fieberhaft versuchte er sich vorzustellen, was dort an seinen Füßen passierte. Das blaue Feuer schien ihm nicht nur seine Muskeln geraubt zu haben, sondern auch seine Vorstellungskraft. Erst als der Mann wieder in sein Sichtfeld kam, konnte er sehen, was er trieb. Er ging um ihn herum, mit einem Seil in den Händen, das er hinauf und über einen der Holzbalken warf, die den Dachstuhl trugen. Das Unterfangen gelang gleich beim ersten Versuch, so als hätte er darin Routine. Henrik wusste, was passierte, und das Herz schlug ihm noch heftiger gegen die Rippen. Unendlich lange Sekunden verstrichen. Dann vollführte das Pferd eine Drehung auf der Stelle und setzte sich in Bewegung. Ein heftiger Ruck ging durch seinen Körper. Das Seil knirschte, als es mit ihm als Gewicht über den Holzbalken gezogen wurde.

Schnell baumelte er kopfüber einen Meter über dem Steinboden. Scharfkantige Ängste rasten ihm die Wirbelsäule hinab und durch sein Gehirn. Das Handy rutschte ihm aus der Hosentasche und knallte auf den Steinboden. Der Mann ging darauf zu und trat dreimal mit seinem Reitstiefelabsatz darauf, bevor er es quer durch den Stall kickte. Dann kauerte er sich vor Henrik hin und streifte die Kapuze ab. Sie sahen sich in die Augen, nur nicht so, wie man es gewohnt war, sondern um hundertachtzig Grad gedreht.

»Gefällt er Ihnen?« Der Mann deutete auf das weiße Tier. »Lipizzaner werden schwarz geboren und erst im Laufe ihres Lebens weiß. Wussten Sie das? Bei vielen von uns Menschen ist es umgekehrt ... bezogen auf die Seele.«

Sein Peiniger schien keine Erwiderung zu erwarten. Offenbar wusste er, dass Henrik noch nicht in der Lage war, seine Zunge zu benutzen. Der Mann erhob sich, verschwand in der Tiefe des Stalls und kehrte mit einer Schubkarre zurück, die er unter Henrik abstellte. Danach stieß er einen leisen Pfiff aus, und das Pferd reagierte. Unsanft plumpste Henrik in die mit Mist verdreckte Blechwanne. Die gebördelte Kante drückte ihm schmerzhaft in den Nacken, seine Wirbel knackten. Noch immer stand die Welt auf dem Kopf.

Der Ponchomann holte das Seil wieder ein, rollte es zusammen und warf es achtlos auf Henriks Körper. Dann schob er ihn auf der Schubkarre tiefer in den Stall hinein.

»Ich hätte Sie auch über den Boden schleifen lassen können; das hätte Sie allerdings eine Menge Haut gekostet«, sagte der Mann ohne jede Emotion in der Stimme. »Häutung war ja früher ein sehr probates Mittel, um Geständnisse zu bekommen. Ich wäre sicher gut darin gewesen, solche Methoden anzuordnen, oder was denken Sie? Früher hätte ich Gott gedient, statt dem Rechtssystem einer modernen Demokratie. Gott zu dienen macht es so viel einfacher; die Gesetzgebung kennt zu viele Ausflüchte, Paragrafen lassen sich beugen, das Wort des Allmächtigen hingegen ist eindeutig. Seit ich danach lebe, gelingt mir alles, und ich gebe gerne etwas von dieser Güte und Gnade Gottes an meine Mitmenschen weiter. All jene, die es verdienen, erfahren Barmherzigkeit von mir, sofern sie in Ehrfurcht vor dem Herrn leben. Doch jene, die den Teufel anbeten, bekämpfe ich, mit allem, was in meiner Macht steht. Ich wage die Behauptung, im Mittelalter hätte die katholische Kirche mich zum Großinquisitor ernannt.« Kurz und schrill lachte er über diese Vorstellung.

Der Großinquisitor. Morgado.

Denn das war der Name des Mannes, der ihn überrumpelt hatte. Weil er leichtsinnig gewesen war. Oder weil er es herausgefordert hatte. Was in diesem Fall nicht dasselbe war, davon war er überzeugt, ohne zu wissen, warum.

Morgado stellte die Schubkarre vor der hintersten Pferdebox auf der rechten Seite ab. Sie war leer. Das Tor stand offen. Sägemehl und Stroh bedeckten den Boden. Spinnweben, Spreu und Heustaub füllten den Stall bis hinauf zum Dachgebälk. Morgado ließ Henrik in der unbequemen Stellung liegen und betrat die Box. Er wischte mit dem Stiefel die Streu zur Seite und bückte sich nach einem Metallring. Ohne große Mühe hob er eine Falltür an. Eine Bewegung, die ihm leicht von der Hand ging, weil er sie bereits tausendfach ausgeführt hatte. Die rechteckige Öffnung im Boden war nicht etwa dunkel, war kein schwarzes Loch in den Abgrund. Nein, kühles Licht leuchtete daraus. Hinzu kam ein Geräusch. Ein konstantes Brummen wie von einem Kühlschrank.

Morgado kehrte zurück, schnappte sich das Seil, das auf Henriks Brust lag, und vollführte dieselbe Prozedur wie vorhin, nur diesmal mit dem Balken über der Pferdebox. Wieder lenkte er den Lipizzaner mit zwei knappen Pfiffen, nachdem er das Seil erneut um den Sattelknauf geschwungen hatte. Henrik wurde unsanft angehoben und baumelte zwei Sekunden später über dem Schacht. Wie ein Sack Kohle wurde er in den Keller hinabgelassen und landete dort zu seiner Überraschung auf geriffelten Platten aus mattem Edelstahl. Kein Bodenbelag, mit dem man in einem unterkellerten Pferdestall rechnete. Bevor er sich auf seine bewegungseingeschränkte Art orientieren konnte, verlor das Seil an Spannung, rutschte hoch über ihm vom Balken und auf ihn herab, wobei ihm das Ende heftig ins Gesicht klatschte. Der dadurch provozierte Reflex löste die Lähmung in seinem Nacken, plötzlich konnte er den Kopf wieder drehen, auch wenn die Muskulatur sich anfühlte, als wäre sie mit Nadeln gespickt.

Morgado kam eine steile Treppe herunter, die Henrik erst jetzt bemerkte. »Sie waren verrückt, noch mal herzukommen, aber das wissen Sie vermutlich. Senhora Rocha hat mich vorgewarnt. Es wird einer kommen, der sich nach Cinthya Cardenas erkundigt, hat sie gesagt und damit Ihr irrationales Verhalten angekündigt. Vermutlich können Sie nichts dafür, es muss in der Familie liegen. Sie sind ein Besessener, wie Ihr Onkel einer war. Nur ging der subtiler vor und kämpfte niemals an der Front, jedenfalls soweit ich gehört habe.«

Er bückte sich zu Henrik hinunter. »Sehen Sie mich nicht so an. Nicht alle, von denen man glaubt, sie wären verlässlich, sind es auch. Ihre gute Freundin war bereits damals, als sie noch im Dienste Ihres Onkels stand, eine Denunziantin und so freundlich, mir zu verraten, wo die ketzerische Hure untergekrochen war. So schließt sich der Kreis, wie man so schön sagt. Wenn Sie sich nur sehen könnten, wie erbärmlich Sie hier vor mir liegen.«

Mit einem Mal fiel Henriks nach oben verdrehter Blick auf den Ring an Morgados rechter Hand. Natürlich, er kannte das Symbol, das darauf abgebildet war. *Opus Dei.* Vage erinnerte er sich an einen seiner früheren Fälle als Kripobeamter, bei dem ihm ein Mitglied dieser erzkatholischen Vereinigung untergekommen war. Herrschte auch große Unordnung in seinem Kopf, so fand er doch, was er vor Langem dort abgelegt hatte. Opus Dei, das Werk Gottes, eine in den 1920ern von dem Spanier Escrivá gegründete Institution der katholischen Kirche, mit dem Ziel, die Gesellschaft zu verchristlichen. Soweit er noch wusste, war die Organisation ausschließlich dem Papst unterstellt. Wie hatte Morgado in diesen Verein gefunden?

Moment, musste er sich diese Frage wirklich stellen? Morgados Frau hatte ihn hintergangen, vielleicht sexuell, und ganz gewiss, indem sie sich einer Naturreligion zuwandte. Den wahren Gott verleugnete, der Häresie anheimfiel und zu einer Ketzerin wurde. Und Morgado war für Opus Dei selbstredend ein wunderbarer Kandidat. Ein Mann, der ein hohes Amt bekleidete und über Macht und Einfluss verfügte. Das klang nach einer recht brauchbaren Symbiose. Die Glaubensrichter des Werks Gottes waren stark in Spanien vertreten und unterstützten das politische System Francos. Es war naheliegend, dass sich ihr Verbreitungsgebiet auch hinüber nach Portugal erstreckte. Der Estado Novo unter Salazar war ähnlich strukturiert wie der Franquismus. Irgendwie schloss sich damit ein Kreis. Bruno hatte erst vor Kurzem genau dieses Thema aufgebracht, als es wegen der Azulejos um den Einfluss der Politik auf die Kirche ging … Und ja, da war sie wieder, diese Ahnung, dass alles miteinander verbunden war.

»Ich hätte tatsächlich nicht gedacht, dass Sie es innerhalb von zwölf Stunden zu mir zurückschaffen«, redete Morgado in seine Gedanken hinein. »Vor allem nicht, nachdem Sie dazwischen festgesetzt wurden. In dieser Hinsicht habe ich Sie wohl unterschätzt. Offenbar verfügen Sie über hervorragende Kontakte. Trotz allem war ich, wie Sie bemerken durften, nicht unvorbereitet, was Ihren erneuten

Besuch angeht. Und ich muss sagen, Sie haben es mir recht leicht gemacht. Soll ich etwa an einer gewissenhaften Polizeiausbildung in Deutschland zweifeln? Oder waren Sie etwa so vermessen, sich absichtlich von mir fangen zu lassen? Wirklich, ich musste mit mir ringen, Ihnen nicht einfach die Gelegenheit zu geben, ein bisschen herumzustöbern. Was ich unter anderen Umständen vermutlich sogar getan hätte.« Er richtete sich abrupt auf und verschwand durch die Tür, aus der das einschläfernde Surren kam. Henrik nutzte den Moment und sah sich um. Der Raum wirkte steril, fast wie ein Labor, nur ohne die entsprechenden Vorrichtungen und Experimentiertische. Die Wände waren in einem lichten Grau gekachelt. Kaltes Industrielicht strahlte von der mit Blechplatten verkleideten Decke, an der ein Belüftungs- und ein Kabelschacht verliefen. Es dauerte nur Sekunden, dann kehrte Morgado mit Kabelbindern zurück. Natürlich war ihm nicht entgangen, dass Henrik allmählich wieder in die Lage kam, kontrollierte Bewegungen auszuführen. Mit einem kräftigen Tritt drehte Morgado ihn auf den Bauch, schlang das harte Plastikband um seine Handgelenke und zog es zusammen, bis es ihm tief in die Haut schnitt. Henrik brachte ein Ächzen zustande. Einen Laut, den er beinahe schon zu einem Wort formen konnte.

»Noch ein paar Minuten Geduld, und alles funktioniert wieder wie vorher. Meines Erachtens sind diese Elektroimpulswaffen eine elegante Lösung, finden Sie nicht auch? Sie hinterlassen keine Spuren, von den kleinen Brandstellen mal abgesehen, aber die verheilen schnell.«

Morgado setzte sich auf eine Kiste, die an der Wand neben dem Durchgang stand, verschränkte die Arme und betrachtete ihn.

»Sie haben Fragen, nehme ich an. Als Polizist, auch wenn Sie nicht mehr im Dienst sind, hat man immer Fragen. Berufskrankheit. Lassen Sie es mich einfacher machen für Sie, solange Sie noch unter Artikulationsproblemen leiden. Was könnten Sie wissen wollen?« Er rieb sich mit Daumen und Zeigerfinger am Kinn. »Hm, der Hof, richtig? Sie fragen sich, wie ich dazu gekommen bin. Nun, es ist recht einfach, wenn man die Zusammenhänge kennt. Das Anwesen ...« Er lächelte. »Anwesen klingt natürlich viel zu hochtrabend für diesen recht abgehalfterten Bauernhof. Doch irdische Güter haben nun einmal keine Bedeutung mehr für mich. Das Haus in der Stadt, der teure Wagen – sie dienen nur dazu, den Schein zu wahren. Damit man weiterhin glaubt, ich sei nach wie vor ein Teil jener Gesellschaft, der ich einst angehörte. Hin und wieder muss ich tatsächlich auf dieses Netzwerk der Eitelkeit und deren Strukturen zurückgreifen ... Aber ich schweife ab. Das Anwesen, wollte ich sagen, gehörte dem Cousin meiner Gattin. Dem einzigen Cousin, den sie hatte – und von dem sie im Übrigen nie etwas wissen wollte. Sofern bei Familienfesten je über ihn gesprochen wurde oder er wider Erwarten doch einmal eingeladen war, nannte sie ihn stets einen Bauerntölpel. Er war unter ihrer Würde. Und ganz ehrlich, mir kam das gelegen. Es mag sich abfällig anhören, aber auch ich wollte ihn nicht in seiner nach Kuhmist stinkenden Bauernkluft bei mir im Wohnzimmer sitzen haben. Der Herr möge mir verzeihen, doch zu jener Zeit war ich ein orientierungsloser Mensch ohne Bestimmung. Kurz gesagt, der Mann war nie ein Thema, doch irgendwann änderte Alexandra unverhofft ihre Meinung über ihn. Für mich war das verwunderlich, ohne dass ich weiter darüber nachgedacht habe. Was ich natürlich hätte tun sollen, aber Sie können sich denken, dass mein ganzes Engagement damals meiner Karriere galt. Ich war noch nicht so weit, die wirklich essenziellen Dinge im Leben zu erkennen. Erst als herauskam, was meine Gattin plante, begriff ich. Doch es war zu spät, um zu intervenieren. Wenn Alexandra sich etwas in den Kopf gesetzt hatte, war es besser, ihr ihren Willen zu lassen. Sie hatte doch tatsächlich ihren Cousin überredet, ihr den Hof für diese Ritualwoche zur Verfügung zu stellen. Die ländliche Romantik erschien ihr offenbar geeignet für den Frevel, der dort vonstattengehen sollte. Zu beschäftigt mit mir selbst und zu unbedarft, wollte ich ihr die Freude an der Esoterik, die sie damals für sich entdeckt hatte, nicht nehmen. Leider habe ich auch hier zu spät verstanden, dass ich längst die Kontrolle verloren hatte. Der ganze Zirkus nur, damit dieser Scharlatan hier seine grob fahrlässigen Experimente mit orientierungslosen Frauen durchführen konnte, erschien mir selbstredend überzogen, doch ich erkannte die Vorzeichen nicht. Und damit haben Sie Ihre Erklärung für diesen Ort. Versprach ich nicht, es sei einfach? Bis zu diesem Punkt jedenfalls.«

Er redete, als hielte er ein Plädoyer. Allerdings nicht für die Anklage, sondern zu seiner Verteidigung. Unverkennbar legte sich plötzlich ein melancholischer Zug über seine sonst so kalten Augen. »Ich glaube, Alexandras Cousin gab sich eine Teilschuld an dem, was darauf folgte. Deshalb tat er anschließend alles, was ich ihm auftrug. Er half mir bei ein paar Dingen. Neben seinem eremitischen Dasein kam mir vor allem sein handwerkliches Geschick zugute. Zumindest eine Weile lang. Bis seine Skrupel die Furcht überwogen. Seine Angst vor der Strafe des Herrn, der ihm seine

Sünden nicht vergeben würde. Ja, ich denke, er wollte schlichtweg verhindern, dass er in der Hölle landete. Ich konnte ihm nicht klarmachen, dass wir ja gerade im Namen des Herrn handelten. Heute würde mir das leichter fallen. Nun, um dem Fegefeuer zu entkommen und gelenkt durch sein einfaches Gemüt, überschrieb er mir schließlich den Hof, in dem er nicht länger bleiben wollte, weil es sich dabei seiner Meinung nach um einen verfluchten Ort handelte. Ihm fehlte die Zuversicht, dass der Teufel, der hier gewirkt hatte, längst ausgetrieben war. Denn hier wurde wahrlich eine Reinigung vollzogen, Senhor Falkner. Ich spürte diese Reinheit, als ich erstmals hierherkam, auch wenn der Anlass natürlich ... Aber Sie können sich denken, wie ich mich damals fühlte, gerade Sie können das. Haben Sie nicht auch früh Ihre Frau verloren?«

Henrik schrieb es dem Zorn zu, den Morgado in ihm entfachte, dass es ihm gelang, endlich wieder etwas zu sagen. »Wo ist Paula?«, keuchte er angestrengt.

»Ach, das ist es, was Sie interessiert!« Morgado tat überrascht. »Möglicherweise belohne ich Sie, wenn Sie es schaffen aufzustehen!« Er sah Henrik herausfordernd an.

Es gelang ihm, seine Knie unter den Oberkörper zu schieben und diesen nach ein paar Atemzügen aufzurichten. Während er fieberhaft seine Möglichkeiten durchging, verfluchte er sich stumm. Diesmal konnte er nicht auf Helena bauen, die kommen und ihn raushauen würde.

»Nur Mut!«, grinste der Staatsanwalt.

Mit auf den Rücken gefesselten Armen und Pudding in den Oberschenkeln war es nicht einfach. Wankend und zitternd gelangte er dennoch nach einiger Anstrengung auf die Beine.

Morgado erhob sich ebenfalls von seiner Kiste. Aus der Tasche seines Regenumhangs zauberte er den Elektroschocker hervor. »Durch die Tür!«, befahl er.

Der angrenzende Raum beherbergte eine Küchenzeile, einen Kühlschrank und zwei abschließbare Metallschränke, wie man sie aus Krankenhäusern und Arztpraxen kannte. Alles sah sehr aufgeräumt auf. Klinisch. Der Boden war mit leicht zu reinigendem Vinyl ausgelegt. Es roch stechend und steril. Mit chemischen Reinigern war hier nicht gespart worden. Henrik verspürte ein Frösteln, das sich seine Wirbelsäule hinaufzog. Gleichzeitig fiel sein Blick auf den dreigeteilten Bildschirm, der unterschiedliche Areale des Außenbereichs zeigte. Das Anwesen verfügte also doch über ein Sicherheitssystem, und sehr wahrscheinlich hatte er durch sein Eindringen so etwas wie einen stillen Alarm ausgelöst.

»Was ist das hier?«

»Nur ein weiteres teures Hobby«, erklärte Morgado süffisant.

Die Küche war ein Durchgangsraum, an dessen Ende ein kurzer Gang zu einer weiteren Tür führte, die mit einem Riegel gesichert war. Unaufgefordert ging Henrik dort hinein und stand nach vier unsicheren Schritten vor einer im Neonschein matt glänzenden Metalltür. Der Zugang zu einer Zelle? Rechts neben der Tür war ein weiterer Monitor angebracht, der das in Grautönen gehaltene Bild eines quadratischen Zimmers zeigte, das nur Zwielicht und Schatten enthielt. Wegen der mangelhaften Beleuchtung dauerte es eine Weile, bis er Formen und Konturen erkannte. Die Kamera war in einer der oberen Zimmerecken angebracht. Die Umrisse, auf die er hinabblickte, ergaben nach und nach ein Bild. Das Bett stand mittig im Raum, umgeben von elektrischen Geräten auf fahrbaren Gestellen. Die Anzeigen und blinkenden Dioden der Apparaturen waren für das wenige an Licht verantwortlich. Tanzende Linien auf kleinen Monitoren. Digitale Ziffern, die Körperfunktionen überwachten. Schläuche und Kabel wanden sich aus den Geräten zum Bett hin, auf dem, tief versunken in ein übergroßes Kissen und in eine Zudecke gehüllt, jemand lag. Regungslos. In dieser Krankenzelle wurde jemand am Leben erhalten.

Und am Bett dieser Person kauerte jemand auf einem Stuhl, mit dem Oberkörper nach vorne gesackt, vor Erschöpfung oder vom Schlaf übermannt, den Kopf auf den Armen. Ebenfalls nicht mehr als ein Schatten – und doch war Henrik sofort klar, um wen es sich hierbei handelte. Er starrte Morgado entsetzt an.

»Sie sollten mir dankbar sein, dass ich die beiden zusammengebracht habe«, bemerkte dieser und zuckte mit den Achseln.

35

Henrik stand der Mund offen. Dieser Geisteskranke hielt Cinthya seit zwanzig Jahren hier unten gefangen. Diese Erkenntnis war so unfassbar, dass er nur mit Verzögerung mitbekam, dass Morgado weitersprach.

»… freche Göre stand einfach vor meiner Tür in der Avenida Duque de Ávila und fragte, ob ich etwas über den Verbleib ihrer Mutter wüsste. Natürlich hätte ich den Unwissenden geben und sie einfach wegschicken können. Aber ich ahnte, dass sie von Ihnen geschickt worden war. Senhora Rocha hatte recht behalten, *Sie* waren die eigentliche Gefahr. Ich konnte demnach gar nicht anders, als mich um die neugierige Brasilianerin zu kümmern.«

»Weil Sie wussten, dass ich alles daransetzen würde, Paula zu finden.«

»Eine bessere Chance, Sie anzulocken, hätte ich nicht bekommen. Nachdem Sie bei ihrer Mutter schon so penetrant waren, war das nur logisch. Zudem wussten Sie, wo Sie suchen mussten … und schließlich konnte ich Sie nicht einfach weitermachen und noch mehr Staub aufwirbeln lassen.«

»Dabei verfügen Sie doch über elegantere Methoden.«

»Die Verkehrskontrolle, meinen Sie?« Morgado wiegte lächelnd den Kopf. »Wahrlich, was für ein Wink Gottes. Dennoch war es Zufall, dass Sie da herausgezogen wurden, und der Teufel muss Ihnen bei Ihrer Entlassung beigestanden haben. Kaum war mir die Information über ihre Inhaftierung zugetragen worden, waren Sie auch schon wieder frei. Mir blieb keine Zeit, noch irgendetwas in die Wege zu leiten.«

Adriana hatte das offensichtlich meisterhaft gedeichselt, das Timing hätte nicht besser sein können. Wie auch immer die entsprechenden *Wege* des Großinquisitors ausgesehen hätten, er war seinem Zugriff gerade noch so entwischt. Morgados Psyche stellte sich noch als wesentlich verdrehter heraus, als er je angenommen hatte.

»Was haben Sie nur getan?«, fragte er und richtete den Blick wieder auf den Bildschirm.

»Sie liegt im Koma, schon seit fünfzehn Jahren. Am Anfang habe ich es übertrieben mit dem Pharmazeutikum, mit dem ich sie die ganze Zeit über in einem lethargischen Zustand gehalten habe, damit sie nicht weglaufen kann. Das war alles, bevor ich diese Unterbringung hier einrichten konnte. In ihrem jetzigen, mental fragmentierten Zustand *kann* sie nicht mehr wegrennen; das ist zwar bequem, bedarf aber eines immensen Aufwands, wie Sie sich denken können. Anfangs hatte ich eine Pflegekraft, doch die ist irgendwann abgesprungen. Sie kennen diese Personalprobleme ja aus eigener Erfahrung.«

Was Morgado da sagte, war nur sehr schwer zu begreifen. Oder eigentlich für einen vernünftigen Menschen überhaupt nicht zu verstehen.

»Woher haben Sie diese medizinischen Geräte?«

Morgado zeigte ein wölfisches Grinsen. »Ich kenne einen Arzt, der mir einen großen Gefallen schuldet. Seit er im Ruhestand ist, verbringt er viel Zeit hier draußen. Was ihm deutlich lieber ist, als bis zum Lebensende im Gefängnis zu hocken. Leider wird er allmählich zu alt, möglicherweise muss ich mich also bald nach einer neuen medizinischen

Fachkraft umsehen. Ich habe auch schon jemanden im Auge. Am Nachmittag rief mich ein treuer Freund aus der Staatsanwaltschaft an und erzählte mir von einer Ärztin, die demnächst ein Problem wegen illegalen Medikamentenhandels bekommen wird. Eine Freundin von Ihnen, wenn ich mich nicht irre. Dr. Filipa Mola. Ich denke darüber nach, ihr meine Hilfe anzubieten. Für die entsprechende Gegenleistung, versteht sich.«

Filipa! Auch davon wusste dieser Wahnsinnige! Es galt, alles daranzusetzen, ihn aufzuhalten, damit nicht noch mehr Menschen unter seinem Irrsinn leiden mussten. Auch wenn es aus gewisser Sicht hart klang, musste er diese Frage stellen. »Wieso aber dieser Aufwand? Was war Ihr Antrieb, sie über all die Jahre in diesem menschenunwürdigen Zustand zu halten?«

»Sie hat mir alles genommen, was mir lieb war, da ist es nur gerecht, sie nicht einfach so gehen zu lassen. Ihr soll ausreichend Zeit bleiben, zu büßen. Und auch wenn es danach aussieht, als läge dort drinnen nur ihre leere Hülle, so weiß ich es besser. Ab und an, wenn ich bei ihr sitze, weint sie. Ich denke, dass ist ihre Art, mir zu zeigen, dass sie noch unter uns ist und um Vergebung bittet.« Er rückte näher an Henrik heran, der immer noch starr auf den Monitor blickte. »Dann sammle ich ihre Tränen und salbe mich damit«, flüsterte Morgado ihm ins Ohr.

Was? Wie krank war dieser Mann? Henrik wirbelte herum, ging dabei in die Knie und rammte Morgado seine Schulter gegen den Brustkorb. Überrascht taumelte der andere rückwärts durch den Gang und hinein in die Laborküche. In seiner Rechten knisterte der Elektroschocker, fand aber kein Ziel. Henrik setzte ihm nach, wich Morgados unkontrollierten Schwinger mit dem Tazer aus, machte einen Ausfallschritt nach rechts und stieß mit seinem Fuß den fahrbaren Metallständer für Infusionsbeutel, der ihm vorhin schon ins Auge gefallen war, in Richtung des ehemaligen Staatsanwalts. Beim Versuch, dem heranrollenden Gestell auszuweichen, verlor dieser seine lähmende Waffe. Obwohl Henriks Reflexe nach wie vor verzögert waren und seine auf den Rücken gefesselten Hände ihn extrem behinderten, warf er sich nach vorne. Er prallte gegen Morgado, der noch mit dem Infusionsständer kämpfte, nun endgültig sein Gleichgewicht verlor und auf den gewienerten Vinylboden stürzte. Henrik trat nach, und Morgado riss prompt die Arme nach oben. Dennoch erwischte Henrik ihn an der Schläfe. Hart genug, um ihm das Bewusstsein zu rauben.

Keuchend blickte er für ein paar Sekunden auf den Diener Gottes, der mit verdrehten Gliedern und flatternden Augenlidern flach atmend vor ihm lag und plötzlich nur noch ein bemitleidenswerter, geistig desorientierter alter Mann war. Doch seine Anteilnahme währte nur kurz, und schnell gewann die Wut über die verübten Schandtaten wieder die Oberhand. Mit den nach hinten gebundenen Händen zog Henrik die Schubladen der Küchenzeile auf, in denen sich diverse medizinische Werkzeuge befanden. Er wählte ein Skalpell, drehte sich um und fingerte es aus dem Schubfach. Das Operationsmesser war effektiv, trotz allem war die Aktion umständlich, und Henrik kam nicht ohne Schnitte im weichen Fleisch der Gelenke und in den Handflächen davon, während er das harte Plastik des Kabelbinders durchsäbelte. Der Schmerz hielt an, auch nachdem seine zerschundenen Hände befreit waren, und machte ihn wieder einigermaßen klar im Kopf. Als er sich wieder nach

Morgado umdrehte, lag dieser nicht mehr am Boden, sondern taumelte soeben an der gegenüberliegenden Wand entlang, den blitzespeienden Elektroschocker weit von sich gestreckt. Hätte Henriks Gegner vorgehabt, ihn an der Flucht zu hindern, hätte er sich für die andere Richtung entscheiden müssen. So hingegen war der Weg frei, der hinaus aus diesem teuflischen Keller führte. Doch zu flüchten hätte bedeutet, Paula und ihre Mutter in dem Verlies zurückzulassen. Zusammen mit diesem Irren.

Henrik steckte das Skalpell in die hintere Tasche und packte den Infusionsständer, der ihm als geeignetere Waffe erschien. Allerdings erkannte er zu spät, was Morgado vorhatte, und so gelangte der Staatsanwalt in diesem Augenblick zu einem Schaltkasten, den er mit der freien Hand öffnete.

»Hören Sie mit dem Unfug auf und stellen Sie dieses Ding zurück, oder ich schalte ihr den Strom ab!«

Henrik behielt die Angriffshaltung bei. »Sie haben sie all die Jahre am Leben gehalten, ich denke nicht, dass Sie das tun werden. Wenn Sie sie bloß wegen mir in den Tod schicken, kann sie gar nicht mehr für Sie weinen.«

»Was hätte ich in meiner jetzigen Situation noch zu verlieren? Sie sind mir auf die Schliche gekommen. Man wird sie mir ohnehin wegnehmen.«

»Geben Sie mir Paula, und ich lasse Sie in Ruhe.« Der Vorschlag war so widersinnig wie naiv, aber er würde Morgado vielleicht dazu bringen, den Finger von der Hauptsicherung zu nehmen. Der Mann schien tatsächlich darüber nachzudenken. Seltsam entrückt blickte er durch Henrik hindurch. »Haben Sie sich eigentlich mal gefragt, warum alles ausgerechnet jetzt aus dem Ruder gerät?«

»Was meinen Sie damit?«

»Es geht zu Ende«, murmelte Morgado.

»Sie stirbt?«

Morgados Blick kehrte in die Wirklichkeit zurück und war wieder so eiskalt wie zuvor. »Der Doktor riskiert es zwar nicht, mir das direkt zu sagen, aber ich durchschaue ihn genauso wie alle anderen Leute. Das konnte ich schon immer. Bei Ihnen ist es auch nicht anders, also machen Sie sich keine Hoffnungen. Sie geben vor, mit der kleinen Brasilianerin zufrieden zu sein. Doch Sie sind ein aufrechter Mensch, zu pflichtbewusst, um nicht mit aller Kraft zu versuchen, mich aufzuhalten. Auch darin unterscheiden Sie sich nicht von Ihrem Onkel. Ich konnte ihm aufgrund seiner widernatürlichen Orientierung zwar keinen Respekt entgegenbringen, habe ihn aber trotzdem immer als würdigen Widersacher angesehen. Selbst wenn er nie wirklich etwas ausrichten konnte. Dazu fehlte ihm die Courage – aber selbstverständlich kann man von einem Männerliebhaber kaum erwarten, dass er an der Front seinen Mann steht ...«

»Er hatte Sie auf der Rechnung, weil sie hinsichtlich João de Castro schlampig ermitteln ließen. Ich nehme an, wegen dessen Homosexualität ...«

»Das tat nichts zur Sache, zu dieser Zeit war ich tatsächlich liberaler eingestellt. Mir waren aus anderen Gründen die Hände gebunden. Ich besaß damals noch nicht den Einfluss, den ich später erlangte. Bis es so weit war, war für de Castro nichts mehr zu machen.«

Henrik horchte auf. »Wer war es, der selbst einen Staatsanwalt zu seiner Marionette machen konnte?«

Morgado bekreuzigte sich. »Der Teufel hat viele Gesichter ... belassen wir es dabei, Senhor Falkner. Sie haben wahrlich andere Sorgen, und ich brauche Ihnen nur in die Augen zu sehen und weiß, dass Sie den Kampf nicht scheuen. So viel Ritterlichkeit ...«

Vermutlich stand ihm tatsächlich ins Gesicht geschrieben, dass er ohne Cinthya nicht gehen würde. Schon allein wegen Paula, auch wenn äußerst fraglich war, ob sie in ihrem Zustand überhaupt transportabel war. Abhängig von den Geräten und der künstlichen Ernährung, wie sie war. Wie war es nur möglich, dass sie diese Tortur so lange überleben konnte? Und wie konnte es sein, dass nie irgendjemand etwas bemerkt hatte?

»Was denn nun, Senhor Falkner? Wollen Sie einen Deal?«, unterbrach Morgado seine Gedanken.

»Verhandeln ist immer die erste Option.«

»Haben Sie das aus dem Polizeilehrbuch über Verhaltensregeln bei Geiselnahmen?«

Ich hätte kräftiger zutreten sollen.

Morgado reckte das Kinn. »Gut, ich schlage Ihnen einen Handel vor. Natürlich bin ich darüber informiert, dass er zurück ist in Lissabon. Dass er es tatsächlich gewagt hat, dieser dreckige Indio. Und deshalb, Senhor Falkner, können Sie die kleine Paula mitnehmen, wenn Sie Gottes Werk tun und mir Don Alfredo bringen!«

36

Meinte er das ernst? Fest stand, der Mann war völlig unberechenbar. Und das schon seit zwanzig Jahren, seit dem Tod seiner Familie. Auch wenn das scheinbar nie jemandem aufgefallen war in all den Jahren, da er im Gericht die Anklage vertrat.

Was sollte Henrik in Anbetracht dessen von diesem Versprechen halten? Würde Morgado ihn tatsächlich gehen lassen, damit Henrik ihm den Schamanen bringen konnte? Und war ihm das gerade erst eingefallen, oder trug Morgado die Idee schon eine Weile mit sich herum? Womöglich seit dem Moment, als er von Catia erfahren hatte, dass der alemão ihm wegen Cinthya Cardenas hinterherschnüffelte?

Henrik stellt den Infusionsständer ab. »Wird das Ihr letzter Akt? Schließen Sie Ihren Rachefeldzug ab, sobald Sie Don Alfredo in Ihren Fängen haben?« Kaum hatte er gefragt, besann er sich. Es hatte keinen Sinn, auf rationale Argumente zu hoffen. Morgado sah in dem Brasilianer vermutlich den letzten Zeugen, der darüber Bescheid wusste, was damals wirklich passiert war. Aus dem gleichen Grund hatte er ja auch alles darangesetzt, in den Besitz der Ermittlungsakte zu gelangen. Wie hatte sich Helena nur so von diesem Mann einnehmen lassen können? Nein, es war ungerecht, so von ihr zu denken. Immerhin hätte auch er niemals mit dem gerechnet, worauf er hier gestoßen war.

Morgado rührte sich nicht. Noch immer war seine Hand in Reichweite des Schaltkastens.

»Was wollen Sie dem Brasilianer antun, wenn ich ihn hierherbringe?«

»Seien Sie nicht dumm, es geht nicht um Rache. Er wird Vergebung finden, wenn er sich zum wahren Glauben bekennt.«

Der Blick des Staatsanwalts schweifte kurz zu einem bauchigen Topf auf der Induktionsplatte des Herds. Daneben stand ein mit einem Tuch abgedeckter Weidekorb, als wäre er heute Abend noch beim Pilzesammeln gewesen. Henrik verstand.

»Für ihren Körper gibt es keine Heilung mehr, aber, so Gott will, für ihre Seele. Doch dafür muss ich die Dämonen austreiben. Es ist alles vorbereitet. Er darf ein letztes Mal in alter Schamanentradition seinen Lianen-Trunk zu sich nehmen. Doch diesmal wird er dabei dem einzigen und wahren Gott begegnen und sich auf die Hölle vorbereiten, aus der er gekrochen kam. Ich schicke ihn dorthin, wohin er einst meine Frau gesandt hat.«

»Don Alfredo wird sich weigern, Ihr Gebräu zu trinken«, gab Henrik zurück.

»Das ist nichts, womit Sie sich zu beschäftigen brauchen, Senhor Falkner. Jedem wird seine gerechte Strafe zuteil, dafür sorge ich mit dem Beistand des Allmächtigen – und niemand wird mich aufhalten!« Seine letzten Worte schrie er förmlich hinaus. Henrik war es, als könnte er die Pferde hören, die über ihnen in Unruhe verfielen.

»Und Sie sollten sich auch nicht länger aufhalten lassen. Ich gewähre Ihnen zwölf Stunden, um mir das Scheusal aus dem Dschungel anzuschleppen.« Morgado starrte ihn herausfordernd an und wies dann zum Ausgang, wo im Neonschein der Treppenabsatz zu sehen war, der hinauf in den

Stall und in die Freiheit führte. Henrik machte zwei Schritte in diese Richtung, ohne den Staatsanwalt aus den Augen zu lassen. Dieser nickte ermutigend, als könnte es ihm plötzlich nicht mehr schnell genug gehen, dass Henrik das Weite suchte.

Er kam nicht bis zur Treppe. Den Blick nach hinten auf Morgado gerichtet, nahm er die Bewegung nur am Rande wahr. Etwas Großes war in seinem Rücken aufgetaucht. Und im nächsten Moment legte sich ein muskulöser Arm um seinen Hals und drückte ihm die Luft ab, während der zweite sich mit stählernem Griff um seinen Brustkorb schlang. Der Druck auf seine Rippen fühlte sich an, als wäre er in eine Schrottpresse gefallen. Er konnte nicht atmen, und die heranrollende Panik verstärkte noch das schmerzhafte Brennen in den Lungen. Die Schwärze der Ohnmacht kam unausweichlich, und als würde sein Gegner exakt den Punkt kennen, an dem das Bewusstsein seinen Halt verlor, flüstere ihm das gesichtslose Phantom ein »Com licença senhor Falkner!« ins Ohr.

Er merkte, wie er zu Boden fiel, ohne dass er spürte, wie er aufschlug. Seine Wahrnehmung schien allerdings nicht gänzlich erloschen zu sein. Es war wie bei einem Boxer, der nach einem Wirkungstreffer auf den Brettern lag, das Runterzählen des Ringrichters vernahm und währenddessen alles dafür tat, die Kontrolle über Körper und Geist zurückzuerlangen, um vor Ablauf der zehn Sekunden wieder auf beiden Beinen zu stehen. Um einen Kampf fortzusetzen, der längst verloren war, auch wenn er sich das nicht eingestand.

»Wurde auch Zeit, dass Sie auftauchen!«, hörte er Morgado sagen.

»Woher sollte ich ahnen, dass Sie Besuch haben?«, antwortete die Stimme, die Henrik nur allzu gut kannte. *Com licença senhor Falkner!* Keine Frage, er war es. Und endlich begannen gewisse Ereignisse der letzten vierundzwanzig Stunden, einen Sinn zu ergeben.

»Beinahe wäre alles schiefgelaufen«, zeterte der Staatsanwalt unüberhörbar aufgebracht. »Ich hoffe inständig, der Rest der Nacht birgt keine unvorhergesehenen Überraschungen mehr. Haben Sie ihn?«

»Draußen im Wagen.«

»Fantástico! Aber kümmern Sie sich erst um den alemão!«

Die Baggerschaufel, die ihm vorhin die Luftzufuhr abgequetscht hatte, packte ihn nun am Kragen und schleifte ihn zu der Wand gegenüber der Treppe. Dort wurde Henrik hart zu Boden geschleudert. Sein Kopf schlug mit Wucht auf die Metallplatten, und eine weitere Welle aus schwarzem Vergessen brandete heran.

»Verschnüren Sie ihn gut!«, mahnte Morgado.

Die Ohnmacht konnte nur Sekunden gedauert haben. Sein Blick war getrübt, als er die Augen wieder öffnete. Er lag auf seinen Händen, die bereits unangenehm kribbelten, weil die Blutzirkulation behindert war. Der Schemen, der sich über ihn beugte, sprach mit der Stimme von Orlando Morgado.

»Haben Sie wirklich geglaubt, ich würde *Ihnen* diese heikle Aufgabe überlassen?«

In Henriks benebeltem Schädel formte sich das Bild des Bärtigen, den er als Personenschützer an der Seite des Schamanen bemerkt hatte. Niemals hätte er damit gerechnet, dass der Söldner für Morgado arbeitete. Der gefühlskalte Mann, mit dem er schon einige Male aneinandergeraten war, nur um letztendlich doch immer wieder davonzukommen. Heute schien diese Glückssträhne nun ihr Ende gefunden zu haben.

Wie um diese Einsicht physisch zu untermauern, stach Morgado ihm eine Spritze in den Oberarm und drückte ihm eine Flüssigkeit in den Muskel.

»Was zur Hölle ...«

»Nur etwas zur Beruhigung. Erholen Sie sich ein wenig, ich brauche Sie noch!«, erklärte Morgado, dann richtete er sich auf und wandte sich um.

Henrik blinzelte ein paarmal, um wieder besser sehen zu können. Der Staatsanwalt hatte einen halben Schritt zur Seite gemacht und verschaffte Henrik damit freie Sicht auf die Treppe, die vom Stall herabführte. Soeben schob der Söldner einen gedrungenen Mann die Metallstufen hinab. Die auffällig weiße Haarmähne war mit einem ledernen Stirnband zurückgebunden. Ein handtellergroßes Amulett, das einen Pantherkopf darstellte, baumelte ihm vor der Brust. Aus den dunklen Augen funkelte eine Mischung aus Zorn und Angst vor dem, was mit ihm geschah. Auch die Hände des Schamanen waren mit einem Kabelbinder gefesselt, allerdings nach vorne. Er sah wesentlich älter aus als auf den Fotos, die seine Website schmückten. Trotz der Demütigung, der man ihn gerade aussetzte, umgab ihn eine Aura von Erhabenheit. Der Großinquisitor würde sich die Abkehr seines Opfers vom Irrglauben hart erkämpfen müssen.

Mit einem kräftigen Stoß wurde Don Alfredo an Henrik vorbei quer durch den Raum befördert. Kurz trafen sich ihre Blicke, dann stolperte der große Heiler aus dem Dschungel hinter Morgado in die Laborküche.

Statt dem Brasilianer zu folgen, hielt der Söldner inne und trat dann auf Henrik zu. Er beugte sich zu ihm herab. Unter der gleißenden Sonne Portugals trug der Mann in der Regel eine Sonnenbrille, die den Blick in seine kalten Augen verwehrte. Hier in dem Keller unter dem Pferdestall hatte er auf dieses Accessoire freilich verzichtet, und so traf Henrik der gefühllose Blick, der so gar nicht zu der einfühlsamen Stimme des Glatzkopfs passte. »Alles wird gut, mein Freund! Tu einfach, was man dir sagt, und hab Vertrauen!«

37

Ab und an vernahm Henrik Geräusche oder Wortfetzen. Die Stellung, in der sie ihn verschnürt in der Ecke liegen gelassen hatten, verursachte auf die Dauer Krämpfe und Rückenschmerzen. Einerseits konnte er spüren, wie sich sein Körper gegen die widernatürliche Haltung aufbäumte, gleichzeitig versetzte ihn das Zeug, das Morgado ihm gespritzt hatte, in schläfrige Teilnahmslosigkeit. *Erholen Sie sich, ich brauche Sie noch.* Worte, die ihm offensichtlich Angst machen sollten, doch genau wie sein Brummschädel beunruhigten sie ihn im Moment nicht weiter. Möglicherweise war er auch für eine nicht mehr zu bestimmende Zeit weggedämmert. Wellen klarer Momente spülten gelegentlich über ihn hinweg, in denen er durch den Nebel die Realität erkennen konnte. Dann wieder driftete er hinein in einen Fiebertraum und kehrte in den Gewölbekeller einer Villa zurück, wo er vor gut einem Jahr einige Kinderleichen gefunden hatte.

Irgendwann dachte er auch über den Söldner nach. Vor allem über dessen rätselhafte und befremdliche Sätze. Der Glatzkopf war nach oben verschwunden. Um dort Wache zu schieben oder um zurück nach Lissabon zu fahren? Letzteres hielt Henrik für unwahrscheinlich, sofern der Mann für die Drecksarbeit in Morgados Diensten stand.

Er hatte jedenfalls viel Zeit zum Grübeln, denn es dauerte eine ganze Weile, bis der Staatsanwalt wieder nach ihm sah. Morgado balancierte eine Holzschale in den Händen, die er vor Henrik abstellte. In der noch dampfenden lehmfarbenen Flüssigkeit trieben Blätter, die der Abbildung aus dem Pflanzenlexikon entsprachen. Alles in allem sah die Brühe nicht besonders appetitanregend aus. Henrik schüttelte den Kopf. »Ganz echt und nur wirksam aus der handgedrechselten Schüssel«, bemerkte er.

»Freut mich, dass Sie Ihren Humor wiedergefunden haben.«

Henrik ging nicht darauf ein. »Wie lange arbeitet er schon für Sie?«, wollte er stattdessen wissen.

Morgado wirkte überrascht. »Das klingt ja so, als würden Sie ihn kennen.«

»Ich hatte bereits das Vergnügen.«

Morgado kratzte sich nachdenklich am Kinn. Diese Information schien ihm suspekt zu sein. »Ein fähiger Mann, wurde mir sehr empfohlen. Kostspielig, aber Verschwiegenheit hat eben ihren Preis.« Er sprach leise, wie mit sich selbst. »Sind Sie bereit?«, wollte er dann wissen, ganz als ob er Henrik die Wahl lassen würde.

Tu einfach, was man dir sagt, und hab Vertrauen!

Henrik zuckte mit den Achseln. »Warum sollte ich das tun?«

»Um mich wissen zu lassen, ob und vor allem wie der Seelenreiniger wirkt, bevor der große Schamane davon kosten darf. Ich hatte weder die Gelegenheit, ausgiebig mit der Ayahuasca-Pflanze zu experimentieren, noch die Wirkung meines Suds zu testen. An wem auch?« Er kicherte blechern. »Doch natürlich will ich nicht, dass die Zusammensetzung zu stark ist und Don Alfredo das Zeitliche segnet. Damit würde meine Mission ihr Ziel verfehlen. Nun, wenn ich bei Ihnen falsch dosiert habe, bleibt mir immer noch die kleine Paula. Oder soll ich vielleicht mit ihr beginnen? Nein, ich sehe es Ihnen an, Sie möchten der bereitwillige Vorkoster sein. Paulas Ritter. Wenn Sie brav sind, lasse ich das Mädchen gehen, wirklich!«

»Ihr Wort ist einen Dreck wert! Lecken Sie mich am Arsch!«

Statt etwas zu erwidern, stapfte Morgado davon. Vielleicht hätte Henrik ihn etwas länger hinhalten sollen, um Don Alfredo nebenan die Chance zu geben, sich zu befreien. Henrik überlegte, ob er die Schale mit dem Drogensud mittels eines Fußtritts quer durch den Raum befördern sollte. Plötzlich gab es nebenan einen kurzen Tumult, und Henrik erstarrte. Jemand brüllte, irgendetwas fiel krachend zu Boden, eine Tür schlug laut zu. Danach herrschte für kurze Zeit Stille.

Endgültig hellwach war Henrik in dem Moment, da Morgado Paula heranschleppte und vor ihm auf die Knie zwang. Sie war nicht nur gefesselt, sondern auch geknebelt. Ihr verheultes und verschwitztes Gesicht wies Spuren von Schlägen auf. Der Staatsanwalt hielt ihr eine Spritze mit einer milchigen Flüssigkeit an den Hals. Offenbar war er kein Freund von Schusswaffen, doch dafür vernarrt in das Hantieren mit subkutan zu verabreichenden Flüssigkeiten.

»Es ist ganz einfach: Das Gebräu ist Ihr einziger Weg, diese Nacht zu überleben. Für Sie *und* für Ihre Paula, das haben Sie offenbar noch nicht verstanden. Ich denke daher, Sie benötigen ein wenig mehr Motivation. Es wird sehr qualvoll für sie werden, sollten Sie sich weigern.« Mit diesen Worten injizierte er Paula den Inhalt der Spritze.

Die junge Brasilianerin stöhnte durch den Knebel hindurch und kippte zur Seite.

»Du verfluchter Irrer!«, schrie Henrik.

»Keine Angst, sie wird nicht sofort sterben. Und ich habe das Gegenmittel parat. Das bekommt Sie, nachdem Sie die Schale geleert haben. Falls Sie sich weigern, werden ihre Schreie Sie vielleicht zum Umdenken bewegen. In wenigen Minuten wird sie anfangen, um Erlösung zu flehen. Sie können ihr all diese Qualen ersparen.«

Er holte einen Seitenschneider aus der Tasche, beugte sich damit hinter Henriks Rücken und knipste den Kabelbinder durch.

Statt wie bei dem elektrischen Schlag zu erschlaffen, verhärteten sich die Muskeln reflexartig, und Krämpfe zuckten seine Wirbelsäule hinauf bis in den Nacken. Keuchend krümmte er sich zusammen und wartete auf Erleichterung.

»Es ist angerichtet, Senhor Falkner!«, erinnerte ihn Morgado.

Henrik betrachtete seine zerschnittenen, wund gescheuerten Handgelenke und ballte die Finger mehrfach zu Fäusten, bis er wieder Gefühl darin hatte. Paula lag am Boden und starrte ihm mit tränenerfülltem Blick flehentlich entgegen. Mit zitternden Händen nahm er die Holzschüssel auf.

»Ganz austrinken!«, verlangte Morgado.

Es schmeckte noch scheußlicher, als es roch. Unbegreiflich, dass irgendwer diese Brühe freiwillig trank. Heiß rann ihm der Sud durch die Kehle. Als nur noch die nassen Blätter in der Schale waren, schleuderte er sie angewidert von sich. Es grummelte in seinen Eingeweiden, was er auf seinen Ekel zurückführte. Oder begann sein Körper, sich schon gegen die Droge zu wehren? Er hoffte inständig, dass es bei dem Geblubber in seinem Magen blieb, doch zu dem heißen Gefühl, das sich von seiner Körpermitte her ausbreitete, kam plötzlich eine optische Beeinträchtigung. Zuerst dachte er, die Neonröhre über ihm würde schwächer, doch mit einem Mal war er sicher, dass die Ränder seines Sichtfelds unscharf wurden. Die Deckenplatten über ihm gerieten in Bewegung, als wären sie einem Erdbeben ausgesetzt, das keinen Lärm verursachte. Die Wellenbewegungen setzten sich an den Wänden fort. Der Metallboden, auf dem er lag, schwankte und verwand sich wie bei einem krängenden Schiff, das in einen heftigen Sturm geraten war. Ihm wurde klamm ums Herz. Er wünschte sich etwas, an dem er sich festhalten konnte, um nicht von Deck gespült zu werden. Dabei gab es gar keine turmhohen Brecher, keinen salzigen Wind oder Regen. So schnell die Halluzinationen aufgetaucht waren, so überraschend hörten sie wieder auf.

War es das gewesen? War der ganze Hexenzauber damit bereits wieder beendet?

Er erhaschte einen Blick auf Morgado, der ihn seinerseits aufmerksam und nicht ohne sadistischen Glanz in den Augen beobachtete.

»Geben Sie ihr endlich das verfluchte Gegenmittel!«, brüllte er, doch bevor Morgado etwas hätte erwidern können, überrollte ihn mit einem Mal ein Glücksgefühl, stärker als die Brandung an den Stränden von Estoril und Cascais. So unverhofft und heftig kam es über ihn, dass es ihn schier erdrückte. Jemand lachte laut und ausgelassen, ein Lachen, das an den Kellerwänden widerhallte. Es dauerte eine Weile, bis ihm bewusst wurde, dass er es war, der da lachte. Doch auch diese überschwänglichen Emotionen endeten so abrupt, wie sie aufgetreten waren.

Dann brach die Hölle los.

Die Schwärze vom Beginn seines Trips zog sich wieder um ihn zusammen, bis er sich mit einem Schlag in einem Tunnel befand, der mit jedem Atemzug enger wurde. Er wusste nicht, ob er überhaupt noch atmete. Von einer Sekunde auf die nächste steckte er in einer Metallröhre, die jemand von außen mit einem Vorschlaghammer bearbeitete. Der bombastische Hall schwappte in Schwingungen direkt in sein Gehirn und vibrierte schmerzhaft durch seinen Körper, bis hinein in die Zähne. Er konnte sich auf nichts anderes konzentrieren. Die entsetzliche Erkenntnis, dass es nichts mehr auf dieser Welt gab, was ihn vor dem Lärm retten konnte, sog ihn in eine bodenlose Depression, wie er sie selbst nach Ninas Tod nicht erlebt hatte.

Nina! Mein Gott, Nina! Er begann, bitterlich zu schluchzen, verlor völlig die Kontrolle – und war sich dessen gleichzeitig auf perverse Art in eisiger Klarheit bewusst. Blitzartig durchzuckten ihn wache Momente, die ihm sein Leiden ohne jede Gnade bloßlegten. In seinem Schädel tobte ein Orkan, und der Überdruck presste ihm die Augäpfel aus dem Schädel. Eigentümlicherweise fand er sich eine Sekunde später damit ab, den Verstand zu verlieren. Er akzeptierte den Wahnsinn, der über ihn kam, auch wenn er mit einer tiefen Besorgnis einherging, die eine herzflimmernde Panik in ihm entfachte. Eine Panik, ebenso grausam wie schön, weshalb es ihn zerriss zwischen himmelhoch jauchzender Euphorie und totaler Verzweiflung. Und sein Puls raste, als absolvierte er den Zielspurt bei einem Marathonlauf. Hatte er bereits den Zustand erreicht, in dem Alexandra Morgado es einfacher fand, ihre Kinder zu ersticken und sich danach selbst zu töten?

Henrik erkannte jetzt mit absoluter Gewissheit, dass er längst den Verstand verloren hatte. Wie Morgado es prophezeit hatte, war er auf eine Reise gegangen, von der er nicht mehr zurückkehren würde. Doch auch wenn der Trip eine Einbahnstraße war, hoffte er dennoch inständig, dass es bald zu Ende war. Dass sich ihm irgendetwas in den Weg stellte und ihn aufhielt. Oder sich ihm endlich die Pforte zu jener Geisterwelt des Amazonasdschungels öffnete, die nur durch die Einnahme dieses Zaubertranks zu erreichen war. Denn sie war ja das eigentliche Ziel. Die Vereinigung mit der transzendenten Welt, die Erkenntnis versprach. Und Frieden. Vielleicht ein Wiedersehen mit Nina ... Das Seelenparadies, das alles bot, was man sich jemals gewünscht hatte, und aus dem man nie wieder in die materielle Existenz zurückfinden wollte. Also blieb der Geist einfach dort, in seliger Erfüllung, während der Leib, nur noch eine leere Hülle, in der geschlossenen Abteilung einer Psychiatrie bis zum endgültigen Verfall dahinvegetierte.

Und tatsächlich! Er konnte sie fühlen, die Welt der Geister, war nur noch durch eine dünne Membran davon isoliert. Es erschien plötzlich so leicht. Selbst sein Körper war kaum mehr schwerer als eine Kolibrifeder. Er war bereit, zu fliegen und die Milchhaut zu durchdringen, die ihn von der Erlösung trennte.

Und dann, völlig unverhofft, fühlte er sie, fühlte ihre Anwesenheit. Sie war ihm ganz nah, so wie er es sich in all den tristen, elend langsam verstreichenden Monaten ohne sie ersehnt hatte. Hätte er geahnt, dass er sie so einfach im Dschungel der Geister am Ufer des ewigen Flusses finden konnte, er wäre viel früher hierhergekommen. Ja, er fühlte sie. Aber er konnte sie nicht sehen. Zu dicht war der Urwald. Überall Grün. So viel Grün. Und diese Gesänge, die Schreie und das Kreischen aus diesem undurchdringlichen

Grün. Nina! Er musste ihr doch noch so viel sagen. All das, was er zurückgehalten hatte, als sie noch bei ihm war. So viel Unausgesprochenes. Hinter ihm raschelten die Blätter. Er wirbelte herum. Taumelte. Die Gestalt, die aus dem dichten Buschwerk trat, war nicht Nina.

Es war Martin.

»Ich danke dir!«

»Wofür?«

»Dafür, dass du nicht aufsteckst.«

»Bleibt mir eine Wahl?«

Martin lächelte. Er sah aus wie auf den paar Fotos, die Henrik in der Wohnung gefunden hatte. Unscharfe rotstichige Aufnahmen aus einer anderen Zeit. Martin trug seinen Borsalino, der zu Hause in der Rua do Almada immer noch auf der Hutablage über der Garderobe ruhte.

»Das hier ... ist nicht echt«, sagte Henrik.

»Natürlich nicht, ich bin tot«, bestätigte sein Onkel.

»Ich weiß jetzt endlich, wer dir das angetan hat«, bemerkte Henrik düster.

Martin nickte. Traurigkeit legte sich über seine Augen, und Tränen schimmerten darin auf. »Ich verzeihe ihm, er war nicht er selbst.«

»Das entschuldigt nicht seine Hinterhältigkeit.«

»Er hat so lange versucht, stark zu sein, und erst gemerkt, wie ausgelaugt er war, als es zu spät war. So war es nicht schwer, ihn zu manipulieren.«

Henrik blieb hart. »Ich kann das nicht gelten lassen, aber ich verstehe, dass da noch andere sind, die Rechenschaft über deinen Tod ablegen müssen. Kannst du mir Namen nennen?«

»Keine, die du nicht ohnehin schon kennst.«

Henrik war enttäuscht. »Wozu dann diese Begegnung, wenn auch du mir nicht helfen willst?«

»Du weißt, warum.«

»Um danke zu sagen? Das hilft mir nicht weiter.« Er wollte nicht so unversöhnlich klingen, nicht Martin gegenüber, und doch verspürte er wachsenden Groll. Der lärmende Dschungel um ihn herum zerrte an seinen Nerven. Er sah, wie Martins Mund sich bewegte, doch die Worte drangen nicht bis an sein Ohr. Dabei wusste er genau, wie wichtig sie waren. »Was? Sprich lauter!«, brüllte er. Dennoch musste er seinem Onkel den nächsten Satz von den Lippen ablesen.

»Hüte dich vor o homem sem umbigo!«

Der Mann ohne Nabel. »Wer ist er?«, schrie er seinem Onkel hinterher, der plötzlich auf wundersame Weise wieder mit dem grünen Dickicht verschmolz. Henriks Verzweiflung wuchs ins Unermessliche. *Nein, nein, bleib hier! So vieles ist noch ungeklärt!* Jemand wimmerte. Ein Wimmern aus jener Realität, die er glaubte, für immer hinter sich gelassen zu haben. Doch das leise Geräusch berührte ihn, zupfte und zog an ihm.

Das Wimmern kam von Paula. Paula. Ihr hatte er doch helfen wollen! Diese Erkenntnis brachte ihn zurück in die Wirklichkeit. Es war, als drückte es ihn durch schmerzvolle Enge, wie durch einen Geburtskanal, hinein in grelles Licht.

Und plötzlich war er da. Stand, da er offenbar aufgesprungen war, im Keller unter Neonröhren. Dem entsetzlichen Lärm war Stille gewichen, die nicht weniger beängstigend auf ihn wirkte. Alles an ihm war nass, die Klamotten klebten ihm an der fiebrigen Haut. Im nächsten Moment befiel ihn eine so heftige Übelkeit, dass er sich nicht einmal mehr nach vorne beugen konnte, als der erste saure Schwall aus seinem Mund schoss.

Er erbrach sich unendlich lange, spie sämtliche Energie aus sich heraus, bis er kraftlos auf die Knie sank. Er registrierte, dass Leute mit ihm im Raum waren. Und er schämte sich für das Erbrochene rund um ihn herum. Sein Körper war von einem Film aus kaltem Schweiß überzogen.

»Das war ... beeindruckend«, hörte er Morgado sagen.

Er musste den Drang niederringen, blindlings zu flüchten. Wie viel Zeit war vergangen? Minuten, Stunden, eine Ewigkeit? Weitere Fragen explodierten in seinem dröhnenden Schädel. War er nach wie vor wahnsinnig? Womöglich für immer? Oder fand er zurück in die Normalität? Wollte er das überhaupt? War es nicht viel leichter, verrückt zu bleiben?

Irgendwie merkte er inmitten seiner Fragen, wie die Wirkung der Droge nachließ und die akustischen Halluzinationen in seinem Kopf abklangen. Der Dschungel hörte endgültig auf, zu singen. Das Beben in seinen Nerven verebbte. Ihm war gar nicht bewusst gewesen, dass er sich wieder auf den Rücken gelegt hatte. Erst jetzt, als ihn etwas in der hinteren Hosentasche drückte, stutzte er. Solange seine Hände auf den Rücken gefesselt gewesen waren und er auf seinen Armen gelegen hatte, war es ihm nicht aufgefallen, doch nun tasteten seine Finger danach. Es war schwer, sie dazu zu bewegen, so als hätte er sie jahrelang nicht benutzt.

Er bemerkte einen Schatten über sich. Der Großinquisitor. Der Missionar, der gekommen war, um die Wilden aus dem Wald zu bekehren. Er beugte sich über ihn.

Endlich bekam er das Skalpell zu fassen, dass er vor Äonen in seine hintere Hosentasche gesteckt hatte. Er dachte an Catia, und dann dachte er an Renato, an den Verrat, den er begannen hatte – und sein Zorn wuchs ins Unermessliche.

»Es gibt keine Heilung!«, krächzte er, während er mit einer einzigen flüssigen Bewegung, die ihn selbst überraschte, die feine Stahlklinge in Orlando Morgados Hals rammte.

38

»Henrik, wir müssen hier weg!«

Er sah sich um. Panisch. Ein ekelhafter saurer Geruch hing in der Luft. *Wo bin ich?*

»Henrik!«

Was habe ich getan?

»Henrik!«

Paula.

Er blinzelte. Selbst die Augen zu öffnen, war schmerzhaft. Sie kniete neben ihm und rüttelte an seiner Schulter. Irgendwie hatte sie sich von dem Knebel befreien können, nicht aber von dem Plastikband um ihre Handgelenke.

Er spähte an sich hinab. Auf seinem Handrücken waren Blutspritzer. Eingetrocknet. Angewidert versuchte er sie wegzuwischen.

»Wie lang war ich weg?«

»Eine Stunde, vielleicht weniger, keine Ahnung. Ich habe mich eine ganze Weile lang nicht getraut, zu dir zu krabbeln. Ich dachte immer, er kommt jeden Moment zurück.«

»Morgado«, entfuhr es ihm. »Wo ist er hin?«

»Nach oben gerannt, gleich nachdem du … Komm, lass uns endlich abhauen!« Sie hielt ihm die Hände hin.

Er dachte an die Spritze, die Morgado ihr verabreicht hatte. »Wie geht es dir?«

Sie blickte an sich hinab, dann schüttelte sie den Kopf. Sie hatte keine Erklärung parat, warum das Mittel sie nicht wie prophezeit umgebracht hatte. Offensichtlich war das wieder nur eine Finte dieses Wahnsinnigen.

»Was ist mit Don Alfredo?«

Paula zuckte mit den Schultern.

»Und mit deiner Mutter?«

»Meiner *Mutter*?«

»Lebt sie noch?«

Sie starrte ihn aus großen Augen an. Die Schwellung über ihrem rechten Jochbein leuchtete dunkelrot.

»Die Frau im Krankenbett!«

»Das ist nicht Cinthya.«

Abrupt richtete er sich auf. »Nicht Cinthya?« Sein Mund war schrecklich trocken, die Zunge ein Fremdkörper, der ihm am Gaumen klebte.

Nicht Cinthya!

Er verstand überhaupt nichts mehr, doch das lag nicht am Ayahuasca. »Wer denn dann?«, presste er hervor und hatte für einen Augenblick das Gefühl, die Schatten von Schlingpflanzen heranwuchern zu sehen. Geister von Geistern.

Paula knuffte ihn erneut gegen die Schulter, diesmal heftiger. Während er versuchte, die Benommenheit abzuschütteln, hielt sie ihm die zusammengebundenen Handgelenke vor die Nase. Er nickte, sammelte Kraft.

»In die Küche, dort gibt es Messer«, sagte er schließlich heiser. Gegenseitig halfen sie sich hoch. Er wankte hinter ihr her in den Nebenraum. Don Alfredo lag vor der Küchenzeile auf dem Bauch. Verlassen von seinen Ahnen vom ewigen Fluss. Aus einer Platzwunde an der Schläfe sickerte Blut auf den Vinylboden.

Unweit von Alfredos Gesicht lag eine umgekippte Holzschüssel. Die braune Brühe bildete eine Pfütze und vermengte sich mit dem Blut des Schamanen.

Henrik beugte sich ächzend hinab und fühlte den Puls des Brasilianers. Der Mann war lediglich bewusstlos, und allem Anschein nach verdankte er diesen Zustand dem Schlag gegen seinen Schädel und nicht dem Drogensud.

Indessen kramte Paula in einer der Schubladen und kam mit einem weiteren Operationsmesser zu ihm. Er hatte aufgehört, darüber nachzudenken, wofür Morgado die Skalpelle benutzte. Vielleicht genügte es ihm nicht immer, sich nur mit den Tränen der Frau einzureiben. Paula reckte ihm ihre gefesselten Hände entgegen und verjagte damit die obszönen Bilder aus seinen Gedanken. Mit der Linken musste er die rechte Hand stabilisieren, um das Zittern einigermaßen zu vermeiden, während er den Kabelbinder durchsäbelte. Nachdem sie befreit war, fiel ihm wieder ein, was seinen Pulsschlag hochgetrieben hatte. *Das ist nicht Cinthya.*

»Wer ist es?«, fragte er ein weiteres Mal und bekam wieder nur ein Schulterzucken.

»Aber ich hab dich an ihrem Bett sitzen sehen, den Kopf auf der Zudecke.«

»Ich war einfach fertig, das war alles. Ich weiß nicht, warum er mich zu ihr gebracht und dort eingesperrt hat ... Er hält sie künstlich am Leben ...«

Wenn es nicht Cinthya war, dann ...

Henrik wandte sich der Zelle zu.

»Nein, lass uns abhauen!«, verlangte Paula.

Doch er konnte jetzt nicht einfach die Treppe hinauf, um diesen abscheulichen Ort zu verlassen. Ob sie oben in Sicherheit waren, erschien ohnehin fraglich. Vermutlich wartete dort der Söldner auf sie. Und Morgado ... Was war mit ihm? Erneut betrachtete er das Blut auf seinem Handrücken. Wie schwer hatte er den Staatsanwalt erwischt? War er überhaupt noch am Leben? Je länger er darüber nachdachte, desto mehr Gründe sprachen dagegen, einfach hinaufzugehen. Ohne auf Paulas Bitten zu achten, trat er zu der Metalltür. Von außen ließ sich der Riegel einfach öffnen. Drinnen war es kühl, irgendwo arbeitete eine Klimaanlage. Eine Neonröhre sprang an. Die Luft roch eigentümlich, antiseptisch und leicht nach Ozon, vermutlich wurde sie gefiltert, wie auf einer Quarantänestation in einem Krankenhaus.

Die Frau war bis über die Brust zugedeckt und sah aus wie mumifiziert. Eingefallen. Ihr Kopf war nur noch ein Schädel, überzogen mit wächserner, durchscheinender Haut. Das dünne Haar glich weißem Flaum. Der Beatmungsschlauch steckte nicht im Mund, sondern direkt am Hals in der Luftröhre. Ein Blasebalg in einem Glaskolben pumpte künstlichen Atem in den reglosen Körper. Kabel und Schläuche schlängelten sich unter die Zudecke.

Er wusste nicht, woran er sie erkannte. Vielleicht auch, weil er längst zu der Einsicht gelangt war, dass fast alles, was er in den letzten Tagen erfahren hatte, auf Lügen, Vertuschung und Täuschung gebaut war. Jetzt verstand er Morgados Andeutungen über Bestrafung und Sühne erst richtig.

Ihre einstige Schönheit hatte an dem Tag zu verwelken begonnen, an dem sie sich die Pulsadern aufschnitt. Kurz nachdem sie im Wahn ihre Kinder erstickt hatte. Doch es war beim Selbstmordversuch geblieben. Alexandra Morgado hatte überlebt – und war doch in der Hölle gelandet, bei jenem Teufel, der ihr eigener Ehemann war.

»Du kannst sie nicht retten«, sagte Paula neben ihm.

Ihre Blicke trafen sich. Sie hatte natürlich recht. Er konnte nur noch die Brasilianerin und sich selbst in Sicherheit bringen. Und den Schamanen. Er wandte sich von Alexandra Morgado ab und verließ die Hölle, die entgegen allen Prophezeiungen kalt und antiseptisch war.

Es gelang ihnen nicht, Don Alfredo aufzuwecken, und er war zu schwer, um ihn mitzuschleppen. Schon gar nicht würden sie ihn die Treppe hochbekommen. Sie brachten ihn in die stabile Seitenlage, mehr konnten sie im Moment nicht für ihn tun. Widerwillig ließ Henrik ihn zurück, in der Hoffnung, bei nächstmöglicher Gelegenheit eine Ambulanz rufen zu können. Natürlich musste es Paula und ihm dafür zuerst einmal gelingen, das Anwesen lebend zu verlassen.

Der Monitor, auf dem vorhin noch die Bilder der Überwachungskameras geflimmert hatten, war dunkel. Jemand hatte das System heruntergefahren, und das konnte eigentlich nur Morgado selbst gewesen sein. Nur wie und wann? Henrik fand keinen Rechner oder auch nur eine Fernbedienung. Damit war er blind, was die Außenwelt anging, und musste davon ausgehen, dass der Staatsanwalt die Sicherheitstechnik von einem anderen Ort auf dem Hof aus regeln konnte. Das bedeutete natürlich, dass er noch am Leben war ...

Das offen stehende Stalltor ließ die einsetzende Morgendämmerung erahnen. Vielstimmiges Vogelgezwitscher war zu hören, unterbrochen von heftigen Windböen, die um den Stall und durch dessen Dachgebälk pfiffen. Unruhe herrschte in den Pferdeboxen, Schnauben und nervöses Stampfen erklangen. Henrik lugte über die Kante der Luke, konnte aber nur einen kleinen Ausschnitt des Mittelgangs einsehen. Wieder dachte er an die Überwachungskameras. Vielleicht ließ Morgado sich die Bilder auf ein Tablet funken, sodass er mobil war und jederzeit auf Henriks Aktionen reagieren konnte. Und was war, verflucht noch mal, mit dem Söldner?

Alles wird gut, mein Freund! Tu einfach, was man dir sagt, und hab Vertrauen!

Henrik war sich mittlerweile recht sicher, dass der Bärtige nicht mehr auf dem Anwesen war. Ansonsten hätte er sich doch längst um ihn gekümmert. Verdammt, es fiel ihm elend schwer, seine Gedanken beisammenzuhalten. Immer noch war er alles andere als klar im Kopf.

»Was ist jetzt?«, fragte Paula mit banger Stimme hinter ihm.

»Warte hier, bis ich dir ein Zeichen gebe«, wies er sie an, dann kroch er aus der Luke und robbte bis zur offenen Schiebetür der Box. Alle anderen Ställe waren geschlossen, die Pferde in ihren Boxen. Diesmal würde sich Morgado ihm nicht hoch zu Ross entgegenstellen.

Nur mit großer Willenskraft kam er auf die Beine. War er vorhin im Drogenrausch noch bereit gewesen, zu fliegen, schwappte jetzt flüssiges Blei durch seine Glieder. Außerdem legte sich nach jedem Blinzeln eine ölige Unschärfe über seine Augen. Mehrfach wischte er sich über die Lider, doch die Sehnerven reagierten ebenso träge wie der Rest seines Körpers. Gebückt bewegte er sich an der linken Boxenzeile entlang auf das offene Tor zu. So konnte er sich jederzeit abstützen, wenn der Schwindel überhandnahm. Dummerweise wichen die Pferde jedes Mal von der Holzbande zurück, wenn er an einer Box vorbeikam, und verrieten so seine Position. Dennoch gelangte er ungestört bis zum Tor.

Der Sturm, den er vor Stunden schon über dem Atlantik ausgemacht hatte, war noch nicht aufs Festland getroffen. Lediglich ein heftiger Wind beugte die Pinien und Sträucher auf dem Gelände. Der Hof vor dem Wohngebäude war leer. Die Haustür stand offen. Im Dämmerlicht war auf dem hellen Kies eine feine Blutspur zu erkennen, die vom Stall ins Haus verlief. Wo hatte sich dieser Verrückte bloß verschanzt? Was sollte dieses Katz-und-Maus-Spiel überhaupt?

Mit jeder Minute wurde es heller. Mit zu Schlitzen verengten Augen musterte er die Fassade des Bauernhauses. Irgendetwas hatte sich verändert ... Natürlich, die Fensterläden. Sie waren nach wie vor geschlossen – bis auf einen.

Der Schuss kam aus dem Fenster links neben dem Eingang. Knapp einen Meter vor Henriks Füßen spritzte der Kies auf, und er tauchte zurück hinter den Holzbalken, in den die Führungsnut und die Verriegelung für das Stalltor gefräst waren. Entweder Morgado traf sein Ziel wegen der Wunde nicht, die Henrik ihm zugefügt hatte, oder er hatte den scharfen Wind nicht mit einberechnet. Vielleicht hatte er auch nur einen Warnschuss abgegeben. Jedenfalls war der Weg über den Vorplatz bis hinter die Pinien, welche die Strecke hinauf zur Straße säumten, von Morgados Warte aus gut einsehbar. Und gut zu verteidigen. Mit einigermaßen sicherer Hand und einer brauchbaren Waffe konnte man auf die Entfernung auch bewegliche Ziele treffen. Das Risiko war hoch.

»Sie sind allein, wie lange glauben Sie, halten Sie durch mit dieser Verletzung?«, rief Henrik zum Haus hinüber. Er konnte Morgado jetzt im Halbschatten erkennen und bemerkte, dass er etwas weiter aus seiner Deckung rückte.

Der Staatsanwalt hatte sich ein Handtuch um den Hals geschlungen, das bereits dunkel verfärbt war. Die Wunde im Hals musste der Grund sein, warum er nicht einfach mit dem Gewehr herüberkam und die Sache beendete. War er bereits zu schwach, um sich auf den Beinen zu halten? Womöglich konnte Henrik ihn hinhalten, bis er einfach umkippte.

»Wieso haben Sie Ihrer Frau das angetan?«, rief er.

»Sie hat überlebt«, krächzte Morgado kaum verständlich. Hatte Henrik mit dem Skalpell die Stimmbänder erwischt?

»Nicht einmal ihren Selbstmord hat sie hinbekommen ... Ich war es, der sie damals gefunden hat ... Ehe ich entdeckt habe, was sie den Kindern angetan hat. Ich konnte nicht zulassen, dass sie so einfach davonkommt. Nicht ohne für ihre Sünden zu bezahlen ...«

»Also erfanden Sie eine möglichst plausible Legende für die Presse und die Öffentlichkeit, um unnötige Fragen zu vermeiden. Haben Sie auch das Kindermädchen für ihr Schweigen bezahlt? Oder war sie gar diejenige, die Ihnen abtrünnig geworden war? Hat sie Ihnen geholfen, Ihre Frau zu versorgen? Oder Cinthya? Wurde sie von Ihnen gezwungen? Was haben Sie ihr angetan, nachdem Catia die Brasilianerin an Sie ausgeliefert hatte?«

Keine Reaktion. Morgado war wieder mit den Schatten hinterm Fenster verschmolzen.

»Geben Sie auf, es ist vorbei!« Er wollte noch etwas sagen, doch da legte sich eine Hand auf seine Schulter.

Henrik fuhr so heftig herum, dass es ihn fast von den Beinen riss und er hart gegen den Holzverschlag der ersten Box stürzte. Das Pferd darin bäumte sich auf.

Paula wedelte entschuldigend mit den Händen und wich zwei Schritte zurück.

»Weg vom Eingang!«, brüllte Henrik, doch der Schuss übertönte seinen Schrei.

39

Paula vollführte eine unbeholfen wirkende Drehung und fiel dann der Länge nach auf den Steinboden des Pferdestalls.

Henrik blieb fast das Herz stehen. Ihm fehlte die Luft, um zu schreien. Bevor die Schockstarre seinen Körper lähmte, schaffte er es, zu ihr zu krabbeln, ihre Beine zu packen und sie aus der Schusslinie zu ziehen.

Die antrainierten Reflexe einer intensiven Polizeiausbildung übernahmen. Die Kugel hatte nicht das Herz getroffen, dafür war sie zu hoch in Paulas Brustkorb eingedrungen. Auch die Blutung war nicht übermäßig, trotzdem streifte er sein Shirt ab und drückte es auf die Wunde. Erst da bemerkte er, dass er bereits die ganze Zeit auf sie einredete. Ihr Mut und Kraft zusprach und dabei versuchte, möglichst zuversichtlich zu klingen. Sie anflehte, wach und bei ihm zu bleiben, während ein anderer Teil seines Gehirns damit beschäftigt war, die Panik zu bekämpfen, um dem rationalen Denken eine Chance zu geben, nach einem Ausweg zu suchen.

Paula sagte nichts. Sie brüllte nicht vor Schmerzen, stöhnte nicht einmal auf, wenn er den Druck auf die Wunde verstärkte. Alles, was sie tat, war, ihn anzusehen mit einem wässrigen Blick, der ihre Augen noch größer machte. Du hast versprochen, mir zu helfen, sagte dieser Blick, ohne dass darin ein Vorwurf zu erkennen war.

»Es wird nicht so sein wie bei deiner Mutter«, antwortete er ihrem Blick, »du wirst in deine Heimat zurückkehren.«

Ein paar Meter entfernt lag sein zersplittertes Handy. Mit einer Hand tastete er Paula ab, aber auch sie hatte kein Telefon mehr einstecken. Das wäre auch zu einfach gewesen. Ihm blieb keine andere Wahl. Er musste rüber ins Haus. Vorsichtig nahm er Paulas Hand und legte sie auf den provisorischen Druckverband.

»Du musst auf die Wunde pressen, Paula. So fest du kannst und bis ich wiederkomme!«

Sie starrte ihn nur an. Ihre Augen zeigten kein Verständnis, aber er merkte, dass ihre Armmuskeln sich verhärteten.

»Gut so!«, lobte er sie. Zu spät vernahm er die schlurfenden Schritte, die über den Kies scharrten. Als er sich umwandte, stand Morgado mit dem Gewehr keine zwei Meter von ihm entfernt. Soeben erhob sich die Sonne über die östliche Bergkuppe und verlieh dem verrückt gewordenen Juristen eine rot glühende Corona. Seine Erscheinung kam dem entsetzlichen Anblick eines Untoten gleich. Auf dem Weg über den Hof hatte er seinen blutdurchtränkten Verband an die zunehmend wütender werdende Atlantikbrise verloren. Das Messer steckte immer noch in seinem Hals. Die kurze Klinge schien nichts Lebenswichtiges durchtrennt zu haben. Trotzdem hatte er es nicht gewagt, sie aus der Wunde zu ziehen. Vermutlich aus Angst, die Blutung dann nicht mehr stoppen zu können. Und so sickerte der Lebenssaft langsam aus seinem Leib, sog sich in sein Hemd und hatte auch schon den Hosenbund erreicht. Was trieb ihn noch an, was hielt ihn auf den Beinen? Er drehte seine aristokratische Nase in den Wind. »Der salzige Atem des Gottlosen«, zischte er, spuckte einen schleimigen Blutklumpen zu Boden und wandte sich wieder Henrik zu, der sich instinktiv schützend vor Paula schob.

Morgados Kraft reichte nicht nur aus, sich aufrecht zu halten, sondern auch, um das Gewehr anzulegen und ihn ins Visier zu nehmen. »Sie haben recht«, krächzte er mit vom Hass verzerrtem Gesicht, »was Sie angeht, gibt es keine Heilung.«

40

Mit einem unmenschlichen Laut kippte Orlando Morgado zur Seite weg, bevor er den Abzug ziehen konnte.

Doch bei ihm hatte nicht etwa der Kreislauf versagt. Begleitet von einem Knirschen prallte der einstige Lissaboner Oberstaatsanwalt auf den Kiesboden, und über ihm zeichnete sich die nächste von der Sonne hinterleuchtete Gestalt vor dem Morgenhimmel ab. Helena hielt ein beinlanges Vierkantholz noch immer erhoben. Der böige Wind zerzauste ihr Haar, das wild um ihr Gesicht peitschte.

»Helena«, ächzte Henrik fassungslos.

Sie sagte nichts, sah ihn nur an, die Zornesfalte zwischen ihren Brauen.

»Wir brauchen einen Notarzt!«

Endlich warf sie den Prügel fort und zog ihr Handy aus der Tasche. Während sie telefonierte, beugte sie sich zu Morgado hinab und prüfte seinen Puls. Dann schaute sie nach Paula.

Überwältigt von den Ereignissen der letzten Stunden, stand Henrik teilnahmslos daneben. Nach einer Weile stolperte er ein paar Schritte aus dem Stall hinaus und drehte sich einmal um sich selbst. Mit einem Mal fühlte er sich komplett orientierungslos. Verloren zwischen den Welten, zwischen Wahnsinn und Vernunft. Während sich im Osten die Sonne erhob, ragte im Westen eine schwarze Wolkenfront unendlich hoch in den Himmel hinauf. Die Böen wurden stärker und ließen ihn frösteln. Er schmeckte das Salz in der verwirbelten Luft. *Der salzige Atem des Gottlosen.* Er blickte auf Morgado hinab, der sich nicht mehr rührte. Unbeholfen ging er zurück zu Paula. Nun war es Helena, die ihre Hände auf die Wunde presste.

»Hilfe ist unterwegs«, flüsterte sie. »Halten Sie durch!«

Henrik stand unschlüssig hinter ihr. Sie sah ihn nicht an.

»Gibt es noch mehr Verletzte ... oder schlimmer?«

Als er nicht reagierte, drehte sie sich nach ihm um, und er brauchte nur zu nicken.

Ja, schlimmer.

Was musste er für ein Bild abgeben? Halb nackt, verklebt mit Erbrochenem und Blut. So abgerissen, als wäre er aus dem Rinnstein gekrochen.

»Im Keller. Ein Mann um die siebzig und ...«

»Und?«, fragte sie scharf.

»Alexandra Morgado«, verkündete Henrik, und obwohl er sich überhaupt nicht danach fühlte, schwang ein wenig Triumph in seiner Stimme mit.

»Unmöglich!«

»Das hätte ich bis vor wenigen Stunden auch gesagt, aber du kannst mir glauben, sie ist es. Auch wenn sie seit Jahren mehr tot als lebendig im Koma liegt.«

Helenas Körperhaltung veränderte sich. Es war, als ob sie für einen kurzen Moment den Drang niederringen müsste wegzurennen, weil der harte Stein, auf dem sie kniete, nicht zuließ, dass sie im Boden versank. Und doch war sie zu stolz, sich bei ihm zu entschuldigen oder zumindest einzugestehen, dass er richtig gehandelt hatte. Andererseits konnte er es ihr nicht ankreiden. Vermutlich hatte niemand Morgados wahres Ich durchschaut, niemand seinen Wahnsinn erkannt.

»Ich muss mir das ansehen«, verkündete sie.

Sie tauschten die Plätze, und er übernahm den Druckverband. Helena erhob sich. Sie trug keine Waffe.

»Ich nehme an, die bist nicht im Dienst. Wie bist du überhaupt auf die Idee gekommen, hier rauszufahren?«

»Später! Wo muss ich hin?«

»Letzter Pferdestall rechts, die Luke steht noch offen.«

Er blickte ihr nach, bis sie in die Box trat. Dann wandte er sich wieder Paula zu und redete beruhigend auf sie ein. Es hatte angefangen zu regnen. Vom Wind getrieben, prasselten die Tropfen hart auf das Stalldach, auf den kiesbedeckten Hof und auf Morgado nieder. Eigentlich war das Toben des Unwetters zu ohrenbetäubend, um etwas anderes zu hören. Und doch, unter das Zwiegespräch von Sturm und Regen mischte sich das leise Heulen von Sirenen.

41

Er hockte in eine Decke gehüllt auf der Holzkiste, die mit Hafer und Kraftfutter gefüllt war. Blaulichter blinkten durch den dichten Regenschleier. Leute in Uniform bewegten sich hektisch um ihn herum. Sie wirkten angespannt, einige regelrecht überfordert. Selbst die Forensiker in ihren Einwegoveralls, die Laborkoffer herumschleppten, Plastikschildchen aufstellten, fotografierten oder Beweismittel in Tüten packten und in Verwahrung nahmen. Draußen raste das Unwetter und behinderte die Polizeiarbeit. Beiläufig fragte sich Henrik, ob es die Sturmwolken über das Gebirge bis ins Landesinnere schaffen würden und wohl das Ende der Waldbrände bedeuteten.

Sie hatten ihm Handschellen angelegt. Natürlich. Immerhin hatte er einem Mann ein Skalpell in den Hals gestochen. Dass der Mann verrückt war, rechtfertigte den Tatbestand nicht. Tatsächlich war er zum Zeitpunkt des Angriffs nicht unmittelbar bedroht gewesen, soweit er sich erinnern konnte. Andererseits war er dabei im Drogenrausch. Das würde man ihm strafmildernd auslegen. Unzurechnungsfähig, die Konsequenzen seines Handelns zu beurteilen. Wie der Junkie, der Nina überfahren hatte. Kein guter Gedanke. Kein guter Vergleich.

Paula war abtransportiert worden. Der Notarzt wirkte zuversichtlich. Ebenso hatten sie Don Alfredo weggebracht. Henrik hatte aufgeschnappt, dass der Schamane ansprechbar war. Für einen Moment bedauerte Henrik, dass er nicht mit dem Mann hatte reden können und vermutlich nun auch keine Gelegenheit mehr dazu bekommen würde. Zu erfahren, wie er die Sache vor zwanzig Jahren erklärte, wäre hilfreich gewesen. Auch, ob er bereute, Cinthya im Stich gelassen zu haben.

Cinthya ... Es war ihm nicht gelungen, sie zu finden. Wo hatte Morgado sie hinschaffen lassen? Was hat er ihr angetan? Auch der Großinquisitor würde ihm keine Antworten mehr geben. Ein Sanitätsteam hatte sich um Morgado gekümmert. Zu Henriks großer Erleichterung war er noch am Leben. Selbstredend hoffte er, dass Morgado weiterhin überlebte. Nicht nur aus Angst vor einer Anklage wegen Totschlags. Es wäre auch ungerecht gegenüber seiner Frau, wenn Morgado sich davonmachte, ohne sich dafür rechtfertigen zu müssen. Ob eine Reflexion seiner Taten bei dieser angeschlagenen Psyche überhaupt erfolgen konnte, stand allerdings auf einem anderen Blatt.

Nun lag also nur noch Alexandra Morgado im Keller unter dem Pferdestall. Es war anzunehmen, dass man erst sehr genau prüfen wollte, ob man ihr eine Fahrt in der Ambulanz zumuten konnte. Was war es wohl, was diese Frau all die Jahre am Leben erhalten hatte? Es musste etwas sein, das über die künstliche Beatmung, die zugeführten Nährlösungen und all die medizinischen Gerätschaften hinausging. Es brauchte schon einen immensen Lebenswillen, um so lange durchzuhalten. Worauf hatte sie wohl gehofft? Dass irgendwann jemand kam, um sie zu erlösen?

Helena trat neben ihn und reichte ihm eine Wasserflasche. »Schwemmt die Drogen raus!«

Vor etwa einer Stunde hatte er ihr eine kurze Zusammenfassung über die Ereignisse der letzten Nacht geliefert. Er saß vermutlich nur deshalb noch nicht in einem Einsatzwagen hinunter in die Stadt, weil die Ermittlungsbeamten gegebenenfalls noch Fragen an ihn hatten.

»Danke, dass du mich gefunden hast!«, sagte er, nachdem er etwas getrunken hatte.

»Bedank dich bei Filipa!«

»Filipa?«, fragte er irritiert.

»Ich bin ihr zufällig im Revier begegnet. Sie ist dort gestern Nachmittag verhört worden, wie ich mitbekommen habe. Sie wollte mir keine Details anvertrauen, lediglich von mir wissen, ob ich eine Ahnung habe, wo du steckst. Sie schien ziemlich sauer auf dich zu sein, wegen ihres Autos, das du nicht zurückgebracht hast. Als ich fragte, ob sie wüsste, wohin du denn damit unterwegs bist, meinte sie nur: in die Berge. Da fiel mir ein, dass du mich nach dem Anwesen im Sintra-Gebirge gefragt hast. Danach war es nicht mehr schwer, eins und eins zusammenzuzählen. Ich dachte mir, dass es was mit deinem verstärkten Interesse für Orlando Morgado zu tun haben muss ... und ja, dann habe ich mich kundig gemacht.«

Einige Sekunden herrschte Schweigen. Gerne hätte er das Gespräch am Laufen gehalten, nur damit sie neben ihm stehen blieb, aber er fand keine Worte.

»Wir versuchen gerade, den Arzt auszumachen, der Alexandra Morgado versorgt hat. Die medizinischen Geräte und die pharmazeutischen Produkte müssen ja irgendwo herkommen ...«

»Es kommt oft irgendwas irgendwo her, ob die Quellen so einfach zu finden sind, wird sich zeigen. Morgado besitzt beste Kontakte und hat es über Jahrzehnte verstanden, seine Spur zu verwischen«, wandte er ein. Ehe sie antworten konnte, rief einer der Kollegen nach ihr. Von einer Sekunde auf die andere verstärkte sich die Hektik. Sie hatten etwas entdeckt.

Obwohl man ihn angewiesen hatte, sich nicht von der Stelle zu rühren, rutschte er von der Futterkiste und folgte den Polizisten, die von überall her zusammenliefen. Niemand achtete auf ihn. Durch den strömenden Regen bewegte sich der Tross auf den Schuppen zu, dessen Torflügel jetzt geöffnet waren. Nach nur fünf Schritten im Freien war die Decke durchnässt, die er übergeworfen hatte. Wenigstens wurde auf diese Weise nicht nur die Hitze der letzten Wochen aus seinen Poren gespült, sondern auch der ganze Dreck von ihm abgewaschen. Beim Schuppen angekommen, erkannte Henrik neben gestapelten Strohballen Morgados Volvo vor einem verstaubten, zusammengerosteten Traktor mit Mähbalken. Erst jetzt bemerkte er auch den Hund, den einer der Beamten an der Leine führte. Die Körperhaltung des cognacbraunen Bloodhounds deutete auf extreme Anspannung hin, sein Hundeführer konnte ihn nur schwer zurückhalten.

Henrik stellte sich einfach zwischen die Uniformierten und reckte den Hals. Die Spurensicherung hatte im hinteren Teil des Schuppens bereits Flutlichtlampen aufgestellt. Einer der Forensiker war dabei, mit einer Brechstange die Bodenbretter aufzuhebeln. Das verwitterte, morsche Holz setzte der Kraft des Mannes keinen großen Widerstand entgegen. Trotz aller Genauigkeit, die bei der Tatortsicherung wichtig war, arbeiteten die Kriminaltechniker schnell. Unter den Brettern und einer dünnen Erdschicht kamen in verrottendes Segeltuch gewickelte Körper zum Vorschein.

42

Er bekam keine Gelegenheit mehr, zu beobachten, wie die drei Leichen aufgedeckt wurden, denn mit einem Mal war man doch auf seine Anwesenheit aufmerksam geworden und hatte ihn in einen Einsatzwagen verfrachtet. Aber letztlich musste er die skelettierten Körper gar nicht sehen, um zu wissen, wer dort verscharrt worden war. Ein Mann und zwei Frauen, vermutete er.

Niemand rüffelte ihn für sein Verhalten, was vermutlich daran lag, dass alle über die zusätzliche Entdeckung schockiert waren. Das, was die Einsatzkräfte bereits vorgefunden hatten, war schon erschreckend genug gewesen.

Am frühen Vormittag fuhr man ihn zurück nach Lissabon. Glücklicherweise nicht, um ihn wieder in eine Zelle zu stecken. Er empfand tiefe Dankbarkeit darüber, dass Helena angeordnet hatte, ihn nach Hause zu bringen. Ihren Kollegen hatte sie deutlich gemacht, dass keine Fluchtgefahr bestand. So kam es, dass er, nur mit einer verdreckten Hose bekleidet, vor seinem Haus in der Rua do Almada aus einem Streifenwagen stieg. Es war niemand auf der Straße, aber vielleicht standen ein paar Leute an ihren Fenstern, die sich über den Auftritt des alemão wundern konnten.

Der Himmel war von bleiernem Grau. Die Temperatur gesunken, aber immer noch hoch, die Luft feucht und zäh. Wie im Amazonasdschungel. Auch über der Stadt war der schwere Regen niedergegangen und hatte Staub und Dreck aus den Gassen geschwemmt. Genau wie Henrik hatte Lissabon eine Reinigung erfahren.

Das Baugerüst war leer. Henrik war sich nicht mehr sicher, welcher Tag heute war. Montag, vermutlich. Das Wochenende war rum. Wo steckten bloß seine Arbeiter? Er wusste nicht, was er von diesem Boykott halten sollte. Er beeilte sich, in die Wohnung zu kommen, und stellte sich lange unter die Dusche. Danach verspürte er weder Hunger noch war er müde, obwohl er gut vierundzwanzig Stunden nicht mehr geschlafen und auch nichts gegessen hatte. Alles, was er zu sich genommen hatte, war der Zaubertrank. Sollte er ins nächste Café gehen und frühstücken? Oder gleich auf leeren Magen erledigen, was es noch zu erledigen gab?

Als er aus dem Badzimmer trat, stand er plötzlich wieder im Dschungel. Um ihn herum sang der Urwald. Tropischer Nebel waberte um seine Knie. Martins Panamahut lag auf der Garderobe, die jetzt von Lianenranken umwachsen war. Vom dichten Blätterdach tropfte der Regen auf ihn herab.

Er bekam Panik. Schrie. Blinzelte mehrfach und hechtete, als die Trugbilder sich nicht auflösten, zurück ins Badezimmer. Dort war alles wie immer. Der Dampf, der den Spiegel beschlug, kam von seiner heißen Dusche. Sein Puls raste. Er hielt sich am Waschbecken fest und kämpfte die Furcht nieder. Nach etlichen Minuten wagte er einen Blick in den Flur. Alles war wie immer. Pseudohalluzinationen. Davon hatte er gelesen. Ein Flashback von den Drogen. Womöglich würde es nicht der einzige bleiben.

Sehr vorsichtig ging er hinüber ins Schlafzimmer. Keine Gesänge, kein Regenwald. Schnell zog er Hemd und Hose an. Bevor er es sich anders überlegen konnte, ging er auf nackten Sohlen hoch und klopfte an Renatos Tür. Als keine

Reaktion erfolgte, probierte er die Klinke. Wieder war nicht abgeschlossen. Niemand war in der stickigen Dachgeschosswohnung.

Er eilte wieder nach unten. Die Unruhe der letzten Tage steckte nach wie vor in seinen Zellen. Er musste sich nach Paula erkundigen, wusste aber nicht, in welches Krankenhaus sie gebracht worden war. In der Küche fiel ihm wieder ein, dass er kein Handy mehr hatte, also ging er hinunter ins Antiquariat. Zwischen den Regalreihen war alles ruhig. Keine Brüllaffen, kein Papageienkrächzen, keine Spinnen, Schlangen oder Tapire. Im Büro nahm er den schweren Hörer von dem alten Wählscheibentelefon und rief Anabela de Castro an.

»Hier ist Henrik!«

»Henrik, ja, ich dachte mir, dass Sie sich bald melden.« Ihre Stimme klang seltsam, wie von Watte umschlossen. Als hätte auch sie Substanzen wie Dimethyltryptamin im Blut. »Aber lassen Sie uns nicht am Telefon sprechen. Ich komme heute Abend zu Ihnen, sagen wir gegen acht Uhr.«

Er hatte keine Ahnung, in welchem Zustand er sich am Abend befinden würde. Dennoch murmelte er eine Zustimmung.

»Passen Sie auf sich auf, Henrik!«

Damit legte sie auf. Er starrte den Hörer an. War sich plötzlich nicht mehr sicher, ob er tatsächlich bei Joãos Schwester angerufen hatte, oder ob er erneut in eine Geisterwelt abgedriftet war.

»Acht Uhr«, murmelte er vor sich hin. Spätestens dann würde er es wissen.

Er trank das abgestandene Wasser von vorgestern. Was jetzt? Sollte er alle Krankenhäuser abtelefonieren? Er stellte sich vor, wie mühsam das wäre. Die Sprachbarriere; immer wieder zu erklären, nach wem er sich erkundigte. Die Weigerung, Informationen weiterzugeben, weil er schließlich kein Verwandter war. Nein, das stand er in seiner jetzigen Verfassung nicht durch. Sollte er es bei Helena probieren? Dazu war es zu früh, die Kommissarin war vermutlich immer noch in den Bergen.

Jemand klopfte an die Ladentür.

Die Polizei? Hatte Helenas Vorgesetzter etwa eine andere Meinung, was die Fluchtgefahr betraf? Verlangte er eine Festsetzung des Tatverdächtigen?

Er tapste hinaus in den Laden und schielte durch den Spalt im Schaufenster, doch der Winkel war zu schlecht. Das Baugerüst nahm ihm die Sicht. Erneutes Klopfen drängte ihn dazu aufzuschließen.

»Catia!« Er keuchte unwillkürlich. »Du hast Nerven!«

»Machst du heute auf?«

»Betriebsausflug in die Berge«, knurrte er.

Sie sah nüchtern aus. Anders als er. Bei dem Wort *Berge* war sie jedoch zusammengezuckt. Sie konnte sich wohl vorstellen, was er dort oben getrieben hatte.

»Was willst du?«

»Nicht mehr weglaufen.«

Er zögerte noch zwei Sekunden, dann machte er Platz, damit sie das Antiquariat betreten konnte. Sie ging bis zum Tresen, bevor sie sich zu ihm umdrehte. Das schwarze Kleid war dasselbe wie in den letzten Tagen. Der Saum über den Knöcheln war nass, offensichtlich war sie auf dem Weg hierher in einige Pfützen getreten. Neu war das rote Tuch, das sie in ihr Haar geflochten hatte. Ein Farbtupfer, etwa als leuchtendes Signal für einen Neuanfang?

Catia atmete tief durch. »Es ist die Wohnung einer Bekannten, die für ein Jahr geschäftlich im Ausland ist. Nichts darin gehört mir, ich passe nur darauf auf.«

Er schwieg.

»Und ja, ich trinke ihre Weinbestände weg ... was ich nicht tun sollte.« Sie hielt sich am Tresen fest.

»Morgado?«, fragte er.

»Du hast ihn getroffen?«

Ich hab ihm in den Hals gestochen. »Sieht man mir das an?«

»Du wirkst ziemlich ... fertig.«

»Es gab eine Auseinandersetzung. Und er wurde verhaftet.«

Sie tastete sich an der Kante der Verkaufstheke entlang und setzte sich auf den Stuhl vorm Schaufenster. »Was hat er getan?«

Gottes Werk, lag ihm auf der Zunge. »Martin war kein verwirrter Mann mit einer klinischen Paranoia. Er hat keine krankhaften Verschwörungstheorien erfunden. Die Gefahr war echt und ist es immer noch. Das hat mir mein Besuch in den Bergen aufs Neue bestätigt.«

Diesmal war sie es, die nickte. »Und Cinthya? Ist sie ...?

»Was hatte Morgado gegen dich in der Hand?«

Catia wurde noch blasser, sank noch mehr in sich zusammen. »Er besaß Informationen über meine Familie.«

»Die versteckten Helden des Widerstands«, murmelte er. Es sollte nicht sarkastisch klingen. Catia hatte das heimliche politische Engagement ihrer Eltern während der Diktatur bei ein, zwei Gelegenheiten erwähnt, ohne näher darauf einzugehen.

»Sie ... sie waren nicht im Widerstand, wie ich allen immer erzählt habe«, gestand sie mit brüchiger Stimme. »Im

Gegenteil. Sie waren Faschisten, dem Regime treu ergeben bis zur letzten Minute. Doch auch danach war es für meine Eltern nicht vorbei. Sie lebten weiter ihre Ideologie – und waren damit nicht die Einzigen. Es gab viele, es existierte ein ganzes Netzwerk. Salazaristen, Fanatiker, die Kirche ...«

»Opus Dei?«

»Ja, auch die! Sie träumten von der Gegenrevolution und der Rückkehr des Estado Novo. Im Jahr der Revolution war ich sechs Jahre alt, und auch die Jahre danach war ich mittendrin, initiiert und instrumentalisiert von meinen Eltern. Es gab Camps, Jugendfreizeiten der Nationalisten, in denen wir vorbereitet wurden, geschult von einstigen Parteifunktionären, die sich eine neue Generation von Faschisten heranzogen. Sie waren nicht mal besonders vorsichtig, denn ihre Gönner saßen nach wie vor in den Schaltzentren der Macht. Im Sommer 1983 hat mich dann einer dieser Lageraufseher geschwängert. Ich war ein Geschenk an ihn, von meinen Eltern. Als Dank für seinen aufopfernden Kampf für die gute und einzige Sache. Im März darauf brachte ich einen Sohn zur Welt. Sie gestatteten mir, eine Woche mit ihm zu verbringen, bevor sie ihn mir wegnahmen. Dafür durfte ich später studieren ...«

Nun musste sich auch Henrik an einem der Bücherregale festhalten. Der Padre hatte ihm vor längerer Zeit eine ganz andere Geschichte erzählt. Sie hatte also selbst Bruno belogen, der diese Lüge unwissentlich weitererzählt hatte. Dieser zufolge hatten sich Catias Eltern, die nur knapp den Folterkellern des Estado Novo entkommen waren, seelisch traumatisiert kurz nach der Revolution das Leben genommen. Angeblich war sie deshalb bei einer Tante aufgewachsen.

Nach und nach kamen sämtliche Unwahrheiten ans Licht, und er merkte, dass es ihm immer schwerer fiel, damit umzugehen. Und Catia? Während ihres Berichts war sie zunehmend teilnahmsloser geworden. Jetzt sah sie ihn unverwandt an.

»Ab da hatten sie ein Druckmittel gegen mich. Meinen Sohn, den ich Flávio genannt hatte. Nur für mich, verstehst du. Ich wusste, dass sie ihm einen anderen Namen geben würden, wenn er zu der wohlhabenden Familie kam, die ihn bestellt hatten. Diese Praxis war nicht die einzige Einnahmequelle der Salazaristen, aber gewiss eine der abscheulichsten. Jedenfalls, sie sagten mir, es würde ihm immer gut gehen, solange ich tue, was sie von mir erwarten. So kam ich schließlich zu Martin, mit dem Auftrag, seine Aktivitäten zu überwachen.«

Henrik rang um Fassung. »Und die Entführung? Ich meine, das waren doch dieselben Leute, für die du all die Jahre gespitzelt hast. War das alles nur eine weitere Inszenierung?«

»Nelson Pereira wusste, wie er dich kriegen konnte.«

Vermutlich lag es an den Nachwirkungen der Droge, dass er die Zusammenhänge nicht herstellen konnte. »Es tut mir wirklich im Herzen weh, zu erfahren, wie übel man dir in deiner Kindheit mitgespielt hat, und ich entschuldige mich für mein Verhalten. Wenn ich auch nur im Ansatz gewusst hätte, welchem Druck du ausgesetzt bist ...«

»Du konntest es ja nicht wissen. Niemand weiß es, weil ich mich noch nie jemandem anvertraut habe ... Martin ahnte wahrscheinlich, dass etwas nicht stimmte, aber ich gehe davon aus, er hoffte immer, dass ich den ersten Schritt mache. In all der Zeit hat an mir die Angst genagt, dass er dir womöglich eine Botschaft über mich hat zukommen lassen.«

»Daher dein immerwährendes Misstrauen ...«

»Wir haben uns gegenseitig nicht vertraut, Henrik.«

»Woran sich nichts ändern wird, solange ich nicht die ganze Wahrheit kenne. Wie passt Morgado in deine Geschichte?«

Sie schlug die Hände vors Gesicht und blieb für einige Sekunden in dieser Stellung. Dann richtete sich wieder auf und atmete tief durch. »Lange war er meine einzige Hoffnung. Vor zwanzig Jahren habe ich Cinthya Cardenas an ihn verraten, weil er mit zugesichert hat, alles daranzusetzen, meinen Sohn ausfindig zu machen ...«

»Und er konnte dich damit die ganze Zeit über hinhalten? Ich habe dich niemals als so naiv eingeschätzt.«

»So war es auch nicht«, verteidigte sich Catia verbittert. »Natürlich war ich längst zu der Einsicht gelangt, dass auch er keinen Erfolg hatte. Doch dann meldete er sich letzte Woche überraschend bei mir, meinte, er hätte neue Erkenntnisse erlangt und sehr wahrscheinlich endlich herausgefunden, wo Flávio jetzt lebt. Da blieb mir keine andere Wahl, als ihn zu warnen, dass du an der alten Geschichte dran bist und nach Cinthya suchst.«

Henrik umklammerte die Strebe des Regals noch fester. »Sollte es überhaupt stimmen, dass er etwas über deinen Flávio weiß, wird er es dir nicht mehr mitteilen können.« Morgado hatte einfach nur gewusst, an welchen Schrauben er bei Catia drehen musste, um Informationen über Henrik zu erhalten. »Hättest du dich nur Martin anvertraut – er wäre eher in der Lage gewesen herauszufinden, was aus dem Kind geworden war.«

»Damit hätte ich nur noch größere Gefahr für Flávio heraufbeschworen. Das Risiko, mit Morgado zu sprechen, war schon enorm. Er war einer der wenigen, der die Salazaristen jagte und versuchte, ihre verkrusteten Strukturen aufzubrechen. Eigentlich hätten sich Martin und Morgado zusammentun müssen, sie verfolgten letztlich beide dasselbe Ziel. Aber das war für deinen Onkel natürlich undenkbar.«

»Ja, weil Morgado so wenig Initiative an den Tag legte, als es um die Ermittlungen zum Mord an João ging«, vollendete Henrik den Gedanken. Martin hatte vermutlich noch ganz andere Gründe gehabt, keinen Pakt mit dem Großinquisitor einzugehen, dachte er, behielt dies aber für sich. Erst einmal musste er verdauen, was er soeben alles von Catia erfahren hatte.

»Einmal habe ich Morgado danach gefragt«, murmelte Catia.

»Wonach?«

»Warum ihn die Umstände von Joãos Tod so wenig interessierten.«

»Und, welche Ausrede hat er bei dir angeführt?«, erwiderte Henrik scharf.

»Er meinte nur, der Mord an einem homosexuellen Künstler reiche ihm nicht. Er müsse in größeren Dimensionen denken und agieren, um den Täter zu überführen und zur Rechenschaft ziehen zu können.«

»Willst du damit sagen, Morgado ist bekannt, wer João auf dem Gewissen hat?«

Catia nickte. Sie schaffte es diesmal sogar, seinem Blick standzuhalten. »Und da ist noch mehr. Morgado hat es zwar nie bestätigt, mir aber auch nicht widersprochen, als ich ihn fragte, ob der Mann, den er für Joãos Mörder hält ... ob dieser Mann auch den Aufenthaltsort meines Sohnes kennt.«

43

Der Luftzug von der sich öffnenden Ladentür genügte, um seine Gedanken zu verscheuchen, ehe er sie ordnen konnte. Helena betrat das Antiquariat. Er saß auf dem Stuhl, den Catia erst vor wenigen Minuten frei gemacht hatte, und hielt seinen Kopf fest, damit der sich nicht vom Rumpf löste, als wäre er mit Helium gefüllt. »Wo ist dein sympathischer Kollege?«

»Wir haben im Moment viele Baustellen.«

Sie hätte auch von vielen Toten sprechen können. Er fragte sich, ob Orlando Morgado mittlerweile dazuzählte. Auch wenn sein Schädel sich wie ein Gasluftballon anfühlte, der Rest seines Körpers kam ihm vor wie aus Stahlbeton. Selbst wenn er gewollt hätte, er konnte nicht aufstehen.

»Wirst du Probleme bekommen, weil du auf eigene Faust in die Berge gefahren bist?

»Bislang fehlte mir die Zeit, mich dafür zu rechtfertigen. Schwer abzuschätzen, was auf mich zukommt. Rasche Ergebnisse bei der Ermittlung könnten da durchaus hilfreich sein.

»Wie geht es Paula?«, frage er, bevor sie endgültig in den Verhörmodus schaltete.

»Die Kugel konnte problemlos entfernt werden, sie wird keine Folgeschäden davontragen.«

»Don Alfredo?«

»Offenbar ist er wieder voll zurechnungsfähig. Er hat bereits juristische Mittel eingesetzt, um seine Ausreise zu beschleunigen.«

»Der Schlag auf den Kopf hat seine schamanische Gabe demnach nicht in Mitleidenschaft gezogen? Hast du direkt mit ihm gesprochen?«

»Nur mit seinem Anwalt, der uns eine umfassende Aussage vorgelegt hat. Und übrigens gleich in Begleitung eines Justiziars der Eventagentur angerauscht kam. Man will Schadensersatz für die Veranstaltungen und Seminare, die nun ausfallen. Es ist ein Irrenhaus, in dem mein Vorgesetzter nun versucht, für Ordnung zu sorgen.«

Sie wirkte nicht unglücklich darüber.

»Und Morgado?«, fragte Henrik verhalten.

»Hat viel Blut verloren und möglicherweise seine Stimme, aber mein letzter Stand ist, dass er durchkommen wird. Die Ärzte können noch nicht absehen, ob eine kurzzeitige Unterversorgung des Gehirns mit Sauerstoff womöglich zu größeren neuralen Schäden geführt hat. Wir wissen mehr, sobald er wieder aufwacht.«

Falls er das je noch mal vorhat.

Bislang sah es also nicht nach einer Anklage wegen Totschlags aus. Er sollte eigentlich erleichtert sein, doch momentan fühlte er nur große Verunsicherung. »Sind die Leichen schon identifiziert?«

»So schnell sind wir nun auch wieder nicht. Doch wenn mich nicht alles täuscht, kannst du mir da weiterhelfen.«

Wie war das? Ein schneller Ermittlungserfolg käme ihr gelegen und würde ihr womöglich unangenehme Fragen ersparen? Henrik nickte. Es fiel ihm nicht schwer, ihr diesen Gefallen zu tun. Auch wenn er sie gelegentlich in den letzten Wochen verwünscht hatte, lag sie ihm sehr am Herzen, und zwar mehr, als ihm guttat. Außerdem hatte sie ihm natürlich erneut das Leben gerettet. Oder ihn zumindest vor einer Kugel aus Morgados Jagdflinte bewahrt.

»Zwei Frauen, ein Mann?«

Helena versuchte, ihre Überraschung zu verbergen, und nickte.

»Der Mann ist vermutlich Alexandras Cousin, dem der Hof früher gehörte, bevor er ihn Morgado überschrieb.« Mit Abtrünnigen hatte der Großinquisitor von Beginn seiner Mission an kurzen Prozess gemacht.

»Und die Frauen?«

»Eine davon dürfte das Kindermädchen sein. Sie hat von Anfang an für ihren Chef gelogen. Nicht sie hat die Kinder und die Ehefrau gefunden. Es war Morgado selbst, der wahrscheinlich früher von seinem Kongress zurückkam. Ich kann mir vorstellen, dass das Kindermädchen während Alexandras Amoklauf sogar im Haus war. Sich vielleicht versteckt hat. Die andere Variante wäre, dass sie unerlaubt unterwegs war, auf einer Party vielleicht, bei Freunden, was weiß ich. Jedenfalls hat sie in irgendeiner Form Schuld auf sich geladen, und Morgado war gut darin, das schlechte Gewissen von Menschen für sich zu nutzen. ›Sie tun genau, was ich Ihnen sage, dann kommen Sie um eine Anklage wegen Verletzung der Aufsichtspflicht oder unterlassener Hilfeleistung herum.‹ So in der Art könnte es abgelaufen sein. Die bedauernswerte Frau fügte sich in ihr Schicksal. Ich nehme an, sie musste Alexandra pflegen, bis sie irgendwann an den Punkt kam, dass sie die Lügen und Grausamkeiten nicht mehr ertrug. Doch bei allem, was sie wusste, konnte Morgado sie natürlich nicht so einfach gehen lassen.« Nach den paar Sätzen fühlte er sich ausgelaugt. Er schob es auf die Drogen, aber wenn er ehrlich war, hatte ihn dieser ganze Fall an die Grenze seiner Belastbarkeit gebracht.

»Und die andere Frau ist dann wohl Cinthya Cardenas, nehme ich an.«

Diesmal musste er gar nicht nicken, Helena reichte ein Blick. »Vermutlich lag sie am längsten unter den Dielenbrettern des Schuppens. Morgado hatte sich Cinthya mit der Absicht geholt, Don Alfredo damit ködern zu können. Doch der Schamane scherte sich einen Dreck um seine Angestellte, war schon längst wieder in Brasilien und tat nichts dafür, sie zu retten. Allein dafür solltet ihr ihn nicht so einfach gehen lassen.«

»Er kann nicht für den Wahnsinn eines anderen belangt werden. Außerdem entscheide nicht ich, wann und wohin der Brasilianer gehen darf. Und was die Leichen betrifft, wird der Gerichtsmediziner deine Mutmaßungen erst bestätigen müssen.«

Das wird er, wollte Henrik sagen, doch Helena war schon bei ihrer nächsten Frage.

»Erklär mir lieber, was dein Onkel mit all dem zu tun hatte.«

Henrik seufzte. »Martin versuchte, Cinthya außer Landes zu schaffen, doch Morgado und seine Häscher kamen ihm zuvor.« Er hütete sich, Catias Rolle in dieser perfiden Inszenierung zu erwähnen. Das war nichts, womit sich die Lissabonner Polizei zu beschäftigen hatte. »Ich hoffe, dir ist inzwischen bewusst geworden, warum sich Morgado die Ermittlungsakten hat aushändigen lassen.«

Helena starrte hinauf in eine Ecke des Antiquariats, ohne zu antworten. Er verzichtete darauf, erneut gegen sie zu schießen, und behielt daher für sich, dass er sie bei der

Übergabe der Akte beobachtet hatte. Schließlich sagte Helena: »Er wollte die Gewissheit, dass niemand in den alten Akten wühlte, nachdem er die Chance erkannt hatte, wie er seinen Racheplan an Don Alfredo doch noch vollenden konnte. Keine Spur sollte zu ihm führen.«

»Fall abgeschlossen«, nickte Henrik und bedauerte nur, dass er Paula keine besseren Nachrichten unterbreiten konnte. Die Suche nach ihrer Mutter nahm das traurigste aller möglichen Enden.

»Nicht für mich«, erwiderte Helena. »Für mich beginnt die Arbeit erst.«

»Auch was meine Anklage betrifft?«, fragte er resigniert.

Daraufhin passierte etwas, was äußerst selten bei ihr vorkam. Sie lächelte. Wie lang hatte er sie schon nicht mehr Lächeln gesehen? Sofort wurde ihm wieder eng in der Brust.

»Bevor ich ins Antiquariat gekommen bin, rief mich die Spurensicherung an. Das Skalpell, das du Orlando Morgado angeblich in den Hals gestochen hast, ist verschwunden. Niemand hat eine Erklärung dafür, was damit geschehen ist, nachdem der Notarzt es entfernt hatte. So ganz ohne forensische Beweise sieht es ganz danach aus, als kämst du wieder mal davon.«

44

Sie ging, ohne sich zu entschuldigen. Und ohne Kuss. Aber auch ohne Groll.

Seine Aussage, der Fall sei abgeschlossen, kam ihm plötzlich dumm vor. Ja, er – oder genau genommen der Leichenspürhund der Polizei – hatte Paulas Mutter gefunden. Henrik hatte ganz vergessen, zu fragen, wieso die Einsatzkräfte diesen Hund überhaupt angefordert hatten. Stand Morgado bei den Ermittlern möglicherweise doch schon unter Verdacht, bevor er ihn bei Helena ins Spiel gebracht hatte? Er nahm sich vor, sie irgendwann später danach zu fragen. Sobald in diese verworrene Geschichte Ordnung gekommen war. Sobald der Nebel in seinem Kopf sich aufgelöst hatte.

Das Skalpell, die Tatwaffe mit seinen Fingerabdrücken darauf, war verschwunden. Dennoch war der Fall keineswegs abgeschlossen. Denn letztlich hing alles irgendwie zusammen. Was hatte Catia über Morgado erzählt? Er müsse in größeren Dimensionen denken und agieren, um den Täter zu überführen und zur Rechenschaft ziehen zu können. War das nicht auch genau Henriks Aufgabe, die ihm sein Onkel hinterlassen hatte? Es blieb noch so viel, das er nicht verstand. Unter anderem, dass dort draußen jemand war, der zu verhindern suchte, dass er ins Gefängnis ging. Damit musste er erst einmal klarkommen.

Vorrangig musste er jedoch seinen schwachen Körper dazu bewegen, von diesem Stuhl aufzustehen. Allein diese Herausforderung zu bewältigen, erschien ihm momentan vergleichbar mit einer Arktisdurchquerung allein auf Schneeschuhen. Er sah hinab auf seine nackten Zehen. Wohl eher vergleichbar mit einer Saharadurchquerung, korrigierte er sich, denn die Hitze war trotz des Regens kaum erträglicher geworden. Zumindest nicht in der Stadt.

Draußen ertönte ein schrilles Kreischen, dem zwei Sekunden später ein blechernes Scheppern folgte. Der Lärm reichte, um ihn auf die Beine zu bringen. Es war wie so oft bloß eine Kopfsache, stellte er fest, während er zur Ladentür wankte und öffnete. Davor parkte die ihm nur allzu bekannte Rostlaube, von der er nicht geglaubt hätte, sie noch einmal wiederzusehen. Filipa war bereits ausgestiegen, schob nun ihre Sonnenbrille ins Lockenhaar und blickte ihm trotzig entgegen. Noch nie hatte er in den üblicherweise müden Augen so ein waches Funkeln gesehen. Hatte sie etwa wieder was eingeworfen?

»Ich bin beurlaubt!«, erklärte sie ihm über das Autodach hinweg. Er konnte nicht entscheiden, ob sie es dankbar oder vorwurfsvoll meinte.

Er versuchte, ihrem Blick standzuhalten. »Tut mir leid! Hätte ich geahnt ...«

»Es wäre ohnehin nicht mehr lange gut gegangen«, fiel sie ihm ins Wort und winkte ab. »Ich bin auch nicht gekommen, um eine Entschuldigung von dir zu hören. Ich dachte mir nur, du vermisst vielleicht dein Handy. Es lag noch auf dem Beifahrersitz«, erklärte sie und hielt das Smartphone hoch. Henrik ging um den Wagen herum, nahm es ihr ab und steckte es in die hintere Hosentasche.

»Ich hätte es auch selbst abgeholt.« Erst jetzt sah er, dass sich auf der Rückbank des Seats zwei Taschen und ein Reiserucksack stapelten. »Du willst weg?«

»Rauf in den Norden. Ein paar Brandopfer behandeln oder das tun, wofür sie gerade freiwillige Helfer benötigen ... Sofern es zu einer Anklage kommt, wird sich das ohnehin erst mal hinziehen. Pass auf dich auf, Henrik Falkner, du hast jetzt niemanden mehr, der dich zusammenflickt.«

Sie drückte ihm einen Kuss auf die Wange, stieg in ihr Auto und fuhr mit röhrendem Auspuff die Gasse runter, um gleich darauf, begleitet von metallischem Ächzen, die scharfe Abzweigung zu nehmen. Mit der Karre schaffst du keine hundert Kilometer mehr, dachte er, doch nicht einmal dieser Gedanke konnte ihn aufheitern. Die Traurigkeit über Filipas unvorhersehbaren Aufbruch war zu mächtig.

Er schloss das Antiquariat ab und ging erneut nach oben. Renato war immer noch nicht aufgetaucht. War es möglich, dass er Lunte gerochen hatte? Henrik durchsuchte die zwei bescheiden eingerichteten Zimmer, wobei der überdimensionierte Kleiderschrank die meiste Zeit beanspruchte. Er fand nichts, was ihm weiterhalf. Nichts, was ihm in irgendeiner Form verdächtig vorkam. Irrte er sich womöglich? Hätte Renato sein Reich nicht auch besser abgeschlossen, wenn es etwas zu finden gegeben hätte?

Draußen knarrte die Holztreppe. Henrik eilte in den Flur, gleichzeitig schwang die Wohnungstür auf. Renato zögerte stirnrunzelnd. »Haben wir eine Verabredung?«

Henrik sprang vor, packte seinen Mieter am Kragen, zerrte ihn in die Wohnung und bis zu dem runden Tisch, der einen Großteil des Wohnzimmers beanspruchte und auf dem sich Zeitungen, Bücher und Weinflaschen verteilten. Eine der Flaschen kippte von der Tischplatte und zersprang klirrend auf dem gefliesten Boden, als er Renato auf einen der Stühle schubste. Die Dachschräge tat ihr Übriges dazu, dass der Mann nicht mehr so einfach aus der Ecke herauskam. Gefangen wie eine Maus, kam Henrik in den Sinn, und genauso ängstlich blickte ihm Renato auch entgegen.

»Zeit fürs Geständnis!«, brüllte er und beugte sich drohend über den Sänger.

»Hast du den Verstand verloren?«, fragte der mit kraftloser Stimme zurück. Noch war etwas in ihm, dass sich trotzig auflehnen wollte, doch Henrik war bereit, diesen Widerstand im Keim zu ersticken.

»Ajit hat geredet«, knurrte er.

»Ajit? Was soll der schon zu erzählen haben?«, konterte Renato, der immer noch nicht zu wissen schien, wie ihm geschah. Vielleicht half ihm auch bloß sein schauspielerisches Talent dabei, glaubhaft Verwirrung zu mimen.

»Unser indischer Freund hat über die Nacht ausgepackt, in der Martin starb. Vor allem darüber, dass er beim Sterben nicht allein war – weil du ihm nämlich Gesellschaft geleistet hast.«

Renatos Adamsapfel hüpfte unter der faltigen Haut. Sämtliche Farbe wich ihm aus dem Gesicht. »Du denkst doch nicht etwa …«

»Lass *du* mich wissen, was ich denken soll, mi amigo!«

»Du weißt nichts, Henrik!«

»Komisch, das höre ich immer wieder. Doch ich bin gekommen, um meine Wissenslücken zu füllen.«

Renato beugte sich so weit nach hinten, wie es die Stuhllehne zuließ. Henrik hatte den Mann noch nie schwitzen sehen, doch jetzt perlte Schweiß auf seiner Stirn.

»Martin hat dich aufgenommen, genau wie alle anderen.«

»Vor allem hat er uns auch alle in Gefahr gebracht mit seiner Besessenheit.«

»Dir stand es frei, zu gehen, nehme ich an. Deshalb glaube ich auch nicht, dass du es aus Hilfsbereitschaft gegenüber den Leuten hier im Haus getan hast.«

»Aber aus Angst! Ich habe es aus Angst getan! Einer musste ihn doch aufhalten.«

»Das klingt, als hättet ihr Streichhölzer gezogen. Erzähl mir keinen Mist, Renato. Wer hat dich bezahlt? Woher hattest du das Gift, das den Herzinfarkt simulierte?«

Mehr und mehr bedrängt, drehte Renato den Kopf zur Seite, um ihm nicht mehr in die Augen sehen zu müssen. Henrik packte sein Hemd und schüttelte ihn durch. »*Wer?* Und wie hoch war dein Preis?«

»Meinst du ich wäre noch hier, wenn ich Geld dafür bekommen hätte?« Mit einer fahrigen Geste wies Renato auf den kümmerlich ausgestatteten Raum. »Ich wollte einfach bloß meinen Kopf retten. Ich habe ihm geglaubt, dass er für meinen Schutz garantierte.«

»Wer?«, brüllte Henrik noch lauter.

»Marques«, wisperte Renato.

»José Marques, der Bankier?« Er ließ seinen Mieter los und taumelte zurück. Für zwei Sekunden überkam ihn die Angst, der Dschungel würde ihn zurückholen. Doch er blieb, wo er war, in der Dachgeschosswohnung des Verräters und Mörders.

Renato sackte nach vorne, ähnlich wie Catia, als er ihr das Geständnis über ihren Verrat an Cinthya Cardenas abgerungen hatte. Die Leute, denen er sich im Lauf des vergangenen Jahres so mühsam angenähert hatte, hatten sich innerhalb weniger Stunden allesamt als falsch entpuppt. Ließen ihre Masken fallen und zeigten ihr wahres Gesicht.

»Martin plante o homem sem umbigo herauszufordern – also was blieb mir für eine Wahl? Ich war nicht bereit, mich für diesen Wahnsinn zu opfern!« Renato versuchte es jetzt offenbar auf die Mitleidstour.

»Der Mann ohne Nabel, was hat es damit auf sich? Für wen steht diese Metapher?«

»Er hat die Macht«, murmelte der Alte, »die uneingeschränkte Macht, verstehst du? Alle tanzen nach seiner Pfeife.«

»Außer Marques«, insistierte Henrik.

Renato hob seinen Kopf. »Marques glaubte, sich wehren zu können. Deshalb wollte er erfahren, was Martin über den Dämon in der Hand hatte. Ich sollte ihm dabei helfen und dafür seinen Schutz erhalten.« Er schnaubte matt. »Ein wertloses Versprechen. Das wurde mir bewusst, als die Schläger mich erwischt hatten.«

Schwer atmend trat Henrik zum Fenster. Von hier oben konnte man die Baumwipfel des kleines Parks drüben beim Miradouro de Santa Catarina sehen. Nach wie vor war der Himmel grau, und es wehte ein heftiger Wind. Was Renato da vor sich hin stammelte, ergab einfach keinen Sinn.

»Hast du Marques denn irgendetwas Brauchbares aus Martins Archiv über diesen ominösen Menschen liefern können?«

»Der Bankier wollte, dass ich zuerst Martin aus dem Weg räume ...«

Henrik musste sich abstützen. »Wie?«, fragte er leise gegen die Fensterscheibe.

»Ein Nervengift. Tetrodotoxin. Es hat eine Atemlähmung hervorgerufen.«

Die Wut kochte wieder hoch, so wild, dass sie nicht mehr beherrschbar war. Er sprang auf Renato zu, packte ihn, riss ihn vom Stuhl hoch und drückte ihn mit Wucht gegen die Wohnzimmerwand. Das Gemälde, das dort hing, fiel zu Boden. Der schwere Holzrahmen krachte auseinander, und die Leinwand löste sich.

»Weiter!«, verlangte er, und seine Spucke spritzte auf Renatos entsetztes Gesicht.

»I-i-ich sollte einige Zeit verstreichen lassen«, stammelte der Alte, »bevor ich mich um den Nachlass kümmere. Mit dir hat keiner gerechnet. Und als du dann da warst, ist mir sehr schnell klar geworden, dass es gar nicht so einfach war, überhaupt etwas in Martins Hinterlassenschaft zu finden.«

»Wer ist der Mann ohne Nabel?«, fauchte Henrik und krallte seine Finger noch tiefer in den schwarzen Hemdstoff seines Mieters.

»Ich weiß es nicht«, wimmerte Renato, dann änderte sich von einer Sekunde auf die andere sein Gesichtsausdruck. Erstaunen wich der Furcht, und Henrik folgte seinem auf den Boden gerichteten Blick. Renato murmelte ein paar Worte an den heiligen Antonius.

Henrik ließ ihn los.

Renato rutschte an der Wand hinab und landete hart auf dem knochigen Hintern. Mit zitternder Hand griff er nach dem Blatt, das er hinter Leinwand und Rahmen gesteckt hatte und beim Auseinanderbrechen herausgerutscht war. Es handelte sich um eine Kohlezeichnung auf einem Papier mit grober Struktur. Dargestellt war ein junger Mann, der sich lasziv auf einer Chaiselongue räkelte. Eine Zeichnung von João de Castro, der eine recht leserliche Signatur daruntergesetzt hatte. Sie zeigte sehr detailliert einen nackten Jüngling. Allerdings hatte der Künstler vergessen, seinem Modell einen Nabel zu zeichnen.

45

Henrik nahm Renato die Zeichnung aus den Fingern und ließ sich damit auf den Stuhl fallen, auf dem er eben noch seinen Mieter festgenagelt hatte. Obwohl es ihm widersinnig erschien, versuchte er, in den virtuos gesetzten Kohlestrichen zu erkennen, ob er das gezeichnete Gesicht mit einer Person in Verbindung bringen konnte, die er erkannte oder irgendwann einmal getroffen hatte. Natürlich musste er berücksichtigen, dass die Zeichnung über dreißig Jahre alt und der Mann längst kein Jüngling mehr war – sollte es ihn überhaupt je gegeben haben. Wobei er Letzteres nicht wirklich anzweifelte. Er glaubte nicht, dass João diese Person einfach nur so aus dem Gedächtnis gezeichnet hatte. Nein, Henrik war davon überzeugt, dass er dem Mann ohne Nabel gegenübergesessen hatte, als er dessen Abbild aufs Papier brachte. Vielleicht ebenfalls nackt, verschwitzt und befriedigt, weil sie sich davor geliebt hatten. Henrik konnte sich gut vorstellen, dass ein Künstler nach einem gelungenen Liebesakt genau diese Form des Dankes wählte. Berauscht von der vorangegangenen Ekstase, setzte er sich hin, nahm einen Block zur Hand und skizzierte die Person, mit der er seine Lust geteilt hatte. João de Castro hatte ein Verhältnis mit dem Mann ohne Nabel gehabt. Die Frage war nur: bevor er Martin kennenlernte oder während ihrer Beziehung?

»Woher kommt das Bild?«, wandte er sich schließlich an Renato, der immer noch an der Wand auf dem Boden hockte. Er zeigte auf das aus dem Rahmen gefallene abstrakte

Ölgemälde, das aus wilden Farbklecksen, Tupfen und Wischern bestand.

Renato musste sich räuspern, bevor er antworten konnte. »Es hing lange Zeit im Antiquariat, und irgendwann meinte Martin, ich soll es mit hochnehmen, es würde sich gut in meiner Wohnung machen. Er war geradezu begeistert von diesem Gedanken. Ich mochte es eigentlich nicht, tat ihm aber den Gefallen.«

Das musste etwas bedeuten. Sein Onkel hatte damit zweifellos bezweckt, dass das abstrakte Gemälde – oder besser die Zeichnung, die er dahinter versteckt hatte – auf keinen Fall gefunden und entwendet wurde. Was logischerweise hieß, dass Joãos verfängliche Illustration in Martins Besitz gelangt war. Er hatte gewusst, dass sein Lebenspartner diesen Mann gezeichnet hatte. Im Anschluss an einen Liebesakt. Gut, Letzteres war Spekulation, aber dennoch naheliegend. So musste es gewesen sein. João und der Mann ohne Nabel.

Gedankenverloren schüttelte Henrik den Kopf. Er hätte diesen Hinweis niemals gefunden, wenn er nicht mit Renato in dessen Wohnung gerungen hätte. Musste er daher nicht davon ausgehen, dass dies eines der Geheimnisse seines Onkels war, auf die er *nicht* hatte stoßen sollen? Andererseits existierten im Antiquariat sehr gezielt gestreute Hinweise auf den Mann ohne Nabel. Verdammt, womöglich lag es an den Nachwirkungen des Ayahuasca-Trunks, dass ihm die Zusammenhänge immer verworrener vorkamen ...

Abgelenkt von seinen Überlegungen, bemerkte er zu spät, dass Renato zur Wohnungstür gekrochen war, sich nun an der Klinke hochzog und ins Treppenhaus türmte.

Henrik sprang auf. Prompt rächte sich, dass er seit Stunden barfuß durchs Haus irrte, denn schon bei seinem ersten Schritt trat er in eine der Glasscherben der vorhin zerbrochenen Weinflasche.

46

Auf den Stufen der alten, knorrigen Holzstiege hinterließ er blutige Fußabdrücke. Mit dem Glassplitter in der Sohle war Renato nicht einzuholen gewesen. Und warum sollte Henrik sich auch anstrengen? Wohin sollte der Mann schon flüchten, mit nichts bei sich? Früher oder später würde er zurückkehren müssen.

Henrik verarztete sich im Badezimmer und schleppte sich dann über den Gang zum Sofa, dieser unbequemen antiken Kirschholz- und Lederkombination, auf der man eigentlich nur steif mit geradem Rücken sitzen und nicht gemütlich liegen konnte. Davon ließ er sich jetzt allerdings nicht abhalten und lagerte den verletzten Fuß hoch, indem er ihn auf die Armlehne legte, während er sich ein Kissen in den Nacken schob. Nur fünf Minuten, sagte er sich erschöpft – doch als er das Surren seines Handys vernahm und die Augen wieder öffnete, war es draußen dunkel.

»Ich stehe vor der Tür«, erklärte Anabela de Castro, nachdem er sich mit einem Brummen gemeldet hatte. Offenbar hatte er die Klingel und möglicherweise auch ihr Klopfen überhört.

»Einen Augenblick«, versprach er und rappelte sich auf. Der Verband, den er großzügig um seinen Fuß gewickelt hatte, war nur leicht durchgeblutet. Er schlüpfte vorsorglich in Flip-Flops, um nicht weitere rote Spuren auf dem Parkett zu hinterlassen. Auf der Kommode im Flur lag die Zeichnung, die er aus Renatos Wohnung mitgenommen hatte. Nun wartete die Schwester des Künstlers vor dem Haus. Da konnte es nicht schaden ... Vorsichtig rollte er das schwere Papier zusammen und mühte sich damit umständlich die Treppe hinab. Er empfing Anabela an der Ladentür.

»Komme ich ungelegen?«, fragte seine Besucherin. Wie immer trug sie ein elegantes Kostüm. Unter ihre schwarzen, zu einem Zopf geflochtenen Haare hatten sich seit ihrer letzten Begegnung deutlich mehr graue Strähnen gemischt. Auch ihr Gesicht wirkte älter, die Falten tiefer. Vielleicht war sie doch älter als Mitte fünfzig, wie Henrik bislang geschätzt hatte. Ihr blumiges Parfüm strömte ihm in die Nase.

»Nein, nein, Sie hatten sich ja angekündigt. Es ist meine Schuld, ich habe die Zeit vergessen.« Er trat beiseite, um sie ins Antiquariat zu lassen. Bei vorangegangenen Besuchen hatte ihre schwarze Limousine, in der ihr Chauffeur auf sie wartete, immer direkt vor dem Eingang geparkt. Diesmal schien sie zu Fuß gekommen zu sein. Humpelnd folgte er ihr durch die Regalreihen. Kurz blickte sie auf die Sitzgelegenheit, entschied sich dann jedoch dagegen. Was sie ihm mitzuteilen hatte, wollte sie im Stehen erledigen.

»Es ist etwas passiert, Henrik. Und es tut mir leid. Ich kann momentan die Baufirma nicht mehr bezahlen«, kam sie sofort auf den Punkt.

»Aber ...«

»Wir sind mit unserem Unternehmen in schwieriges Fahrwasser geraten, mehr brauchen Sie nicht zu wissen. Jedenfalls mussten wir Prioritäten setzen, um das verbliebene Vermögen zusammenzuhalten und das Schlimmste abzuwenden. Der Fonds, der Ihre monatlichen Aufwendungen deckt, bleibt selbstverständlich unbehelligt, doch alles andere ...«

Er hatte sich nie kundig gemacht, worauf das Vermögen der de Castros gründete. Vielleicht war es das Holz der Wälder, die immer noch brannten, und die Millionenverluste, die ihnen die gierigen Feuer bescherten. Der Regen, der mit dem Sturm übers Land gezogen war, hatte zwar geholfen, die Waldbrände einzudämmen, sie aber nicht vollständig gelöscht. Die Feuer wüteten immer noch. Und nun sah es ganz danach aus, als ob diese Feuer sich auch über sein Hab und Gut hermachten, wenn auch nicht unmittelbar mit Qualm und Gluthitze. »Das Haus wird früher oder später einstürzen, wenn nichts gemacht wird«, wandte Henrik ein.

Anabela musterte ihn durchdringend. Natürlich war ihr dieser Umstand bekannt, sie hatte das Gutachten schließlich in Auftrag gegeben. Nun wusste er zumindest, woher diese Zerbrechlichkeit rührte, die er vorher noch nie an ihr wahrgenommen hatte.

»Ich hoffe, Sie finden einen Weg.« Bevor er etwas erwidern konnte, legte sie ihm die Hand auf den Unterarm. »Ich weiß, was auf dem Spiel steht, wenn das Antiquariat nicht gerettet wird. Wir beide wissen das! Und glauben Sie mir, wenn ich nur die kleinste Möglichkeit sähe, es stünde nicht infrage, an unseren Plänen festzuhalten! Aber ich ... Was haben Sie da?«

Zuerst dachte er, sie meinte seinen bandagierten Fuß, und wollte schon mit einer flapsigen Floskel darüber hinweggehen, doch dann wurde ihm klar, dass sie auf die Zeichnung in seiner Hand zeigte.

»Ein überraschender Fund«, antwortete er und überließ ihr das Werk, das ihr Bruder vor über drei Jahrzehnten angefertigt hatte.

Nachdem sie das Blatt ausgerollt hatte, brauchte sie nur eine Sekunde, um zu erkennen, was sie in der Hand hielt. War sie vorher schon besorgniserregend blass gewesen, so wurde sie jetzt weiß wie die Wand. Statt vor Freude über eine bislang unentdeckte Illustration des Künstlers João de Castro aufzuleuchten, weiteten sich ihre dunklen Augen vor Entsetzen. Sie taumelte, und Henrik griff nach ihr, um sie zu stützen.

»Ich ... habe nie wirklich geglaubt, dass er existiert«, flüsterte sie, und ihre Stimme war weit entfernt von jener Sicherheit, die er von ihr kannte.

»Anabela, Sie kennen den Mann ohne Nabel?«

»Sie sind ein und dieselbe Person«, sagte sie.

Henrik runzelte die Stirn.

»Ich dachte immer«, fuhr sie angestrengt fort, »o homem sem umbigo wäre einer von Joãos Scherzen. Und nun stellt sich heraus, er meinte damit einen seiner verflossenen Liebhaber. Verstehen Sie?«

»Nicht wirklich«, gestand er. »War dieser Mann ... vor Martin?«

Sie sah ihn unverwandt an, dann nickte sie. »Vermutlich war Martin genau der Grund, warum mein Bruder nichts mehr von ihm wissen wollte. Wobei diese Erklärung viel zu einfach ist. Henrik, ich muss Sie jetzt verlassen!«

Sie schob sich an ihm vorbei, doch er hielt sie zurück.

»Wer ist dieser Mann?«

Angst glänzte in ihren Augen. Zuerst schüttelte sie den Kopf, doch als er seine Finger fester um ihren Oberarm legte, nannte sie ihm endlich einen Namen. Einen Namen, den er vor nicht allzu langer Zeit aus dem Mund von Orlando Morgado gehört hatte.

47

Er bemerkte Brunos Staunen, als dieser seinen Platz hinter dem Altar einnahm, um das Eröffnungsgebet zu sprechen. Der Priester hatte sich wohl nicht einmal in seinen kühnsten Träumen ausgemalt, dass er Henrik irgendwann bei sich in der Frühmesse sitzen haben würde. Morgens um sechs Uhr, zu einer Zeit, da stets nur dasselbe knappe Dutzend älterer Damen die Kirchenbänke besetzte – in Schwarz gehüllt und gebeugt von der Last eines entbehrungsreichen Lebens, aber immer noch voller Stolz. Dem Padre war förmlich anzusehen, dass er diesen Gottesdienst, so schnell es ging, zu einem gesegneten Ende bringen wollte.

Was Henrik betraf, hätte die Frühmesse hingegen sogar noch länger dauern können. Da er in der Nacht zuvor ohnehin kaum Schlaf gefunden hatte, war er zeitig in Richtung Schlossberg aufgebrochen. Nun half ihm zumindest die andächtige Stimmung im Haus des Herrn, etwas Ruhe für den Geist zu finden. Kaum waren die Kirchgängerinnen zur Tür hinaus, nahm Bruno ihn mit, quer durch die Sakristei, und hinaus in den kleinen Klosterhof. Die Luft in dem umfriedeten Areal schmeckte samtig und frisch. Die Mauerkrone war ringsum von Ranken bewachsen, die leuchtend rote Blüten trugen. Lautes Vogelgezwitscher ertönte überall. Die ideale Abschirmung, wollte man vertrauliche Gespräche führen. Sie ließen sich auf der Bank neben dem gemächlich vor sich hin plätschernden Brunnen nieder.

»Erzähl, erzähl, mein Freund!«, forderte ihn der Priester mit leuchtenden Augen auf, »was treibt dich so früh nach São Vicente?«

Henrik blickte über Geäst und Blütenpracht hinweg hoch zu den Zwillingstürmen der Barockkirche. Das blasse Morgenlicht verlieh dem weiß getünchten Sakralbau einen vanillefarbenen Schimmer. »Der Strippenzieher ... du weißt schon«, begann er schließlich, das Bildnis des Franz von Assisi aus dem Klosterhof von São Pedro de Alcântara vor Augen. »Ich glaube nicht, dass Gott damit gemeint ist. Die Marionette Jesus Christus, du erinnerst dich? Martin wollte mich damit lediglich auf eine Person hinweisen, der er sehr große Macht unterstellte. Auf jemanden, der in der Lage ist, Menschen wie Marionetten zu lenken. Die Azulejos wiederum sollen mich zu Orten führen, die mit diesem Mann in Verbindung zu bringen sind. Und jetzt, da ich höchstwahrscheinlich seinen Namen kenne, lässt sich diese Vermutung womöglich bestätigen.«

Bruno sah ihn gebannt an. »Seinen *Namen*? Wie lautet er?«

»Bragança, Rafael de Bragança.«

Der Pfarrer pfiff durch die Zähne. »De Bragança«, wiederholte er.

»Sagt dir das was?«

»Ein altes Adelsgeschlecht.«

»Und was ist mit diesem Rafael? Ich konnte nichts über ihn im Internet finden.«

»Das ist nicht verwunderlich. Für die meisten ist er nur eine Legende. Die Medien würden gerne über ihn berichten, aber für die Öffentlichkeit bleibt er unsichtbar. Er taucht auch nicht auf den Listen der Reichen und Superreichen auf, obwohl er dort mit Sicherheit ganz oben rangiert.«

»Wenn man nichts über ihn findet, woher willst du das dann wissen?«, fragte Henrik skeptisch.

»Na ja, *ich* suche ja nicht im Internet.«

»Sondern?«

»Die Klosterbibliothek ist ein Hort des Wissens, mein Freund.« Er schmunzelte und hob die Hände, wie um sich zu ergeben. »Verzeih! Was ich bislang von mir gegeben habe, beruht auch nur auf Gerüchten, die im Umlauf sind.«

»Willst du mich auf den Arm nehmen?«

»Nur aufmuntern, denn glaub mir, man kann über die katholische Kirche sagen, was man will, aber eins ist so sicher wie unser Amen nach jedem Gebet: Die Kirche vergisst keinen Namen. Niemals! Sollte Rafael de Bragança in welcher Form auch immer mit der Igreja de São Roque und dem Kloster São Pedro de Alcântara in Verbindung gestanden haben, so wie dein Onkel es mit den Fliesen belegen möchte, dann werde ich diese Verbindung finden«, prophezeite Bruno siegessicher.

Über ihren Köpfen läuteten die Glocken von São Vicente zur siebten Stunde, und gleichzeitig meldete sich Henriks Handy. Die Nummer, die das Display zeigte, kam einer üblen Vorahnung gleich, doch er nahm das Gespräch trotzdem entgegen.

»Henrik!«

Es war seit gut eineinhalb Jahren das erste Mal, dass er die Stimme seiner Mutter vernahm. Sie klang so kompromisslos wie immer

»Mama!«

»Hör zu, Junge! Ich bin gestern Nacht zu einer unchristlichen Zeit in Lissabon angekommen und residiere im Oriente. Ich erwarte dich dort in einer Stunde in der Lobby. Wir werden ein gemeinsames Frühstück einnehmen und dabei alles Weitere besprechen.«

Es fiel ihr nicht ein, auf seine Antwort zu warten, denn aus ihrer Sicht war ihr Wort Gesetz. Folglich hatte sie im nächsten Moment bereits aufgelegt.

48

Das Oriente in der Avenida da Liberdade war nicht nur eines der ehrwürdigen Luxushotels mit dem Charme alter Zeiten – man war beinahe geneigt zu sagen, alter Kolonialzeiten –, es war auch eine der wenigen Herbergen im Innenstadtbereich, die über einen Garten mit Außenpool verfügte. Henrik fiel plötzlich der Zeitungsartikel wieder ein, den er vor ein paar Tagen in der *Diário de Notícias* entdeckt hatte. Jener Artikel, der den Leichenfund im Betonfundament eines Hotelpools behandelte. Vielleicht hatte der Zufall seine Mutter ja genau in dieses Etablissement geführt ...

Etwas anderes beschäftigte ihn seit seiner Unterhaltung mit Anabela de Castro allerdings weit mehr, nämlich die Frage, ob er nun dazu gezwungen sein würde, seine Mutter um ein Darlehen zu bitten. Damit er das Haus in der Rua do Almada vor dem Verfall bewahren und sein Erbe retten konnte. Er seufzte. Ausgerechnet die Frau, die ihren Bruder wegen seiner Homosexualität verstoßen hatte, um Geld für das Erbe besagten Bruders anzugehen, war vermutlich eine ausgesprochen schlechte Idee.

Ein livrierter Portier öffnete ihm die in Messing gefasste Eingangstür. Noch vor zwanzig Jahren wäre er in dem Aufzug, den er am Leib trug, an dieser Tür abgewiesen worden. Doch mittlerweile lebte man auch in der exklusiven Welt des Oriente mit legeren Touristen. Ein eleganter Kleidungsstil und ein kultiviert-versnobtes Auftreten spiegelten in der heutigen Zeit nicht mehr zwingend den Inhalt des

Louis-Vuitton-Geldbeutels wider. Henrik wurde anstandslos eingelassen, und die einzige Person, die hier die Nase über sein ungebügeltes Hemd und die verwaschenen Jeans rümpfen würde, war vermutlich seine Mutter.

Wie aufgetragen, setzte er sich in einen der voluminösen Kalbsledersessel, von denen jeweils vier als Sitzgruppe einen niedrigen, aus dunklem Holz gezimmerten Tisch mit wuchtigen Beinen umringten. Überhaupt war hier alles sehr dunkel und gedämpft. Die versteckte Beleuchtung erzeugte ein warmes, golden schimmerndes und nicht besonders helles Licht. Auch das beeindruckende Oberlicht drei Stockwerke über ihnen, das sich aus bunten Glasornamenten zusammensetzte, verschluckte die Helligkeit eher, als sie durchzulassen. Der hochflorige Teppich dämpfte nicht nur die Schritte der Gäste und Angestellten, sondern auch alle anderen Geräusche bis hin zu den Stimmen der Menschen. Die großzügige Lobby des Oriente war ein Ort der Stille und bekam damit einen beinahe sakralen Charakter, zu dem die leise, unaufdringliche Klaviermusik seltsamerweise nicht übel passte.

Kaum dass er saß, gesellte sich ein Kellner zu ihm, dem er erst einmal klarmachen musste, dass er es vorzog, mit der Bestellung zu warten, bis seine Begleitung eingetroffen war. Seiner nervlichen Verfassung hätte es durchaus entsprochen, etwas Hochprozentiges zu ordern, aber es war immer noch früher Morgen, und außer einer Tasse Kaffee hatte er nichts im Magen.

Die wagenradgroße Wanduhr über dem Empfangstresen sagte ihm, dass noch drei Minuten bis zur vereinbarten Zeit blieben. Zu wenig Zeit, um runterzukommen, zu viel, um nicht mit dem Gedanken an Flucht zu spielen.

Bei jedem *Ping* der eintreffenden Fahrstühle zuckte er innerlich zusammen, starrte auf die unerträglich langsam auseinandergleitenden Aufzugtüren und atmete erleichtert aus, wenn es nicht Simone Falkner war, die aus der Kabine trat.

Bin ich wirklich so verkorkst?

Noch zwei Minuten. Er rückte nach vorne auf die Sesselkante, um aufrecht sitzen zu können. Erneut trat jemand neben ihn. Aus dem Augenwinkel nahm er die nachtblaue Bundfaltenhose eines Hotelbediensteten wahr, weshalb er erneut mit dem Kellner rechnete und kurz mit der Hand in dessen Richtung wedelte, als wollte er eine lästige Mücke verscheuchen.

»Pardon, Senhor Falkner?«

Henrik wandte sich von den Fahrstühlen ab und blickte auf. Es war nicht der Ober von vorhin, sondern ein junger Mann, den er beim Betreten der Lobby hinter der Rezeption hatte stehen sehen. Das blank polierte Messingschild wies ihn als Jorge Moya aus. Er trug ein silbernes Tablett bei sich, das er Henrik nun vor die Nase hielt.

»Ich soll Ihnen das überreichen.«

Auf dem Tablett, mit dem üblicherweise Espressi-Tassen oder schlanke Champagnergläser serviert wurden, lag ein schmales, lederbezogenes Etui, in dem man eine Armbanduhr oder ein längliches Schmuckstück vermuten konnte.

Was für ein Zufall, wo meine alte Uhr doch gerade kaputtgegangen ist. »Für mich?« Henrik sah den Bediensteten irritiert an. »Von wem?«

Dieser zuckte nur mit den Schultern. »Es wurde leider keine Karte oder Ähnliches dazu hinterlassen.«

Jorges ahnungslose Miene machte Henriks Verwirrung nicht besser. Also griff er nach dem Etui, woraufhin Jorge dankbar nickte, die Hacken zusammenschlug und davoneilte, um hinter dem Empfangstresen Schutz vor weiteren Fragen zu suchen.

»Was ist das? Warum schenkt der Mann dir eine Uhr?«

Henrik erhob sich und verbarg das Lederetui hinter seinem Rücken. »Hallo Mama!«

Simone Falkner trat noch einen Schritt näher und hauchte ihm einen Kuss auf die Wange. »Du siehst schrecklich aus, aber ich vermute, das weißt du selbst.«

»Ich hatte ein paar harte Tage«, erklärte er, auch wenn er sich für nichts zu rechtfertigen brauchte. »Setzen wir uns oder gehen wir gleich in den Frühstücksraum?«

Sie trat den Schritt zurück, den sie vor drei Sekunden auf ihn zu gemacht hatte, vermutlich um ihn besser mustern zu können. Das Alter hatte ihre Züge noch härter werden lassen. Sie wirkten wie gemeißelt. Oder wie in deutschen Qualitätsstahl gefräst.

»Ich hatte die Hoffnung gehegt, du würdest deinen Vater gleich mitbringen.«

»Er ist nicht bei mir«, erwiderte Henrik.

»Das sehen wir noch«, erklärte seine Mutter kühl. »Und jetzt zeig mir, was du da versteckst!«

Ihm fiel das Etui wieder ein und seine sinnlose Geste. Also brachte er es wieder zum Vorschein. »Da ist bestimmt keine Uhr drin, nur irgendein Werbegeschenk ... vom Hotel oder so.«

»Mir haben sie nichts gegeben, und ich bin immerhin zahlender Gast. Und der Pool – ach, nicht nur den Pool, die komplette Gartenanlage drumherum kann man nicht benutzen, nicht einmal betreten! Wäre ich über diesen unzumutbaren Zustand vorab informiert gewesen, ich hätte mich für eine bessere Bleibe entschieden. Was ich damit sagen will, mir stünde eine Entschädigung weitaus mehr zu. Also, mach es auf!«

Er wollte ihr eigentlich sagen, dass der Inhalt dieser länglichen Schachtel nicht für sie bestimmt war. Dass das Ding mit hoher Wahrscheinlichkeit nicht einmal etwas mit dem Hotel zu tun hatte. Es war ein Fehler gewesen, Jorge Moya so einfach davonstiefeln zu lassen, ohne vehement auf einer Auskunft darüber bestanden zu haben, wer dieses Geschenk für Senhor Falkner abgegeben hatte.

Er musste seinen Daumen nur zwei Zentimeter strecken und an der Kante entlangschieben, um ihn auf die kaum wahrnehmbare Erhebung zu legen, die den Deckel der Schachtel entriegelte. Der Deckel klappte beinahe von allein zurück, so als hätte er die ganze Zeit über unter Spannung gestanden, um endlich das ans Licht zu bringen, was darin verborgen war. Noch bevor das vom bunten Glas hoch oben gefilterte Licht auf den Inhalt fiel, wusste Henrik, was man ihm da überreicht hatte.

»Wer schenkt dir denn *so* was?«, fragte seine Mutter und klang erstmals, seit sie sich zu ihm gesellt hatte, besorgt. Das goldene Licht in der Empfangshalle des Oriente verlieh dem matten Edelstahl einen weichen Glanz. Henrik nahm das Skalpell aus dem Etui und besah es sich nachdenklich von allen Seiten, ehe er ihre Frage beantwortete.

»Rafael de Bragança.«

Oliver Kern

»Ein absoluter Lesespaß, vor allem auch für Fans gestandener Bayernkrimis.«
Fränkische Nachrichten

978-3-453-43869-9

Leseprobe unter **www.heyne.de**

Thomas Krüger

»Besser als Thomas Krügers Krimi sind
höchstens noch seine Sonette!«
Harry Rowohlt

978-3-453-41152-4

978-3-453-41769-4

978-3-453-41876-9

Leseproben unter **www.heyne.de**